Laoteng Zuopin Diancang
Shangguan zhi Yan

老藤作品典藏
上官之眼

时代出版传媒股份有限公司
安徽文艺出版社

老藤 著

老藤，本名滕贞甫，山东即墨人，中国人民政治协商会议第十四届全国委员会委员，中国作家协会第十届全国委员会主席团委员，文化名家暨"四个一批"人才，现任辽宁省作家协会党组书记、主席。出版长篇小说《战国红》《刀兵过》《北地》《北障》《北爱》《铜行里》《腊头驿》《鼓掌》《樱花之旅》《苍穹之眼》等10部，小说集《黑画眉》《熬鹰》《没有乌鸦的城市》等8部，文化随笔集《儒学笔记》《孔子另说》等3部。作品多次被《小说选刊》《中篇小说选刊》《长篇小说选刊》《新华文摘》《小说月报》等选刊转载，多次进入各种年选和排行榜。曾获东北文学奖、辽宁文学奖、《小说选刊》年度大奖、《北京文学》奖、《湘江文艺》双年奖、丁玲文学奖、百花文学奖、中国作家出版集团奖·优秀作家贡献奖等。长篇小说《战国红》《铜行里》分别荣获第十五届、第十六届中宣部精神文明建设"五个一工程"奖，长篇小说《北地》获2021年度"中国好书"。作品以英、德、法、俄等10种文字被译介到国外。

Laoteng Zuopin Diancang
Shangguan zhi Yan

上官之眼

老藤作品典藏

老藤 —— 著

图书在版编目（CIP）数据

上官之眼/老藤著. —合肥：安徽文艺出版社，2023.6
（老藤作品典藏）
ISBN 978-7-5396-7627-2

Ⅰ．①上… Ⅱ．①老… Ⅲ．①中篇小说－小说集－中国－当代②短篇小说－小说集－中国－当代 Ⅳ．①I247.7

中国版本图书馆 CIP 数据核字(2022)第 239489 号

出 版 人：姚 巍			
策　　划：朱寒冬　姚　巍		统　筹：张妍妍　姚爱云	
责任编辑：柯　谐　花景珏		装帧设计：张诚鑫	

出版发行：安徽文艺出版社　　www.awpub.com
地　　址：合肥市翡翠路 1118 号　　邮政编码：230071
营 销 部：(0551)63533889
印　　制：安徽新华印刷股份有限公司　　(0551)65859551

开本：880×1230　1/32　印张：11.125　字数：270 千字
版次：2023 年 6 月第 1 版
印次：2023 年 6 月第 1 次印刷
定价：45.00 元

（如发现印装质量问题，影响阅读，请与出版社联系调换）

版权所有，侵权必究

自序:"无用"抑或"有用"

人间事物若从实用角度看,可分"有用""无用"两类。文学应属于后者,正因如此,清代诗人黄景仁才有了"十有九人堪白眼,百无一用是书生"的慨叹。爱上文学伊始,我对这一诗句颇有同感,但在经历了诸多世事之后回头看,又觉得这种两分法过于简单粗暴,事实上很多时候看似"有用"的东西恰恰无处可用,而那些"无用"的东西却能支起脑颅里的帐篷,让你的灵魂有了自由活动的空间。比如说,诗和远方有什么用?好像无用。但这个"无用"会像潮汐一样一波波激荡你的心扉,让你血脉暗涌,不时蹦出打起行囊奔赴远方的冲动。

不得不承认,我喜欢"无用"的东西,这当然与受庄子"无用之用"思想的影响有关,但归根结底还是对文学的痴迷使然。有"无用"的文学相伴,我热衷于钩沉稽古、发微抉隐,也喜欢静处发呆、冥思遐想。在这个"无用"的世界里我可以随心所欲、直情径行,活成真实的自我。此时的"无用"转化成了实实在在的"有用",它给我原本安分的心灵搭建起一座不安分的房子。

　　我是20世纪70年代末期开始喜欢上文学的。那时我读初中,写作成了我生活中的一个秘密,让我的中学时代充实而富有期待。拥有秘密的人如怀揣美玉,会产生一种富裕感。秘密是身价的砝码,也是自信的底气,那时,哪怕身上穿着空心袄,走过冰雪覆盖的操场时我也会高昂着头。不明真相的同学肯定猜想:老藤有什么可神气的?对了,我在中学时就被人称为"老藤",我后来之所以确定用"老藤"这个笔名,多少有些水到渠成。当时只是写,没想过投稿发表,写满一本就锁进抽屉,偶尔拿出来自我欣赏一番,仅此而已。知道马克思年轻时也有类似的习惯后,我心里暗自发笑,连伟人都不能免俗,看来许多文学爱好者的写作最初都是一种自娱。马克思是雪莱的粉丝,热衷于写诗,给恋人燕妮写了好几本情诗,给父亲也写了一本,但当时也只是锁进抽屉没有出版。马克思一生发表的诗作只有寥寥几首,但这位哲人最初的梦想确确实实是"无用"的文学。

　　对于我来说,"无用"变得"有用"是在1985年,那时大学毕业生由国家负责分配,个人可以填报分配志愿。我当时面临三种选择,举棋不定时一位忘年交文友建议我去新成立的五大连池市。他当时在该市担任文教局局长,给出的理由是新组建的城市百业待举,是一片尚未开垦的处女地。这让我想起了肖洛霍夫的作品《被开垦的处女地》。我欣然听从了他的意见,在分配志愿里填写了五大连池市并被顺利分到了那里。五大连池是个县级市,规模不大,文化、教育在一个局,我被分到文教局后不久就当了一个中国最小的官——股长。教育股长虽小,却管理全市的中小学。股里有中教视导员马老师、小教视导员赵老师,还有招生干事吴老师、培训干事刘老师,四人都在五十岁以上。开始,我担心无法领导这些工作经验丰富的资深干部,让我感动的是,他们给了我这个毛头小股长以极大的支持,因为他们知道我是一个经常在报刊上发表作品的年轻人。我心里清楚,与其说他们尊重我,毋宁说他们高看文学,因为那是一个属于文学的年代,这是文学给我的加持。接收我的文教局局长大我二十余岁,是位多才多艺的业余作家,文学素养极高,不仅发表文学作品,而且精通中医,擅长地方戏曲吟唱。局长退休后离开了黑龙江,在北京一个部队医院开中医专家门诊,找他看病需预约。老局长虽然已经过世,但他的名字深深镌刻在我的心里,他叫刘锡顺,黑龙江嫩江人。

20世纪90年代初期,我产生了离开机关的想法。这一想法没有变成现实还是因为"无用"的文学。当时,我特别想从事影视编剧工作,便在朋友的介绍下从五大连池市调到了大连,但在广电系统仅仅工作了三个月又调到了机关。我曾经有过写机关文学的想法,我对自己说:你不是想写机关吗?要想写好机关,就应该把机关坐遍、坐透、坐穿。这样一想,内心便有些释然,于是收起当编剧的小心思,专心从事组织、宣传、纪检和其他机关工作。我在山东、黑龙江、辽宁三省学习、工作过,这些经历为我积累了丰富的创作素材,怎么写都不会有枯竭感,这也是我能顺利完成《北地》《刀兵过》《北障》等长篇小说的原因所在。

从1985年到2016年,我一直在大连的区、市党政机关工作,无论岗位如何变化、工作多么繁忙,文学的灯火一直摇曳在心底,没有什么风能把它吹灭。这个时期,我的创作基本与工作体验密切相关,比如在负责宣传工作期间,写了文旅题材的长篇小说《樱花之旅》;在负责纪检工作期间,写了反腐题材的长篇小说《鼓掌》;在负责扶贫工作期间,写了农村题材的长篇小说《战国红》。记得我离开区委到市委工作时,一位市级老领导对我说:"别写了,好好当你的官儿。"我知道老领导是好意,但我无法照办,因为我觉得当干部与写作并非是对立的关系,领导干部有点文学爱好不是坏事,文学作为塑造灵魂的事业,从某种意义上说它会让冷漠的行政管理多一些人性化的温情,让管理者的内心变得柔软而富有弹性,历史和现实的经验都能证明这一点。在机关工作时我虽然没有放弃文学,但不敢本末倒置,毕竟做好本职工作是第一位的,所以作品量不是很大。对此,我没有烦躁、焦虑,文学创作不可能是全过程的井喷潮涌、大河浩荡,有时它也会是泉水叮咚、浅池深潭,只要心中留一线清水流淌的缝隙,就不愁遇不到柳暗花明的桃源。

"无用"的文学在2016年秋天再次改变了我的人生轨迹——因为辽宁省作协面临换届,我被省委安排到了省作协任职,我不得不从海滨城市大连来到了省会沈阳。省作协工作虽然运行程序与党政机关没有较大差别,但毕竟文学成为主业,我因此有更多的时间来写作,这便有了《苍穹之眼》《北爱》《铜行里》等六部长篇小说和许多中短篇小说。这个时期也被许多批评家称为我创作的"井喷期"。

如果需要阐释一下文学观的话,那么在文学的世界里我是一个彻头彻尾的理想主义者,我希望通过笔下的故事和人物更多地透出现实生活中的曙光和彩虹。对于大多数有追求的普通人来说,生活不易,人生路上充满艰辛与坎坷,带着伤疤的跋涉者比比皆是。我不想在作品中放大这种悲催,而是选择温情的剖面来描述和解析,更多地诠释人性中闪光的元素,目的不是掩饰,而是给人以生的热望。文学自身是具有神性的,但这种神性带有何种光环则取决于作家。文学缺少神圣性,就像古玉少了沁色,品读的味道会变得寡淡。我在写作时感情很投入,作品中的人物甚至会活跃在我的梦境里。我的作品中恶人很少,尽管生活中从来不乏恶人,但我内心里有一种屏蔽恶人的本能。尼采那句话对我影响很大:"当你凝视深渊时,深渊也在凝视你。"我笔下的恶人,往往也有良心未泯的一面。我的大部分写作时间是在夜晚,夜深人静,打开电脑在键盘上敲打,仿佛在与作品中的人物对话,这个时候,多写一些向善、向美的东西,自己的心情才不会差,梦境也会少些骚扰。

我在写作中比较注意对人物内心纹理的刻画,努力让人物的心理活动符合生活逻辑,因此我很少去写怪异、离奇的故事。对那些违反生活逻辑却又有艺术价值的素材我会进行加工,把它们纳入逻辑的轨道,就像厨师烹调河豚一样,去除毒素,留下美味。我不反对文学要书写"生活中的不可能",但我也坚持一个"笨"原则,那就是你写的东西读者是否认为可信,如果写出来的东西不令人信服,读者就不会读,读者不读,就谈不上产生影响力。其实,万物都循道而行,文学作品的道就是逻辑,是真理的逻辑、社会的逻辑、情感的逻辑和自然的逻辑。作家应该替读者去发现那些不知晓的东西,而不是去杜撰一些不符合逻辑的故事。当然,这是属于我自己的一个创作原则,并不适用于其他写作者。

我在创作中很少用"上帝的视角",不是说这种视角不好,主要是考虑到作品的可信度问题。我喜欢用作品中人物的视角来叙事,让作品中的某个人物担当探秘的导游,带着读者走进一个属于文学的迷宫。比如《北地》是用主人公儿子和自传作者的视角,走进主人公曾经工作过的三十个地方,在回望中寻找答案;《北障》用的是当事猎人的视角,表现一个昔日的猎杀者对猎物、对禁猎者、对朋友、对大森林的那种纠结、不甘和人性复苏的复杂心理;而《北爱》则是从女大学生苗青的视角,也就是从一个逆行者的站位,来发现东北的质感,感受东北人文,最终靠静默和永不言弃,实现了父女两代人设计飞机的计划。

文学创作永远在路上,没有终点可言;既然在路上,就会面临许多道路的选择和各种要通过的"榆关""柳边"。我英语不好,无法阅读英文原著,这就导致学习和借鉴上存在障碍。我读翻译作品时总有些怀疑,担心原作者是不是这样表达的——这不是一个好习惯,是我在读了鲁迅先生翻译的《死魂灵》和满涛等人翻译的《死魂灵》之后形成的印象。当然,现在去学习外语已经没有必要,对于重要的外国名著,我会尽量多选择几个译本对比着阅读。我写作没有压力,也没有负担,是心里有东西想写才去写。当然,写作中也存在一些难题,比如对历史题材的处理、对民俗信仰层面的深度挖掘、对人类精神结构的多层次剖析等等,还需要不断提高脑力、笔力。

这套典藏收集了我 2022 年以前所创作作品的大约八成,理论和诗歌部分没有收入。长篇小说《北爱》因为于 2023 年 2 月出版,也没有收入。在此,我要感谢安徽文艺出版社,感谢安徽出版集团总编辑朱寒冬先生和为文集辛勤付出的编辑们,他们为文集的出版付出了许多心血,因为三十年前的作品没有电子版,扫描、校对是一件很辛苦的事。我还要感谢我的夫人赵蓉,她是我的大学同学,更是我所有作品的第一读者和首席批评者,没有她的支持和保障,我的文学之路不会顺畅。虽然不知读者评价如何,但我敝帚自珍,特别珍视这套典藏,因为它是我创作中的一个阶段性总结,它的问世也让我有了新的起点,我会更加努力地在"无用"的文学里徜徉。

目录

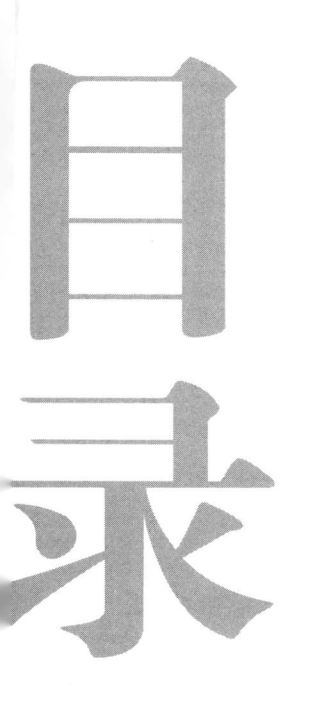

自序:"无用"抑或"有用" / 1

东北老王 / 1

黄昏里的"双规" / 61

鸡架之城 / 99

上官之眼 / 143

爆破师 / 191

梦里香椿 / 206

没有乌鸦的城市 / 239

逃离北京 / 251

朱砂 / 280

东 北 老 王

一

老王叫王寸,这个名字骗不了我,上小学时我就知道一个成语,尺有所短,寸有所长。

老王是黑土地上一朵奇葩,以自己的姿态恣肆而又纠结地活着。我与老王从小相识,但总觉得老王像一口探不到底的井,深邃莫测。和老王有过多少回交谈已记不清,每次交谈后的感觉大体相似,那就是自己的思维跟着老王走了,后来我明白这叫带节奏,带节奏是老王的一大本事。老王有个"明白人"的绰号,是七井小学校长胡玉芝给封的。"明白人"在东北是个内涵特别丰富的词儿,是褒是贬有时要凭具体语境来判断。

老王当上七井小学民办教师第一天,胡玉芝将"明白人"这个绰号扣在他头上,一扣,便像观世音菩萨给孙悟空戴的金箍一样,无法再摘下。其实,胡玉芝当时并无恶意,无非是话赶话随意编派,没想到会一语中的。

必须承认,老王是我少年时不可替代的偶像,那个时代除了墙报上高大上的英雄人物,孩子日常缺少偶像参照,言行出众的老王像谷地里陡然蹿出的高粱,自然就引起我的注意并很快成为我的榜样。后来,反思老王成为我心目中的偶像之路,发现我的选择没有错,老王的确是七井大队走出去的人才,这个结果可以说是历史的必然,因为在七井大队,除了老王我不会跟别人的节奏,哪怕是人人垂涎的下乡女知青吴琳,也引不起我的兴趣。当下年轻人追星离不开颜值和财富,这两样东西都与老王不搭界,老王出名完全是因为他的聪慧和一张堪比脱口秀主持人的嘴。没人否定老王会讲,不管多么干巴巴的事,经老王一讲,就像苞米面饼子过了油,变得有了嚼头。

老王在家中排行第二,在没戴上"明白人"这顶帽子时,村里比他小的孩子都叫他二哥。墙角旮旯一群衣衫褴褛的孩子围着二哥听故事,成了七井村一道常见的风景。老王和我都是土生土长的七井人。七井是松嫩平原上一个极为普通的村落。"井"这个带有古意的字在东北地名中多有保留,被作为计量单位使用,但凡历史悠久一点的地方,二井、五井这样的名字很多,就像西北的二十里堡、三十里堡一样,听起来不打诳语,让行路之人知晓脚力取舍。七井村不靠山不依水,平坦辽阔的盐碱地只能种苞米、谷物,人们称之为粗粮。巧合的是村里真有七口水井,可惜没一口清纯,因为含氟缺碘,井水苦涩不说,还是女人容颜之大敌,让七井女性没一个门牙不粘糖色。村里有头有脸的人物七婶就说,七井这疙瘩一筐木头砍不出个錾子来。有人说这话是指井,因为七口水井没一口争气的。有人说这话是指男人,因为七井的男人都是顺着垄沟捡豆包的主儿,没一个出去闯世界的。而老王认为七婶这话不分男女,是指所有七井人,七井人习惯称没出息的人为嘎,嘎当然不能当錾子用。

老王农高毕业后到七井小学当民办教师。七井小学大都是民办教师,包括代理校长胡玉芝也是民办,胡玉芝已经代理了一年校长,尚未正式任命。学校唯一一位有公办身份的老师姓万,但热衷于打麻将,常常一打就一个通宵。在进步与麻将之间,万老师毫不犹豫地选择了后者,所以胡玉芝从不担心万老师会对自己的职位形成威胁。老王一来就有所不同,老王那张嘴能讲在七井是出了名的,何况老王还是大队支书奎叔的亲侄子。老王报到那天,胡玉芝召集全体教师开会,简单地宣布大队决定,并介绍了老王的情况。会上,胡玉芝脸色像没经发面蒸出锅的馒头,白里透着青。她讲完话后让老王做表态发言。老王没有多说,初来乍到应该保持低调,他简单说了奎叔对他的交代:当民办教师的任务,就是要把七井大队地上的嘎培养成天上的鹰。听了这句话,除了胡玉芝,其他老师都笑了。

"打嘎"是东北农村孩子们普遍喜爱的一种游戏,制作简单,将短木棍两端削尖成纺锤状,备好一块长条木板或木刀,击打的时候将嘎放在地上,一端垫翘,然后用木刀或木板剁下使嘎弹起来,再用力挥,将板咔的一声猛扇出去,以嘎飞落远近论输赢。老王考证过,这个在东北孩子中广受欢迎的游戏产生于辽金时期,比西方的棒球要早几百年,只不过棒球不断改良,而打嘎却上千年一成不变,没有成为风靡世界的体育比赛项目。奎叔找老王谈话后,老王带我到小学操场上打了一次嘎,那一次老王竟然把嘎打飞到了学校围墙之外,距离超过五十米。我屁颠屁颠跑去把嘎捡回来,说:"你这是创造嘎纪录了。"老王把木刀往地上一扔,仰面躺在操场上看天上的云。我也学着老王躺下去,天上白云一动不动,一点看头没有,我就问:"看啥呢?"老王目不转睛地说看鹰。我说:"哪里有鹰啊?都是云。"老王说:"我在想,嘎如果打到云上去,不就成了鹰?"我心里觉得好笑,嘎不带翅膀怎么能成鹰?老王说了奎叔找他的事。老王想去当兵,可奎叔不同意,奎叔希望他留在小学教书,因为小学有几门课没人教。奎叔是老王本家叔叔,抗美援朝时在188师当侦察兵,本来是个已经走出去闯世界的人了,没想到他选择复员回七井当了大队支书。我和老王躺在操场上,老王复述了奎叔与他的对话。奎叔说七井孩子苦哇,像嘎一样扇不远,一茬一茬困在七井吃粗粮。老王说嘎是飞不出七井的,就那么一点章程。奎叔说咱七井的孩子不差啥么。老王说差教育,没文化自然出不去,当兵还要求初中毕业呢。奎叔说咱七井人自己要争气,要不没人正眼瞧咱们。老王说有些事不是想争气就能办到的,就像步枪打不下飞机来一样,要有高射炮。奎叔说谁说步枪打不了飞机?他们188师就用步枪把敌机给打下来了,还抓了个大鼻子俘虏呢,事在人为。老王没有接话。奎叔接着说:"别去当兵了,你一个人到部队吃细粮吃不出个滋味来,到学校去教书吧,将来把七井的嘎都变成鹰,让他们都吃上细粮。"老王说:"我特想去当兵,活了十八岁连绥化都没去过。"奎叔说:"想当兵没错,只是得有个轻重缓急,要是有仗打,叔和你一起上前线!"老王说:"我先去当兵,几年后回来再教书。"奎叔说:"种庄稼是有节气的,过了节气一年就没了收成。现在七井小学好几门课没人教,公办老师不来,民办老师又缺,叔心里火燎房啊。"老王没话说了,奎叔的话像酸枣刺一样刺痛了他,他答应回去想想再说。是留还是走,老王心里犯掂量,就带我来小学操场上打嘎。七井小学由一正两厢的旧庙改造而成,中间是办公室,两厢各是五间教室,操场和标准足球场一样大,长满了车前子和蒿草。操场南端有两个简易篮球架,像两个驼背老人在相互作揖,篮球场是操场上唯一铺着沙子的地方,我俩打嘎就在篮球场上。操场四周有半人高的夯土围墙,残破不堪,给人恍若某种遗址的苍凉感。这次打嘎后老王决定留下来当民办教师,我觉得应该是那只落到墙外的嘎给了老王启示,老王虽然没有说,但他的目光告诉我,我跑到围墙外捡回的不仅仅是只嘎。老王去向奎叔回话,奎叔两只大手铁钳一样捏住老王的胳膊说:"七井大队的孩子将来能不能嘎变鹰不说,你能留下来,叔没看错你。"

在见面会上,老王向大家讲了奎叔的嘱托后,胡玉芝绷紧的脸色没有开化,她冷冷地说:"让嘎变成鹰,你说嘎和鹰是怎么回事?有啥区别?"

这个问题既简单又复杂,胡玉芝这么问不是难为老王,是她自己也在思考这个问题,老王如果正面回答,就要说一堆谁都懂的废话。老王略加思考后说:"嘎和鹰大家都知道,至于区别嘛,我觉得很简单,嘎是被动扇出,鹰是主动飞走。"

老师们没有发笑,这个回答简直绝了。

胡玉芝又问:"教育是传播科学文化的,听说有人热衷于私下搞迷信活动,这是不是和教师的职责相违背呢?"

这是一个坑,因为老王给村里跳大神的七婶客串过二神的事并非秘密,尽管人们把这种客串当成是小孩子的耍戏,但胡玉芝这里话有所指。

老王回答说,教师的职责是告诉学生,什么是真正的科学和迷信,不能把迷信当科学,也不能将科学迷信化,迷信和科学很多时候是认识阶段上的差异。科学不被人接受的时候容易被当成迷信,布鲁诺被烧死就说明这个问题;而有的所谓迷信发展到一定阶段也可能变成科学,比如千里眼、顺风耳这种迷信说法今天已经变成现实。

老王的回答很绕,胡玉芝没法往下接,脸上多了些血色,对大家说:"王寸老师知识渊博,别人懂的他懂,别人不懂的他也懂,是个明白人。"

就这样,"明白人"这个帽子给老王戴上了。

老王当民办教师后没有辜负明白人这个绰号,工作干得很出色,胡玉芝对他的印象也发生了转变,还经常在会上表扬老王。

老王本人对明白人这个绰号颇有点纠结,他对我说过,这个绰号要是奎叔起的还凑合,奎叔毕竟是前辈,又是大队支书,有资格起绰号,但这是胡玉芝起的,胡玉芝当时只是代理校长,而且和他年纪相仿,听着心里便有点别扭。然而胡玉芝心好,嗓子也亮,老王后来改变了之前的看法,说他离开七井后每次听到有人叫他明白人,脑海里禁不住就会浮现出胡玉芝那张红萝卜一样的脸蛋来。

一九七七年恢复高考的消息一公布,老王就开始悄悄备考。老王将备考的事偷偷告诉了我。为了节省时间,老王下班后不回家,就在办公室复习。他家里条件不好,哥哥打光棍儿,母亲有风湿病,晚饭他总是一个大号苞米面饼子,一碗咸疙瘩丝,偶尔会有一个咸鸭蛋,由我负责送饭。老王不挑食,从竹皮暖瓶里倒满一茶缸热水,然后就在办公桌上边看书边吃饭。晚饭偶尔会有个咸鸭蛋,他并不一顿吃完,总是留一半次日吃,咸鸭蛋是老王改善生活的重要副食。当时考大学需政审,单位要写意见盖章,老王拿不准胡玉芝会不会给盖章。一天下午他对胡玉芝说下班后想汇报一件事,请胡校长晚走一会儿。等其他教师都走后,老王把报考登记表郑重地双手递给胡玉芝,望着对方那张带有萝卜红的脸庞说:"我想考大学,希望您能帮我。"胡玉芝接过登记表看了看,瞪大眼睛问:"你要考大学?你真敢想啊,在农高我们都学了些什么我太清楚了!"胡玉芝也是农高毕业,农高主课是农业常识,所学知识与高考无关。老王说只是想试试。胡玉芝没有说话,在桌前坐下来,目光投向窗外,把一个侧脸留给老王。窗外,放学后没有回家的孩子在操场上追逐打闹,像一群欢乐的小羊。老王没有坐,就站在胡玉芝面前,他知道胡玉芝的态度决定他能否顺利报考。胡玉芝喃喃地说:"我挺佩服我父母的,他们虽然是普通农民,但看人准成,当初他们说你将来会有出息我还纳闷,他们凭啥这样说?现在看二老说对了。"老王问:"二老真这么看我?"胡玉芝点点头说:"我父母曾经想找媒人去你家提亲,因为我坚决反对才没有去,他们就说了这番话。"老王说:"你瞧不起我?"胡玉芝说:"不是,我不喜欢耍嘴皮子的人。"老王说:"你若是帮我,我一辈子不会忘记你。"胡玉芝转过脸微笑着说:"这章我给你盖,你能考上大学是七井小学的荣耀。"老王后来对我说,胡玉芝答应的那一刻,他觉得胡玉芝门牙上的糖色淡化了,胡玉芝如芍药花一般的微笑瞬间定格在记忆里,后来他回七井建希望小学,其中不乏回报这一微笑的成分。

  学校同意后还要大队盖印,老王来找奎叔。奎叔正和大队一头白发的老会计下棋,看到登记表就把棋盘推了,站起身捏着下巴在屋里踱步,眉心蹙成了一个大疙瘩。奎叔遇到难题喜欢捏下巴,好像和下巴有仇似的,有时候把下巴都捏变形了,看上去疼得慌。奎叔说:"你小子还是想出去吃细粮,你走了七井的孩子咋办?"老王说:"叔啊,你就让侄子试试吧,过了这个村可就没这个店了。"奎叔问:"你有把握?"老王说:"我估摸十有八九考不上,考不上不丢人,谁让咱是农高毕业呢,可是连考都不敢考,那就成了不敢上战场的孬种。"老王太了解自己叔叔了,知道上过战场的叔叔最瞧不起胆小鬼。果然,他这样一说,奎叔立马态度大变,松开捏下巴的大手道:"对,照量一下也中!老王家没孬种,是骡子是马要牵出来遛遛才知道。"老会计是个有名的和事佬,在一旁敲边鼓:"大侄子是龙,七井这湾水太浅,留是留不住的,就像吴琳姑娘,该放就放吧。"奎叔道:"放也中,我可有个条件,一旦考上大学不能不管七井的孩子,咋管我不问,反正不能不管。"老王说他保证,就是当了八府巡按也不会忘记七井这些等着成鹰的嘎。奎叔不再踱步,在老王肩膀重重拍了一巴掌:"叔给你盖印,希望你小子是头一个由嘎飞上天的鹰!"

  录取通知书邮到七井小学那天恰巧是星期天,我陪老王在操场上打嘎。老王高考结束后几乎天天打嘎,人在紧张的时候需要一种运动来发泄,打嘎如同打保龄球一样,是最好的发泄方式。老王又有一次将嘎打出了墙外,每次将嘎打到围墙外,老王都会扔掉木刀在篮球场上仰面躺一会儿。他看着蓝天对我说,没想到考题那么简单,早知如此他就报考关内大学了。我说想考北大清华吗?他摇摇头说其实自己梦中的大学是一所叫西南联大的学校,不过早就没了。我当时不知道这所学校的名字,后来读了钱钟书的《围城》才明白,老王一定也是受了文学作品的影响。

胡玉芝是七井小学第一个知道老王考上大学的,我和老王打嘎累了,回办公室喝水,发现胡玉芝在办公室弹风琴。这时,窗外邮递员按响了自行车铃,老王疾步跑出去,邮递员左腋下夹着一摞报纸,右手摇着一个大信封喊道:"你是王寸老师吧?给,辽宁大学的来信!"我和胡玉芝在屋内都听到了,快步来到屋外。老王接过信封,脸色有些发白,迟迟没有打开。胡玉芝说,来信就说明考上了,考不上的学校不发通知。老王打开了信封,我发现一向镇定的老王在看到辽宁大学录取通知书那一刻,双手有些颤抖,额头布满细密的汗珠,像清晨院子里西红柿上挂的露水。邮递员没有马上离开,笑着对老王说:"这么大的喜事,连块糖也不发?"老王有些难为情,到哪里去找糖呢?胡玉芝说等一下。她转身回到屋里,不一会儿拿着一瓶七井白酒出来,递给邮递员道:"这是我给老父亲过生日买的,用来奖励你吧,感谢你给七井小学带来了好消息!"七井白酒是公社酒厂酿制的高粱烧,一块二一瓶,酒劲大,有"烧刀子"之称。邮递员接过酒在鼻子下闻了闻,说了声谢,骑车走了,到了大门口还不忘按按车铃致意。胡玉芝、老王和我站在办公室门前,胡玉芝说,快去告诉家里和奎叔吧,他们一定乐坏了。老王说:"不急,我进屋里坐一会儿定定神儿,好消息来得太突然,激动之后需要静静。"我们三人回到办公室,胡玉芝颇有感慨地说:"你果然由嘎变成鹰了,你的未来不再是七井,而是建有高楼大厦的城市。"老王说,走到哪里也舍不得七井小学,舍不得这些等着成鹰的嘎。胡玉芝说,大学一年有两次假期,可以回来看看嘛。我当时还是个孩子,不太懂事,其实我应该选择回避,给他俩留出空间,可我却傻傻地待在那里没走,听他俩意味深长的对话。沉默了一会儿,胡玉芝说:"我给你唱首歌吧,王老师,我只能用歌声向你表达祝贺。就唱《渔家姑娘在海边》,当年我代表七井大队参加公社文艺会演,就是唱这支歌拿了一等奖。"老王说:"我愿意听您唱歌,您唱歌有种青纱帐般的辽阔。"胡玉芝自己用风琴伴奏,声情并茂地独唱了电影《海霞》主题歌。

"大海边哎,沙滩上哎,风吹榕树沙沙响,渔家姑娘在海边哎,织呀织渔网,织呀么织渔网……"

这首歌如果在沿海地区唱也许不会激发人们那么多想象,在东北的七井效果就不同了,大海、沙滩、榕树,这些东西当地一样没有,贫瘠的盐碱地,千篇一律的景观,让人们对歌中的情景充满了无限向往。胡玉芝嗓子天生就亮,有着原生态的自然与淳朴,听她唱歌,感觉屋子忽然间变小了,似乎有成群的海鸥在头顶飞过,脚下的砖地变成了波涛汹涌的大海。歌曲唱完,老王脸颊有些泛红,目光一直在胡玉芝的背影上。坐在风琴前的胡玉芝穿一件红毛衣,两条粗黑的辫子垂在身后,辫梢处扎着两个粉色的蝴蝶结。老王说:"七井的孩子应该去看看海,大海一定很美。"胡玉芝转过身点点头说:"我还没有见过海,海对于东北内地农村孩子来说很奢侈。"老王说:"看海的日子不会太远,我们一同努力。"

发榜后老王成了全县新闻人物。一个九年级农高毕业的民办教师考上名牌大学哲学系,这等于在全县放了一颗原子弹。县教育局局长亲自到七井小学看望老王,局长承诺:"大学毕业可以回来,全县教育系统单位随便挑。"曾在七井下乡的吴琳给他来信表示祝贺,这封信让老王颇生感慨。吴琳是个长相俊俏、上进心很强的哈尔滨姑娘,是老王的梦中情人,她在七井下乡四年,通过推荐上大学回了城。每每谈起吴琳,老王的眼神立马由黑白变成彩色,如同端午节孩子喜爱的彩线,有一种交织缠绕的感觉。对此我得出一个结论:当人对某个异性情愫勃发时,目光一定有所镶嵌,这种镶嵌会把内心世界暴露无遗。

老王去沈阳报到前我问他:"你走了,我咋办?"老王说:"多读书,读书是你由嘎变鹰的唯一途径。"

老王这话绝对精辟,成了我青年时期最重要的座右铭。我心里再清楚不过,老王能考上大学就是因为读了许多书,从老王身上我知道了什么叫爱书如命,头悬梁锥刺股我没见过,但在读书上如饥似渴老王绝对是典范。老王读书上瘾,不管有用无用的书,只要能到手就读,实在没书读的时候他就去找七婶借唱本读。七婶的唱本实际是跳神唱词,从不外借,但老王是个例外,用七婶的话说王寸透亮,连过路的神灵都会喜爱这孩子。老王记性好,七婶的唱本他几乎过目不忘。

老王考上辽大哲学系后我问他哲学有啥用,当时哲学对于我来说如同天方夜谭。老王没有马上回答我的话,大概他一时拿不准该如何解释这个问题,记得他眨了眨眼后才回答说,世界上有许多看似没用的东西,但你又离不开它,哲学就属于这种东西。

这个回答我没听懂,加重了哲学对于我的神秘感。

二

我大学毕业当了记者后,有一次在冰城见到了当年七井下乡知青吴琳,吴琳在滨城博物馆当馆长,当年的铁姑娘已经变成一个练达雅致的知性女领导。我们在博物馆的贵宾厅谈起往事,她说七井是个没有风景的村庄,似乎只有冬夏两季,春天大地刚一返青就倏然而去,秋天苞米还在秸秆上雪就下来了;风景倒无所谓,问题是七井的人不开化,都二十世纪七十年代了,还有人通过祛魅来治病,真是不可思议。我知道吴琳说的祛魅治病是指七婶,吴琳说得没错,那时候很多人找七婶跳神治病,其实,这种跳神治病已经演变成表演,更像是一种填充乏味农闲的民间娱乐。我提起老王,说七井的明白人老王总是对她念念不忘,他大学毕业后在滨城工作,我俩每次相聚都会说到她,说她像年画里那个举着红灯的李铁梅。吴琳说,人有异相,造化非凡,老王就是个天生异相之人。我说老王一没重瞳,二不狼顾,哪有什么异相?吴琳摇摇头道:"老王面相非同寻常,你很难找到一个和他相像的人,他的形象可以进博物馆。"吴琳的话滑稽而又意味深长,我忍住笑说:"那你描述一下老王有啥异相。"吴琳并不推辞,很爽快地道:"首先说牙吧,他的牙基本上是鲨鱼牙的微缩版,排列毫无章法,之所以说基本上,是因为我没有看见被两腮遮挡的槽牙,从能看到的牙来说,里出外进,透着蜜蜡般的光泽,颇有些气势。其次说眼,老王的眼白多,眼仁聚光,有点像鹰眼,却没有鹰眼的杀气,但穿透力浑然天成,与人对视时似乎冒着丝丝剑气。再说耳朵,老王的耳朵总令人联想到猞猁双耳上的簇毛,像被施了法术一样,持久地支棱着,如同刺向空中的双矛。还有老王的眉,眉梢卷扬,两头相连,连接处的眉毛稀而发青,把一道通天纹给生生截断,这是破中有立的标志。"经吴琳这么一说,再想想老王的长相,我觉得世上之事真的就怕相互联系,明明风马牛不相及的事,一旦相互有了联系,问题就变得复杂起来。

吴琳说她和老王能成为朋友挺有意思的。吴琳作为七井大队团支部书记,是老王的领导,领导就有教育下属的职责,因为老王给七婶客串二神,吴琳对此当然不能视而不见,要对老王批评引导,防止他在错误的道路上越走越远。就这样,一来二去,两人有了接触。

那次见面,吴琳还让我转告老王,说她欠老王一样东西,会还的。至于欠什么东西,吴琳没有说。

我知道老王并不反感吴琳,尽管他不赞成吴琳的某些工作方法,但在关键问题上老王以自己的方式支持了吴琳。前几年老王说起此事,还颇有感触地说:"吴琳可以负我,我不会负吴琳,欣赏一个人,就应该无条件地去帮助她。"

对于老王痴迷吴琳我有些不理解,也许是审美上的差异,我觉得吴琳并不美,就像工厂里一个标准产品,没有瑕疵,也没有特色。但老王不这么看,他说吴琳那口白牙像磁铁一样吸引他。我说:"除了那口白牙,吴琳还有什么让你着迷?"老王说有白牙就足够了,其他多了反倒不好。

感情上的事南辕北辙者居多,很可惜,老王喜欢吴琳属于剃头挑子一头热,吴琳并不领情。在吴琳眼里老王属于一个需要教育引导转化的问题青年,吴琳这么看也不是没有原因。老王读书杂,有次到刘金海家家访时上茅房,看到茅房里有两本当草纸的旧书,就用一摞报纸将书换了回来。这是两本堪舆演卦之书,老王如获至宝,说这书对于他来说不亚于张良得到《太公兵法》。研读之后老王自然要尝试实践,于是村民遇有红白喜事,老王便会主动去提些建议,并大讲建议的理由。说的次数一多,名气就出来了,人们就觉得老王挺神,明白人不是浪得虚名。村里大事小情当然瞒不过七婶,七婶就想认老王做干儿子。七婶没有儿子,只有五个女儿,最小的女儿比老王小三岁。老王说:"认干亲倒显得外了,我像亲儿子一样待你就是。"萨满出身的七婶跳神远近闻名,在七井大队的威望堪比奎叔,奎叔对七婶也是睁一眼闭一眼,反正锣鼓之事翻不了天。东北跳大神像唱二人转那样需要有个配角,这个人叫二神,也叫领神,负责把过路之神领到大神跟前进行应答。"批林批孔"那年,一直担任二神的七叔突患半身不遂,无法承担二神之任,有人向七婶推荐了王寸,说王寸学啥像啥,办事靠谱,当二神肯定合适。七婶就让小女儿去找来王寸,两人关上里屋门聊了小半天,聊了些什么没有外传,但从此以后王寸就成了七婶的义务二神,两人配合得十分默契。需要说明的是,老王配合七婶跳神从不收取报酬,七婶跳神也是尽义务。当时搞迷信活动有风险,大队部的喇叭里天天喊破除迷信、移风易俗,但也就是嚷嚷一下拉倒,没人动真格的,社员有了疑难杂症不找七婶找谁去?大队赤脚医生老母亲的心口疼还是七婶治好的。公道地说,会跳神的七婶其实也是个乡医,尤其在治疗癔症方面有一套。老王后来分析过七婶跳神,说跳神最大的作用是心理暗示,暗示能激发患者自身的抵抗力,不能把它简单归结到迷信上。老王给七婶跳神打下手的事在村里瞒不住,奎叔不愿意管,团支书吴琳却要主动出手。吴琳是哈尔滨知青,毕业于有名的哈三中,是个充满浪漫斗争幻想的姑娘。下乡当年入党,先是担任大队铁姑娘班班长,不久又担任了团支书和妇女主任。在一次县里举办的培训会上,她向县里一位丁领导汇报了有青年参与跳大神一事,丁领导说这种封建迷信活动害人害己,要做坚决斗争。七井大队是个封闭安逸的村庄,虽然不富裕,但人们对一天三顿粗粮就咸菜的清苦并无挑剔,社员之间有纠纷也到不了奎叔的台面上,很多事七婶就给断了。七婶有个观点,有事找奎叔就等于经了官,经官的事再小也是官司,而在七婶家里断,事再大也是家务。所以不到撕破脸皮,社员有事不会到大队找奎叔。吴琳打破了这个规矩,想主动出手介入过去奎叔懒得管的事。她对奎叔说:"王寸是教书育人的教师,怎么可以参与跳大神这种事呢?应该进行批评教育。"奎叔很欣赏吴琳身上那股天不怕地不怕的闯劲,对吴琳干预王寸当二神这件事并不反对,喜欢斗争的人总要找一个对象当靶子,这是斗争的需要。他就嘱咐吴琳说七婶是老年人,在村里关系盘根错节,惹翻了不好办,至于王寸嘛,应该好好教育引导,让他把心思用在教学上,当然啦,王寸本质不坏,只是对稀奇古怪的东西好奇,是人民内部矛盾,不要激化搞僵了。奎叔当然关心侄子,为了不让王寸产生对立情绪,奎叔特意和王寸打了招呼,说:"吴琳对你感兴趣,想找你谈话,你要好好向人家学习。"老王后来说奎叔这个提醒误导了自己,他认为"感兴趣"就是喜欢,奎叔目的是想撮合他们。

吴琳找老王谈话三次,三次谈话的细节老王皆能复述。

吴琳实际上被老王谈了。

头一次谈话在一个冬夜,那天是冬至,天上飘着清雪,老王在办公室看书,是一本叫《十日谈》的小说,白天刚从青年点一个知青手中借来,持有者只给了他一个晚上的时间,还有很多人待读。办公室电压稳定,电灯也亮,方便阅读,不像家里,电灯甚至亮不过蜡烛。晚饭后老王喜欢一个人到办公室来,他对胡玉芝说过,自己来这里看书权当义务值班,正好可以添煤压住炉火,免得次日早晨冒烟咕咚生炉子。胡玉芝不但没反对,还表扬了他这种做法。老王看得正投入之时,吴琳敲门进来,裹挟进的冷气将《十日谈》中的暧昧气息一扫而光。吴琳穿黄军袄,围一条大红围脖,黑头发上挂满霜花,进来就搓着双手哈气。老王愣了一下,把《十日谈》用课本压上,然后起身给吴琳倒了一杯热水,问她晚上来学校做什么。吴琳说:"来找你呀,先去了你家,你父母说你没回,我就过来了。"老王说:"找我有事?"吴琳说:"当然有,想和你谈谈。"老王说:"谈什么?说吧。"吴琳便说了七婶跳大神的事,说七婶跳神看病不仅是迷信活动,而且是非法行医,他当教师的参与这种活动性质很严重,这么下去会成为宣扬迷信的典型,成为斗争批判对象。老王听后沉默了好一会儿,起身用炉钩子将屋中央的火炉捅了捅,原本压住的炉火顿时燃烧起来,像红蛇在群舞。老王放好炉钩子,坐在吴琳对面问:"我可以问您几个问题吗?"吴琳点点头。老王说:"七婶给人看病是否敛过财?社员患病后大队赤脚医生治不了,七婶接手治对不对?七婶是否治死致残过患者?有没有七婶看过的病人举报七婶非法行医?"

老王抛出的一串问号像鱼钩一样把吴琳给钓住了,吴琳一个也回答不上来,顿时变得面红耳赤起来,她仰着脸说:"你说的情况我不掌握,我不针对七婶,七婶年事已高,不是团支部工作对象。我现在是来和你谈话,希望你正确对待,不管怎么说,跳大神肯定是封建迷信活动,这个不用怀疑。"

老王说:"我理解你的想法,不瞒你说,开始我也觉得这玩意是装神弄鬼,但接触了七婶之后我的看法变了,跳神是萨满艺术,这种艺术的主要作用是传播延续本民族历史。萨满认为万物皆有灵,要爱惜每一个生灵,不能见死不救,这便有了祛魅治病的辅助作用。"

吴琳说:"你是高中生,又有明白人绰号,应该不会简单轻信什么,你谈谈自己的认识,我们找到问题症结,然后再从思想深处解决这个问题。"

"你了解萨满吗?"老王问。

吴琳摇摇头说:"我反对跳大神,但对跳大神的来龙去脉缺少研究，但我知道这样一句话，任何宗教都是精神鸦片，不要期望它真能拯救人。"

老王说："赞成或反对一种东西，首先要知己知彼，不能稀里糊涂地表态，否则就成了人云亦云。跳大神是老百姓对萨满表演仪式的俗称，其实它在原始社会就存在了，从历史到当下，千百年来北方各民族对萨满奉若神明，信念不减，最多的用处是祷告、预言、解梦，选择狩猎方向、决定部落战争、控制星相天气等大事，至于跳神祛魅只是辅助作用之一，这些民族中不乏英雄，难道他们都比你我愚昧？"

吴琳并不认同，历史有历史的局限，毕竟时代不同了，她说："不过，我倒想听听你说的道理所在，如果你能讲得通，我就不批评你。"

吴琳的挑衅正中老王下怀，让他的演讲天赋有了用武之地，他忘记了被书本压住的《十日谈》，专心致志地给吴琳讲起萨满流变。他从史前讲到新中国成立后，从伏尔加河讲到西伯利亚，从通古斯语讲到阿尔泰语，从女真人讲到满族、达斡尔、鄂伦春族、鄂温克族和青海的土族，不仅把萨满教原始发轫到现代的演变讲得头头是道，中间还机智地加入一些生动的事例。这些知识吴琳闻所未闻，老王等于打开了一扇巨大的落地窗，让她看到了一个完全陌生的世界。吴琳毕竟是个年轻姑娘，有好奇心在所难免，她完全被吸引住了，双手撑着下颌目不转睛地盯着老王，老王流畅的语言勾勒出的情景像电影般一幕幕闪过，生动而又魔幻。

老王说他暗地里注意过吴琳，比如身段，吴琳的身段十分匀称，凸凹得当，五官也横平竖直，相书上说五官代表一个人的风水，尤其女人，一辈子因果全种在五官里，这当然是老王的说法。老王念念不忘的是吴琳的牙，吴琳的牙可以用"皓齿珠列"来形容，晶莹剔透，严丝合缝。在四环素牙肆虐的七井，吴琳的牙绝对是一道亮丽的风景。和这样一位女性对话，老王当然会把自己的长处发挥到极致。后来老王承认，与吴琳这次冬至之夜的对话像初恋一样难忘，老王说自己对男女之事开化晚，记忆里似乎没有过初恋，把这次工作谈话当成初恋也合乎情理。我明白老王这话只能对我说，对妻子他是不会流露的。

在评价七婶的问题上，老王显然想把吴琳带入自己设定好的逻辑圈套，他说："打个比方吧，一个病入膏肓的村妇在沼泽里不能自拔，眼看着就要沉下去，这个时候你若是从旁边走过，是视而不见还是站在那里大喊大叫？要知道周围没有人能施以援手。"吴琳想了想道，应该下去救人，想办法把人拉上岸。老王说："你说对了，见死不救肯定不对，在岸边大呼小叫也解决不了任何问题，唯一正确的选择就是冒着危险下去救人。我觉得七婶就是这个下去救人的人，不管方式如何，能挺身而出这一点就令人敬佩。七婶的方法可能不符合西医规程，但是西医和萨满本来就是两个系统，用其中一种系统标准来指责另一系统，这就如同用酿酒的理论来批评榨油技术，本身就不合理，你说不是吗？"

吴琳没有回答。

老王又说："如果七婶对病人什么也不做，你当然不会批判她，而病人怎么办？她在良心驱使下去救了村民，你却要给她戴上一顶搞迷信活动的高帽，这难道是反封建迷信的初衷？批判的结果就是让七婶眼睁睁看着患者病情加重或死亡！你想想，假如你是七婶，你该怎么办？"

吴琳放低了头，看着火焰正旺的火炉道："我没想和七婶过不去，我来这里是为了你，你别转移对象。"

老王看到吴琳锐气不再，便提笔在一张纸上写了个大大的

"癔"字,然后递给吴琳道,也许这个字能解释七婶的举动,七婶跳神要治的病老百姓都叫癔症。"癔"字是病字旁里面一个意念的意,指人的精神,精神这东西看不见摸不着,是虚的,精神出了问题,西医的手术刀想切也没处下手。吴琳点点头,精神有病需要到专科医院。老王说:"农村妇女因为心理缺少疏导,癔症发病率高,而且大都间歇性发作。我就见过这种病人,白天下地干活还好好的,晚上突然就魔怔了:有的说胡话,说见到了死去的先人;有的蛮力大增,几个男人都按不住;还有的六亲不认,见谁骂谁。可是送到公社卫生院一查,啥事没有,医生束手无策。但这病七婶能治,而且个顶个能治好,这可是公认的。反过来说,真要依你所说把她们送到专科医院,谁来出钱呢?社员平时连顿细粮都吃不上,哪里有钱到城里看病?"

吴琳不说话了,钱的确是个难以解决的问题。

老王接着讲了几个七婶跳神治病的事例,病人有名有姓,有的人吴琳还熟悉,因为七婶出手救治,现在都是能下地干活的女劳力。

谈到夜深,吴琳还是没有告辞的意思,她盯着老王道:"我明白了,你明里给七婶当二神,暗里在研究七婶,研究萨满,我发现你是个跟七婶偷偷学艺的研究生!"

这句话把老王说愣了,不得不说吴琳绝顶聪明,她从另一角度看出了端倪。老王没有否定吴琳的判断,反问了一句:"你不会因为我好学就批判我吧?"

吴琳摇摇头,很谦虚地说:"和你谈话挺有意思,像听一个老先生讲故事,感觉你和我们不是同龄人,我们虽然叫知识青年,其实掌握的知识很有限。对了,您对我的工作有什么建议,不妨也说说。"老王注意到吴琳对自己改了称呼,把"你"换成了"您"。老王很会说话,他清楚别人让你提意见时千万别当真,有些人让你提意见其实是在求表扬。吴琳这样问,他必须正面回答,便对吴琳说:"伟人说过,要想知道梨子的滋味,必须亲口尝尝,建议您不要轻易否定自己不懂的事。"

吴琳久久地望着老王,老王的话让她陷入了深思,之前,她没有细想过这个问题,这次谈话就因为不懂萨满历史而陷入被动。在吴琳出神的那个片刻,老王又有了新发现,出神的女人最能体现出可爱的一面,吴琳的眼睛在灯光和炉火作用下流光溢彩,满是光而不耀的小星星。

这次长谈的直接后果是耽误了老王读《十日谈》,这本书的后半部分他只能快速浏览。后来吴琳被推荐上了大学,在送她的时候老王还说:"吴书记呀,你欠我一本《十日谈》。"吴琳说:"我会记着的。"

第二次谈话是因为吴琳牙疼。

当时,全县在农村推广普及新型二人转,据说这是上面大领导的创意,目的是改造东北农村文化土壤。奎叔将这项任务给了吴琳。吴琳天赋不少,比如画宣传画、写大批判稿、大会演讲等等都不输别人,但唱二人转却是她的软肋。她来找胡玉芝,胡玉芝婉拒了,说唱歌和唱戏是两码事,她唱不了二人转。胡玉芝不是推托,唱歌的无论美声还是通俗,真唱不好二人转,就像京剧演员唱通俗,一张口就知道有没有。但这事难不住吴琳,她从县里请了一对地方戏老演员来教唱新型二人转《红石桥》。七井大队适龄青年不少,唱二人转少说也能凑成十几对,开始,青年积极性很高,可是教了几天,人就变得稀稀拉拉。教唱二人转在业余时间进行,不记工分,全靠动员,青年农民不积极吴琳也没有办法。吴琳开始牙疼,左腮甚至肿起来,有天晚上疼得实在忍不住,就捂着左腮来到学校,她知道老王肯定在学校看书。吴琳推门进来,一副梨花带雨的可怜模样,老王吃了一惊,问:"咋了?"

吴琳捂着腮帮子说:"牙疼。"

老王道:"一定是为教唱《红石桥》上火,要败火。"

"咋败?"吴琳站在屋中央问。

老王合上书,吴琳瞥了一眼,是一本《十万个为什么》,并非有关萨满的书。老王说,分两步走,第一步先解决牙疼问题,第二步再解决教唱《红石桥》问题,后者是病根,病根解决了,牙自然就不疼了。

吴琳眼泪差点落下来,自己面对的不愧是个明白人,连牙疼病因都能说得一清二楚。

老王让吴琳在办公室稍坐,他说去去就来。他匆匆走出办公室,大概半个钟头后便返回来,带回一个小药瓶,里面是褐色的药膏,还带回一截寸八长的羚羊角。老王带来棉签,让吴琳自己将药膏涂在牙上,然后让她伸出手,用那截羚羊角刺压合谷穴。老王口中念念有词:"肚腹三里留,腰背委中求,头项寻列缺,面口合谷手。"老王舞弄了一会儿,吴琳牙疼得不那么厉害了。吴琳道:"我是病急乱投医,没想到还投对了。你怎么还明白行医?"

老王笑了笑:"我哪里明白,都是刚才七婶教我的。"

吴琳"哦"了一声,问:"《红石桥》的事咋整?"

老王坐回椅子上,把小药瓶拧上瓶盖,把那截羚羊角小心翼翼包好,道:"记住,回去用刀在羚羊角上刮下些骨粉冲水喝,一日三次。"吴琳点点头,说羚羊角降火这一点她懂。老王说:"你的牙一定要保护好,它不仅仅属于你。"吴琳愣了一下,问:"我的牙还属于谁?"老王脸有点热,急忙说:"还属于七井呀,你的牙是七井女性的骄傲。"

吴琳说教唱《红石桥》大伙都不积极,怎么动员,来的人也是稀稀拉拉。老王说世上只有不称职的老师,没有不称职的学生,教唱《红石桥》出了问题,办法只有一个——换老师,要换年轻漂亮的老师,那样,青年男女就会踊跃学唱。

老王见过吴琳请的那两个老演员,唱功虽然不错,但两人水桶般的腰段不适合登台演出,大家不愿意来学唱是有道理的,毕竟白天干了一天农活,又累又乏的。老王说,《红石桥》的吸引力不在于戏曲,而在于教唱的老师。

吴琳是个聪明人,一点就通,她听取了老王的建议,换了一对靓女俊男演员来教唱,效果果然不同,不仅选定的青年愿意学,连老汉们也噙着烟袋在窗外凑热闹。七井大队在全公社第一个完成了《红石桥》教唱普及任务,县里组织会演时,七井派出的选手获得了表演优秀奖。

第三次谈话是在大队部,白天。

七井大队分到一个推荐工农兵大学生的指标,大队权衡再三,推荐人选集中在吴琳和胡玉芝头上。奎叔拿不定主意。如果胡玉芝上大学,侄子王寸顺理成章就可以接任七井小学校长,何况胡玉芝是土生土长的七井人,工作没的挑。如果推荐吴琳,这个下乡知青的命运从此就会改变,也许将来就是个有大出息的人。在一番掂量后,奎叔倾向了后者,因为他发现了一个令人担心的问题,作为大队支书他要为吴琳负责。

奎叔把老王叫到大队部说了自己的担心,上面有个不大不小的丁领导,对吴琳不是一般的关心,经常隔着公社直接给七井大队下指标,要求吴琳参加培训班或会议。奎叔说他见过丁领导,此人眼珠贼亮,大背头,穿灰色哔叽中山装,上衣兜里插两管钢笔,一看就是个不沾土坷垃的人。凭经验,奎叔觉得此人对吴琳有想法,来七井检查工作与吴琳握手半天没撒开,这个细节别人不在意,当过侦察兵的奎叔注意到了。问题是吴琳没有意识到危险正在逼近,视这种举动为领导关心。奎叔说好女就怕赖汉缠,何况此人有身份有地位,吴琳要着了他的道儿,一辈子就毁了。老王说那就推荐吴琳上大学吧,一走了之。奎叔说推荐吴琳的话,胡玉芝也许想不通,这事还要过青年投票推荐一关,胡玉芝人缘好,又是本村人,大伙推荐她的可能性大。老王想了想道:"胡校长的工作我来做。"

　　老王与胡玉芝谈了上大学的事,着重谈了吴琳的处境,说一个城市姑娘离开父母在这里很不易,还有不怀好意的人在惦记,说某某公社一个女知青就出了事,闹得沸沸扬扬。胡玉芝不笨,当然明白老王找她的目的。末了,胡玉芝问:"你是不是喜欢吴琳?"老王脸腾地红了,胡玉芝问话这么直接,等于一把撕开了他的衣服。他摇摇头,说有好感,但谈不上喜欢。胡玉芝冷笑一声道:"你是明白人,嘎和鹰永远是两码事。"老王点点头:"我不仅懂嘎和鹰的差别,还知道蛤蟆和天鹅的关系。"胡玉芝笑了,道:"你这人心善,要是把我推荐走了,这校长非你莫属,可是你却想着与自己无关的人。说实话,你要是推荐我去,至少我会感谢你,你推荐吴琳,也就是一走一过的事,不过你放心,这件事我听大队的。"老王心里有一股热流在涌动,后来他说,那一刻真想娶了胡玉芝。

　　麻烦出在吴琳那里,当奎叔告诉她支部的决定后,吴琳去县里开会巧遇那位丁领导,丁领导将她叫到办公室做了一番思想工作。大致意思是上大学三年还要回来,因为政策是"社来社去",如果不去,这三年说不定就能提拔到公社担任领导。吴琳说大队已经推荐了自己,丁领导说:"这好呀,推荐上了你再让出来,显示你更有觉悟、讲风格。"从县里回来吴琳就犹豫了,坐在大队部望着窗台上的一盆洋绣球出神。奎叔脾气暴,怕动肝火,便去找老王,让老王来劝吴琳。

应该说老王与吴琳第三次谈话是奉命而谈,他是主动方,肩负做通吴琳思想工作的任务。奎叔交代任务时说:"人家都说你是明白人,我看能不能把这事整明白,别让叔闪了舌头。"

吴琳见到老王时眼睛一亮,问:"来找你叔?"

"找你,"老王说,"来祝贺你上大学。"

"哦,这事呀,还没定呢。"吴琳眉头蹙了蹙,把目光投向窗台那盆洋绣球。洋绣球皮实,一年四季都开花,花色红艳。

"不要想三想四,下定决心上大学。"老王似乎在下命令。

吴琳惊愕地看着老王,不懂老王为什么会以这种口气说话。"为什么?"她问。

"我知道你的想法,想通过让出指标来换取政治资本。我明确告诉你,即使让出指标你也当不成英雄。"老王直话直说。

"我没想当英雄。"吴琳红着脸辩解。

"可是推荐你的青年们都在议论你让指标的目的,说给你一碗大米饭你不吃,是想接下来吃更好的饺子。"

"有这种事?"吴琳显然没想到青年社员会这样议论自己。

老王道:"我做通了胡校长的工作,还动员青年们推荐你,你却在想什么?群众眼睛是亮的,不要拿群众当傻瓜。"

吴琳低下头,摆弄着自己的衣角,一时无语。老王的话戳痛了要害,她毕竟是个很单纯的姑娘。

老王接着说:"还有件事我只能悄悄告诉你,我去找了七婶,七婶说你三年之内在七井犯桃花劫,七婶的话不可全信,但不能不信。"

"犯桃花劫?"吴琳吃了一惊,"我在七井接触最多的异性就是你,难道你是我的桃花劫?"

"这个劫不是我。"老王急忙辩解,"劫这个东西就像藏起来的蛇,趁你不防时窜出来咬你一口,轻则是伤害,重则会要命,可怕之处是让你防不胜防。"老王解释说,"七婶的预料大都应验,她对你印象不坏,让我提醒你一定要谨慎小心。"

"七婶还关心我?"吴琳感到有点小激动,在对待七婶上她学奎叔采取了敬而远之的态度,作为妇女主任也从来没有难为七婶,这让七婶对她并不反感。

"是的,七井无论男人女人都夸你,要不怎么会推荐你?"老王也很会说话。

吴琳脸红了,问:"七婶出了题肯定会有答案吧?"吴琳知道七婶抛出的问题不会悬在半空。

老王佯装神秘地说:"七婶让你离开七井,除此别无良计。"

"当真?"吴琳眼睛里的小星星浮现出来,不停地闪耀。

"没错,"老王说,"七婶的话斩钉截铁。"

吴琳沉默了,站起身望着窗外。窗外是一栋栋土坯草房,间或长着几棵杨树,风景单调乏味,大队部的红砖门垛上插着两面红旗,这是早晨她新换的,原来的两面已经褪色、毛边,看起来不提神。老王知道吴琳心里很纠结,留还是走,这是一个难做决断的问题。老王从奎叔那里知道,丁领导的许诺是口头支票,公社革委会已经多年没有从知青中结合新成分,吴琳表现再好也不可能被提拔到公社任职。吴琳收回的目光落在窗台那盆洋绣球上,这是她从城里带来的花,是这间旱烟弥漫的办公室唯一的绿植。花盆里不知何时长出一棵小草,她轻轻拔掉小草,转身对老王说:"我服从大队决定,去哈尔滨上学。"

事后,奎叔问老王是否真的找了七婶。老王摇摇头,承认他是打着七婶的幌子吓唬吴琳。

吴琳回哈尔滨上了大学。走的时候她很动情地对奎叔表态，毕业后会义不容辞地返回来和社员一起建设七井。

翌年，丁领导因奸污女知青被逮捕，判刑十年。吴琳给老王来信，信中有这样一句："在我的心里，你是七井大队第八口井。"

三

老王的故事是我大学期间最重要的谈资，我曾想，假如没有老王，我不知道在宿舍里能与室友分享什么。

室友闲聊往往以家乡为话题，有时聊美食，有时聊美景，有时聊奇闻逸事，我聊得最多的是老王。

明白人不是随便叫的，东北农村的明白人，说白了就是大先生。最初在讲老王前我做了说明，免得同学产生歧义。

我们七井走出来的第一个大学生就是老王，是当年全县状元，名气比县长还要大。老王绰号叫"明白人"，这个绰号名副其实，因为老王几乎没有不明白的事。

有同学说明白人这个绰号太俗，一听就没啥内涵。我说："名字内涵太多那是唬人，你看孔夫子，名字就用了排行和出生地，叫仲尼，再简单不过。"

我读大学那会儿宿舍熄灯早，熄灯后八个人谁也睡不着，同学们就让我讲讲明白人老王。老王的故事我张口即来，也就乐得与室友分享。毕业前夕，室友大周对我说："你讲的那个明白人可以叫东北老王，我觉得他就是东北的仁波切。"我说："我讲了那么多老王的故事，你能记得几个？"大周道，印象深的至少有两个，一个讲家雀，一个讲猫头鹰。我想了想，这两个故事确实颇有知识性。

家雀故事有些离奇，不是亲眼所见你不会相信天下竟有如此怪诞之事。故事发生在我上小学五年级下学期，那时候小孩子淘气,爬树掏鸟窝是家常便饭。我们班有个叫刘金海的同学,穿件右肩打着补丁的蓝褂子,剃着平头,鞋子总是大脚趾处先破一个洞,走路时两个大脚趾像两只胆怯的老鼠在破洞处探头探脑。刘金海的祖父留着半尺长的花白胡须,平时像聋哑人一样少言寡语,据说他曾是辽西一带有名的风水先生,不知何故举家迁到了七井。刘家有不少线装书,经常撕来引火做饭。刘金海生性淘气,打弹弓特准,能寻着鸟叫射过去,而且常有射中的时候。他还常在晚上捉家雀、掏鸟窝。刘父在大队场院打更,大队给配了能装三节电池的手电筒,他便常常偷来照家雀。家雀是一种飞不高也飞不远的鸟,与人相伴而栖,喜欢将窝建在屋檐、墙洞、房笆等处。这种聪明的小鸟到了晚上智商明显下降,被手电强光一照就傻掉了,待在原处一副坐以待毙的样子。这个时候高处的可以用弹弓打,低处的直接上手抓。刘金海胆子大是出了名的,敢一个人去东老茔。东老茔是七井村坟场,连大人都少去,刘金海却敢拿着弹弓一个人去那里打鸟。刘金海的抓家雀小分队一共四个小屁孩,除了我之外还有雷子和明刚。雷子和明刚是因为嘴馋加入的,他俩吃烧家雀的样子十分猥琐,常常将嘴巴吃得一塌糊涂。我参与是觉得刺激,加上刘家与我家相邻,他每次捉家雀总是在院子外喊我,我也就跟着凑热闹。我们每次出去都不走空,只是收获多少的问题,掏鸟蛋有季节,照家雀却四季皆可。刘金海将抓来的家雀直接捏死,系成一串拎到村西土地庙拢火烧着吃。之所以选择土地庙,是因为常有村民来此为故人烧纸,村里谁家死了人要到这里报庙,小庙夜间有火光很正常。我对老王说了刘金海带我们捉家雀的事,老王很严肃地告诉我,这事不能再干,必须住手。他让我告诉刘金海,吃麻雀、掏鸟蛋那是蛇干的勾当,与蛇争食必遭蛇咬。我把老王的话转告了刘金海,刘金海不信,说:"蛇在地上爬,家雀在半空飞,我们怎么就碍着蛇了？再说七井这地方难得见到蛇。"四个人除了我心里打鼓外，其他三个都不在乎老王的话，只有我退出了。刘金海笑话我，说我胆子还没家雀蛋大。我说："老王的话我不敢不听，那可是明白人。"老王见刘金海没住手，便想亲自找刘金海谈谈，但话还没谈上，不幸就发生了。七井村有一处老宅子，位于村子最东边，那是七井村地主王思茂家的祠堂，土改后祠堂成了大队储藏农具的仓库。刘金海三人来老宅照家雀，院墙很矮，轻松便可翻过。老宅子破败不堪，青瓦瓦楞间长满瓦松，屋檐上带有蟾蜍图案的瓦当多有损毁，在手电光里豁牙漏齿。刘金海在窗台上方看到了黑色瓦当下有个黑乎乎的墙洞，说里面肯定是家雀窝，便爬上窗台伸手去掏。雷子和明刚先是看到他掏出一把鸟毛，因为有羽毛落到了嘴里，他张开嘴咳嗽了几下，忽然一截软塌塌、黑乎乎的东西从洞里滑落出来，一头扎进他嘴里，在手电光亮里雷子和明刚发现那是条黑乎乎的蛇。刘金海双手抓住蛇往外拽，可是逆鳞拽蛇谈何容易？蛇光溜溜的抓不住不说，越拽越会往里钻。雷子和明刚哪里见过这等恐怖之事，妈呀一声，扔下手电就翻墙跑了。待把家里大人找来，刘金海正在院子里捂着肚子呕吐，那条滑落口中的小蛇已经通过食道完全钻进胃里。好在这是一条无毒蛇，蛇也没有咬他，他被送到公社卫生院及时做了治疗。这件事让刘金海开始听老王的话，捉家雀的事再也不干了。老王曾说三岁看老，这句话在刘金海身上得到了验证，一九八三年刘家迁回辽西，刘金海后来竟然成了名震四方的盗墓贼，这是后话。

猫头鹰的故事也令人匪夷所思。七井村有个又懒又馋的单身汉白志宝，三十大几也没成家，村民给他起了个绰号"白吃饱"。白吃饱父母早亡，独自住在一处马架子里。马架子是东北常见民房，土坯垒成，门窗面南，呈三角形，其他三面苫着房草，因为通风采光极差,里面幽暗潮湿,沤着陈年不散的霉味。白吃饱干庄稼活不行,在谷地里张网捕野鸡却有两手,经常能逮到野鸡回家下酒。野鸡糟蹋谷子,生产队对白吃饱的行为便懒得管,但张网抓野鸡毕竟不是正经营生,村里大人孩子都躲着他,那座马架子像他的坟墓一样,没有客人到访。忽然有一日,一向死寂的马架子热闹起来,大人孩子都挤到马架子门前看光景。原来他网住了一只罕见的猫头鹰。七井不靠山,有猫头鹰出现绝对是稀奇事,消息传出后人们都去白家看热闹。我从没见过猫头鹰,也随大流去看光景。白吃饱的马架子墙壁上糊着旧报纸,炕上铺着一领有破洞的苇席。被捕获的猫头鹰一只腿被绳子拴在窗棂上,正在炕梢乱扑腾。马架子里有三样东西让我记忆犹新。第一样当然是那只不幸的猫头鹰,猫头鹰怒眼圆睁,又弯又尖的喙似乎要刺破自己的胸脯,见到我还向我使了眼色,感觉在暗示什么。第二样是白吃饱头发稀疏的脑袋,人的头顶应该是平的,但白吃饱的脑袋却是尖的,像一只倒过来的陀螺,让人忍不住想甩几鞭子,把它抽正过来。第三样是屋内的土墙,糊满了发黄的《绥化日报》。报纸糊墙很正常,但人家大都会把报纸糊正,让墙壁如同展板一样好看,但白吃饱不这样,他将报纸倒着糊、横着糊、斜着糊,毫无章法,看起来极不舒服。从进到屋里始,我就不得不歪着头看报,有的标题读到一半就被糊死了。我问白吃饱为啥不能正着糊报纸,白吃饱一双金鱼眼怪怪地看着我道:"反正我也不识字,正着糊反着糊都一样。"我想也是,人家是糊墙,又不是为了读报。白吃饱跟大伙炫耀抓猫头鹰的过程,他讲话有点大舌头,唾沫星子乱飞,说逮猫头鹰比逮狼崽子还吓人,猫头鹰爪子比秤钩尖,一抓一块皮肉。他撸起袖子露出受伤的胳膊给人看,胳膊上果然有道渗着血丝的伤口。因为马架子里有股说不出来的怪味,我没等白吃饱讲完就离开了,回到学校和老王说了猫头鹰的事。老王一听顿时脸色大变,说:"你赶快去告诉白吃饱把猫头鹰放了,养猫头鹰在家会遭祸殃的。"还嘱咐我去找赤脚医生给白吃饱家多撒点来苏水。我返回去把老王的话转告白吃饱,白吃饱道:"好不容易逮了个宝贝让我给放了,不是开玩笑吧?"我说:"王老师还让你多弄点来苏水回家消毒。"白吃饱说:"我家有啥毒? 我还要把猫头鹰炖了下酒呢。"白吃饱不信邪,猫头鹰在家一直养着,村民过了新鲜,也没人再来看。忽一日,白吃饱莫名其妙地发起烧来,伴随头痛、腰痛、眼眶痛,他没在意,没想到病情突然加重,竟直挺挺死在了炕上。白吃饱死了,那只猫头鹰还活着,邻居发现白吃饱病死的时候,那只猫头鹰正闭一只眼睁一只眼不声不响地立在炕梢,像个守灵的哨兵。马架子门外挤满了人,有人说白吃饱死了,这只猫头鹰咋办? 不管怎么说猫头鹰也是白吃饱的私人财产。人群中七婶站出来,说把它放生吧。于是有人进屋解开拴猫头鹰的绳子,把它抱出来放飞。猫头鹰扑棱棱飞起来,却没有飞远,而是飞到马架子房脊上站立不动,不时发出一声婴啼般的冷笑。

　　事后我问老王,怎么会断定白吃饱有祸殃,老王给出的答案是两个字:联系。老王说啥事都是有联系的,当你站在链条这一节时,有一种可能已经埋伏在链条下一节等着你。老王说猫头鹰是什么? 是逐魂鸟呀,看到它驱赶还来不及,哪有往家里领的? 猫头鹰以老鼠为食,老鼠是出血热和鼠疫病毒的宿主,把猫头鹰养在家里,等于带回去一个鼠疫病毒"大礼包",不出事才怪。我对老王佩服至极,说:"你咋知道这么多? 家雀、蛇、猫头鹰,好像没你不知道的。"老王说读书啊,读书能让你成为一个明白人,这是老王第一次劝我读书。我问:"猫头鹰放了为啥赖在马架子上不飞走,一副恋恋不舍的样子?"老王道:"人死前后身上会散发一种味道,猫头鹰应该是闻到了这种味道才舍不得走,它是逐魂鸟嘛。"

老王家离我家不远,隔着刘金海和明刚家,他比我大四岁,我们是一块玩大的好朋友,用现在的话说我是跟着老王混的,老王九年级农高毕业当了大队民办教师,所以老王算是我的老师。我能走进老王的内心世界,是因为我当了好几年老王的跟屁虫,他的许多事我都清楚,我觉得老王胸腔里有一条滔滔黄河,沉浮着神秘的河图洛书。人心不过拳头大,而老王这只拳头张开后五指却能无限延伸,能抓住他想抓的东西。老王有许多属于自己的理论,说起来头头是道,让你深信不疑。这些理论如同兑了酒精的饮料,解渴的同时,会在轻酌慢饮中不知不觉让你产生醉意。

四

老王大学毕业那年,我考上了本地一所师专。如果说老王由嘎变鹰,我充其量是由嘎变成了家雀。老王却很高兴,特意送我一本《圣西门选集》做贺礼。提到这本书我特别惭愧,一直到毕业我也没能读完。

老王毕业后被分配到东北沿海城市滨城。他本可以去沈阳、长春、哈尔滨,他也曾犹豫过,犹豫的原因是想去哈尔滨,那样就可以和吴琳同城,但他还是选择了滨城,他说到滨城看海方便,七井老乡来看海,他可以尽地主之谊。老王被分配到滨城师院当老师,十分体面的一份工作。暑假我去看他,我说哲学专业应该去研究机构才对。我想老王的工作应该是噙着烟斗背手在图书馆里踱步,然后分不清墨汁还是牛奶,写出一篇篇惊世鸿文,要是当教师的话,当初考东北师大多好。老王说:"当教师有讲台有听众,其他职业你讲给谁听?"

我告诉老王我能考上师专基本上靠自学,全乡两个高中班七十多人,只考上了我一个。老王听后陷入沉思,好一会儿才说,看来由嘎变成鹰绝非容易事。我上大学后每年假期都会去看老王,因为老王,我对那座沿海城市充满向往。

工作后的老王并不安分,每年工作都有新变化,工作三年跳槽三次恐怕也是纪录。第一年,老王由师院政教系的马列教员转为学生处干事。老王对此的解释是在学生处接触学生,不再局限于一个班或一个专业,能更多地影响青年人。第二年,老王改行到校办当秘书,他说学生处并非他想象的那样,工作太琐碎,天天画表填表,是一种机械性的重复劳动。他说校秘这个职位能间接参与核心问题决策,属于真正用脑子的地方。我问校秘主要干些什么,老王说行政的事他不干,他的职责是写材料,他怎么写,校长在会上就怎么念,说白了,校秘的笔,校长的嘴,校秘的水平就代表学校的水平。第三年,老王辞去校秘,考上了脱产研究生。他说校秘这个工作窝气,他认为材料中最出彩的部分,却往往被校长大笔一挥就删掉,连个理由都没有,他觉得考研不错,带薪,能多读书,还可以提高学历。我对老王能考取研究生相当羡慕,那时研究生可谓凤毛麟角。

在毕业分配上我征求老王的意见,我的想法是回县一中教书。老王摇摇头,说飞十步远的是嘎,飞百步远的是家雀,飞万步远的才是鹰。听完老王这句话,我禁不住抬起头来仰望了一下天空,我明白了,老王这是让我继续深造,飞得更远。于是我决定考研。专科起点虽低,但老王当年农高的起点不是更低?我铆足了劲备考,结果幸运地考上了滨城一所有名的大学读研。当然,我不敢选择哲学专业,我一直认为哲学是属于金字塔塔尖的专业,有恐高症的我没有胆量去碰它,担心跌落受伤。我的专业是新闻。

老王得到硕士学位后被选拔到市委一个重要部门工作。市委那幢庄严气派的九层办公楼承载着许多仕途人的梦想,我觉得老王一定对前程做了规划才跻身这幢精英云集的建筑。我从心里赞同老王的选择,老王能讲擅写,什么道理在他嘴上笔下都能讲得通、圆得上,这是一大本事。我很清楚机关里具备这种融会贯通能力的干部并不多,与老王相比,有些官员只会复读机一样鹦鹉学舌。

同在一座城市,彼此接触更加方便,我们几乎每周都能通个电话。有天老王打电话给我,让我到他家去坐坐。老王研究生毕业就结婚成家,妻子是本市人,在大学任教。那天他一人在家,煮了几盘海鲜,我俩喝着棒棰岛啤酒漫无目的地闲聊。老王不善饮酒,半瓶啤酒下去脸就像煮熟的螃蟹,买酒主要是为了我。老王说他准备竞聘理论处长,并对此颇有信心,认为这一职位非他莫属。我也觉得凭能力、学历,老王完全胜任这个职位。聊得更多的是七井,提起家乡我俩总有说不完的话。老王没有忘记奎叔嘎变鹰的嘱托,这事是他心里的一个结,说开始想简单了,参加工作后逐渐意识到,别说改变一群人,就是改变一个人都很难。我说:"你已经很尽力了,求连滨集团郝老出资为七井建了希望小学,让七井小学变成了带暖气的二层楼房,这不是件小事。"老王说七井小学房子太破了,不改造不行。我说那里原来是座庙,冬季房子不保暖,我上学时手都冻肿了。老王说学校竣工时他回去了,见到了胡玉芝,胡玉芝依然是校长,已由民办转为公办,人到中年了脸还像红萝卜。我说胡校长只有生气的时候脸才白。老王说,胡玉芝说学校还缺老师,现在师范毕业生没有愿意到农村去的。我想胡玉芝说得没错,我师专毕业就没有回去,雏鹰飞走不会再回巢,人也如此,毕竟外面的世界更精彩。老王说因为师资不强,七井孩子学习成绩普遍不好,九年义务教育结束后或外出打工,或在家里务农,读高中的微乎其微。这个情况我清楚,老王这样一说,我不由得长叹一口气。老王说那次回去他还帮雷子做了件事,雷子患有神经官能症,一般农活干不了,他就说服胡玉芝让雷子到学校当勤杂,工资由连滨集团出。其实雷子在学校无杂可打,经常拎着个锄头在操场锄锄杂草,驱赶一下到操场觅食的鸡鸭鹅。雷子当年和我一起抓过家雀,老王提到他,我就想起土地庙里那个满嘴黑灰吃烧家雀的小模样。

老王拿起一只寄居蟹,左看右看却不吃。寄居蟹长着一只与身体不成比例的蟹钳,很能虚张声势,而柔软的肚子却不堪一击,哪怕小小的虾米也能让它开肠破肚,所以它要寄居在海螺壳里。老王看了一会儿忽然说:"我建七井希望小学是不是建了个海螺壳呢?"我愣了一下,问他怎么回事。老王说胡玉芝来电话了,七井小学已经成为历史,上级将七井小学撤并,七井的学生都集中到乡中心小学寄宿上学。老王说听了这个消息心里挺复杂,说不清好还是不好,按理说发展是好事,但让那么小的孩子离开父母去乡里寄宿,他们还是父母的嘎吗?我说这不是一省一县的事,教育资源优化配置是全国性的。老王将那只掰下的蟹钳放进嘴里咔吧一声咬开,然后剥掉硬壳,将蟹肉放到碟子里,喃喃地道:"那么好的校舍,已经卖给私人变成了养鸡场。"

那次吃饭后不久我就听到一个消息,老王认为手拿把掐的理论处长没当上,机关一位老同志竞聘成功。老王不久就选择下海去了连滨集团。我认为老王这个选择多少带有赌气性质,老王骨子里有哲学家的清高,怎么会选择下海赚钱呢?老王打电话告诉我这一消息时,他已经坐在连滨集团总经理办公室的老板椅上了。老王说来感受一下我的新环境吧,老王说的"环境"二字显然有寓意。放下电话后我驱车赶往位于开发区的连滨集团。连滨集团办公楼的保安与警察足能以假乱真,听我说找王总,向我敬礼后问我是不是有约,我说刚打过电话,他说等一下,要给王总秘书打电话确认一下。不一会儿,一个体高肤白的女孩来到门岗,很礼貌地领我来到六楼总经理室。我进去的时候,西装革履的老王正在办公室转动一个硕大的地球仪,那样子就像一个要指挥世界大战的元帅,见到我笑了笑说:"你是我上任后接待的第一个记者。"我说环境果然变了,这办公室少说也有一百平方米。老王在机关大楼是三人共用一间十八平方米的办公室,人与报刊挤成一团。老王让我坐下,亲自为我沏了一杯绿莹莹的碧螺春,微笑着说:"别人怎么看我不管,你应该知道我不是为了收入才下海。"我说:"说实在话我也不完全理解,一次竞聘落选就拂袖而去,作为明白人心理不会这么脆弱吧。"老王摇摇头,道:"连滨集团郝老你认识吧,由一个瓦匠到身家过亿的企业家,成功的密码是什么?"我说我不知道。老王说:"我也不知道,我来就是想破译这个密码,把成功的秘诀提炼出来。"老王停顿片刻坐下来,背靠着椅子说:"郝老找到我,说夜里做梦总会梦到盖成的高楼塌了,问我是咋回事。我说这是本领恐慌,集团越大,这样的担心就会越严重。郝老说,集团确实有短板,比如和政府部门的关系处理不好,办事不顺畅,等等,太伤脑筋,希望我能去帮帮他。开始我没动心,我一个搞哲学的对经营不感兴趣,但郝老一句话打动了我,郝老说来连滨集团我可以'两动一不',就是动脑、动嘴,不用动手。我想这个原则不错,我擅长思考和表达,能用我的脑和嘴改变一个企业,这是一种人生的成就,我就决定来了。"

我说:"郝总有个儿子吧,印象中是个不苟言笑的中年人。"言外之意我想说连滨集团毕竟是家族企业,郝老有自己的接班人,老王说的影响是有限度的。

"是的,郝总的儿子就是现任董事长。郝董很开明,平时不太过问公司业务。"老王说,"郝董有自己的爱好和追求。"

老王担任了连滨集团总经理后,我从一位知情者那里得知,郝老是在酒桌上被老王一通神侃征服的。那天老王谈的话题是如何将房地产企业做强做大,老王的观点像草地上的狼毒花一样奇艳,他说房地产企业嘛,无非是低价拿地,高价售房,靠预售回款,空手套白狼,没啥科技含量,一靠胆子,二靠人脉,只要天天座上有贵宾,杯中有美酒,钱就会流水一样往资金池里淌。郝老想想自己一路走来真的就如老王说的一样,便觉得老王是个难得的人才,应该到机关挖老王。

老王当了总经理后,用心践行自己的房地产企业做强做大理论。这一点令我不得不刮目相看,一般来说,有了一定身份的人,总会说和做有所区别,老王不是这样,他恪守"两动一不"原则,不过问具体业务,具体工作自有专业人员去做,他着重在企业方向和战略上做文章,除此之外,他的功夫还用在协调政府部门关系上。老王协调关系的方式是组织饭局,他的饭局极具普惠性,每个参与者都能感受到荣誉感或成就感。老王本身缺少饮酒基因,据说年夜饭家族聚餐被两瓶啤酒醉倒了爷儿仨。因为不胜酒力,老王便在饭局上发明了软酒,所谓软酒就是水,但以水祝酒必须讲一个与酒有关的段子,老王一个段子讲罢,不用动员,大家便会在开心中干掉一杯。

老王下海后多了一种爱好——收藏,但他收藏就是为了收藏,收到好东西从不与人分享,出土古董流到他手里便等于重新回归了黄土,变得没有出头之日。老王不避讳我,破例带我到他储藏古董的密室参观。拉着厚厚窗帘的房间里层层叠叠摆放着来路复杂的收藏品,有从日本淘来的缂丝、唐三彩、元青花,还有大西北乡下寺庙斩下的佛头,辽西的马镫壶、鸡冠壶,甚至还有已故老作家的手稿,没有分类,显得杂乱不堪。我说:"这么多东西你能记住吗?"老王指指太阳穴,道:"都在这里呢,不会差。"在老王的密室,我仿佛掉进了尚未清理的兵马俑俑坑,嗅到了一种浓重的青膏泥味。我说:"你收藏了这么多宝贝,为何不搞个私人博物馆向社会展览呢?"老王说等等,再等等,我不知道老王要等什么,尽管有种人生就是等待的说法,但那是指情缘和机遇,对于收藏来说还要等什么呢?

老王好客,三教九流多有结交。老王神侃时只要我在场,我总是最忠诚的听众,在我的宣传下,我的许多同行也都成了老王的"粉丝"。同行们说老王有王公气派,擅长坐而论道,老王讲述时颇有含饴吐哺之状,两手总是做往外推出的姿势。我小时候就发现老王讲述时嘴角会有所粘连,他不是不想擦拭,而是顾不上,因为他已经完全进入了忘我境界。我也注意到,有这种情况的人大都是擅讲之人。老王善于描述精灵鬼怪、志异稗史,这是吸引听众的噱头,想影响人首先要吸引人,讲的道理再好,听众在翻手机刷屏,演讲就不算成功,因为你没抓住听众。老王的长处是抓人,他口中一个个故事就是一条条牵魂绳,要么拴住你的心,要么牵住你的脖颈,总之你得跟着他的节奏走,你的笑与哭、忧与思都在那条绳索上。

五

除了老王,我没有遇到畏梦之人。

连滨集团总部员工都清楚,如果老王早晨上班神情萎靡,面色发苍,那一定是昨晚做梦了。老王做梦无关美梦还是噩梦,只要是梦,对于他来说就不是好预兆。梦似乎是老王夜路里无法避开的鬼打墙,一旦进入,他在梦醒时就会有一种抽筋扒骨的疲软。

老王约我去大黑山下的一个生态樱桃园摘樱桃。到了樱桃园,老王却对樱桃园边的一片西红柿田感兴趣,去摘了一篮提到遮阳棚下,说这是碱地柿子,口感比樱桃好。我吃了一个,酸甜适度,特别好吃。老王说碱地柿子比一般柿子价格高十倍,与樱桃有一拼。

我俩在樱桃园闲聊,看着老王那副志得意满的样子,我说:"你下海后混得风生水起,有洋房豪车,座上贵宾常换,身边美女如云,还有满密室古董文物,这辈子没啥奢望了吧?"老王道:"要是说奢望还真有一个,那就是老天爷别让我做梦,我太恐惧做梦了,梦境对于我来说简直就是炼狱。"我觉得好笑,世上有多少人靠黄粱美梦来滋润枯燥的人生,做梦一没成本,二不会被问责,这是老天给每个人的最公平的权利,有什么可恐惧的呢?老王说:"你不懂,这世上从来就没有无缘无故的梦。梦是一种说不清楚的暗示,这东西太深奥了,人类研究了几千年,到现在还没搞清楚梦境的门闩在哪里。"我说即使是这样也没有啥可恐惧的呀,无非一个梦而已。老王摇摇头:"非也!"老王用了一句文言。在与老王的交往中我发现,一旦老王用了文言,就等于启动了麦克风,演讲便会正式开始。

"我做梦太灵验了,因为灵验,我的梦境堪比犯罪现场。"老王拿起一个碱地柿子递给我,自己也大口吃了一个,他接着说,"别人如何做梦我不清楚,我做的梦里总是有一支曲子伴奏,你知道是哪支曲子吗?瞎子阿炳的《二泉映月》。我确实喜欢这支二胡曲子,读研时总喜欢戴着耳机听。我觉得阿炳是个天才,一个不识乐谱的竟然能拉出这么动听的曲子,从道理上似乎讲不通。"

我心想,是啊,再好的梦境,一旦配上《二泉映月》这么一支如泣如诉的曲子,气氛马上就会变得自怨自艾起来。哀乐是情感的漂白剂,再鲜艳的花簇也会被它褪色成白菊花。老王梦里为什么会有《二泉映月》伴奏呢？肯定是他太爱这支曲子所致,爱是一把无形的刻刀,能把最初的印象刻成图章铃满心中所有的留白。事情果然如我分析的一样,当我问他除了《二泉映月》还喜爱过什么曲子时,老王想了半天才想起一支老歌《渔家姑娘在海边》,老王能记住这首歌,应该是胡玉芝的功劳。

老王说:"我在梦里是清醒的,常常未醒之时就察觉到了会有不幸发生,这种感觉太可怕了,看着悲剧上演自己却像观众一样无能为力,这是一种煎熬。梦是不由自主的,人无法左右梦,你就是有天大的本事也无法改变梦的走向。"

"能不能举例呢？"我对梦的话题十分感兴趣,人往往都是这样,对越是禁忌的东西越会感兴趣。

"当然可以。"老王说,"有些话我只能对你说,和你说无所谓,和别人说这些人家会误解我。怎么说呢？要下个定义的话,我的梦是朋友厄运的预报。比方说,有一天夜里我梦到了刘娜,你知道刘娜,著名女企业家,旗下有一个投资公司和一处高档公墓。刘娜虽年过半百,但模样依然过得去,染成酒红色的翻翘短发将洁净的额头衬出一抹金光,充盈的唇膏留住了嘴角去意未决的性感。刘娜已经离异多年,对于婚姻的破裂,男方负全责,因此刘娜对男性有着无法愈合的成见,有人劝她重新组织家庭,她的回答像衡水老白干一样冲劲十足:等日头从西方出来吧。梦中刘娜请我做她的主婚人,我觉得奇怪呀,一个敌视再婚的人怎么会梦里让我做她的主婚人呢？我觉得此梦必有玄机。刘娜在婚姻上如此偏执,作为朋友我曾建议她改变想法,重新组建家庭。我说:'刘总,作为兄长我想说不要一叶障目不见泰山。'你知道刘娜说什么？刘娜立马回了我两个成语:'老哥呀,有这样两个成语——一叶知秋和窥一斑可见全豹。'我说人无完人,对男人还是要看主流。刘娜说:'我闲着没事非要找个男人回家养着?经济独立的单身女性不要再陷入婚姻的泥淖,说婚姻是围城那叫客气,其实婚姻是实实在在的牢笼,有形的墙壁,无形的电网,一旦圈进去,就是暗无天日的无期徒刑。'在梦里我问她:'你找到老公了?肯定是个成功人士吧。'刘娜说,'一白丁而已,再说了,成功男士的心思大都在外面,白丁可能更恋家。'我说:'你这么做很正确,这个主婚人我来当,不仅当,我还要随一份厚礼。'刘娜说:'我不需要厚礼,我只需要一丝真情,一丝你懂吗?就是细细的一根蚕丝,不,是蛛丝,只要是真的。'梦醒后我越想越不对,总觉得此梦有隐喻,一清早便抄起电话打给她。电话里刘娜有些有气无力,估计是昨夜没有睡好。我说:'昨夜梦到你了,你让我当主婚人。'刘娜停顿片刻说:'这些日子我认真考虑了你的建议,你的话不无道理,和别人过不去实际等于和自己过不去。'我说:'你这么想就对了,阴阳相合乃天之道,你生活中什么都不缺,唯一缺少的是爱。'刘娜说她准备好好想一想,过几天也许会有个颠覆性的改变。

"几天后刘娜没有消息,再打电话过去,电话是刘娜女儿瑶瑶接的,瑶瑶在本市一所大学读研,走读,晚上回家陪妈妈。瑶瑶哭着说:'王叔呀,正要给您打电话呢,妈妈昨晚走了,是急症。'我感到头发都直立起来,这太突然了,没听说刘娜有什么病呀。瑶瑶带着哭腔说:'妈妈去世前头脑很清楚,用微弱的语气告诉我,说自己去世后,遗体告别仪式请你王叔给主持,你王叔是个能贯通阴阳的人。'我马上就想到了前几天的梦,这哪里是主婚,分明是送葬啊!放下电话我仿佛有种被什么附体的感觉,觉得刘娜像影子一样就在身边。我就想这个梦太奇怪了,刘娜为什么要托梦给我?难道她要到另一个世界再婚?"

"是有些不可思议。"我说。

"一个人在生命最后一刻委托你主持葬礼,对你是真正的信任,刘娜的选择说明她认同了我的观点,只是上帝没有给她改正的机会。刘娜一定认识到人生是需要伴侣的,路途越远,伴侣的意义越重要,选择孤旅天涯的人内心应该是铁打铜铸的,常人无法做到。我去主持了刘娜的葬礼,刘娜的遗容很安详,像在百合花丛中浅睡一样,一如既往的唇膏格外醒目。参加葬礼的来宾很多,说来奇怪,刘娜平时最不待见男人,无论酒桌上还是生意中总是奚落挖苦男人,可是那天来告别的多数是衣冠楚楚的成功男士。"

"这个梦说明不了什么,"我说,"也许是一种巧合,不能成为你恐惧梦的理由。"

老王说:"察见渊鱼者不祥,智料隐匿者有殃,我很清楚做梦这样敏感不是什么好事。"

"你还做过别的灵验的梦吗?"我的好奇心被激发起来,不得不说,听老王说梦很有意思。

"当然有,当年掏鸟窝吞活蛇的刘金海你熟悉,他在辽西犯下的盗墓大案涉案人员过百,破案新闻都上了央视。"

刘金海的情况我当然知道,他迁回辽西长大后成了一个神通广大的盗墓贼,他最为得意的"创举"是用五年时间做了一个扣,成功地套住了一个喜爱收藏的局长。大凌河畔多辽金古墓,在一处偏远山坳里曾出土过不少辽代瓷器。辽瓷虽糙,但在黑市里价格不菲。一日,这位局长主动约刘金海开车到郊外转悠,目的当然是寻找古墓。局长带着一张发黄的旧地图,转来转去,在一片叫七星山的地方停下车。局长指着一片坑坑洼洼的山地说,这里不长大树,地下应该有东西。刘金海拿出罗盘比比画画一番,说了句模棱两可的话:或许有。此事过去五年后,刘金海突然给局长打电话,说最近清闲,可到七星山走走。局长心领神会,就跟他上了山。两人驱车来到五年前看好的地方,用罗盘测了测,然后来到几棵小槐树前,小树碗口粗,树叶稀稀拉拉,长势并不好。刘金海用洛阳铲打了几铲,抽上来一看是三合土。三合土是古墓葬封土,有三合土,说明下面十有八九有古墓。刘金海说先回去,晚上动手。局长明白,哪里有大白天明晃晃盗挖古墓的?想挖也得等晚上来。到了夜晚,刘金海又带了两个帮手,四人开车来到那几棵小槐树旁。锯掉小树,刘金海在清理好的地方铺上一块塑料布,摆上黄铜香炉、三碟干果,打开一瓶烧酒,然后点燃三支香插到香炉里,将酒恭恭敬敬酹于地上,跪下磕了三个头,然后示意两个手下也过来照做。临到局长,刘金海道:"你是领导,磕头就免了吧。"局长上前说:"我鞠三个躬吧,免得土地爷挑理。"仪式结束后,两个手下开始掘土。盗挖很顺利,封土不深,没有碎石和流沙,古墓封砖也完整。打开墓室用手电一照,四人差一点惊呼起来,墓室虽不大,却像古董柜一样摆满了文物。清点出来,有三只白釉黑彩梅瓶、五只褐釉鸡冠壶、三只辽三彩鸡冠壶和两只白釉菊莲纹执壶,除此之外还有几摞黑釉粗瓷碗。一次挖出这么多瓷器,无异于中了头彩。刘金海是个明白人,说:"局长呀,按行规是人人有份,四人均摊,但考虑这是你发现的地方,我们三个又是专门干这一行的,属于我们的那三份都给你吧,你给个辛苦钱就中。"局长当然愿意,这些东西将来出手一定是高价。他给了刘金海等三人每人二十万,将所有出土瓷器都收入囊中。

这是一个专为局长做的局。刘金海归案后交代,这个古墓是他引以为傲的"杰作",为了迷惑局长,假墓所用青砖、三合土、破碎棺椁都是真的,唯有瓷器都是赝品,造假后并不急,待五年后假墓上的槐树长成碗口粗了才来收口。办案人员找到这位局长,说出真相后,局长就差当众吐血了,谁能料到,刘金海为了钓他这条大鱼,竟然放了五年的长线!这件事让老王感慨颇多,不得不说刘金海很有心机,如果把这份聪明用在该用的地方,他就是一只从七井飞上天的鹰。因有家传,刘金海对古墓葬和殉葬品鉴定并不比专家差,走上邪路着实可惜。

牛河梁发现红山文化积石冢后,大批专家到牛河梁现场考察,当时考古现场管理不规范,周围老百姓可以近前看热闹。刘金海也来到现场,看到专家们的操作后对身边的人说:"什么专家,给我当学生都不够格。"他的话被一个专家听到了,专家回头看了看这个眉宇间带川字纹的中年人,开玩笑说:"你想给我们当先生不难,可是怎么能证明你比我们有学问呢?"刘金海道:"咱们可以比试一下找古墓,就牛河梁这片山,你我在一个下午时间里,谁能找到有货的古墓谁赢,怎么样?"专家没法接招,寻找地下古墓哪里是一个下午的营生?十个下午也不成呀,一把洛阳铲能打几个洞?专家就说:"你是本地人,熟悉这里的墓葬,我们可以比点别的。"刘金海说:"那就在这牛河梁上找一处积石冢,咱俩打赌看里面有没有古玉怎样?"专家还是不敢接招,专家清理古墓就像上海人吃大闸蟹,是细活儿,哪里像盗墓贼,三两下直奔值钱的东西。专家开玩笑本来想让刘金海难堪,没想到却让刘金海占了上风,事情传出去后刘金海名气大增,人们都说刘金海把专家震住了。

老王说,当年经朋友介绍来辽西买马镫壶,无意中遇到了刘金海,刘金海蛮热情,卖给他的辽金瓷器没有虚价,老王觉得这个学生还有七井人的实诚,师生间便有了联系。当他知道刘金海从事"摸金校尉"勾当时,劝刘金海马上收手,但刘金海听不进去。刘金海说:"王老师呀,好东西埋在地下可惜了,还不如挖出来让人欣赏。"老王说:"盗墓犯法知道吗?"刘金海辩解道:"为啥有组织的挖是考古,而私人挖就成了盗墓?这不公平。"刘金海在盗墓上"矢志不渝",老王总觉得心里坠着块石头,觉得他离出事不远。刘金海说他不想当个一般的盗墓贼,他是有梦想的人,他的梦想分四步:第一步是掘几座像模像样的辽代王公墓,这个已经实现。第二步是远赴中原掘几处殷商遗址,搞点青铜器,这个也实现了。第三步是掘牛河梁红山女神庙遗址,找到心仪的红山古玉玉猪龙,这个也实现了。走过了前三步,刘金海想法就飘了,掘墓对于他来说已经不仅仅是图财,而且要留名。刘金海说他想成为历史上最伟大的"摸金校尉",为此,他盯上了骊山秦始皇陵,当年楚霸王动用了那么多人力也没有盗成的天下第一陵,如果凭一己之力将其拿下,必将轰动世界、青史留名。老王说刘金海的第四步梦想让他脊背直冒凉气,这家伙天狗吞日,野心了得!不要以为刘金海在痴人说梦,在此之前他还从没失过手。

我说:"刘金海敢打秦始皇陵的主意,也就是吹吹牛吧。"

"如果是吹牛倒无所谓,但秦始皇陵只有一座,万一他梦想成真,就是无法弥补的损失。世上之事,很多都是在大众认为不可能的情况下发生的,这种事不能赌,只能防患于未然。不得不承认刘金海是奇才,"老王语气里带着赞许说,"他找古墓的方法你绝对想不到。他先从古代的地图上寻找方位,然后牵着马到荒山野岭去转悠,如果哪块地上明明有青草而马儿却不闻不吃,他便会做好标记,然后再进山用洛阳铲打探。还有,他常在雨后去那些怀疑有古墓的地方转悠,如果地势低洼又无积水,他也做好标记,待有空的时候带洛阳铲进山。刘金海归案后,办案人员在他住处搜出一张辽西地区古墓葬分布图,这张图让文物管理部门的专家目瞪口呆,因为上面有些标注的地方他们从没听说过,按图索骥后果然有不少新发现。"

老王关于刘金海的铺垫已经可以了,我问他梦到了刘金海什么,总不会像梦到刘娜那么巧合吧。

"我梦到他穿着金缕玉衣来见我。要知道,所有人梦中的色彩都暗淡无光,没有谁能梦到太阳。刘金海身上的金缕玉衣引起我注意的是声音,叮叮当当,玉和金属碰撞的声音,像编钟演奏,又像古塔振铎,不动听,却入耳,当然,背景音乐还是那曲幽怨的《二泉映月》。我知道自己在梦里,却无法从梦中醒来,这种奇怪的感觉对我是一种难以言状的折磨。我问过一个颇有名气的解梦专家,专家告诉我这是被魇住了。这种梦很吓人,因为你是在清醒中睡觉,不但得不到休息,还会极度疲惫,会让你血压升高、心跳加快,跟清醒时遇到紧张之事一样,据说夜里猝死之人很可能是因为做了这种梦。当然,我还不至于被一个穿金缕玉衣的刘金海吓死,再怎么说我也是他老师。

"在梦中我问刘金海为啥要穿金缕玉衣,刘金海说有档次呀,这行头过去只有帝王和诸侯崩薨才能穿。我吃了一惊,刘金海哪里像个农民?能用'崩薨'一词,可见肚子里有东西。

"我劝他金盆洗手,这行当自古就属十恶不赦的重罪。刘金海道:人生有命,富贵在天,我有这套看家本事也是拜上天所赐,既然上天赐我,不用岂不是不识抬举?不过,我行事不会做绝,一般会给墓主留下一二,打的墓洞也会回填,不给宵小之辈趁火打劫提供方便。

"我听了觉得滑稽,盗墓者本身就是宵小之辈,没想到刘金海还将其分为三六九等。我说:'以你的本事能在考古方面做出名堂来,为何非要一条道走到黑呢?''不中了,'刘金海说,'入了这行好比抽大烟,一旦上瘾,十足难戒。您甭劝我,您是老师,我倒想求您一件事,我把我几十年的心得和禁忌都告诉您,您帮我写本书,算是给这个行当立个规矩,这行当良莠不齐,乱得很,愁人!

"一个盗墓的想立规矩,虽是梦中之话,却意味深长,立规矩就是做标准,做标准的人自然就成了行业老大。我说:'当这个行当的老大有什么意义呢?当年法律可有一条,叫首恶必办,胁从不问,立功受赏。你出这样的书,恐怕书还没印出来,自己先进去了。'

"'富贵险中求,'刘金海说,'我一个掏家雀窝出身的穷小子怕啥?打拼到今天已经知足,大不了再回到从前。'刘金海在说这番话时,背景音乐《二泉映月》忽然加大了声响,变得愈加悲怆起来。刘金海说他已经开始谋划走进秦始皇陵,这件惊天动地的大事一定要写进书里,传之后人。秦始皇陵是国家重点文物保护单位,安保措施堪比军事基地,刘金海轻轻松松用了'走进'一词,多从容呀,好像安保、电网、墓道会像ETC(电子不停车收费系统)自动为他敞开一样。刘金海的自信从哪里来?难道说他已经破译了秦始皇陵的密码?如果说过去刘金海的罪过限于破坏红山文化遗址和古墓葬的话,那么这一次他要犯的可是杀头死罪。"

老王说:"梦中我劝刘金海,书肯定不能写,写了也不会有出版社出。你悬崖勒马尚有活路,若是一心奔向秦始皇陵,肯定是一条不归路。

"听我这样说,身穿金缕玉衣的刘金海忽然飘起,像纸鸢一样随风而去。

"早晨醒来,这个梦的任何细节我都记得一清二楚,耳旁还在萦绕着《二泉映月》的音响。我给远在辽西的刘金海打电话,我说:'昨夜梦到你了,你最近没事吧?'刘金海说最近遇到了点小麻烦,新调来的公安局长钉上了他,组织了一批人在调查,不过应该没事,他账户里一分存款没有,家中一件古董不留,没证据拿他。我说：'梦里你告诉我要实施那个大动作,万万使不得。'刘金海说：'王老师,要是这个大动作能成,搭上性命也值。'我说：'我马上开车去找你,有些话要当面对你说。'我赶到辽西刘金海所在的县城,把他约到宾馆跟他说了我梦中的情景,我说：'我预感你要出大事,你还是主动放弃自己的大动作计划。'刘金海虽然狂妄,对我还算客气,他说人这一辈子一定要干成件大事,秦始皇陵是他'摸金校尉'生涯中的珠穆朗玛,如果能征服它,哪怕千刀万剐也无所谓。我说：'你知道金缕玉衣是什么人穿的吗？活人穿那个东西肯定不吉利。'刘金海说：'我小心就是了,和专案组斗智斗勇我还是有底气的。'没能劝动刘金海,辽西之行我无功而返。路上我想,许多人都觉得我能说、会说,甚至能把死人说活,可是我却说服不了学生刘金海,差在哪里呢？"

老王说完关于刘金海的梦,神情中弥漫着一种愧疚之色,双手搓了搓面颊,低下头看着地面。地上有几只蚂蚁正在搬运一粒樱桃核,劳作了半天,樱桃核却没有撬动,只好悻悻离开。

我说："刘金海还是进去了,而且是重罪。"

"是的,专案组可不是当年他吞下的小蛇,几个回合就把刘金海拿下了。专案组中有个人认识我,因为我从刘金海手中买过马镫壶,来找我核实情况,走时我提醒他一定问问刘金海下一步打算,是不是还有同谋。就这样,刘金海想走进秦始皇陵的谋划被揭开。这件事传到社会上被许多人当成笑柄,但我不这么看,刘金海盗墓从没失过手,他被抓也不是因为盗墓抓的现行,而是赌桌上赌资不够用文物抵押而引发。"

"可是他怎么走进秦始皇陵呢？难道他会变成蚯蚓爬进去？就是变成蚯蚓,遇到水银层和石灰木炭层也过不去。"我说。

老王抬起头,看着果实累累的樱桃园说,世上之事,只有想不到,没有做不到。

我和老王又吃了几枚碱地柿子,我笑着说,明明来樱桃园,却吃了一肚子碱地西红柿,这算什么事?老王说,有人很想吃碱地柿子,可惜吃不上了。

怎么会吃不上?现在快递点都设在了地头,装箱发去不就行了吗?我跟了一句。

"刘关张"想吃,怎么发?老王说。

"刘关张"我当然认识,不仅我认识,全市干部几乎没有不知道的,他们均为副市级干部,最近先后被留置接受调查。"刘关张"中的老大刘凯,特聪明一个人,工作颇有章法,因为受贿被查;老二关世军,长期主管城市规划建设,是个唾沫落地成钉的强势人物,也因为经济问题栽了跟头;老三张长义,口才极棒,因为权钱交易毁了前程。年初三人陆续被收进去,留置点肯定没有快递业务。

"刘关张"是老王说的第三个梦。老王说:"他们三人是在同一个梦里出现的,那个时候三人还没出事,我梦到他们来樱桃园想吃碱地柿子,因为柿子还没成熟,就拉着我打牌。他们三个都是牌桌高手,玩牌一个比一个厉害,我知道赢不了,就索性做了输的准备。开打前刘凯说咱不动钱,玩牌赢钱性质就变了,听说王总宾馆玉器店进了不少翡翠镯子,今天咱就赢镯子,记账,不许耍赖。关世军和张长义都表示赞同,我当然不能反对。我们打了几把牌记不清了,反正结束时就我一个人输,我自然不能怠慢,让人从宾馆送来三副翡翠镯子,冰种镯子戴在三人的手腕上,透明冷峻,水头十足。牌局散了,我的梦也醒了,醒后仔细揣摩这个梦,越想越不对,加之社会上风言风语在传他们要出事,我就分别给他们打电话说了我做梦的事,提醒他们重视。刘凯在电话里听我说完后扑哧一声笑了,道:梦里受贿一只翡翠镯子,这能成为当庭证据吗?这不和做梦买彩票中大奖一样吗?关世军则说,清者自清,身正不怕影子歪。张长义倒是犹豫了一下,说:'老王呀,这个梦你要保密,说出去会弄假成真的。'张长义还举了个例子,说他单位一个男人暗恋某女同事,夜里做梦两人有了苟且之事,此人当笑话和好朋友讲了,结果这个梦便被添油加醋传了出去,传来传去,说法就发生了改变,弄得人家女同事没法在单位干了,只好调离。'刘关张'三人都没把我做的梦当回事,人家是领导,我又不能多说,对'刘关张'每人我都留下一句话:镯子像什么你们可要好好想一想。"

老王说的第三个梦让我心生疑窦,怀疑他是否真的做了梦。

六

不知从哪天开始,我觉得老王变得陌生起来,要知道,我们相识几乎有半个世纪,彼此知根知底。这是一种熟悉中的陌生感,如同欢乐中的孤独一样,让人心中不免生出几多惆怅。我知道这惆怅来自老王的一些变化,老王是我心目中一尊不可置换的蜡像,现在,因为外在因素,蜡像有了熔化的迹象。说白了,我不像以前那样崇拜老王,甚至对老王的一些做法产生疑问。我更欣赏老王专注于哲学时的聪慧,那时他是一个十足的智者,没有什么能难住他,而现在他更像一个原本出世的高僧大德突然变得世故起来。当然,这种感觉并不影响我们之间的友谊。

老王的变化是从认识别地开始的。别地是蓝城人,七婶的小女婿,七婶最小的女儿经人介绍远嫁蓝城,成了别地的妻子。我和老王都对七婶的这个小女儿印象不深,只记得她又瘦又小,头发黄而稀。别地是一个文化咨询公司法人,兼十几家房地产开发公司顾问,是蓝城颇有名气的大仙儿。连滨集团承建了别地兼任顾问的公司的不少项目,由此老王认识了别地,两人一见如故,加之有七婶的缘故,很快成为好友。不得不承认,东北特别盛产别地式人物,小到一个村,大到一座城,若是没有一两个能看事儿的明白人,就像缺了点什么一样,人们普遍喜欢仙人指路,渴望从高人身上汲取能量。后来我想,老王的出名也是应了这样一种需求。

听老王第一次说到别地时,我怔了一下,高人多怪名,在知道别地之前,我从没有接触过"别"这个姓氏。老王和别地成了知己,别地随妻子叫老王二哥,老王叫他别先生。老王对我说别先生身上有七婶的影子,我似乎明白了老王对别地好印象的由来。别地的见识体现在蓝山别院项目上。

蓝山别院是连滨集团总承包的一个高档别墅小区。项目确定后,开发商请别地来现场指点,别地作为开发公司文化顾问,主要工作就是施工前来指点一番。开发商以"别院"命名很大程度是为了取悦别地,但别地似乎对"蓝山别院"这个名字并不领情,站在招牌前琢磨许久,一言未发就去看别的了。别院项目位于孤零零的马鞍形山下,地势东高西低,大概有三公顷的样子,地上长满槐树和橡树,林中布满荒草萋萋的坟茔,有主坟已经迁走,没有迁的肯定是无主坟,平掉也无须补偿。别先生穿唐装,胸前挂一条长长的南红珠链,手上戴翡翠扳指,很有京城大师范儿。几个人到达现场,别先生从包里拿出罗盘比画一番,蹙着眉头道:"此地有煞气隐伏,开工前请几个和尚来做个法事,要搞得轰轰烈烈的。"老王在一旁悄声说,做法事要慎重,滨城不比蓝城,在蓝城行得通的事在滨城会被阻止。老王理解别先生的想法,但他不能张罗这种事,连滨公司是知名大公司,还是市级文明单位,大张旗鼓做法事一旦成为网络头条,那可就会引发舆情。老王把别地叫到一旁小声说了自己的担心,别先生毫不犹豫地道:"二哥所言极是,天时不可变,人和胜地利,开工那天多放些鞭炮吧。"老王同意了这个建议,开工放鞭炮谁都能接受。

　　出乎意料的是,开工那天风太大,初春季节天燥草枯,一旦引发山火可了不得,何况地方政府在防火上三令五申,禁止在野外弄火。十二台挖掘机高扬铲斗列成一排,每个铲斗上都挂着长长的两挂鞭炮,为了防止被大风吹动,鞭炮尾端系在挖掘机履带上,远远看去,这些长鞭都被无数双看不见的手拉满了弓。项目经理顶着一头被风吹乱的假发跑过来请示老王,说林业站的人死活不让燃放鞭炮该怎么办。老王说防火事大,要服从政府管理。结果准备好的二十四挂鞭炮没放成,请来的锣鼓队和一群跳广场舞的大妈在铲车前表演了一番,开工仪式便草草地结束了。

　　开工满月那天,老王早晨起来右眼皮一直在跳,跳得他心烦意乱。夫人说:"一定是那几位退休老领导念叨你了,你有两周没有组织饭局了。"老王觉得夫人说得在理,事情往往就是这样,吃惯的嘴,走惯的腿,以前周周有饭局,忽然间断一周就有点不正常。老王立马给饭店打电话订房,接着群发一条通知聚餐的短信,不大一会儿所有接到短信的老领导都回了一个OK的表情,晚上的饭局就搞定了。老王和夫人正欲吃早餐,项目经理打来电话,说蓝山别院建筑工地发生重大事故,施工队在浇筑房盖时尚未凝固的混凝土楼面突然塌陷,埋住了十三个人。老王一听就急了,没顾上吃饭就驱车赶往现场。现场惨不忍睹,百十吨尚未凝固的混凝土压下来,就是神仙也无咒可念,十三具肉体之躯的结果可想而知,灾难已经无法挽回。发生这个情况必须趁混凝土尚未凝固把人扒出来,否则就会凝固成一个人土合一的水泥疙瘩。老王知道眼跳的原因了,狠狠捏了右眼皮一下。人命关天,一次死亡十三个人已经构成重大事故,国家、省里都会来人,问责在所难免。老王做了扒人安排后,就在现场一个个打电话,他知道危难之时应该靠什么。

在事故现场一整天，老王神色明显有了疲惫感，目光变得暗淡。作为记者，我自然也赶到现场，在此之前，印象里的老王一向精力充沛，双目有神，由此可以看出老王身上的压力有多大。我问老王责任追究最坏的后果会怎样，老王只说了两个字：抓人。

临近傍晚，该开的会都开过了，从混凝土中扒出的十三具农民工遗体也运至殡仪馆冷藏。老王的眼睛一直是红的。我想劝他几句，他对我说："你知道由这些农民工我想到了什么吗？我想到了七井，想到了嘎。"

我搭老王的车从工地回返，老王让我一起参加晚上的饭局。我说出了这么大的事还有心思吃饭？老王说这是啥话？上断头台还有一顿辞阳饭呢。我不得不佩服老王的镇定。晚上的饭局依然进行。饭局上老王向各位老领导汇报了事故经过，拱手向老领导行了一圈礼，敬了一个满杯酒后说："各位老领导，我王寸从不逃避责任，公司出了这么大的事故，身为总经理难辞其咎，我已经做好了进去的准备，最快也要一年半载才能出来，我想说人进去，饭局不能散，以后每个周末大家尽管来，单就挂我名下。"老王这么一说，老领导们便有些激动，谁也不想出事故，出了事故做好善后就是，抓人管什么用？老领导们帮着分析了一下情况，认为要紧的是把善后工作做到位，安抚好家属，能多赔就多赔一些，不要吝啬。老领导们还表态会帮他说说话，在不违反法律规定的前提下，能不进去就不要进去。

那些天，我发现老王的嘴角一直涂着紫药水，像吃了桑葚。好在事故处理果然和老领导们说的一样，在充分安抚好死者家属、做好相关善后工作之后，老王免除了囹圄之灾。老王说有这个结果要归功于各位老领导，归功于那个没有取消的饭局。

蓝山别院项目不幸成了连滨集团发展上的拐点，老王从不隐晦这个看法。

当初承建这个项目时,老王就觉得蓝山别院这个名字有点怪,想起开工前别地察看项目时的怪异,老王决定去蓝城拜访别地。

别地在蓝城的宅子很阔,客厅里挂满他和达官显贵的合影。七婶的小女儿脱胎换骨一样变成了落落大方的贵妇人,除了门牙上带着些许糖色外,浑身没一丝当年黄毛丫头的痕迹。老王悄悄对我说,这丫头由嘎变成了凤凰。

老王说明来意,别地说二哥呀,不必为蓝山别院事故上火,此祸是躲不过的,就是开工那天放了二十四挂鞭炮也会出问题,命理都在别院这个名字上。老王问此话怎讲。别地说:"'别院'二字,'别'字带刀,'院'字是十三完,一刀下去十三人玩儿完,这不明摆着吗?"老王一听顿有醍醐灌顶之感,难怪开始听到这名字就觉得别扭,只是不知别扭在哪儿,经别地这么一说,立马就通了。

老王说:"别先生,您既然已经有所预料,为何不建议开发商改一下名字?"

别地说:"公司没有事先问我,去现场那天木已成舟,名字这东西一经诞生便成定数,改了也不会改变命理,何况规划、房产、城建、广告方方面面都有大量投入,硬改的话得不偿失。不过,命不能改,运却可转,若是做了法事、放了鞭炮,也许可减轻劫数。"

老王说别地颠覆了他的认知,难怪有些科学家在人生暮年会皈依宗教,其实就是困惑太多所致。尽管时在初夏,当我听到老王这番感慨的时候,心里却生出一种悲凉感,仿佛看到老王苦心营造的一栋大厦正在雾霾中倾覆,没有尘土飞溅,也没有瓦釜雷鸣,就那么缓缓地倒下去,像无声电影,像没有修复的幻灯片,我知道倾覆的是老王最难得的品质——自信。

我劝老王:"在我心里你是个博学的明白人,没有必要对一个江湖人士如此认同,再说别先生是事后总结,听听也就罢了。"老王摇摇头说:"排中律告诉我们,如果你不能确定对方所为确实是假的,那么对方所做到的就是真的。天下乌鸦一般黑这个结论没人否定,几乎就是真理,因为人们看过的乌鸦都是黑的,但你知道只要出现一只白乌鸦,这个真理就会像瓷瓶一样被打碎。"

我明白了,别地就是老王心目中的白乌鸦。

老王还给我讲了一个事情。

蓝城有个叫高老九的铁矿矿主,过去搞建筑时不小心跌落进石灰池,身上、面部严重烧伤,属于摸过阎王鼻子的人。也是应了"大难不死必有后福"这句老话,高老九后来发财了,不仅铁矿生意日进斗金,大量囤积的巴林石行情也冒烟般上涨,高品位大红袍章料价格竟然直逼田黄。老王喜欢巴林冻石,买的多是冻石章料,在认识了高老九后,两人先有交易,后生交情。因为老王对各种石料知识张口即来,说得头头是道,高老九对老王就格外高看,总是把最好的巴林冻石卖给老王,价格也适中。老王曾对我说,这个高总虽然面目狰狞,但绝非坐地起价之人。

好印象帮了高老九。

蓝城有个手眼遮天的钱主任,是左右一方的实权人物。此人心思多花在老板身上,老板们对他畏之如虎。高老九是道上混的人,打点上不会差事,可惜打点没有达到对方预期,这便结下了梁子。钱主任放出话:"一块破石头就能换一台宝马的人,想仨瓜俩枣打发我,谁稀罕!"言外之意他生气了。钱主任生气可是了不得的事,谁都知道钱主任一向在刺头上立威,喜欢杀猴镇鸡。钱主任擅长自己写上访信自己批,也就是说他自己冒充举报人写信给自己,举报某企业有违法行为,然后自己在信上做批示严查,许多企业家就是着了这个道儿。开始大家还糊涂,没得罪谁啊,怎么就有人举报呢？而且举报线索那么靠谱。后来被查的人一多，大家才知道其中猫儿腻。高老九也有些关系，内线透出风来，关于他的举报信就摆在钱主任案头，让他抓紧想办法摆平，等钱主任大笔一批一切就晚了。高老九闻讯吓得魂飞魄散，脸上的伤疤成了一块块乌青。他带上一包巴林石驱车来找老王，他知道老王关系广、路子多，乞求老王出面摆事。高老九眼泪一把鼻涕一把地诉说委屈，说自己不是大不敬，该表示的也表示了，谁知他胃口这般大。老王问钱主任有什么爱好，高老九说钱主任有两大爱好：一是信大仙，三天两头往大仙那里跑；再一个就是官瘾大。老王问信哪个大仙，高老九说是蓝城别大仙，别大仙可是牛人，据说县处级干部想见他还要预约。老王说："知道了，带上你的巴林石回去等信吧。"高老九非要留下石头，老王正色道："帮你，是朋友情分；拿了你的石头，就成了交易。"说完把那包巴林石塞回高老九怀里。

高老九走后，老王给别地打了个电话，简单说了一下情况，问是否有化解良策。别地说："二哥呀，这是小事一桩，包在小弟身上就是。"老王说："给我办事可没报酬。"别地说："二哥呀，君子爱财，取之有道，兄弟我是个缺钱的人吗？"老王没想到别先生这么痛快就接了活，而且大包大揽。

果然，高老九被举报查处的事最后不了了之。

老王对我说，别先生主动约钱主任到家，看了一番钱主任脸色，很严肃地说，最近算了一下钱兄运势，发现总在坎卦上徘徊，是不是惹了不该惹的人。钱主任说没有呀，最近啥事都挺顺。别先生说："不对，你最近踩上了游蛇，是你招蛇，而不是蛇非要缠你。"钱主任莫名其妙，说："那会是谁呢？"别先生说最近是不是想办一个人？钱先生说是啊，一个不长眼色的铁公鸡。别先生说，此人是不是属蛇，面目狰狞，相貌丑陋？钱主任说这家伙十几年前被石灰烧伤过,面貌丑陋肯定没问题,是不是属蛇需要查查。钱主任马上打了个电话,一会儿短信回过来,高老九属蛇无误。别先生说这就对了,这个人办不得,此人经过真火九炼,遭鬼神厌弃,招惹这种人会引火上身,轻者影响前程,重则性命不保,还是不搭理为好。钱主任说:"我还没动手,那就听大师的放这小子一马,说实在的,我特烦这小子,见到他就像见到癞蛤蟆一样讨厌。"别先生说:"癞蛤蟆更不能惹,会影响财路。这样吧,你手里关于此人的一切文字皆不能留,烧成灰烬撒在十字路口,坎卦就会迈过。"

故事颇有传奇色彩,老王也讲得绘声绘色。

我说,是够滑稽的,像舞台上的小品演出。

老王说,滑稽没有什么不好,至少说明上演的不是悲剧。

我直言道,这种滑稽在逻辑上是不成立的,问题的解决完全是偶然因素。

老王点点头:"的确,我过去迷信逻辑,认为符合逻辑才是科学,可是我发现依照严密逻辑推出来的结论往往是悖论,倒是反逻辑的结论更适用,这种反差比打耳光还脸疼,我明白,我改变不了世界,只能改变对世界的看法。"

"是改变还是逃避?"我不必对老王遮掩观点。

"你不觉得有时候做明白人很可悲吗?"老王说,"其实有些事我并不明白,我也不想明白,我辜负了胡玉芝给我起的绰号,最近我越来越感到惭愧,觉得满腹哲学不如别地一个谎言。"老王在说这番话的时候,我发现他的目光依然冷峻,我心里清楚,只要老王眼睛不浑浊,就可能是正话反说。

七

如同一艘巨轮在波涛汹涌的大洋中突然失去了动力,船上所有的人都束手无策。这是老王对连滨集团现状的描述。

其实,老王对连滨集团的今日早有预感,只是没想到来得如此之快,大厦倾覆,猝不及防,像老王这般有定力的人也备感茫然。本来老王可以选择离开,大船搁浅,小船逃生,这是企业培训时那些教授的谆谆教导,但老王决心留下来,他要对得住郝老的信任。已进耄耋之年的郝老在知道了企业陷入万劫不复的困境后,握着老王的双手,眼中盈满浑浊的老泪,哽咽着一句话也说不出来。老王能说什么?他什么也不能说,他理解郝老此时的心情,用血汗打造成的巨轮,即将沉没于风浪之中,对于曾经的舵手来说一定觉得不可思议,但是任何事情都是有因果的,这一点郝老并不糊涂。

失去动力的原因并不复杂,老王这样对我说,作为总经理他有许多值得检讨的地方,至少他没有阻止错误操作。因为债务,老王被列入失信名单,消费受限,饭局自然也无法再组织,门前开始冷落起来。

老王是个习惯自省的人,什么事都先从自身找原因。在连滨集团陷入困局后,他约我喝茶。老王说,他原本想从影响一企一域开始,逐渐在黑土地上有所建树,现在看来这是圣西门般的空想,对七井没能影响,对连滨集团的影响也归于失败,自己这辈子等于被扇到半空画了个圆圈又飞回来的嘎,赤条条连根羽毛都没长。我宽慰他说,他还是影响了一些人,比如我,比如吴琳,还比如高老九。老王摇摇头,那是小把戏。

我问起连滨集团倾覆的内幕,老王说他从不对外讲,但对我他还是可以透露一些。

郝老的儿子郝董是一个颇具艺术气质的人,作为集团掌门他总想开拓集团业务,他认为建筑安装行业太土,用他的话说总也摆脱不了乡镇企业的藩篱。在参加了一次夏季达沃斯论坛归来后,他兴奋地对老王说,取乎其上,得乎其中,集团未来发展定位一定高大上,要和大象为伍,不与鸡鸭争利。他把出自乡镇的建筑企业统统视为鸡鸭,在集团会议上大讲世界五百强,说五百强前十位有一个建筑企业吗?没有,连滨集团发展一定要转型,在转型中做强做大。这与老王的经营理念有了冲突,老王一直主张基于主业,扬长避短,稳扎稳打,步步为营。会后他对郝董说,欧洲一些老字号并不追求做强做大,左岸那些传统老牌酒庄无论怎样畅销也不扩产。郝董说那是欧洲,在国内不一样,咱东北讲究梁山泊英雄排座次,名次靠前有椅子坐,靠后的连马扎都没有。老王看出郝董铁了心要转型,就不好多说。

  集团下行的直接因素与郝董的艺术追求有关。郝董几乎每一项大的决策都偏离集团建筑主业。连滨集团靠建筑起家,优势在于搞土建盖房子,这恰恰是郝董认为应该剥离的业务。郝董进军的第一个领域是旅游,旅游多浪漫呀,无烟工业,不用砖瓦水泥。郝董花重金定制了全市最豪华的大型游艇,阔气的游艇在码头上确实引来无数羡慕的目光,没有人再说连滨集团土了,因为游艇是最能与国际接轨的奢侈品。可惜拥有了游艇后却没大用处,除了偶尔拉几个贵宾、模特出海转转外,这条豪华游艇只是泊在码头里,成为婚纱摄影的道具。郝董进军的第二个领域是豪车。集团花重金采购了各种名牌轿车、老爷车,开了个豪车博物馆。豪车与游艇一样都是烧钱行当,这些五花八门的车只有投入没有产出,而且折旧速度堪比股票熊市。股票熊市尚有牛市可期,而买进的豪车基本上等于砸在了手里,只能一路下跌。郝董进军的第三个领域是红酒。红酒是品位、身份的象征,明星大牌大都喜爱红酒。问题是,如果只是享受一下也无可厚非,因为酒酿出来就是为了喝,不管是一九八二年的拉菲还是限量版的康帝,不喝就失去了酒的本意,任何一款红酒都不能像瓷器那样无限期保存下去,采购的大量红酒僵尸一样排列在酒窖里,就成了单纯的摆设。进军这些领域虽然都是小打小闹,却耗费了集团骨干的大量精力,一时间游艇、豪车、名酒成了集团高层谈论的话题,至于建筑则受到冷落。拖垮集团的最后一个决策是进军足球。身为球迷的郝董一意孤行,决定接手一家有名的足球俱乐部。圆圆的足球成了集团填不满、喂不饱的无底洞,吞噬了亿万资金,导致集团资金链断裂,最终走向倾覆。

对于集团接二连三的非理性操作,老王虽然极力劝阻,但最终还是无法改变走向,因为在这艘巨轮上他只是水手,而不是舵手。

老王陷入困境的时候,遇到了来自家乡的两位求援者。先来的求援者是雷子,小时候和我一起抓家雀的同学。雷子患有严重的神经官能症,本来对生活已经没什么信心,上次老王回去让他有了一份固定收入后,他好像干涸的秧苗被灌溉了一样重新支棱起来。七井小学被撤并,雷子又失去了这份生活来源。对此,雷子心里一直有所不甘,便千里迢迢来找老王,请老王给他找个活干。老王问了雷子七井的一些情况,雷子说七井被县里规划为开发区,但除了一个牌子外,连个厂房都没有,几千亩土地就那么在撂荒,农民也懒得种地,因为种地根本不赚钱。雷子有病,年纪又大,活肯定是不能干,老王便资助了一点钱,好说歹说把他劝走了。雷子走的时候心有不满,唉声叹气地上了火车。

后来的求援者是吴琳,老王心目中的女神。吴琳一直私下将老王比作七井村第八口井,具体寓意为何她从不说。凭我对吴琳的了解,我发现,老王在吴琳心目中是有一定位置的,不是爱,也不是感激,而是一种参照。吴琳是个骨子里高傲的人,老王多次邀请她来滨城,她都以工作忙为由婉拒,尽管哈尔滨到滨城路途不远。

吴琳这次找老王是为了孩子,孩子大学毕业想到老王所在的城市工作。老王说这个忙无论如何也要帮,孩子的事是真正的大事。老王单独请吴琳吃饭,吴琳问了老王一个私密问题,当初为什么要帮她。老王说:"真心想帮你的是奎叔,奎叔发现你身处险境,如果不通过上大学离开七井,很可能会着了那个丁领导的道儿。"吴琳说她想到了这一点,只是想不通,奎叔也好,他老王也罢,为什么像自家人一样关照她。老王说:"后来有些小说、电影,把知青下乡时的农村干部写得很烂,其实经历过的人都知道,这些基层大队干部大都朴实善良,拿知青当自己孩子待,奎叔就是这样一个人。至于我当初帮你,说实话,除了是落实奎叔的吩咐外,还因为我喜欢你的一口洁白的牙,在满是四环素牙的七井,你的牙是我的理想之门。"吴琳不好意思地掩面而笑,她的牙早已今不如昔。

老王帮吴琳的孩子找了一份比较满意的工作,吴琳私下对我说:"老王这个人真好,老王考上辽大的时候,我就隐隐约约感到老王应该是七井大队第八口井,这口井将改变七井的水土。"吴琳还颇有感触地说,如果时光能够倒流,真希望老王能推开他的理想之门。

一天下午,老王给我打电话说有瓶老酒,让晚上去喝一杯。我当然不能推辞,因为我知道老王一定有话想说。

晚上,老王依然煮了几样海鲜,拿出一瓶存放超过四十年的七井白酒。老王说这酒是吴琳带来的,一共两瓶,他和吴琳喝了一瓶,剩下这瓶给我留着。老王说吴琳还送他一本精装的《十日谈》,可见吴琳是个有心之人,尽管这本书迟到了将近半个世纪。

我拿过七井白酒,心里颇有些小激动。说实话我对《十日谈》不感兴趣,倒是这瓶七井白酒让我眼前一亮,吴琳能把这古董一般的酒留到现在,是对七井的纪念。七井白酒商标设计简单,图案是一男一女两个农民,头上系着白毛巾,女的腋下夹着一捆水稻,男的手里握着一把镰刀,两人目视前方,图案下方印着"七井白酒"四个红字,字体是楷体变形,下面标着六十度。铁质的瓶盖已经锈蚀,透过玻璃瓶可以看到酒飞了一些,已不足一斤。

这次喝酒,老王一改侃侃而谈的习惯,似乎有心事一样不停地劝我举杯。几杯后老王便有了醉意,长叹一口气。

停顿了一下后,老王说:"我已经说服郝董,集团清算后余下的资金全部投到生态农业上,另起炉灶,办个有机农场,大面积种植有机杂粮,主打碱地柿子。"

"真的?"我几乎不敢相信老王的话。

老王点点头说:"我与郝老打了招呼,'两动一不'原则我决定改成'三动',动手的第一件事是回七井设个分公司,把几千亩撂荒的盐碱地利用起来,采取公司加农户方式种植碱地柿子。"

闻罢此言,我鼻子一酸,觉得眼眶有些湿润。

原载于2021年第5期《芙蓉》;2021年第10期《北京文学·中篇小说月报》、2021年第10期《小说选刊》转载

黄昏里的"双规"

午后的秋阳，透过宽大的落地窗，将室外那棵已经叶落殆尽的老槐树的影子，幻灯片一样打在办公室的北墙上。程海岩不止一次注意到了这盘根错节的影子，这影子随着太阳的西移悄没声地变化着。刚才还是团簇收敛的样子，浏览半张晚报的工夫，又变得张牙舞爪了。直到阳光黯淡下来，这影子也渐渐模糊，钻到墙里隐匿起来。

程海岩的目光从墙上收回来，落在案头那份报告上。

这是一份要求对市国资委主任牛昕实行"双规"的报告。因为事先按程序已经和有关方面通了气，现在，只要他这个市纪委书记大笔一挥，"9·06"专案组就可以马上采取行动了。

检查一室的主任李子和在他办公室里站了一会儿，见书记迟迟没有动笔，就识趣地退了出去。李子和是"9·06"专案组的组长，人瘦高清癯，表情充满忧患，神色凝重，看上去很有点堂吉诃德式的悲壮。由于他办案很叼骨头，一些市管干部对他敬而远之，并私下给他起了个绰号"一根筋"。程海岩十分欣赏这个一根筋的部下，在一个内部会议上他说过，做纪检工作就是要有股油盐不进的犟劲，太精太灵了不行。虽然没有点名，但全机关的人都知道这是在表扬谁。半个月前的9月6日，实名举报牛昕的信访件从省里转来后，他点将让李子和当了这个"9·06"专案组的组长。

让程海岩犹豫的不是牛昕的职务。牛昕不过是个局级干部，在浑江市，像牛昕这样级别的干部能坐满一个大会堂。让他难以落笔的是牛昕头上的光环,他曾经设想过,假如牛昕是个军人的话,那么他胸前的勋章会一直挂到裤腰上。他得到的荣誉实在太多了,牛昕几乎成了一个各种荣誉的收藏家。对待这样一个人物,程海岩不得不慎重。从很多荣誉的性质看,牛昕简直就是浑江工业系统改革的一块招牌,这招牌挂起来的时候需要层层镀金,摘下来的时候难免磕磕碰碰。为此,他一再问李子和,初核的问题能不能把握准。李子和拍着胸脯保证:"如果牛昕够不上线,我提头来见你!"李子和所说的"线",是指党政纪处分,市纪委内部一直把握这样一条原则:对实行"双规"的对象,构成党政纪处分是门槛儿。

牛昕的问题就像豪猪的背,哪一点摁下去都会扎出血来。

程海岩把报告扣在桌子上,靠着椅子闭目小憩。他要在脑子里梳一梳,如果牛昕的案子查下去,大致会牵连到哪些人物。

头一个受牵连的应该是副市长马小德。马小德是牛昕的主管市长,长长的脖颈使他看上去总是高人一头。每次工交系统开拉练会,他都像一只旁若无人的公鹅,喜欢对身边的人吼上几声。只有对牛昕,他才会把长长的脖颈弯下来,和对方交头接耳有着说不完的私话。关于国企改制出售的问题,下边有许多反映。有人说牛马两人演双簧,其实是牛在给马扛活。如果牛饮了一盆油,那么马至少饮下一缸。但这个说法都是来自社会上的口风,没有谁去查证,倒是干部中流传的一个说法,令马小德很是恼火。这说法是针对他的长脖子的。说有一次马小德在外省的一个风景区旅游,让一个道士算命。这道士把他的长脖子端详了半天之后,说,这脖子太长了,日后恐有砍头之灾。浑江人对这个说法深信不疑,但程海岩听后却一笑了之。他想,这不过是那些卖了厂子无业可就的下岗工人释放的一种情绪。道士吃豹子胆了吗,敢这样给人算命?

接着受牵连的可能是财政局长朱雨祥。朱雨祥是个胖得眼睛想睁大都困难的肉球,走起路来两条短粗的大腿拼命较劲,再名牌的裤子穿上几天,裤裆处就变得一塌糊涂。他身为财政局长,和国资委有着天然的联系,国资委很多事情需要过他这一关。有人说,如果朱雨祥的眼睛能睁开,牛昕就是牛魔王,也搬不动那么多的国有资产。

还有可能受牵连的是省审计局的副局长杨志。这个和《水浒传》中青面兽同名的人,曾任本市的审计局长,是个很健谈的人。与青面兽相同的是,他也长着青斑胎记,只是《水浒传》中杨志的青斑胎记长在脸上,他的青斑胎记长在胸上。杨志在本市任职时,牛昕的各种审计报告都出自他手。初核时,李子和就找出了审计上一些明显的漏洞,怀疑牛、杨蛇鼠一窝。不过,杨志很得上层的赏识,今年年初,他被提拔到省局当了副局长。

程海岩不再去想,他起身在办公室里踱步。秘书小吴敲门进来,说周二省里有个需要书记参加的会,周一报到,周二上午开会,请示他能否参加。他点点头同意了。去省里开会不需要动脑子,带着耳朵去就行了,他一向是把开会当成休假的。

小吴刚走,李子和就来了,没等这个"堂吉诃德"说话,他就摆摆手道:"今天已经是周末了,'双规'牛昕的事下周再说吧。"

李子和没有点头附和,而是直着脖子说:"一个大礼拜,会串多少供?"

"你总该给我个思考的时间吧。"程海岩佯装生气地对李子和说,"这是'双规'干部,不是传阅文件,我怎能大笔一挥一签了之?"

"可是,夜长梦多呀。"李子和搔了搔稀疏的头发,仍站在那里不走。

程海岩笑了,他一贯认为,在下属面前必须表现出一副胸有成竹的沉着来,这是服众的前提,尽管有的时候他心里也在七上八下。

"牛昕跑不了。"他语气坚定地说。

他不容置疑的信心如一股强风,让李子和心头的疑云一扫而去。李子和细长脖颈上青萝卜一样的脑袋点了点,离开时说了句:"那就让这小子再潇洒几天吧。"

程海岩知道李子和话中的含意。牛昕天天花天酒地,这在浑江市已经不是新闻。党风室的人曾经找牛昕谈过话,希望他注意公款消费问题。很快,一位市领导给纪委打来电话说,牛昕的工作性质就这样,招商引资,不吃点喝点感情怎么联络?情况报到程海岩这里,他微微一笑,事情也就撂下了。

程海岩一向喜欢在周六上午游泳,这个时段游泳池没人,水质又好,是做一回浪里白条的好时候。

他水性一般,游泳风格极其散漫,一池碧水,任他鸭子一样不规则地钻来凫去。反正池水中就他一人,岸上也无观众。就是来了人也没关系,脱去了一身行头,泳镜泳帽一戴,谁还能辨出官与民?他在看一部电视剧时,对退位的乾隆与刘罗锅在澡堂里的那段戏感慨颇深。其实,所谓身份都是些身外附加的东西,当大伙赤条条挤到一起时,哪里还能分出皇帝和平民?可是,皇帝一旦穿上衣服,让前呼后拥的随从一衬,立马就不一样了。

水温比室外的天气还要舒服。他闭着眼睛信马由缰地仰泳,半响懒得动一下两臂。等到池水几乎漫过耳朵时,他才大鹏展翅一样划动一下,让身子直挺挺地蹿出一截去。今天,他的脑子里总在想着牛昕的案子,他知道,无论省纪委还是市委,对"双规"牛昕的事情都是口头答复,而真正落在文字上签字的只有他自己,这就意味着他要承担此案可能出现的所有后果和责任。牛昕已经几次请求,要和他谈谈,他都没有同意。他对任何案子都不想先入为主,他在等待李子和的调查。他对牛昕的答复是,有什么事情都可以和调查组说。让他心烦的是,主管案件的纪委副书记告诉他,省里的一位领导对牛昕的案子很关心,已经让省纪委了解情况了。他对副书记说:"不要听信谣传,至今为止还没有哪个领导找我为牛昕说情。"副书记说:"你天生一副包公脸,不到关键时候,不会有人找你的。"

游泳池的屋顶是钢架结构,顶盖是一方方透明的玻璃,透过玻璃望出去,就是深邃碧蓝的天空。他睁眼看了一会,心想,这屋顶要是一整块玻璃就好了,那样,映进池中的就会是一方完整的蓝天,现在这样,好端端一片蓝天被"井田制"了。

正在胡思乱想,耳边突然传来一声急促的求救声:"救命!"

他一个转身翻过来,抬头一看,不远处,一个女子正在水中挣扎,眼看就要沉下去了。他一个猛子扎过去,抱住女子的腰把她托出水面。游泳池有四米深,沉下去可是要命的。

"救生员!"他一边踩着水托起女子,一边探出水面大喊了一声。

值班的救生员闻声跳下来,帮他一起把这个女子救了上来。

女子躺在长椅上,急促地喘息着。救生员要扶她去医务室,她拒绝了,她说自己不知道水会这么深,从上面看这水也就齐腰呀,怎么一下去脚就够不到底了。女子面容姣好,体态苗条,程海岩觉得这个女子面熟,又一时想不起来。看着这女子已经没有什么危险,他便说:"你该看看标志才对,四米水深,两个你也够不着底。"说完转身要走。

"程书记,谢谢您。"女子欠起身子说。

他愣了一下,问:"怎么?你认识我?"

"我是电视台的苏梅。程书记今天救了我一命。"

他这才对上号,这个溺水人原来是电视台主持新闻节目的苏梅,是浑江市家喻户晓的名人,在社会上,苏梅要比他这个纪委书记有知名度。

"哦,初学游泳,要找个教练。这样莽撞下水,太危险了。"

程海岩从苏梅身上移开目光,拉下泳镜。苏梅那瓷一样的皮肤光泽闪耀,令他不敢直视,尤其是苏梅泳装上的樱花图案,让他的目光无法聚焦。他从没有这样面对一个漂亮的女人,更何况是本市的女名人。就在他转过身时,苏梅又说话了:"程书记,有道是,救人救到底,送佛上西天。你既然救了我的命,就接着教会我游泳吧。如果我不会游泳,下到池中还是会呛水的。"苏梅是一口气说出这些话的,她从躺椅上坐起来,很虔诚地等着对方的回应。

程海岩下意识地四处望了望,除了一个救生员在池边闲逛,偌大的游泳池再无他人。真是个得寸进尺的女人。他对女记者向来敬而远之。这些人背景复杂,人脉错落,你说出的话,通过她们的笔写出来,有时就莫名其妙地成了两码事。现在,苏梅提出这样的要求,让他猝不及防,他站在那里愣了好一会,才回答说:"对不起,我的游泳技术不过是三脚猫的水平,不敢误人子弟。"

他拒绝了苏梅的要求。如果外界知道他堂堂一个纪委书记教电视台的女主持人游泳,这可是个容易引起暧昧联想的市井话题。说完,他朝苏梅点了下头,然后一个猛子扎到水里,溅起的水花扑上岸来,让半坐在躺椅上的苏梅打了个激灵。

程海岩又在水里开始他的仰泳。不知怎的,他明明仰望的是棚顶的玻璃,可是那玻璃上却出现了穿着樱花泳衣的苏梅的形象。说实话,苏梅身上的泳装要比她的容貌更让他心动。那泳装上满是盛开的樱花,绚烂却不张扬,他恍惚间生出想靠近嗅一嗅的感觉。程海岩对樱花的偏爱缘自大学时代。离学校十几里的一个水库公园里有一株百年樱花,在一个樱花盛开的春天,在这株樱花树下,他结识了一个女孩。这是一个有着樱花一样笑容的女孩,她在樱花树下写生,他站在后面看。这个可人的女孩子画画很专注,齐耳的短发上落了几片花瓣,让他的目光在花瓣和画板之间忙个不停。他傻傻地站着看了半个上午,直到女孩放下笔要吃午饭时,他才想到这么呆呆地看一个女孩子画画有点不礼貌。就在他要走的时候,女孩盯着他的校徽说,喜欢画画,应该考美院呀。他感到自己的脸一下子红了,似乎听到女孩又介绍了自己,但他没有记住,只觉得自己好像做了错事。正好一个同学喊他,他便揣着一颗乱蹦的心逃离了女孩。多年以后,为此事耿耿于怀的他很是埋怨那位喊他的同学,正是这一喊,喊跑了自己的初恋。

　　游泳池里的人渐渐多了起来,他知道自己该离开了。上岸时,他扫了一眼苏梅坐的地方,已经不见了那片樱花。

　　从更衣室出来,他看见一身白色休闲装的苏梅正在大门口站着。"你在等人吗?"他不得不打招呼。刚才他的拒绝过于生硬,这样多少会伤害一个女人的自尊。

　　苏梅微微笑了笑,道:"我一个人来的,我在等出租车。"

　　程海岩的车就停在门口,那个小号车牌苏梅不可能不知道。程海岩已经没有勇气独自驾车离开,撇下苏梅在这里等出租车,他只好邀请苏梅一起走。

　　路上,苏梅双手合抱着大大的皮包,雕塑一样静静地坐着。程海岩瞥了几眼身旁这个一声不吭的主持人,心想,自己这是何苦呢?救了人家却又得罪了人家,当时,教她几个游泳的动作不也就应付过去了吗?

　　程海岩驾车将苏梅一直送到她住的小区门口,临下车时,苏梅突然说话了:"刚才您拒绝教我游泳,我平生第一次感到自己丢了面子,为此我流了眼泪。请程书记不要再拒绝我的第二个请求,希望能给我一个报答救命之恩的机会,请您吃一顿晚饭。"

他没有拒绝也没有答应,脑子里突然盛开一簇樱花。他听到苏梅在车窗外说:"时间是明天晚上,等我电话。"

程海岩在周末一般是比较清闲的。上午游泳,下午躺在床上看书。他刚刚翻开看了多日也没看完的《百年孤独》,市委组织部副部长王鹏志的电话就打过来了。王部长说有急事需要向他请示,马上就到家里来。

程海岩很奇怪,有什么事情这么急呢?非要到家里来。他对这个王部长印象颇好,王部长兴趣广泛,爱好颇多,是个帅哥才子型的干部。他到欧洲培训了一年后,更是才干大增,在会上发言时喜欢恰到好处地夹杂几句英语,让程海岩这样先天不足的干部感慨颇多。他想过,将来经济全球化,没有这样一茬领导干部,与国际接轨还真成问题。

王鹏志是带着组织处阎处长来的,一看就是一种工作的姿态。他拿出一份名单,说是明天要报省委组织部,因为时间紧,市委常委会就不开了,书记让常委们圈阅一下。

程海岩接过名单一看,是市委推荐省级先进的名单,名单上一个熟悉的名字像针一样刺向他的眼睛:牛昕。

牛昕这次被推荐的称号是省级优秀党务工作者。

"你们对牛主任了解吗?"程海岩问。

王鹏志看了身边的阎处长一眼说:"处里专门去考核了,阎处长,你把考核情况向程书记汇报一下。"

戴着厚厚眼镜、一身书卷气的阎处长有些拘谨,稀疏的头发如同盐碱地上缺乏养分的小草,细软而蓬松。他从包里拿出一沓材料,开始介绍牛昕的情况。材料中的牛昕的确很感人,让人联想到许多报上宣传过的典型名人。如果程海岩不了解牛昕,单凭这个材料,给牛昕一个国家级的称号也不为过。材料中列举了牛昕处理贿赂问题的一件事,说牛昕用别人贿赂他的钱,在一个偏远的农村建了一所希望小学。他感到蹊跷,专案组怎么没有掌握这个情况呢?

阎处长介绍完了,王鹏志解释道:"省里催得急,这才周末来打扰各位领导。"

客厅墙壁上的挂钟,突然在这个时候推开一扇小窗,一只小鸟探出来,很响亮地叫了三声。王鹏志下意识地看看腕上的手表。

程海岩看了看圈阅的常委的名字,十一名常委中已经有七个圈阅了。圈阅就是表示同意,也就是说这份推荐名单从理论上讲已经可以通过了。

他的眉头微微蹙了一下,把报告摊在茶几上,正要起身拿笔,身旁的王鹏志已经把笔递了过来。他接过笔,很规整地签上了自己的大名——他签名一向都认真,从不龙飞凤舞地显示潇洒,尽管他的草书很有功底。就在王鹏志微笑着伸手要接过名单时,他又用笔在牛昕的名字上重重地画了个圆圈,用一个箭头把这个牛昕拉了出去,然后,把名单递给了王鹏志。

王鹏志接过名单看了好一会儿,不解地问:"程书记,这……"

"噢,"程海岩轻描淡写地说,"牛昕同志有个信访件正在核实,所以,我认为这个时候推荐不太合适。"

王鹏志若有所思地点点头,小声问:"问题严重吗?"

程海岩很认真地看了他一眼,这一眼让王鹏志很不自然,他赶紧补充说:"牛昕同志是我们在工交系统培养多年的一个典型,这次他要是不上,名额恐怕要瞎了,我们没有准备第二人选。"

程海岩不动声色地说:"牛昕的问题,需要进一步调查。"

送走了客人,他又看了一会儿书。上大学时他就对马尔克斯感兴趣,尤其是这本《百年孤独》,书中马孔多人对吉卜赛人的磁铁和冰块的描述让他浮想联翩。他煮了一碗面打发了周末的晚餐,然后出门散步。

浑江市的秋夜属于小商小贩的天下。程海岩所在的小区住的都是些有头有脸的人物,但小区的门口还是商贩云集。卖瓜果小商品的且不说,紧贴着栅栏的一块区域竟然被几个狗肉贩子给占领了。这几个卖狗肉的穿着不伦不类,个个贼眉鼠眼,程海岩总怀疑这些人是社会混混。听小吴说,浑江市有个偷狗团伙,专门到乡下偷农民的狗杀了卖狗肉。程海岩让城管的人过问过,是不是不要在小区门口卖狗肉。负责城管的人调查了一番后告诉他,这狗肉摊还真不好管,因为韩主席是这肉摊的主顾。

程海岩不好再说什么。城管所说的韩主席,是市政协刚刚退下来的韩维田,他中学时的政治老师。韩主席喜食狗肉喝小烧,这是浑江市公开的秘密。每年一下雪,韩主席都会兴致勃勃地杀一条狗,招待与其关系近一点的市级领导。程海岩和他是师生关系,自然也在被邀请之列。程海岩不吃狗肉,碍着老师的面子又不得不来,所以,每次参加这样的聚会,都有一种活受罪的感觉。

从密集的商贩间挤出去,程海岩来到路灯昏黄的大街上。自从在市医院当牙科医生的妻子到法国进修以来,他习惯了一个人到大街上散步。他发现,早晨散步时总会遇到些熟人同僚,而晚上在大街上遇到的都是些退休的老人。是晚上散步不利于健康吗?当然不是。他想,大概是在位的同志晚上都有各式各样的应酬,回家太晚,想散步也散不成了,只能选择早晨出来。

刚走出不远,一辆小车追上来停在身边,韩主席摇下车窗对他说:"别走了,上车。"

韩主席说话十分干练,几乎没有半个废字,毕竟和程海岩有一种特殊关系,说起话来几乎不容商量。"给你家里打电话,没人接,我猜你是出来散步了。"

程海岩上了车,问:"这是去哪儿呀?"

韩主席笑眯眯地说:"去品尝普洱茶。"

程海岩心里的一块石头落地了,他最怕韩主席拉他去吃狗肉喝烧酒。程海岩曾开玩笑地说,韩老师教了他许多知识,就是没教他喝酒的本事。

韩主席把他拉到西山下一个叫作国际写作中心的山庄别墅。别墅不大,十分有味道。清一色的歇山式木刻楞建筑,勾檐连脊,曲廊弯榭,置身其中,恍若进入阿房宫一般。建筑的四周栽植了大片雪松,墨绿色厚密的枝叶遮住了别墅的窗户,给古朴的建筑添加了几分神秘。

胖乎乎的财政局长朱雨祥已经站在别墅的门口。他一身白色的休闲装,更加给人圆而粗的感觉。好像刚刚洗过澡,他的头发还有些湿,鼓胀的脸上有着条条潮红,看上去像个朴实的南瓜。他握住程海岩的手说:"我请领导喝茶不喝酒,程书记是不是该表扬我?"

程海岩没有想到朱雨祥会在这里,朱雨祥这么一说,他也跟着开了句玩笑:"朱局长,有的茶可是比酒贵呀。"

"你说对了程书记,今天请两位领导来,就是淘了点好普洱,好茶会好友嘛。"

韩主席显然觉得朱雨祥这话有点过头,有拉高自己的嫌疑,下级怎么能对上级套朋友呢?便在一旁道:"有话进去说吧。"

朱雨祥领着两人来到一间日式包房,一个穿着和服的女服务员正跪在榻榻米上候着。茶几上玻璃煮水壶、宜兴紫砂提梁壶、三盏骨瓷盖碗杯和一个土陶公道杯很讲究地摆放着。程海岩看到,一个银质的盘子上,搁了一块槽子糕般大小的普洱茶和一把古币形的不锈钢茶刀,想必这就是朱雨祥的那块普洱茶了。他环视了一下房间四壁,古典风格的装修很有品位,对面墙壁上的一幅国画,给房间点缀出几许深邃。难怪叫国际写作中心,来到这么个世外桃源,不会写文章的也能冒出点酸水,程海岩这样想。

韩主席说:"老朱呀,我天天喝普洱,你说说你这茶比我的七子饼好在什么地方,值得我们跑这么远的路?"

朱雨祥诡秘地一笑,道:"今天请两位喝的不是茶,是古董。"

他把银盘端过来,指着那块槽子糕状的普洱茶饼说:"这是极品茶膏,清廷的贡品,距今有一百多年了。"

程海岩仔细看了看,这茶膏其貌不扬,一块并不好看的炭状物,绿黑色,表面尽是细小的蜂窝孔,估计重不过二两。

韩主席轻轻嗅了嗅,道:"把古董喝了,岂不可惜?"

"再好的茶也是给人喝的,两位领导能赏光,这茶膏我还敢留吗?"

茶小姐开始操作。她动作娴熟,温壶涤具、切茶投茶、润茶冲茶、分茶到杯,每一环都有条不紊,文雅娴静。

三个人端起茶杯。程海岩品了第一口茶,茶味很厚,舌尖有一种涩涩的感觉。

"不错!"韩主席盯着那杯赭色的茶汤说,"不愧是越陈越有滋味啊。你说呢,海岩?"

程海岩放下茶杯,眼睛却不自觉地又投到对面的国画上,他说:"我对普洱茶没有研究,不过,从老朱摆的这个阵势看,这茶肯定不一般。从报纸上知道,普洱茶的价格已经高得离谱了,这百年的茶膏恐怕是茶中极品了。"

"不愧是搞纪检监察的,什么也瞒不过程书记的眼睛。这样的茶膏现在是有价无市,就是花多少钱也买不到的。"朱雨祥有点扬扬得意。

"多谢了,朱胖子,有好东西还不忘我这个退休的人。"

"哪里,韩主席在位时对我的关照我没齿难忘,善有善报,喝点茶还不是应该的吗?"朱雨祥很会说话。

"是呀,我在位时尽管脾气不好,但都是对事不对人,对干部我是出了名的护犊子。"

看程海岩一直眼不离对面的国画,韩主席也草草地睃了一眼,问朱雨祥:"那是谁的画?"

朱雨祥头也没转,很自豪地说:"又是古董,清朝的《秋夜读书图》。"

"清朝?"韩主席笑了笑,"怕是赝品吧?清朝的画会挂在这里?"

朱雨祥说:"鉴定过的,肯定是真迹。"

程海岩收回目光,骨瓷茶杯上那个耳朵般的把柄,像个大大的问号在提醒着他。他捏住这"问号"端起杯,把杯子置于鼻下仔细地闻了闻,放下,又抬头欣赏起对面的《秋夜读书图》。

程海岩总觉得这《秋夜读书图》在哪儿见过,画中那棵焦墨老树有点似曾相识,可一时又想不起来。画轴已经很旧了,装裱的锦缎都飞了毛边,画用玻璃镜框罩着,给人一种很珍贵的感觉。

"那画的是棵什么树呢?"程海岩问韩主席。

韩主席凑过脸去看了看,摇摇头,道:"说不好,乍看像楸子,再看又像柿子树。"

"对了,说到柿子树,我倒想起一件事来。"韩主席突然来了兴致,他说,"去年冬天我到韩国的时候,发现了个奇怪的现象。"

程海岩和朱雨祥都放下了茶杯,韩主席的故事他们不能不洗耳恭听。

"在一个农庄,我们发现,柿子树上有些柿子还没摘呢。那柿子红红的,挂在光秃秃的枝头上,成了农庄的一道风景。有人问导游,这么好的柿子为什么不摘?这样留在树上不是可惜了吗?导游的回答让所有人沉默了。原来,这些柿子是果农留给喜鹊吃的。导游给大家讲了事情的缘由:过去,这片柿子林中生活着许多喜鹊,一年秋天,柿子丰收,果农们采净了所有的柿子,恰巧这年冬天雪非常大,栖息的喜鹊寻不到食物,都饿死了。结果,第二年柿子林遭受了罕见的虫灾,果农损失惨重。于是,果农们又重新引进了喜鹊,每年秋收后,都要在树上留一些柿子给喜鹊作过冬的食物,柿子林才又恢复了元气。"

"看来,人们不能竭泽而渔。这和我们涵养水源是一个道理。"朱雨祥很有感慨。

程海岩点点头:"大自然是有机的整体,相克相生,物竞天择。"

"有道理。"韩主席端起茶杯,眯着眼睛若有所思地说,"就说这普洱茶膏吧,一百年前生产的时候,可能一斤也就值几两纹银,但买的人没把它都喝光,留了一些压箱底,这一压贡献就大了,不值钱的茶饼成了价值连城的古董。我们今天能品尝到这么好的普洱茶,难道不该感谢当年杯下留茶的人吗?柿子喂喜鹊的故事让我明白了一个道理:凡事不能做到极致,给别人留有余地,也就是给自己留下了一片天地。"

程海岩一边听韩主席讲话,一边又把目光投到对面的古画上。他怎么看这《秋夜读书图》都有些矛盾。画面上的大树枝丫交错,却难见到树叶。画的名字是秋夜,可画面上的树又像是冬天的。清代的乡间,冬天才糊窗纸。大冬天开着窗户读书?在树叶落尽的深秋,如果读书人开着窗子读书,这人的脑子就要读出毛病了。

茶小姐又续了一次茶,然后向大家建议,说这里有免费弹奏琵琶的,是否想听?

朱雨祥和程海岩把目光都投向了韩主席。韩主席笑了笑说:"我不是白居易,作不了《琵琶行》,海岩知道,我在学校是教政治的,弹琵琶这样雅致的事,还是海岩能欣赏。"程海岩见韩主席这么说,就点了点头说:"那好,我们也别光喝茶,就听一曲琵琶吧,反正是免费的,增加不了朱局长的成本。"朱雨祥说:"哪里哪里,我能买得起马就能备得起鞍,我一块普洱茶听一个月琵琶都用不了……"韩主席打断他的话道:"别吹牛了,快让小姐去请人弹琵琶吧。"茶小姐起身出去,领来一个个子高挑、绾着长发的姑娘。姑娘身穿绛紫色的旗袍,怀抱一把琵琶,表情严肃,不颦不笑,很雅致地向大家颔首之后,欠坐在靠近古画的一张木椅上。茶小姐把曲目单递给朱雨祥,朱雨祥瞪了小姐一眼,说:"真不知大小,领导在这里,哪能轮到我点曲?"说完,双手把曲目单递给了韩主席。韩主席接过单子翻了两下,又递给程海岩:"还是你来吧。我对古乐知之甚少,就知道有个《高山流水》,还是古琴曲,琵琶不能弹。"

程海岩接过单子,看也没看,说:"弹一曲《十面埋伏》吧。"

程海岩喜欢听音乐,国内外名曲的 CD 收藏了不少,这么近距离地听《十面埋伏》还是第一次。琵琶女孩的弹奏技艺很娴熟,在列营、吹打、点将、排阵、走队五个环节上把握得恰到好处。程海岩和韩主席都被她的弹奏吸引了,忘了喝那名贵的普洱。当乐曲进行到第二部分时,程海岩感到自己的心率有了变化。从埋伏的低潮开始,经过鸡鸣山小战的铺垫,在九里山大战上,演奏进入高潮。

女孩的弹奏如同《笑傲江湖》中的东方不败,把怀中的琵琶拨得死去活来。程海岩很惊诧,这么个文静的女孩子,能把琵琶弹得如此铿锵,简直就是胸中百万神兵的穆桂英了。

当演奏进行到项王败阵、乌江自刎的时候,程海岩完全沉浸在音乐之中。他闭上眼睛,沉浸在漫无边际的惆怅和伤感之中,恍惚间,他想到了泪沾青衫的白居易,想到了白居易笔下黄芦苦竹、山歌村笛的浔江。音乐停止的时候,他睁开眼睛,感到两颊有点点凉意,轻轻一拭,是自己的眼泪。

韩主席和朱雨祥没有发现这个细节,倒是琵琶女孩似乎看出了他的感动,欠起身微微鞠了一躬。

"古代的《十面埋伏》好像不是这么结束的吧?"程海岩问。

一直没有说话的琵琶女孩点点头,微微笑了一下。

"好像还应该有众军奏凯、诸将争功和得胜回营三段。"程海岩说。

"如果您想听,我可以把它弹完。"琵琶小姐眼睛亮亮地望着他说。她说的带有吴侬软语的普通话,听起来绵绵的,如同带着羽毛一样。

程海岩看看表,摆摆手说:"太晚了,还是改日再听吧。"

离开山庄别墅时,朱雨祥递过两张健身卡,对两人说:"领导要注意健康问题,工作累的时候就到这里来打打球、游游泳,放松一下。"

韩主席接过健身卡,很严肃地问:"这里没有不健康的东西吧?"

朱雨祥道:"这里是作家办的会所,雅着呢。"

"要是这样,我和程书记就笑纳了。"韩主席没等程海岩说话,已经做出了决定。

这是一张很精致的金卡,"VIP"字样耀眼夺目。见卡上只是标了些免费运动的项目,程海岩没有说什么,随手放到了衬衣的兜里。这个时候自己要是拒收,等于当众驳了韩主席的面子。

回来的路上,韩主席提到了一件浑江市上下都十分关注的事情。换届在即,现任市长要退,能接替的人选范围很小,程海岩也是人选之一,要把握好这个机会。

程海岩笑笑道,那是组织上的事,自己怎么去把握?还是顺其自然的好。

"道理是这样,可是现在选择干部越来越重视民意了,人心向背是个很重要的前提条件。纪委书记是个得罪人的差事,具体案件中,在处理标准上你低一点,在干部中你的威信就会高一些。俗话说,宽以得众嘛,宽严相济,以宽为主。"

程海岩点点头,说:"宽严相济本来就是纪委工作的一条原则。"

韩主席拍了拍他的膝盖道:"你是我的学生中发展得最好的一个,我对你抱很大希望。"

"我会努力的。"程海岩看着车窗外的夜色。车速很快,一盏盏路灯有一种向后倒去的感觉。他突然很想听琵琶小姐没有弹的那三段曲子,删改《十面埋伏》的人,为什么把结尾搞得这么悲壮呢?

程海岩接到苏梅的电话时还没有起床。自从老婆去法国进修后,他就有了周日睡懒觉的习惯。周六上午要游泳不能恋床,周日上午他索性关掉手机,睡个死去活来。因为昨夜喝了太多的茶,直到凌晨他还没有困意,一闭上眼睛满脑子都是那幅《秋夜读书图》。实在睡不着,他就给老婆挂了个电话。中国的夜半时分,欧洲的日头正毒着呢。老婆接到他的电话,声音有些变调,说奇怪了,今天一个脸上有疤的法国商人到她进修的大学来找她,说国内的一个朋友托他送些生活费来,老天爷,这个人一出手就是三万欧元,她说不要,他放下钱就走,连个名字都没有留。程海岩一听,知道这钱是无法退了,便告诉她说,这来路不明的钱一分也不要花。老婆说:"我知道不能花,可是这么多钱放我这里,我天天担惊受怕呀。"程海岩想了想:"那你就存到信用卡上吧,我在国内做好登记。"老婆几乎要哭了,说:"你在国内当包公,我在国外快要当人质了。"程海岩心里不禁有点酸,就安慰了老婆几句,说:"好了好了,还是省点电话费吧,有我这个黑脸包公,谁敢动你一根指头?"话是这么说,可他心里也没有底。这钱是谁送的呢?

苏梅的声音一改电视上主持新闻节目时的正统,纯而又纯的京腔像一股清泉,从耳鼓一直流进心里,让他感到惬意爽朗。她提醒程海岩,不要忘了晚上约定的事,地点是她法国同学的别墅,洞庭街5号。苏梅最后还说,她的同学法国鹅肝做得特棒。放下电话,他昏沉沉的头脑有点清醒了,洞庭街5号,这不是一片外商居住区吗?吃饭怎么选了这么个地方?又一想,苏梅的安排大概是考虑了他的身份,试想,去哪一家饭店,他和苏梅的晚宴会不被人知?

起床后,他给李子和打了个电话,让他在案件检查室的账上记上这么一笔:法国,陌生人强行留下三万欧元,原因不明,待回国后入账。李子和说,这钱是不是牛昕送的?这小子够厉害,把网都织到国外了。程海岩说,现在还不能肯定是牛昕,这事不好查,先登记上吧,注意保密就是了。

洞庭街是一条临山的僻静街道,远离闹市,街两旁都是矮层的别墅,居住者大都是有私家车的外商和在外企工作的白领。由于居民少,这里不通公共汽车,行道上高大的法国梧桐以及大量的闲置别墅,给这条街道营造出少有的静谧。

程海岩的奥迪车在街上转了个来回,才找到洞庭街5号的位置。这是一座日式风格的别墅,很像昨晚喝茶的那个山庄。他怀疑两者肯定有一方盗用了对方的设计图纸,要不怎么连门窗的样子都那么雷同?与昨晚的山庄不同的,是别墅的院子。院子很阔,栽满了一株株枫树,在深秋季节,满院的枫树犹如燃烧的大火,缭绕着这仿木刻楞的日式建筑。

别墅的院门在奥迪车靠近时自动打开了。驶进院子,程海岩顿时眼前一亮:别墅古铜色的门前,苏梅像宾馆的迎宾小姐一样等候在那里。让他惊讶的是,苏梅竟穿了一身有着淡雅樱花图案的浅色套裙。在色调古朴的建筑与枫叶火热的氛围中,苏梅的这身套裙恰到好处地成了院子里的诗眼。程海岩感到自己的呼吸不那么均匀了。遇事一向从容的自己这是怎么了?他在熄灭马达的同时这样问自己。樱花简直成了他敏感神经上的开关,只要稍稍触动,他的内心就会泛起层层涟漪。

"谢谢程书记赏光。"苏梅迎过来,很礼貌地低了下头,和他握手。

程海岩不想在院子里过多地寒暄。此行他一直有些忐忑,像苏梅这样的名女人,社会关系不会简单。如果把名女人比喻成一棵向日葵的话,那么在向日葵的根下,一定有众多的男人做肥料,否则,这朵向日葵花不会奔放夺目。路上他的车开得很慢。一只手在拦着他,让他犹豫、却步,可是又有一只手在召唤他,催促他成行。他想到了当年孔子会见南子的故事。连孔夫子都能不顾学生的阻拦去赴南子的约会,我一个凡夫俗子,怎么就不能赴苏梅之约,吃一顿晚饭?矛盾中他驾车来到了洞庭街5号。

"请,我的大书记。"苏梅面若樱花。

进到客厅,程海岩感觉到一种弥漫在空气中的女性的味道。他叫不出室内这种香水的名字,但能感觉到这香水的品质。这是一种与化学配方无关的品质,能让人感受到五月的草原和草原上挤奶姑娘挥洒出的阵阵奶香。深深呼吸了几口之后,他得出结论:这是一种精心调和出的既令人宁静安逸,又令人食欲勃发的味道。他环视了一下客厅:靠近落地窗,是一组浅色樱花图饰的布艺沙发,沙发的对面是一台大屏幕的等离子电视。侧面墙壁上,挂着一幅布歇的油画《德·蓬帕杜尔夫人》的复制品,画中,路易十五的情人美丽而充满温情,丰盈的酥胸让程海岩的目光不敢驻足。墙角处挂满了各种活泼玲珑的小饰物,几根孔雀的羽毛像这些饰物的旗帜一样,一直伸向天花板。室内象征男士特征的东西几乎没有,茶几上没有烟灰缸,竹地板上甚至没有一双男士拖鞋,这令只能趿着一双女士拖鞋的程海岩多少有些滑稽。

在沙发上坐下后,程海岩问:"你的同学呢?"

苏梅拢了一下黑缎般的长发说:"真不巧,中午有急事飞深圳了。他们法国人做事情很随意。但书记请放心,晚餐上法式鹅肝不会少。"

"你的同学是法国人?"

苏梅起身去冲咖啡,她告诉程海岩,自己在北京读书时认识了这个法国留学生,两个人感情很好,毕业几年后,没想到这个同学竟来浑江的一家法资企业工作了。"真是山不转水转,人生有时不可预测。"苏梅端过来一杯咖啡说。

"你还邀请了谁?"程海岩用小勺搅动着咖啡,咖啡很香,膨胀的泡沫如同女网球手的肩膀。

苏梅做了个顽皮的表情,道:"程书记还希望找哪一位?"

程海岩的脸腾地红了,同时,他的某种担心却落下了。平心而论,他不希望苏梅找更多的人来,多一个人,就多一条跑风的渠道。如果苏梅找一帮媒体的人作陪,他会如芒在背的。那样的话,不会很久,满浑江都会知道他在游泳池里英雄救美的壮举,毕竟这壮举容易使人产生某种联想。

"你平时就在这里住吗?"程海岩问。

"我在市中心有房子,就是昨天你送我去的那个小区,但我很少在那里住。这个法国同学一年在这栋别墅里也住不了几天,我就权当管家了。"

程海岩啜了一口咖啡。咖啡的香味很纯,没有加糖,是地道的蓝山咖啡。他从来没有这样和一个令人不安的女子独处过,一时找不到话题,大脑出现了缺氧的症状。苏梅却很从容,她先是端来一盘色泽诱人的红樱桃,又走到电视下面的地柜前,打开那套叫不出名字的音响。她没有征求程海岩的意见,放的是门德尔松的《仲夏夜之梦》序曲。音响开得很低,但乐曲的纯真、优雅和愉悦,充满了黄昏的客厅。

"喜欢音乐吗?"苏梅问。

"哦,谈不上喜欢,我只在家或车上的时候,习惯听听德彪西的《大海》,不过门德尔松的这支曲子我也能接受。"他避开了"喜欢"一词,而是用了一个"接受"。

苏梅眼睛一亮:"真是知音了,德彪西的作品也是我的最爱。"

这时,门铃响了。程海岩心中骤然一紧,手中的咖啡抖了一下。谁会在这个时候来呢?

"我出去一下。"苏梅从包里拿出皮夹,推门出去了。不一会儿,她拎回两大包东西,笑着对程海岩说:"晚宴马上开始。"程海岩这才明白,刚才的门铃是酒店外送服务生按的。他为自己刚才的表现感到难为情,精明的苏梅肯定发现了他的紧张。一向以定力如磐而自信的自己,怎么今天对一个门铃声都会敏感?

看着苏梅进了另一个房间,程海岩长舒了一口气。和这样一个风姿绰约的美女独处,他感到了一种压力,似乎这栋别墅里比外边低了一个气压,使他有一种要窒息的感觉。他努力检讨自己:"我这次赴约绝没有私心杂念,我只是不忍再次拒绝一个女人的请求而已。"他认为自己昨天拒绝教苏梅游泳太不绅士了,说明了自己的狭隘。思想的关隘一开,人就会释然无束。他靠着软软的沙发,索性闭上眼睛欣赏音乐。

循着音乐的引领,他脑海里浮现出一幕幕剧情背景:青年莱桑特和美丽的少女希伯丽特在远离世俗的大森林里,和仙人王国中的精灵们嬉戏。那是一个充满神秘爱情的地方,色彩斑斓而又静谧朦胧。他嗅到了那种草原上让人痴迷的奶香,感受着从森林中飘来的那些跳动的音符,似乎有了一种醉氧的迷离。恍惚间,一个身着波希米亚皱裙的少女出现了,微笑着走向自己。少女的衣裙是米色的,领口很低,衣服和肤色融为一体,显得柔和慵懒。少女向他伸出了手臂,他醒了。令他惊奇的是,眼前的苏梅竟然换上了和少女一样的衣服。一时间,他不知身在梦里还是现实之中。

"请入席。"苏梅伸出手臂,做了一个优雅的动作。

苏梅的这身衣服让他放松下来,也许是没有了樱花图案的原因吧,他想。

厨房的色调是温暖的橘色,餐桌上铺着洁白的雕花台布,四只骨质瓷盘里分别是法式鹅肝、牛排、银鳕鱼和蔬菜沙拉。一个精致的银托盘上盛满了各种水果,一瓶开启的法国波尔多红酒斜置于冰桶上。一个典型的小布尔乔亚餐厅。

"我没有这样请过第二个男人,在我的私人住处。"苏梅擎着半杯红酒很专注地望着他说,"救命之恩,恩重如山,所以,我才斗胆请你。"

他也擎起杯,礼貌地道:"谢谢你的邀请,让我接触到一个陌生的领域。"

"熟悉都是从陌生开始的。"苏梅目不转睛地说。

"我没有准备过多的菜,我认为吃什么并不重要,重要的是交流。比如说,在今夜之前,我没有想到,身为一个官员,你竟如此熟悉德彪西和门德尔松。我始终认为,音乐上的交流是人类最高境界的交流。"苏梅用两手轻轻摇着杯中的红酒,宽松的衣袖滑向肘弯,白藕一样的手臂把酒色衬得玛瑙一样红,"可惜,在浑江,我没有遇到过像你这样有音乐修养的成功人士。有个企业家曾请我们几个主持人去欣赏交响乐,可是在音乐厅里,他打了不下十个电话说他生意上的事,挺好的一个交响音乐会就这样糟蹋在一片海蛎子味儿的大嗓门里了。"

"在一般人看来,你们主持人的生活和工作很神秘,当然也很风光。"他转换了话题,音乐毕竟不是自己的长项。

"公众人物,大家都关注而已。但我认为这只是一种职业上的优势,当你离开荧屏时,又有几个人会记得你?我想,你们当领导的也是这样,在位时,门前车水马龙,一旦退下来,很快就门可罗雀。能在节日打个电话来的,只能是少数的几个至交。"

他点点头,把半杯红酒喝了下去,竟忘了让对方同饮。苏梅倾身又给他斟了半杯:"其实,你们纪委的工作才神秘,一种可怕的神秘。"

程海岩笑了,道:"怎么会有可怕的神秘之说呢?党纪国法都是明文公开的,犯了哪条就按哪条处理,这里面没有暗箱操作,所以谈不上神秘。"

"可是,人总有恻隐之心呀,处理人的人和被处理的人都不是铁板一块,对吗?"

"当然要具体问题具体分析了,不能拿条文一卡就下结论。正如你所说,人总是有感情的嘛,但善恶不能混淆,对恶的姑息就是对善的伤害,所以,问题的性质是第一要素。"

苏梅点点头,为他夹过一块鹅肝,很自然地转了话题:"我有种感觉,说不准我们会成为知己。"

他愣了一下,躲开对方的眼神,说:"我比你大许多。"

"不是有一种忘年交吗?比如杨振宁和他的学生翁帆,他们不仅是知己,而且还成了伉俪。"说这番话时,苏梅纯真的表情透出几分执拗,那杯红酒依旧在面前摇着,把橘色的灯光摇得支离破碎,让程海岩又产生了那种醉氧的感觉。"这酒,怎么有点像白兰地?"他觉得脸有些发热。

"这可是纯正的法国干红,如果你有一杯白兰地的量,那么这样的红酒至少可以喝四杯。"苏梅停下摇动的酒杯,很爽朗地举起杯说,"来,我们干一杯!"

他举起杯,但没有马上喝,他知道苏梅肯定会有下文。

"为感谢你的救命之恩,为我们共同喜爱的音乐,更为我们无任何功利目的的交流,干杯!"苏梅很优雅地喝干了杯中的酒。

他为最后一条理由叫好,没有任何功利目的的交流,这话入耳入心。

看来苏梅的酒量不大,半杯红酒下去后,她脸上泛起樱花一样的红晕,说出的话也变得如棉花糖一样蓬松绵软。她喃喃地说:"在别人看来,我很风光,一周有五次在电视上亮相,其实,我很孤独。在这个钢筋水泥筑成的城市里,我常常有一种莫名的伤感。我不知道为什么,这是一种情绪,也是一种无助。"显然,苏梅有点动情,把他当成了一个可以倾诉的对象,"我喜欢在弥漫着忧伤的情调中慢慢品味孤独,在孤独中变得宁静,变得善于思考,时常感受到那种出世的空灵。"

苏梅的话让他心潮涌动,他用欣赏的目光看着对面这个惹人怜爱的女人。苏梅这身波西米亚风格的衣服太得体了,这种吉卜赛女郎喜爱的衣服,极易让人对其漂泊不定的命运产生同情。

苏梅羞涩地笑了笑,又说:"我希望你能把我从这种忧伤的情绪中拯救出来,那样,你不仅在身体上救了我,而且在精神上也救了我。"她又喝了一杯红酒,而且是一个满杯。她没有让他喝,但她宝石一样的目光一直映着他的脸。

苏梅站起身,柔软的身体微微有些摇晃,他想搀扶一下,却没有伸出手。他不敢触摸这柔软的身体,他无法预料这种水一般的柔软,会不会让他心中的那道防火墙随之坍塌。

他拿起餐桌上那盘水果,对苏梅说:"不能再喝了。"他又说,"我还是参观一下你的别墅吧。"

两人来到客厅,苏梅一下子埋进沙发,抱起沙发上一个很大的玩具熊,半睁着眼睛对他说:"这里的一切都对你开放。"

他参观了楼下的厨房、餐厅、衣帽间和一个很大的盥洗室,然后,沿着旋转的木楼梯来到楼上。楼上是一个奇妙的世界。两个大大的卧室装修豪华,欧式家具典雅气派,厚重的亚麻窗帘和文艺复兴时期的油画,仿佛与世隔绝。健身室里器械不多,铺着纯毛地毯,两面墙上全是镜子,这是练瑜伽的地方。书房里,一排欧式书柜吸引住他,更让他惊奇的是,书柜里竟然有许多线装书!这些书价值不菲,都是出版社特制的礼品书,市场上根本没有流通,很有收藏价值。书柜里的书显然是经过遴选的,没有那些装点门面的垃圾书,其中一本《百年孤独》和自己家中的那一本竟是同一个版

本。他好奇地把它抽出来,翻开封面,发现扉页上有一行娟秀的字:

孤独何止百年,百年必定孤独

他觉得这话写得很有意思,琢磨了半天,将书放回原处。就在他要关上书柜的时候,他发现,书柜的最上层,摆着一些奖杯、奖牌之类的纪念品,有金话筒奖杯、十大记者奖牌、十大新闻奖杯等等。小小年纪就事业有成,一股敬意油然而生。有一点让他感到奇怪,满书柜没有找到一本法文书。

轻轻走下楼来,沙发上的苏梅已经睡着了。睡梦中的她两腿蜷缩在宽大的沙发里,两只并在一起的脚,脚上的每个指甲都贴着小樱花图案,图案沿着脚趾的顺序由大到小排列下去,精巧而雅致,有一种自然的动感。顺着这十朵樱花看上去,那件波希米亚连衣裙显得凌乱而局促,从宽大袖幅里露出的两臂向上弯举着枕在颈下,开领极低的衣服,现出高耸的乳峰。那只玩具熊趴在地板上,似乎不忍心再看主人的醉态。

他在衣帽间里找到印着樱花图案的衣服,轻轻盖在她的身上,推门离开了这里。

周一上午,程海岩早早地来到办公室,他约了几个干部进行诫勉谈话,想谈完后赶到省城开会。没想到李子和比他来得还早,棍子一样戳在办公室的门口等他。他蹙了蹙眉头,把李子和让到了室内。李子和不说话,就那么站着,等着书记开口。程海岩知道他这堂吉诃德的性格,故意埋头整理文件,不和对方说话。好一会儿,李子和憋不住了,没头没脑地冒了一句:"程书记是不是改主意了?"

"什么改主意?"程海岩知道他指的是什么,故意装作不明白。

"我知道牛昕的能量能撼动半个浑江市,但我不相信牛昕的能量能撼动你。"李子和像个学生在回答问题,这个答案在他脑子里已经重复了多遍。

"何以见得呢?我也是血肉之人呀。"程海岩虽然不喜欢听恭维话,但李子和这话他还是愿意听,这样的评价至少会坚定下属办案的信心。

"你要是不想查牛昕,你就不会让我当这个专案组组长,谁都知道我是一根筋。"

程海岩笑了,说:"你先回去吧,牛昕的事等我从省里回来再说。"

"不,我等你给我个答复。"李子和来了犟劲儿,涨红着脸说,"还等什么呢?牛昕的问题是秃头上的虱子——明摆着。"

程海岩有些不悦,这个一根筋,真就是一根筋。他摆摆手道:"我约了干部谈话了,你回去吧。"

"这不是你的作风。"李子和仍不识趣。

程海岩瞪了他一眼,批评道:"你不走我走了。"

李子和不情愿地走了,临出门时,回头看了程海岩一眼,目光复杂,似乎有一丝抱怨。这一眼,如同针扎一样,让程海岩心里难受。他僵在椅子上,怒气冲冲地自言自语:"该死的一根筋,你就不能换位思考问题吗?"

赶到省城的时候已经傍晚,程海岩和秘书小吴错过了宾馆的晚饭。俩人来到宾馆旁一家辽西人开的拨面馆吃拨面。小吴第一次吃拨面,跑到后厨看光景,好一会儿才从厨房里出来,瞪着两只眼睛对程海岩说:"老天爷,切个面要用铡刀!"程海岩喜欢吃拨面,对拨面的做法自然熟悉,他对小吴道:"要是用菜刀来切,那就不是拨面了。"两个人吃完大碗的牛肉臊拨面后,已经快九点了。程海岩问小吴:"我们晚上怎么安排呢?"

小吴知道这是书记在考他,几乎不加思考地说:"当然去看孔老了,茶叶我都买了,是两盒台湾的高山乌龙。"

孔老是浑江籍的省领导,十年前在浑江市任过书记,一年前在副省长的位子上退下来,享受正省级待遇。孔老很重乡情,凡是到省城办事的浑江领导,他都要请到家里坐坐。对过去的老同事、老部下,他还设家宴招待。因此,孔老在浑江市口碑极佳,到省城必来拜访孔老,成了浑江领导干部圈一条不成文的规矩。

孔老的家在卧龙潭公园北侧,是一栋独门独院的二层小楼。楼的外面不出奇,楼内十分讲究。令人羡慕的是,小楼的院子特别大,像个小广场,停得下七八辆车。程海岩到来的时候,已有五辆车呈扇形围泊在小楼前,看牌照,有省城的,也有浑江的。清一色的黑车,从挡风玻璃看进去可以发现,每辆车里都有鬼火一样的亮光在黑暗中一闪一灭,不用问,那一定是司机在抽烟。草坪灯从地面照上来,似乎有放大车影的功能,让人感觉停在这里的车要比平时大许多。孔老的家总是这样门庭若市。

大门口的武警已经用电话做了通报,小楼前,早有一个小伙迎在那里。程海岩和小吴都认识这个年轻人,这是孔老的秘书小邵。小邵很热情,握着程海岩的手说:"孔老念叨你好几遍了,你晚饭前到多好,有你的许多老朋友呢。"

孔老的客厅里果真高朋满座。除了省审计局副局长杨志和浑江市副市长马小德外,还有省纪委培训中心康主任、省政府接待处处长姜彦彦,和一个有着女人一样皮肤的中年男子。大家见到程海岩,都站起身来。孔老握着程海岩的手,道:"我知道你要来,可是没想到你晚饭后来,是不是见外了?"

程海岩从孔老的口气里闻到一股酒味,看来很注意保健的老领导晚上喝酒了,而且喝得不少。

"对不起,我从浑江出来晚了。"程海岩一边解释一边和大家握手,握到那个白皮肤的男子时,身旁的孔老说话了:"这是邹厅长,省卫生厅分管医政的。"

除了这个邹厅长,其他人程海岩都熟,对这些人的印象也算清晰。杨志是个极善谈的人,鼻梁上长着一个突起的结节,自来勾的黑发修饰有型,颇为欧派。他胸口上的青斑胎记长满了长长的褐色的护心毛,像贴了一块兽皮,张扬着一种野性。如果不是他自己常常吹嘘这是一种福寿的标志,别人也难得一见。杨志做报告在浑江是出了名的,几个小时的讲话中,你发现不了什么问题,哪怕是一个多音字的读音。但是他的长篇大论在你的脑海里会像云一样飘过,使你记忆的口袋囊空如洗。马小德因为脖子奇长,即使坐着也能"出人头地"。作为主管工业的副市长,马小德的魄力主要体现在一个"卖"字上,五年不到,浑江市的国有企业就像罢了园的瓜地,剩不下仨瓜俩枣。程海岩对马小德大刀阔斧地贱卖,甚至零元出售企业的做法一直不敢苟同,举报牛昕的许多事情里都有他的影子。那些被卖掉的企业并没有因为换了主人就活力大增,倒是有不少企业易主后,新主人干脆扒掉厂房搞起了一锤子买卖的房地产开发。姜彦彦是个让你猜不出年龄的女人,酒桌上很能活跃气氛,浑江的市领导倒在她杯下的不在少数。她一直为孔老负责接待上的事情,孔老举办家宴,总是姜彦彦忙前跑后。康主任是省纪委聘任的培训中心主任,一脸褶子,穿得挺嫩。程海岩不知道孔老怎么把他也找来了,这可是个社会上的消息灵通人士,用他自己的话说,平日请他吃饭的厅长、局长要排队。

"真巧,大家在孔老这里相会了。"程海岩看着杨志和马小德说。

"是很巧,我下午给孔老通电话,孔老说你要来,我很想念老同事,就来蹭孔老的饭局了。"杨志说。

马小德接着杨志的话说:"我来省里参加审计会议,和老杨是主席台上见面,孔老家里碰头,巧得很。再说了,孔老要是知道我来省城不到这儿,我这个副市长就该摘帽了。"

"不在其位,不谋其政,我怎么能管得了你们升迁的事?我可是下台的人了。"孔老摆摆手说,"康主任和邹厅长是我特邀的,姜小姐是负责办伙食的,总之,除了老杨和马市长,这三个人都是为你而来,可你却来晚了,下次罚你酒了。"

姜彦彦显然对孔老这一姜小姐的称谓欣然接受,她在微微一笑的同时,也把一个嗔怪的眼神抛给程海岩:"程书记是对我安排的酒菜不感冒吧,这么不给面子?"

没等程海岩说话,康主任却接过了话茬:"程书记每次到省城,都不到我那里,咱们可是一条战壕里的呀,再说,我那里的条件也不错嘛……"

"小康呀,你那里哪是接待的地方,老程不去就对了。"孔老打断了康主任的话。孔老是话里有话。省纪委培训中心,名义上是培训,其实是"双规"干部的地方,一年到头关着倒霉蛋,谁愿意到那里去沾晦气?程海岩曾经想过,"双规"牛昕的地方最好也选在这里,在浑江肯定干扰不会少。

程海岩只好再次向大家表示歉意。

大家开始喝茶、聊天。孔老特意把程海岩和邹厅长叫到一起,对邹厅长说:"老程的爱人是个牙科专家,正在国外进修,以后小邹要关照一下。"又对程海岩道,"邹厅长分管医政业务,你们以后可以多联系。"孔老的话让程海岩感到很突然,爱人在国外研修的事情孔老怎么知道的?而且特意把邹厅长介绍给自己。他对孔老和邹厅长表示了一番谢意之后,开玩笑说:"别看老婆是个牙医,可连我的牙都保护不了,我已经掉两颗牙了。"邹厅长却很认真地说:"牙要从小保护,等出现了龋齿就晚了,结果只能拔牙。"孔老道:"能修补还是修补,如果有了龋齿就拔牙,那老程的老婆就该下岗了。"

大家的话题没有在牙的问题上深入下去,自然而然地谈起浑江的人和事。

杨志说:"浑江的人最重感情,在省城里最团结,这方面孔老就是一面旗帜,有了这么一面旗帜,在省城的浑江人就有了主心骨。"

康主任道:"浑江的干部在程书记的保护下太幸福了。我在培训中心五年了,各市县的干部一个接一个地进去,没有一个是浑江的。"他所说的"进去",就是大家常说的"双规"。康主任因其培训中心主任的身份,自然是许多专案组负责后勤的成员,这也是很多人请他吃饭的原因。这年头,廉政风暴一个接着一个,谁能保证自己不到培训中心住上个十天半个月?先请康主任吃一顿,说不准到时候康主任就能给自己额外加个荤菜呢。

程海岩对康主任的话不置可否,又不便说什么,只是一笑了事。不过,他的目光却被墙上一幅国画吸引过去,那不是《秋夜读书图》吗?

见到了老部下的孔老很健谈,他说话的手势始终保持在胸部以上,和大家回忆起他在浑江主政时的一些逸事,谈着谈着,就谈到了一个叫牛禄的人。牛禄是十年前浑江市的一个政治明星,在浑江最大的平湖县当书记,眼看就该扶摇直上了,却因为挪用教育资金建县委办公楼受到查处,一颗耀眼的政治明星从此陨落。孔老饶有兴趣地讲了一件往事。"别看牛禄这小子架子大,该放下架子的时候还真放得下来。"孔老说,"我有次到平湖县下乡,在一个孤寡老妇人家看到了牛禄的照片,是牛禄和老妇人的合影,挂在墙中央。一问,老人说牛禄是她儿子。我就奇怪了,牛禄的父母都在浑江城里,什么时候出来个乡下的穷老娘?再问才知道,这是牛禄扶贫的对象。牛禄把老人认作干妈,逢年过节都派人送些吃穿用的东西来,有米面油、成箱的牛奶,还有印着字的鸡蛋,让村里人羡慕得要死。老人对牛禄感激不尽,求人把牛禄的照片放大了挂在中堂,就差上香供着了。你们说牛禄这人心肠怎么样?"

"牛禄人不错,可惜栽在了那座办公楼上,我每次到平湖县,看着那座楼就想起牛禄。"马小德看着程海岩道。

杨志说:"我个人认为当年对牛禄的处理偏重。给个警告、记过什么的也就够了,不能一撸到底,毁了一个干部的前程。盖办公楼又不是牛禄自己用,哪能炒豆大家吃,砸锅怪一人?要是当时程书记抓这个案子肯定不能这么做。我和程书记共事多年,我们虽然平时彼此只是点点头打个招呼,可是遇到事情的时候,彼此观点是很一致的。在处理马头乡拉税案上,如果不是程书记保护干部,那个拉税的乡长就会被判刑。"杨志所说的拉税案,是多年前杨志任审计局长时移交纪委的一桩案子。那个乡的干部教师开不出工资,新上任的乡长就动了歪脑筋,到外地企业拉税,拉了几百万。干部教师的工资是解决了,可拉税的事却一审就发。因为拉税是要大比例返还的,这个账乡里平不了,缺少经验的乡长又不会做假账,结果拉了多少返了多少都暴露在账面上。在处理这个案子时,程海岩接受了杨志的建议,给予当事人从宽处理,使这个本该受刑事处理的人,仅仅被给了个党纪政纪处分。

杨志还要说什么,程海岩突然插话道:"我说孔老,你墙上这画我好像见过。"这一说,大家都抬头盯住了墙上的画。

"这是蔡嘉的真迹《秋夜读书图》,是清初名画,你也许见过复制品吧。"孔老话语中有一丝不易察觉的得意。

"现在真迹和赝品很难辨认,有时行家也会走眼,你老可要小心。"程海岩没有给孔老留面子,他已经断定这是一件赝品,与写作山庄的那幅肯定出自同一个造假高手。

"你是说我老头子收藏了一幅假画?"孔老有点不高兴,"我说这是真迹,理由有三:一是这画有鉴定证书,证书是权威机构发的,相当于人的身份证,一画只有一张;二是此画出处清晰,传承有序,历代收藏者都留下了印章;三是许多行家要出天价收购,都被我谢绝了。行家是不会收藏赝品的。家有宝物,必发异彩,我老头子岂能拿宝物换银子?"

杨志圆场说:"程书记并没说这是赝品,只是说见过,对吧?"

"对,我在一个茶室见过另一张,有人也说那是真迹。"程海岩眼不离画,他又对画中那光秃秃的树枝产生了兴趣,总觉得这树枝似曾相识。

"哈哈。"孔老大笑起来,"老程呀,你看谁把国宝挂在服务场所了?不用说,那一定是仿制品!"

孔老对自己的画充满信心,他说:"这画来路清楚,帮我淘画的人是我多年的好友,想必他也不能骗我。"

因为刚才的话题被程海岩扳了道岔,孔老用一个手势结束了关于画的话题,他兴致勃勃地说:"我再给你们讲个故事,也是在浑江,还是说牛禄。"孔老显然要把刚才被程海岩打岔打跑的话题拉回来。

"那年端午节后到平湖调研,见到多日不见的牛禄。我吓了一跳:这伶牙俐齿的牛禄,怎么突然就口若'芍药'了呢?牛禄当时还是平湖的县长,这样一副嘴脸怎么在公开场合讲话?问缘由,牛禄吞吞吐吐,不好意思说。我说,该不是桃花运交大了,叫桃花蜇了嘴。这虽是笑话,却点出了一个现象,那就是牛禄红肿起来的嘴更性感了,像那个叫什么罗兰的大嘴法国女影星。隔了几日,牛禄到市里来,看到他的嘴已经由芍药变成桃花了,我便好奇地问他到底是怎么回事,难道真是口红过敏?牛禄红着脸解释说:'我一个党的干部,还能像贾宝玉那样吃口红?'他怕别人听到,悄悄附在我的耳边道出了原委。原来,端午早晨,他煮了几个鸡蛋,因夫人不在家,他把吃剩的两个放到了冰箱里。次日上班,起床晚了,来不及准备早餐,想起冰箱里有为老婆留的两个鸡蛋,便拿出来凑合当一顿早饭。鸡蛋太凉,牛禄的胃受不了,就把蛋放到微波炉里热了一下。从微波炉里拿出来的蛋太热了,他倒着手把蛋放到水龙头下一顿降温。降了温的蛋好剥皮,看着白嫩的鸡蛋,牛禄口急,上去就是一口。这一口,嘴上的鸡蛋嘭地炸了,蛋白四射,蛋黄却糊了他一脸。可怜的牛禄,就是这样,变得口若'芍药'了。"

大家都被孔老的幽默逗笑了。

但孔老并没有说完,他接着道:"牛禄的经历让我对小小的鸡蛋刮目相看,进而产生感悟:做什么事情,还是先放放气为好,气鼓得猛了,嘴脸就有变形的危险。"

大家在笑的同时都听出了孔老思想中的那份深刻。

程海岩的目光又回落到那张国画上。这画中的树太熟悉了,却说不出是什么树。韩主席说像楸子,又像柿子树,可是楸子和柿子在秋季应该是有果实的,古代的画师不会这么没有生活常识。楸子的果实发黑,而柿子则是满枝头的红,画中的树却是光秃秃的枯枝,间或夹杂着稀疏的叶子。

看到时间已晚,程海岩提议让孔老休息。大家起身告辞。孔老单独留下了程海岩。程海岩心里已经猜到了孔老要说的话,但他猜错了。

孔老说:"海岩呀,浑江年底就要换届了,如果不出差错,你应该是市长的人选,这个时候上上下下要多争取支持,注意建立一种和谐的人际关系。一定要明白这样一个道理:多个信任者就多份支持,少个对立者就少个障碍。"

程海岩点点头,一时不知说什么。孔老接着又说:"谨慎,谨慎,再谨慎,凡事先权衡一下利弊,我相信你有把握。"

程海岩谢过孔老的关心,孔老牵着他的手一直把他送到院子里。院子里只剩下等他的姜彦彦。姜彦彦的家和程海岩下榻的宾馆在同一个方向,正好搭他的顺风车。车上,姜彦彦问他:"你为什么要怀疑孔老那幅画呢?那是孔老的宝贝呀,每次来客人他都要讲讲那幅画。"

"我看到了两幅同样的画,真迹不可能是两张。"程海岩停顿了一下,接着说,"我担心孔老被人忽悠了。"

"那么,两张总有一张是真迹吧?孔老这张是经过鉴定的,应该是真的。"

"我查过资料,《秋夜读书图》的真迹应该在北京的故宫博物院收藏,从来没有失窃过。"程海岩道出了他对此画怀疑的根本原因。

姜彦彦一下子愣住了,好一会儿才喃喃自语:"怎么会是这样呢?"

车到了姜彦彦家楼下,在握别的时候,姜彦彦突然说:"程书记,孔老今晚为什么老讲那个牛禄?我觉着他好像有什么心事。"

程海岩"哦"了一声,想了想道:"也许是牛禄故事太多吧。"

回到宾馆,李子和打来电话,说"9·06"专案组又有了新收获:

牛昕花公款在洞庭街5号买了一套别墅,但产权人不是牛昕,是电视台的一个女主持人。程海岩突然就有了那种醉氧的感觉,李子和在耳畔说了些什么,他一点也没有听进去,满脑子都是绽放的樱花。大概在孔老家喝茶过多的原因,这一夜他犯了喝普洱茶那天同样的毛病。越是想睡越睡不着,他索性打开电视来看。电影频道正在播出一部外国片《堂吉诃德》,片中的主人公让他想到了李子和,便饶有兴趣地看完了这部片子。凌晨,他迷迷糊糊地睡着了,梦到自己站在山顶的一块裸岩上,鹰一样俯瞰山下。山下是开阔的草原和一条蜿蜒流淌的大河。河边,竖着一些转动的巨型风车,这些风车转动缓慢却十分有力,硕大的扇叶就像一只只巨螯,徐徐地铲进河里,然后抄上一捧捧四溅的水花。这时,原野上出现了一个瘦高的男人,这人骑一匹瘦马,挺一根长矛,直冲水车而来。他定睛一看:那不是李子和吗?这个堂吉诃德要干什么?要和风车拼命吗?他想喝住李子和,嗓子却被什么堵住了。只见李子和的长矛在扇叶上一折两段,人和瘦马被扇叶掀出老远,重重地摔在草地上。他"啊呀"一声,吓醒了,额上像打了露水一样尽是冰凉的汗珠。

　　省纪委的会议主要是传达文件。文件的主要精神是关于"双规"问题的,总的精神是慎用、少用甚至不用"双规"一词。因为昨夜睡得不好,程海岩在会场老是走神儿,断断续续还打了几个瞌睡。会议刚结束,秘书小吴迎上来,告诉他,家里出事了:李子和早晨上班时,被一个酒鬼开车给撞了,两条腿都断了。

　　早晨?酒鬼?程海岩在脑子里画了两个问号。他让小吴通知浑江交警支队的支队长来个电话,他觉得这场车祸很蹊跷,哪个司机早晨起来就喝酒?

支队长的电话很快打过来了。

这场车祸,肇事人负全部责任。支队长说,李子和主任是骑自行车正常赶路,肇事人驾车从后面撞上了他。车冲上了人行道,辗碎了一个果皮箱。

关于肇事者的背景,支队长说,这些年还真没遇到过这样的怪事。人,无业;车,无牌;他自己交代是在路边捡了辆报废的破北京吉普,想过过车瘾,结果就出事了。出事时,连路人都能闻到他满身酒气,可是一化验血,根本就没有酒精。这个人好像精神不正常,说不准用啤酒洗头了。

程海岩决定赶回浑江。李子和的受伤,使他原本胸有成竹的部署需要重新调兵遣将。

走到自己的车旁,程海岩发现,孔老的秘书小邵不知什么时候来了,正和自己的司机聊天。见到他,小邵迎上来说:"程书记,孔老派我来接你到家里吃河蟹。孔老为昨晚你错过晚宴之事很过意不去,今天一早正好有人送来一篓河蟹,孔老就让姜处长备了些菜,中午请你聚聚。"

程海岩没有任何犹豫,对小邵说:"请你转告孔老,他的盛情我心领了,这河蟹我是不能吃了,单位出了急事,我必须马上回去。"

"孔老桌子都摆好了,河蟹也下了锅。另外,孔老还请了省纪委的领导来陪你。"小邵感到很为难。

程海岩说:"我们纪委的一个专案组组长出了车祸,正躺在医院里,我这个纪委书记怎么能安心在省城吃河蟹?"

高速公路上,小吴问:"孔老请书记吃河蟹,有什么讲究吗?"

程海岩没有想过这个问题,小吴这一问,他琢磨了一下。河蟹,河蟹,不是和谐的谐音吗?孔老大概是希望自己,一切以和谐为重吧。但他没有说什么,而抱在胸前的两臂暗暗用了些力气。

这时,他感到胸前有个金属的东西硌到了胳膊,摸出来一看,是朱雨祥给的那张金卡。当时他并没有仔细看这张卡,只是想作家协会哪儿来的资金搞那么高档的写作中心?仔细看了看这张金卡,背面的落款让他的心倏然一震。在浑江市作家企业家联谊会的下面,是浑江市国资委的名字。

黄昏时分,车子经过一个村落,一个他十分熟悉的村落。夕阳下,灰色的村庄和崭新的高速公路形成极大反差。亮甲村,是这个小村的名字,这里有他童年的记忆。他上学的那个小学依旧如故,土坯垒成的围墙墙头,长满了已经干枯的稗草,几个放了学还没有回家的小学生,正在操场上争抢一个泥蛋般的足球。他摇下车窗。眼前的这一幕他太熟悉了,他从那些孩子身上看到了自己当年的影子。泥泞的操场上竖着一根木旗杆,在这群活蹦乱跳的孩子的头顶上,一面鲜艳的国旗正迎风飘扬。看着看着,一滴泪水从眼角滑了下来。他用力摇上车窗,转过头来,突然对小吴说:"马上给专案组打电话,立即'双规'牛昕!"

走进办公室的刹那,程海岩突然停下了脚步。窗前的那棵老槐,让他猛然间明白了:《秋夜读书图》中那棵困扰他很久的莫名之树,不就是这棵老槐树投到他办公室北墙上的影子吗?

原载于2007年第1期《鸭绿江》;2008年第1期《小说选刊》、2008年第1期《北京文学·中篇小说月报》、2008年第1期《中篇小说选刊》、2008年第6期《领导科学》转载

鸡架之城

一

我喜欢吃,说得文雅点是美食家,说得难听点就是吃货。

我从事文学工作,到各地采风的机会相对要多一些,说来奇怪,哪怕再火爆的网红打卡处,去过后脑海却像遛了趟空网,兜不到中意的东西——山林何其相似,庙宇如出一辙,回忆起来常常张冠李戴贻笑大方。但是,有一样东西不会记错,那就是特色美食,可见舌尖比眼睛刁钻,看一百遍梨子,不如亲口尝一尝,尝过后就占据了记忆制高点。试想,如果没有楼外楼的叫花鸡和宋嫂酒,西湖一潭稠水如何濯缨?如果没有东关街的灌汤包和豆腐丝,瘦西湖怎配得上"天下三分明月夜,二分无赖是扬州"中的"无赖"二字?最惬意的出游用口腹感受,由眼福至口福,是境界上再上层楼。

我很幸运,在胃口大开的年龄来到沈阳工作。有了解我的朋友揶揄:"幸运什么?没听说沈阳有啥美食呀!"的确,在来沈阳之前我也这么认为,名城大都与美食有关的,比如北京有烤鸭,天津有狗不理,上海有小笼包,沈阳周遭还有沟帮子烧鸡和老边饺子,至于沈阳有什么好吃的一时真想不起来。到沈阳不满一周,我可以雄鸡报晓一样宣布:"来吧朋友,沈阳有鸡车子!"

鸡车子?肯定很多人不知道,说实话,在吃它之前我也没听说。

我有个诗人朋友叫稗子,是个做事相当讲究的自由职业者。

稗子本名叫什么无关紧要,重要的是他这个笔名我超喜欢,因为我曾写过一篇有关稗子的小说,对这种混杂在谷地稻田的野生植物颇有些了解。大旱大涝之年,田野里稻谷全军覆没,唯有稗子还能坚强地活着,因为它根系发达,适应力极强。身为文人,我知道由笔名可以推断作者的审美取向,取名稗子至少不带酸味。有人起笔名喜欢西化,恨不得叫什么山姆、艾伦等等,没人愿意起一个比稻谷还土气的笔名,稗子不管这个,起名稗子后再没换过,这也成了我记住他的原因。稗子知道我调到沈阳,打电话邀请我去他的小店夜沈阳坐坐。

稗子是辽西人,长发,爱穿对襟唐装,左腕上戴哑光玛瑙手串;大概与他嗜烟有关,脸面呈烟叶色,标致的眉眼呈左右决裂之势,让眉心显得格外宽阔,相书上认为这种面相要么智商低下,要么绝顶聪明,稗子当属后者。稗子仗义,尽管不是大款,但每每有外地文友来沈或有本地文友发表大作,他都要在自家的夜沈阳充一回大款做东请客,每次文友们都很尽兴,酩酊大醉者亦不鲜见。稗子写诗稿酬收入有限,开始,请客受邀之人往往带酒带菜,惹得稗子不高兴,道:"吃饭不能搞大杂烩,以后谁来只准带诗和酒,不许带菜。"

在没有认识稗子之前,我就听到在文坛上流传的关于他的几件趣事,有确切的消息证实,这些故事都是稗子在夜沈阳聚餐时自己爆料的。

第一件事是雷声大雨点小的诗会。稗子虽然写诗,但尚未达到痴迷的程度,顶多属于业余爱好,是与瑶瑶的一次相遇,让他落入缪斯的盘丝洞,从此不能自拔。那是一次市电视台举办的中秋晚会,稗子在台下当观众,晚会很文艺,歌舞也契合中秋主题。《明月千里寄相思》《明月几时有》等歌曲赢得了满堂彩。节目进行到下半场,一个小巧玲珑、白裙摇曳的女诗人款款地走上台。女诗人叫瑶瑶,是大学老师,著名的诗评家。瑶瑶在舒缓的琵琶伴奏下朗诵了张若虚的《春江花月夜》,这首古诗一下子把稗子抓住了,诗中的明月、潮水、古人、江畔,让他想起了儿时生活的鸭绿江。稗子的故乡在鸭绿江畔一个叫枫叶谷的地方,那里山高林茂、民风淳朴,儿时的他常擎一根竹竿去江畔垂钓。江水悠悠,鸢飞鱼跃,那条澄碧的大江从不亏待垂钓者,钓到的鱼大都是一种亮晶晶的白漂子。这种鱼像新磨的镰刀,出水后在空中挥舞,仿佛要收割什么。鱼儿放懒不上钩的时候,坐在蒲草丛中的稗子就想,以前谁在这里垂钓过?是不是钓到的也是白漂子?江水年年这样流,流到何时是个尽头?淡水和海水迎头相撞时,水中的白漂子怎么办?会不会变成两合水的梭鱼?就这样瞎想,一直到鱼儿上钩、鱼漂开始沉浮才会缓过神来。瑶瑶朗诵《春江花月夜》时,他想起了故乡,想起了小时候垂钓时的心猿意马,忽然就萌生出一种要捡回初心、写诗当诗人的想法。晚会结束时,观众们都拥到唱歌的演员周围合影、要签名,瑶瑶明显被冷落了,她一只手臂上搭件米色风衣,一手拎着一个看上去很重的米色布艺包往门外走。稗子追上去帮她拎过包说:"瑶瑶老师今晚朗诵得真好。"瑶瑶是个腼腆而又想法很多的人,她不认识稗子,见稗子这样夸奖,就止住脚步反问:"是吗?好在哪里?"稗子未加思索地说:"您的朗诵让我仿佛长出翅膀飞回了故乡,回到了鸭绿江畔的枫叶谷。"瑶瑶睁大眼睛仔细看了看稗子,问:"您也写诗?"稗子不好意思地笑了笑说:"准备写,从今夜开始。"瑶瑶从坤包里捏出一张名片递给稗子:"露从今夜白,月是故乡明。有好作品可以分享,我愿意做您的读者。"稗子陪她走出旋转门,门口有人驾车等候,瑶瑶一手扶着车门,一手与稗子握手告别:"这位先生,请记住,泡谁也不要泡诗人,泡诗人等于自投罗网。"稗子明白了,瑶瑶认为他从今夜开始要写诗的表白是为了泡人。瑶瑶走后,稗子打开钱夹将名片与信用卡放在一起,心里对自己说:君子一言,驷马难追,等着瞧吧!

从这个中秋之夜稗子开始写诗。稗子写诗不是没有基础,他在无线电技校上学时就发表过诗作,稗子的笔名就是那时所起。稗子有个叫李天的同学,十分看好他的写诗天赋,认为稗子将来必成大器,说稗子天时、地利皆备,就差人和一条,要抓紧结识名家,有仙人指路才能一步登天。李天乃高干子弟,是个文艺青年,日记本上抄满了曾经流行一时的朦胧诗。他的名言是:想思想深刻必须写诗,想拥有追随者必须写诗,想毕业抱得美人归必须写诗。稗子觉得这三个"必须"功利性太强,他写诗不为思想,也不为追随者,就是有那么一点勾勾心。中秋之夜做出这个决定,稗子是有思想准备的,他知道诗虽然高雅,却不能养家糊口,在诗的世界里理想与现实之间没有云梯。中秋节当夜,稗子即兴写下一句诗,用短信发给瑶瑶:"我希望是一个有血有肉的连词,在所有的诗作中都能找到并不显眼的位置。"瑶瑶很快做了回复:"写下去吧,如果这个世界上有一千种味道,诗人能够品尝到第一千零一种。"

一语成谶!稗子后来常常这样说,如果不去参加中秋晚会就不会遇到瑶瑶,不遇到瑶瑶自己就不会迷上诗,写诗让自己走上一条晚霞挥舞却坎坷崎岖的山路。稗子用山路来形容自己的写诗历程并不是矫情,其中的苦涩如盐巴一样凝聚在他的诗作中。稗子写的诗发表的不多,他很少投稿,呈现方式是与诗友分享。他认为分享是另一种发表,大部分诗歌类期刊发行有限,即或发表也没几个人能读到,与诗友分享更能体现出诗的价值。分享诗作自然不能缺酒,在夜沈阳吃鸡车子喝老雪,诵读新诗,交流体会,成了沈阳城小有名气的文学沙龙。稗子有诵读天分,嗓音醇厚,充满磁性。

有特别中意的新作时他还会把瑶瑶请来,请瑶瑶友情出场朗诵。瑶瑶手机里有支曲子,舒缓流畅,充满乡村黄昏的忧伤情调,非常适合作为朗诵配乐,每次瑶瑶朗诵都会打开手机伴奏。瑶瑶对诗作的把握相当精准,每个清晰的重音都琴锤一样敲在听者的神经上,常常让座中倾听者泪流满面。诗友们认为瑶瑶的朗诵是丁建华和虹云两种风格的完美结合,空灵的声音仿佛自唐宋穿越而来,音韵中带着鱼玄机和李清照的神韵。稗子则说瑶瑶老师是他诗歌路上的提灯者,是让他景行行止的诗歌之子。

　　李天毕业后办公司搞起房地产,那是一个人脉决定盈亏的特殊阶段,有高干家庭背景的李天生意像热气球一样膨胀起来。李天找到在工厂上班的稗子,说:"物质基础决定上层建筑,到我公司来吧,先赚钱再写诗,做个体面的诗人。"李天知道稗子始终有根肠子拴在诗上,担心他混成当代孔乙己,是真心帮他。稗子到公司后任副总,是个闲差,经常在世界各地转悠,眼界开阔了不少。他问李天为啥这样待自己,李天说:"亏你还是个写诗的,不知道诗是养出来的吗?我厚待你不仅仅是朋友情谊,还有一份对诗的崇敬。"稗子不是游手好闲的人,眼界开阔后就有了一个大胆的设想:在世纪之交举办一次世界大政诗会,简称"大政诗会"。他对李天说这是一件将写进文学史的大事,花多少钱都值。李天听了他信心满满的设想后只问了一句话:"凭啥能进入文学史?"稗子说:"你知道《滕王阁序》吧?那就是一次宴会加笔会留下的名作,大政诗会要是成功举办,留下几篇名作,说不定你就是当代有雅望的阎公。"李天决定出资,说当不当阎公无所谓,把他这棵稗子推上诗坛变成红高粱就成。举办大政诗会的灵感来自大政殿,大政殿位于沈阳故宫内,是历史文化地标性建筑,以此命名诗会可见稗子格局不小。一九九九年冬季稗子是在筹备大政诗会中度过的,诗会原计划在新纪元元旦举办,按照稗子的设想,这一天将有来自世界各地的著名诗人、文化学者百余人应邀参会,绝对是前无古人后无来者的一次世纪盛会。设想宏伟华丽,结果却难遂人意,有些事仅凭热情是不够的,尤其举办一个国际性诗会,不是想做就能做成。高干家庭出身的李天自然懂得这个道理,一再告诫稗子别把问题想简单了,要不见兔子不撒鹰。稗子认为此举在于振兴日益式微的诗坛,对谁都有益无害,操办应该不成问题。他想,除了与会诗人每人要带来一篇诗作外,自己还要在诗会上发布一个世纪宣言,向全球发出倡议,宣言起草班子也都组成,在宾馆里起草宣言住了一个月。很可惜稗子的宏大设想最终只落在了纸面上,大政诗会最后变成了一个小规模的招待酒会,虽然有日韩的几个诗人来凑热闹,让酒会可以冠上"国际"二字,但影响力大打折扣,媒体也鲜有报道。这件事让稗子变得心灰意冷,从此不再张罗本市以外的诗歌活动。

  关于稗子的第二件事有点八卦,是稗子一段有始无终的婚姻。自那次中秋诗会认识了瑶瑶,稗子经常将自己的诗作发给瑶瑶,瑶瑶每次都会提出审读意见,有时意见就两个字:"垃圾!"有时赞赏有加,长篇大论评价一番,评语字数远远超过诗作。稗子见诸报刊的诗大都是瑶瑶推荐的,瑶瑶认为可以发表的诗作,就直接推荐给熟悉的编辑公开发表。瑶瑶在文学上的造诣让稗子可望而不可即,稗子将瑶瑶当成了文学之路上最信任的领航人。信任这个东西一旦建立就可以无限扩延,时间一长,许多诗歌之外的事稗子也会请瑶瑶帮助拿主意,瑶瑶帮稗子拿的最重要的主意是婚姻。在发表了一些诗作后,稗子有了追求者。那个时候作者读者联系还通过写信,稗子收到的信件装了满满一抽屉。在诸多来信中,有一封文字优美的信打动了他,是本省一位女诗人写来的。女诗人叫佩佩,从照片上看是个很有气势的姑娘。佩佩写给稗子的信没谈诗,恰如其分地体现了功夫在诗外的理念。信中写道:"在离沈阳并不远的远方,有一片燃烧着火焰的海滩,海滩上的碱蒿红了,芦苇红了,海棠果也红了,唯一缺少的是一只金刚鹦鹉。"他写回信,一连写了三个开头都不满意,撕掉再写,总觉着笔下的词汇太少。他给瑶瑶打电话,说想给一个女诗人写回信却不知怎么下笔。瑶瑶在电话那端说:"恭喜你恋爱了。"稗子没有想到恋爱这个层面,经瑶瑶一说,立马就有一种窗纸被捅破的感觉,觉得自己真的对这个佩佩有了那么点意思。当时正是夏季,红海滩的碱蓬虽然尚未红透,但芦苇肯定红穗招展。他问瑶瑶该怎么回这封信,瑶瑶说:"写信会让一个女诗人惊喜吗?去一趟吧,把自己作为礼物送给她。"稗子果然去了,这一去就成就了一桩姻缘,两人以闪电般的速度进入了婚礼殿堂。瑶瑶没出席婚礼,只是托人送了一个大花篮,花篮里插满香水百合。婚后,他们度过了一段浪漫时光,文友们戏称他们为"诗平方"。很遗憾,热情像闪电一样无法持续,审美疲劳是恋人们无法回避的情感窄门,加之佩佩爱好广泛,在结交新朋友上富有探险精神,不久,"诗平方"就变成了"诗立方"。稗子劝佩佩不要这样,浪漫不等于泛爱,但佩佩有自己的想法,举了当代很多著名诗人的例子来佐证自己的选择。稗子很痛苦,去找瑶瑶,瑶瑶听了情况后很平淡地说,爱情是远方,婚姻是漫长的跋涉,既然选择了远方,就不要为跋涉苦恼,认了吧。稗子问:"您当初不参加我们的婚礼是不是有什么预感?"瑶瑶诡谲一笑,道:"是的,今天这个结果我已经预料到了,即使换了我是佩佩也会这样。对于某些特定群体来说婚后劳燕分飞很正常,厮守终生倒有些意外,这是我不想做跋涉者的原因所在。"瑶瑶一直独身,是个有爱情洁癖的人。稗子说:"这不符合我的爱情观,佩佩也不是不爱我。"瑶瑶说:"你能改变佩佩吗?"稗子迟疑了一下摇摇头,佩佩是个有主见的女人。

瑶瑶点点头道："想改变一个诗人难于上青天。"稗子知道自己只能面对现实，他同意和平分手，分手那天给佩佩抄录了《春江花月夜》中的四句诗来祭奠这场短暂的爱情："人生代代无穷已，江月年年望相似。不知江月待何人，但见长江送流水。"两人从民政局出来，去老四季吃了一顿鸡架，然后平静地分手，从此一别两宽。

关于稗子的第三件事充满了友情的温馨，它让人懂得生活中有一个知己是多么重要。政策不是总是利好，多年前那种低价拿地、空手套白狼的好事没有了，李天的公司开始走下坡路，只能苟延残喘勉强活着。稗子觉得自己再留在公司就成了朋友的负担，便对李天袒露了辞职的想法。他说："百无一用是书生，既然帮不了你什么忙，我还是离开吧。"李天了解这位讲义气而又执拗的同学，知道他这么做完全是为了给公司减负，就问他离开后怎么生活。稗子说先静一静，说不定会做个浪迹天涯的行吟诗人。李天说实在不行就别写了，诗毕竟不能当饭吃。稗子说："诗是灵魂的摇篮，没有诗我的灵魂无处安放。"李天说诗和现实生活永远是两回事，要考虑周全再做决定。稗子说："世界上那些著名的大诗人职业并不讲究，除了聂鲁达是体面的外交官外，其他诗人的职业可以说是五花八门，有的是保险推销员，有的是夜店歌手，还有的是邮差。我手脚健全，找个自食其力的差事应该不难。"李天看他决心已下，担心他生活无着落，就把公司在浑南的一处闲置门市房给了他，让他开个小书店，卖点雪糕什么的。李天的决定阻止了一个流浪诗人的诞生，稗子没有开书店，他用这个临街门市房开了个夜沈阳鸡架店，开始了当老板的生涯。在小店设计上稗子充分发挥了诗人的想象，给每一道加工方式不同的鸡架都赋予了诗人的前缀。雪莱鸡架，是凉拌；杜甫鸡架，是铁板烤；泰戈尔鸡架，是熏制；白居易鸡架，是慢炖；叶芝鸡架，是香辣；颇受食客追捧的一道是拜伦鸡架,是椒盐,适合喝老雪。稗子的夜沈阳鸡架店来者多是文人骚客,利虽薄人气却旺,日复一日,夜沈阳鸡架店成了著名的诗人之家。佩佩经常光顾夜沈阳,每次都带一群男士来此消费,整箱喝老雪啤酒,消费后自有争着埋单的,从不赊欠。稗子看到佩佩开心的样子心里也高兴,他真心希望佩佩生活得好一些。因为有了夜沈阳,稗子辞职后的生活没有受到多大影响,夜沈阳成了文人的福地,发达的、落魄的、怀才不遇的,各色人等都喜欢到这里消磨时光。年轻人喜欢网上"晾晒",竟意外将夜沈阳鸡架顶成了闻名全城的网红打卡处。

关于稗子的这三件趣事我听过许多不同的版本,但内容大致相似,应该没有以讹传讹的成分。唯一不同的说法与佩佩有关,据说佩佩想和稗子复婚,又不好意思说出口,便请瑶瑶说情,结果被瑶瑶拒绝,瑶瑶说:"我怎么能给你说情呢?当初你俩恋爱的时候我说过话,人不能两次踏进同一条河流。"还有一种说法是佩佩转型影视遇到了困难,是稗子帮她渡过难关,稗子为此还负了债。这两种说法似乎都不可信,因为佩佩在编剧界混得风生水起,根本不需要稗子帮忙。佩佩之所以总是光顾夜沈阳,是为了照顾稗子生意。

说了稗子这么多,该切入鸡车子这个正题了。

周末傍晚,我应约来到夜沈阳,稗子已经召集了一男一女两位诗人在此等候。夜沈阳店面简洁,牌匾是行书变体,魏碑味十足。店内没设包房,藤编屏风一隔,雅座氛围就出来了。到场的两位诗人都很年轻,稗子做了介绍:男士叫九品,是广告公司经理,很瘦,似乎营养不良,眼睛却有神,如同清水洗过的黑色雨花石;女士是个红酒代理商,叫风信子,长发披肩,蜂腰鹤腿,眉眼精心修饰过,显得品位十足。两位诗人都是会用眼睛说话的人,特立却不独行。

我觉得两位诗人名字很独特,九品、风信子,应该是笔名,在电脑软件都能合成新诗的时代,通过标新立异的笔名让读者留下印象是一个不错的选项。稗子说本来还请了瑶瑶老师,不巧她今晚有事。瑶瑶没到场我多少有点遗憾,我很想见识一下这位对稗子的人生产生了转折性影响的女教授。

落座后我对稗子说:"这顿饭我埋单,你们若是跟我争我就不吃了。"

稗子笑了,道:"您请客至少应该去个辽菜馆吧,让我们吃上软炸里脊、焖大虾什么的。夜沈阳鸡架店的鸡车子最贵的一个才八块,老雪啤酒两块五,一顿饭几十块钱的事,您来做东是不是寒酸了一点?"

我吃了一惊:"一顿饭才几十块钱,鸡车子这么便宜?"

三人都睁大了眼睛看我,好像我是外星人一样。稗子说,八块钱已经不便宜了,一只白条鸡才多少钱?九品说,老四季、迟家、马家这些老店都这个价。风信子说,鸡车子是沈阳价位最低的硬菜,维持老价位,是在保留老铁西的记忆。

我问:"什么叫老铁西的记忆?"

稗子把话接过去:"沈阳城内吃鸡车子各有特色,但真正火起来是在铁西。当年百万国企工人下岗,人们生活一时没了着落,苦闷得很,可是再苦闷日子总得过,饭局要有,老雪得喝,就这样,鸡车子在下岗职工最集中的铁西火了。夏日傍晚,人们在街边支起小木桌,架起炭火烤炉,买一盆鸡架回来,边烤边喝老雪,一个晚上十块八块也就打发了。"

鸡架?鸡架与鸡车子什么关系?我有些不解。在我的想象中鸡车子应该是去掉了鸡腿、鸡头、鸡脖子的前半截鸡身,因为放在盘子里像个小架子车一样,十分形象。

"鸡架就是鸡车子，"稗子说，"铁西当年都是大工厂，人们觉得叫鸡车子更有工业色彩，便这么叫开了。"

我恍然大悟，原来鸡车子就是鸡架，难怪最贵的才八块钱。鸡架基本无肉，正如三国狂士杨修所说，"食之无肉，弃之有味"，没想到这种被屠宰场当成边角废料的东西在沈阳竟然会咸鱼翻身！我问："那么吃鸡车子为啥非要喝老雪呢？"

"老雪劲大呀，"风信子抢着说，"酒量再大的人两瓶老雪灌下去也会蒙圈，您今晚试试就知道了。"

我心里一惊，真该感谢风信子提醒，否则今晚我恐怕不只喝两瓶。我说："我可不敢试，我就两瓶啤酒的量。"

老雪没那么厉害，稗子说，人们吃鸡车子喝老雪其实是在怀旧，味道是有记忆的，像老北京的豆汁、绍兴的臭豆腐一样，鸡车子和老雪无非承载了沈阳人的某种记忆而已。网上说沈阳是鸡架之城，这虽然有点夸张，但网上流传的这样一句话很有道理："世上所有的鸡架都是沈阳的久别重逢。"的确，鸡架在沈阳，真成了可以载重的鸡车子。

九品说："还有一种说法：在沈阳鸡可以走，但鸡车子必须留下。"

我被几位诗人的幽默逗笑了，一个骨肉剥离的鸡车子，原来有这么多说法。

夜沈阳的鸡车子果然有滋味，稗子上了烀、炖、熏、炸、煎、酱、拌、炒、烤九种鸡车子，唯一的配菜是清拌香菜根。稗子说吃鸡车子必须配香菜根，如果不配香菜根，就像吃日本料理缺了辣根一样不成体系。

我用心品尝了每一种做法的鸡车子。烀出来的有嚼头，炖出来的味鲜，熏出来的能吃出野鸡的感觉，炸出来的酥脆，煎出来的味辣,酱出来的口咸,拌出来的清爽,炒出来的滑,烤出来的香。须牢记的是,在吃下一道菜前一定要吃口香菜根,这样才不会串味。难怪诗友们乐意在此相聚,嚼一口鸡车子,闷一口老雪,如果再有诗人深情地吟诵诗作,这种感觉用大连话说叫"血受"。鸡车子好吃不必多说,而老雪则极富大沈阳的脾气秉性,像个性格泼辣的壮硕女人,带着烧酒般的爽烈,几个回合过后就让人忍不住掏心掏肺以身相许。

忌惮老雪的威力,我没敢多饮。饭局结束,稗子送我走的时候,若有所思地道:"您琢磨琢磨鸡车子,有文章可做。"

回去的路上,我脑海里将刚刚吃过的九道鸡车子逐个过了一遍,心想,鸡车子有点意思。

二

两周后的一个周末,我请稗子小坐。原因很简单,外地来沈旅游的一个朋友发微信问我:"沈阳鸡架这势头要盖过小龙虾呀?"他想吃麻辣小龙虾,可当地朋友一个劲地推荐鸡架。我说:"你听说过鸡车子吗?就是你朋友说的鸡架,尤其是香辣鸡车子真的不比小龙虾逊色,你不妨尝尝。"有人说调动食欲的最佳方式是谈论美食,果然,放下电话我突然就有了吃鸡车子的念头,便抄起电话打给稗子,说:"晚上你到老四季来吧,我请你吃鸡车子喝老雪。"电话里稗子犹豫了一下,问:"怎么,是嫌夜沈阳厨艺不精?"我说:"去你那里还会让我埋单吗?再说了,我想吃老四季的皮带面,夜沈阳可没有。"老四季是盛京老字号,专门销售鸡车子,主食搭配各种面,以皮带面最为有名,此面为鸡车子老汤所下,面韧汤鲜,汁厚味浓,与新疆奇台裤带面有一比。我强调这不算正式请客,哪天正式请客会叫上九品和风信子,今天想和他聊聊鸡车子。

稗子如约而来,看到餐厅里乌泱泱的食客摇头说:"老四季好是好,就是人忒多,像集市。"我说这才是城市烟火味嘛,这里有城市的底色。稗子说:"也是,咱又不是啥大人物,没必要拿自己当盘菜。"我点了炖、熏、拌、炒四样鸡车子,四瓶老雪,两碗皮带面,嘱咐服务员等酒后再上面。稗子说:"你忘了要香菜根,吃鸡车子怎么能少了香菜根呢?"我这才想起吃鸡车子离不开香菜根这道有"鸡车子灵魂"之称的配菜,就点了两份。

酒菜上齐后,我发现老四季的鸡车子不讲究造型,看上去特实惠,应该是最大号的鸡车子了。我俩边吃边聊,我开门见山,问他为啥要开鸡车子店。

"好吃呗,"稗子说,"男人吃鸡车子下酒,女人吃鸡车子不胖,开鸡车子店不愁客。"

"不会这么简单吧,"我说,"世上所有的事都不会无来由,你告诉我鸡车子有文章可做,我就想到这里面肯定有什么说道。"

稗子两手十指交叉捧着一杯老雪,目光落在那盘熏鸡架上。因为眉宇宽阔,稗子注视某种东西时会给人一种不聚焦的感觉,这恰恰成了稗子的标志性表情。一般来说,人的目光若是落在某种物体上暂停飘移,说明进入一种回忆或思索状态,叫出神。出神时人的魂体不再相依,魂在游荡,身体则成了躯壳,当然这种状态不会持续,但出神的瞬间足以暴露一个人思想的尾巴,因为灵魂出窍时所有的伪装都会解开扣子。稗子因我的提问而进入出神状态,我知道接下来他会有话说。果然,在凝视了那盘熏鸡架片刻后,稗子回归了常态,抬起头对我说:"你想听的话,我就给你讲讲鸡车子的事,当然,这些事可能你不会感兴趣。"

我急忙说:"我请你来就是想听你讲鸡车子,怎么会不感兴趣呢?"

"关于鸡车子,我们家至少有两项专利。"稃子说,"我父亲喜欢吃鸡架,我母亲酱的那种,口重,但滋味足,下酒。我觉得酱鸡架是我母亲的发明,在此之前,没听说有酱鸡架。父亲的专利则是将鸡架命名为鸡车子,让一个名不见经传的食材有了个文雅的称谓。"

原来鸡车子出处在这里,我有一种探到源头的小欣喜。

"我父亲是铁西一家中型国企的工会主席,是副厂级领导。那时厂里很风光,有职工医院、子弟学校、文化俱乐部,还有一份厂报。让职工骄傲的是我们厂支援三线时生了一双'儿女',一个在大西北,一个在大西南,后来都成了万人大厂。我父亲长期做工会工作,他随身带着个小红皮本子,上面记着职工的家长里短。职工管我父亲叫头儿,厂里有书记、厂长,管我父亲叫头儿不合适,父亲反对这个称呼,但职工们就是不改口,弄得我父亲在厂长、书记面前挺尴尬。忘记了从哪一天开始,好端端的厂子忽然喘起粗气来,先是利改税,接着取消生产计划,再接下来就是转产、减员、下岗分流,最后整个厂区出售。这个过程太快了,过惯了风光日子的职工们没反应过来,所依附的厂子就变魔术一样没了。父亲当过省劳模,算是厂里有头有脸的人物,他想不通几千人的大厂怎么说垮就垮,心情特郁闷,有许多话憋在肚子里没人说,只能借酒浇愁。父亲喝酒只喝便宜的老雪散啤,用十升塑料桶,一次买一桶,一桶喝两天。喝酒要有下酒菜,父亲有个朋友在肉联厂,说他们厂剔过肉的鸡架都拉去做了饲料,稀烂贱,可以买些回来下酒,虽没多少肉,好歹也是鸡身上的东西。父亲就去买了些回来,因为买得多,家里没有冰箱存放,母亲便将鸡架酱起来,这一酱,便酱出了一道名菜。母亲知道父亲上火,在酱鸡架时就加了陈皮、鱼腥草、金银花,父亲吃后胃肠能舒泰一些。父亲每次吃一只酱鸡架,整碗喝老雪散啤。父亲喝酒的样子像赌气,喝完后会久久凝视着空碗,一句话不说。

别的厂领导怎样我不知道,父亲那个时期的心情就像掉落地上的蜂巢,又碎又糟。因为他是'头儿',职工有许多事还来找他,说着说着就会激动起来,弄得气氛挺紧张,我记得有个职工说了不到两句话竟扑腾一声给父亲跪下了。这个职工有何诉求我没记住,我只记得父亲也跪下去把他扶起来,两个年过半百的老男人相拥而泣,那情景像版画一样印在我的记忆里。那些日子我家简直成了信访办,可我知道,父亲什么难题也解决不了,因为父亲自己也丢了饭碗。但下岗职工不这么看,在他们眼里父亲是头儿,是给职工挣口袋的领导,不找父亲又能去找谁?我家在铁西工人村,在一栋三层红砖楼的一楼,门口有一排国槐树。父亲为了安抚来者的情绪,也担心打扰家人,就在门前那棵国槐树下支了一个方桌,摆了四条板凳,桌上放一个空罐头瓶当烟灰缸,有职工来的时候,就坐在树下聊。赶上饭时,母亲会端出鸡架和香菜根,拎出散装老雪招待来者,此时鸡架和老雪扮演了消防员的角色。用父亲的话说,在铁西,没有鸡架和老雪解决不了的问题。来访职工到小桌前一屁股坐下,一边长吁短叹,一边很夸张地拍打蚊子,我看到有人拍蚊子的力道足以拍死一只猫。但说来奇怪,几碗老雪喝下去,来访者说话的语调会渐渐软下来,不再和父亲谈论过往,而是讨论今后该如何赚钱。迟大胖子是厂招待所食堂班长,虚胖,患有糖尿病,在厂里属于动口不动手的管理岗,负责为厂中层以上干部做午餐。迟师傅本身是厨子,虽然没证,但手艺不赖,年年被评为厂里的先进,父亲几乎每年五一都要给他颁发鲜红的荣誉证书。迟师傅下岗后因身体原因没有再就业,在家闲得五脊六兽。他来找父亲倾诉苦恼,说自己在厂里干了半辈子,美好年华都掂在一把大勺上,现在大勺掂不动了,就卸磨杀驴,这事上哪儿说理去?父亲说现在都是机器磨面,磨和驴被淘汰在所难免。迟师傅说想不通,本来是人见人爱的卤水豆腐,没想到一眨眼变成了豆腐渣。父亲见他不怎么动口,就问:'这鸡架不好吃?'迟师傅说一般。父亲问:'怎么就一般?'迟师傅道:'盐放多了,如果我做,盐要适量,撒点孜然,淋些麻油,味道就提起来了。'父亲说:'对呀,你有一身好厨艺,为啥不自己做鸡架卖?'迟师傅说:'做生意需要本钱,我哪里弄去?'父亲说:'卖鸡架本钱小,我找人帮你从肉联厂进货,你在家里加工好,推着架子车走街串巷吆喝着卖就行了。'迟师傅愣了半天,突然一拍大腿:'是啊,这生意做得!'父亲说:'糖尿病有种治疗方式是走路,你卖鸡架一天走上两万步,血糖就走下去了。'迟师傅很听话,回去马上着手改造厨房,将一台拉煤球的架子车安装上了玻璃罩,一切准备妥当后他来找父亲,说做买卖总要有个名分,这鸡架生意取个啥名好呢?父亲想了想说,就叫鸡车子吧,听起来大气一些。迟师傅说好,鸡车子这名有咱们铁西的味道。父亲请原厂宣传干事老鲍写了'鸡车子'三个行书大字,制成一面带流苏的红旗给了迟师傅。迟师傅很感动,双手接过旗子,就像当年在五一表彰大会上接过大红证书一样,表情严肃地说:'请头儿放心,我会把这面旗子插遍沈阳所有的区。'迟师傅没有食言,从沿街叫卖鸡车子开始,生意越做越好,越做越大,连锁店一家接着一家开,现在,鸡车子的小红旗真的插遍了沈阳城内所有的区,他并不满足,据说要在苏家屯、法库、新民开连锁店。"

稗子说:"其实父亲将鸡架叫鸡车子与老鲍有关,老鲍下岗后来找父亲,说:'我们这些人算什么?难道真成了鸡肋?'老鲍在厂里是工会直管的宣传干事,主要负责编写厂报和给新闻单位写报道。那些有车钳铆电焊技术的工人至少可以到乡镇企业谋一份工作,老鲍这耍笔杆子的本事在乡镇企业用不上,机关又进不去,就业就难。父亲说:'我们不是鸡肋,我们是鸡车子,皮肉没了,骨架还在。'父亲劝老鲍投笔从商,去五爱市场租个摊位经营文化用品。老鲍想不开,说:'我好歹也是个文人,怎么能去当小商贩呢?'父亲说此一时彼一时,先赚钱养家要紧,否则连老婆都留不住。父亲这句话戳在了他的要害处,老鲍妻子虽无固定工作,但经常在报刊上发表一些小情调的散文,模样也清秀,有个'小白菜'的绰号,如果老鲍生活长期困顿,小白菜被猪拱的可能也不是没有。父亲见老鲍还在犹豫,就劝他说:'鸡肋有没有滋味全在烹饪上,不同方式加工出来的鸡架味道不同。只要你做得好,像迟师傅那样下功夫,鸡肋也能变成美味。'老鲍后来发展怎么样我不知道,但他老婆越写越好,没听说他们发生婚变。不过,从老鲍老婆的散文里能读出他们生活不错,否则他老婆不会有闲情逸致写散文。"

稗子的讲述听起来像说评书,我不想插话,任他讲下去。

"我印象最深的是一个叫大曹的职工。那是一个经过真火九炼的人,因为在一次事故中遭铁水扑身,脸、脖子、前胸和大腿严重烧伤,去上海做植皮手术,但植皮只能治疗外表,被高温焊死的汗腺无法恢复。人若没有汗腺,夏季便成了炼狱,体内汗液无法排出,会变成数不清的虫子在皮下乱爬、乱咬,致命的瘙痒足可令人疯掉。大曹被瘙痒折磨得生不如死,常常把痒处挠得血肉模糊。大曹每次来,小孩子都会吓得躲到国槐树后偷窥,那张脸着实狰狞吓人,在孩子眼里这应该是厉鬼的模样。父亲让大曹坐下,亲自给他摇扇子。大曹说要去上访,去省里,进京,彻底解决瘙痒问题。父亲说瘙痒问题神仙也解决不了,找到联合国也白搭。父亲不停地宽慰大曹,请他坐下吃鸡架、喝老雪。两碗老雪下去,大曹就像一锅冒泡的沸水被抽了薪,很快平静下来。其实大曹也知道自己的问题没法解决,他只是想找个地方发泄一下怨气。他知道父亲本身也下岗闲置,没有能力解决他的问题,让他吃鸡架、喝老雪对他已是高看。大曹曾经去找过原来的厂长,原厂长调到政府机关任职,他进不去大门。门卫接通电话,对方说:'我早就不是厂长了,你的困难我也心有余而力不足,爱莫能助呀。'过了几年,家用空调上市,父亲想动员老工友们集资给大曹家里安个空调,还没有操作大曹就出车祸走了。大曹是被一辆排渣车撞倒压过去的。厂区被倒手几次后,最终落在一个开发商手里,开发商扒掉厂房要建一个高档住宅小区。大曹对厂子有感情,早晚遛弯喜欢到厂区一带看几眼。尘土飞扬中出出进进的排渣车压毁了马路,原本平坦的马路上有两道深深的车辙,大曹不小心滑进车辙栽倒,结果被重车碾压过去。大曹死后施工方给了赔偿,曹家能买得起空调了,但这一切已经毫无意义。"

稗子有些伤感,看来父亲他们的境遇让他心存阴影。我说:"这个大曹也真是,没事到暴土扬长的建筑工地干什么?如果不去工地就不会发生这场车祸。"

"我理解大曹,是对老厂子有一份旧情在。"稗子说,"不仅是大曹,厂里许多老职工都常回去转转,记忆这个东西有时会自动复习。厂区里有个高高的大烟囱,那是职工们记忆的制高点,据说建于伪满时期,高达八十三米,在铁西鹤立鸡群。烟囱爆破那天,上百名老职工去了,很多人眼含泪花观看了这伤心一刻。随着定向爆破的轰鸣声,这座孤零零的大烟囱轰然倒下,溅起一道黄尘。有人在黄尘中发现有鸟一样的东西飞起,具体是什么看不清,只见黄尘中有一只黑鸟腾空而起,升到了云端上。'天命玄鸟,降而生商',这也许是吉兆。现在看来,这烟囱若是不抹去,留下做工业遗址标志比较好。"

稗子的想法虽好,但肯定不能变现。试想,高档小区里竖着一根大烟囱,谁还敢来买房?

秭子接着说:"知父莫如子,其实我知道父亲并不喜欢吃鸡架,他最爱吃的是余白肉,吃鸡架最多每次吃一只。那么为什么要吃呢?我觉得他要么把昔日的老厂子当成了鸡架,要么把那些昔日工友当成了鸡架,被他称为鸡车子的鸡架在他心头一定承载了许多说不清的东西。吃,是一种怀念,如同有些动物会吃掉自己死去的幼崽一样,我们看是狠心,而从另一种维度看则是大爱。"

秭子的话显然不是随便说的,这个结论在心底应该经过了岁月的沉淀。他父亲从开始吃鸡架到给鸡架正名,是找到了一种表达方式。要知道,没有什么比特色美食更具怀念意义,比如端午节的粽子、中秋节的月饼、除夕的饺子,很多值得怀念的东西只有吃下去,才会挂在心上。

秭子说:"那个迟师傅卖鸡车子火了之后,曾经请昔日工友到他店里聚过一次,那次去了七八十人,迟师傅请我父亲主持,父亲犹豫再三还是答应了。我知道父亲想念昔日的工友,想看看他们都生活得怎么样。到场的工友基本上度过了困难期,他们像一条条泥鳅在城市的旮旯胡同里找到了各自的栖息地,风光也好,卑微也罢,都在自己的一亩三分地里活着。开席前,迟师傅讲了鸡车子店的来历,讲到了头儿对他的启发,还特意拿出那面三角形的小旗展示给大家看,小旗虽然褪色,黄色流苏多处残损,但旗面无褶皱,可见保管仔细。迟师傅开了场后,隆重请出了父亲:'下面掌声有请我们的头儿讲话!'父亲没有推辞,他在掌声中站起身,看着昔日的职工,眼睛一下子就湿润起来,但父亲毕竟见过大世面,很快就稳住情绪,平息了一下呼吸说:'刚才迟师傅管我叫头儿,我这个头儿当得惭愧呀,没能照顾好大家,大家这些年是怎么过来的,我心知肚明。我们厂曾经辉煌过,我们也都有过扬眉吐气的好日子。大伙都知道,有些植物靠串根繁衍,我们厂虽然黄了,可是我们当年支援大西北、大西南的两个厂子却活着,而且活得挺好,这就是串根而生,他们活着,我们厂就没有绝根儿。我们虽然是下岗职工,但每个人都是老厂串出的根,在一些人眼里我们是什么?是食之无味、弃之可惜的鸡架,可是迟师傅给鸡架正了名、争了光。他把没皮没肉的鸡架变成了有滋有味的鸡车子,将包袱变成了宝贝,这就是本事,这也就是价值。我想说的是,你、我、我们,铁西无数下岗职工对这座城市是有用的,经过了煎炒烹炸,我们变成了社会需要的营养!大伙看看,今天偌大的沈阳城能没有鸡车子吗?没有鸡车子的沈阳还是我们心中的大沈阳吗?'父亲的话激起一片掌声,掌声中夹杂着哽咽。那天,当年的工友们喝了三百六十五瓶老雪,令服务员惊奇的是,餐桌上没剩一块鸡骨头,再硬的骨头也被大家嚼碎咽下了。"

我和稗子聊到很晚,每人多喝了一瓶老雪,结果谁也没吃两碗皮带面。

三

第三次吃鸡车子去了迟师傅的连锁店,这当然与稗子上次动情的介绍有关。我一直认为吃饭不仅仅是填饱肚子,能填充一下脑子才更重要。

我给稗子打电话,请他叫上九品和风信子,我答应过请客,说话要算数。

我不知道九品和风信子正在闹矛盾。

事先稗子没有过多介绍这两位,我只知道他俩是稗子的好友,否则那天也不至于请他俩作陪。稗子在电话里有些迟疑,但还是答应叫上两位。到饭店后稗子说:"你要有思想准备,这俩人正闹呢。"我问怎么回事,稗子说跑恋爱马拉松,九品有点扛不住了,九品希望早点撞线扯证结婚,但风信子却是一个诗意到骨髓的人,希望就这么粘着跑下去,不在乎终点和结果。我说:"你就够诗意了,难道还有比你更诗意的人?"稗子说自己的浪漫已经成了人老珠黄的旧情人,九品和风信子才有年轻的诗与远方。

不得不说,稗子绝对是讲故事的高手,随着他的描绘,九品和风信子在我大脑的屏幕上变得高清起来。

"九品是个能诗会画的男人,诗晦涩难懂,画意象吊诡。他的画作量大,卖价不高,加上画中有配诗,让他在互联网上吸粉无数。九品一直没有成家,他并不是一个独身主义者,没结婚的理由是没遇到合适的人。他一直在等待一个懂他的诗与画的异性,如果有参照的话,就是像瑶瑶老师那样的女人,可见九品和我一样也特别喜欢瑶瑶,虽然瑶瑶老师比他大二十岁。我理解九品这种柏拉图之恋,但我反对他用这种参照,对瑶瑶老师这种冰清玉洁的女人是不该动凡心的。九品的性格基本上可以用率真单纯来概述,他是瑶瑶的学生。我俩相识是瑶瑶介绍的,瑶瑶让他跟我学习一下诗歌的深刻,其实这是瑶瑶高看我,我有啥深刻的?九品和我交往后很快成为好友,九品心地有一种婴儿般的纯净。他曾经撂下公司业务跑到甘肃支教一年半,没有人要求他那样做,那纯粹是一种志愿者情怀所致,据说他是看了一部反映西部支教老师的纪录片受到感动后做出的决定。三个学期支教生活结束,他出版了一本叫《盐碱花》的诗集,尽管没有销量,但那确实是一本含金量很高的诗集,感情真,意象新,有大西北的味道。风信子说她正是读了《盐碱花》才爱上了九品。九品支教时与一段青涩的感情擦肩而过,为此他情有所牵,写了七首情诗收在那本《盐碱花》里。爱情是诗的催化剂,那段朦朦胧胧的感情所凝结成的七首诗成为这部诗集的一大亮色。"

与九品有情无缘的那个姑娘叫九妮。九妮是乡邮政所邮递员,每天骑一辆绿色自行车在乡间送报纸和信件。让九品注意到九妮的是她悠扬的口哨。九妮有吹口哨的天赋,骑车来校园和离开校园时,总是吹着动听的口哨,有时吹《斯卡布罗集市》,有时吹《小路》和《孤独的牧羊人》。一个女孩子,当邮差已经很另类,还像男孩子一样喜欢吹口哨,这让九品不得不刮目相看。九品支教时常常在报刊上发表诗作,自然会有样刊、样报和稿费寄来,这使他成了全乡邮件最多的人。有次一家著名杂志寄来样刊,九品打开后一直在咧着嘴笑,九妮好奇地问:"九品老师笑啥呢?"九品将杂志递给九妮,说:"你看看,这是我发表的诗。"九妮接过杂志惊奇地问:"真是您写的?"九品说:"不是我写的人家怎么会给我寄样刊?"九妮用崇拜的目光望着九品道:"看不出来,您还真攒劲。"攒劲是当地方言,表示厉害的意思。九妮这样夸,九品倒有些腼腆起来,红着脸说,一般般吧。九妮说:"您能不能给女邮递员写一首诗?女邮递员这个职业真好,骑着车子行走在乡间田野,像梅花鹿一样自由自在,要多开心有多开心。"九品问:"写欢乐也要写苦恼,这样诗才能深刻,你告诉我女邮递员的苦恼是什么?"九妮道,苦恼肯定有,就是容易把脸蛋晒黑。西部说话喜欢加个"蛋"字,九妮说到脸蛋,九品下意识地端详了一下她的脸。九妮脸不黑,有一种健康的枸杞红,这是一种甜红,或者叫透红,真实而自然。九品当即拍着胸脯说:"没问题,我一定给乡村女邮递员写一首《乡村女信使》。"九妮高兴地说:"九品老师您要是写了我请您吃酿皮子。"结果九品有点轻诺,《乡村女信使》的创作一直没找到感觉,写了几次都不满意。他像欠了债,每次见到九妮未免心生忐忑,就不时送点小礼物来搪塞。九品的小礼物有精美的书签,有防晒霜,也有德芙巧克力。好在九妮没有追问诗的事,每次收到小礼物都会脸蛋放光,连声道谢。九品说九妮像某首情歌里唱的那个姑娘,容易让人在旷野里想入非非。尤其九妮骑着绿色自行车在开满油菜花的田间小路上迎面而来,吹着《小路》风一般飘过,这情景像一幅画在九品脑海里挥之不去。九品甚至想,九妮要是一袭白裙在田野里迎风骑过会更动人,绿色制服与田野太靠色。每次九妮来学校,九品都会和她站在树荫下聊上一会儿。学校办公室门前有一棵白杨树,树枝抱团往上蹿,树荫便很小,两人就靠得很近。九品讲沈阳的名胜古迹,讲努尔哈赤和皇太极,讲得最多的是鸡架,说九妮要是有机会去沈阳,一定请她吃鸡架,各种各样的鸡架都品尝到。

　　接触一多,九品怀疑自己是不是恋爱了,就打电话给瑶瑶。瑶瑶是诗人公认的精神导师,有疑惑找瑶瑶似乎已成定律。瑶瑶说:"你已经站在恋爱的门槛上了,要记住,诗人只可在诗中缱绻,不能在现实中纠缠。你不要毁掉一个纯洁无瑕的好姑娘,播种相思之时,当思收获之用,始乱终弃万万要不得。"瑶瑶一句话让九品如梦初醒,他不敢再给九妮送小礼物,自觉拉开了与九妮的距离。支教结束之前有一天九妮来到学校,说:"九品老师您要走了,晚上我请您吃酿皮子吧,就去滩上拉面馆,六点钟,我在那里等您。"滩上拉面馆是乡政府所在地唯一的饭店,条件简陋,但拉面地道,九品周末会去那里吃拉面。晚上,九品骑着自行车赶来,九妮点了两碗酿皮子,令九品惊奇的是桌上竟然有一盘烤鸡架。九品问:"这里怎么会有鸡架?"九妮摇摇手机,说是在网上搜的,让老板照葫芦画瓢加工了一盘,不知道对不对口味。那一刻九品想哭,在九妮之前还没有一个无亲无故的女性如此细心关照过自己。这顿饭两个人几乎全在聊鸡车子,分手时九妮说,这鸡架是山鸡架,老板说了,肉鸡饲料里有激素,山鸡才是纯绿色的。九品骑上自行车缓慢离开的时候,忽然听到身后传来清脆的口哨声,是他非常喜欢的《红河谷》。他停下来，单脚支地听完了这支曲子，想想瑶瑶的忠告，还是怀着一腔忧伤走了。

九品支教回来，与九妮有了审美距离，很快写出了《乡村女信使》，一组七首，先是发表在当地一本叫《芒种》的杂志上，后来被收入《盐碱花》。他将诗集寄给九妮，九妮回信告诉他，她已经订婚，对象是乡中学语文老师，一个也喜欢写诗的小伙子。

与九品相对丰富的经历比，风信子的履历就简单得多。

风信子是个我行我素的女孩子，才情出众，追求者可以排成一路纵队。风信子看似什么都不在意，其实内心极度恐惧别人，信奉"他人即地狱"的名言，与谁都保持着距离。除了在四人小圈子中时她比较随意外，其他场合她都以高冷面孔示人。稗子说他、瑶瑶、九品和风信子是死党，是平行四边形，这一点毋庸置疑。稗子说风信子的追求者中有机关的处长、上市公司副总、大学讲师和财大气粗的富二代，但她一概没有看中。风信子说自己是一瓶八二年拉菲，只能给懂酒的人饮，而这个懂酒的人需要等。风信子经销进口高端红酒，生活有品位，吃饭喜欢去高档酒店，当然，吃鸡车子是个例外，因为高档酒店没有这道菜。据说风信子曾经爱上一个法国人，某个左岸葡萄酒庄园老板的儿子，两人交往了半年，一起去过普罗旺斯，但薰衣草的芳香不是爱情的黏合剂，后来两人还是劳燕分飞。分手后风信子说，他人永远是个未知数，都说法国人浪漫，其实法国人实际起来比犹太人还会精打细算。稗子不知道她为何得出这样一个结论，但能看出她对跨国爱情的失望，法国人并不都是缪塞和拉马丁，哪个国度也不会缺小市民，赶巧风信子就遇上了一位。风信子追求西文风格，她认为自己的诗是写给未来的，当代读者读不读没关系，诗本来就是小众，越小众越先锋。九品赞成风信子的这种诗歌观，诗人嘛，没有点离奇的观点还叫什么诗人?但稗子不敢苟同,稗子认为大众不懂诗的结论是荒谬的,大众是诗的土壤,离开土壤诗是不会有生命的。如果说瑶瑶欣赏的是风信子的卓尔不群,那么九品对风信子则是全方位拥趸,九品认为风信子是当代为数不多的国宝级诗人之一,她的诗几乎首首都是精品。两个惺惺相惜的未婚青年关系好起来顺理成章。风信子从不掩饰自己的观点,她坦言需要九品这样的异性朋友,九品的褒奖让她的成就感芝麻开花一样节节升高,她认为女人就应该生活在赞美里,哪怕明知这赞美是骗人的。风信子说当欺骗变得有了善意,谎言就不会面目可憎。她知道九品对她诗作的赞美很可能有言不由衷的成分,但她宁可相信这是真的,因为这些赞美给她带来了愉悦。两人的分歧出在对婚姻的理解上。九品希望在享受了青春的奔放后组建家庭,像模像样地过日子。九品还没有摆脱凡人的俗气,他的浪漫主义只是体现在外表,骨子里还是现实主义。而风信子则不同,风信子是一个既可为浪漫而生,又可为浪漫而死的女人,她惧怕别人,但从不惧怕死亡。她说一个诗人与其世俗地老死,不如像礼花那样来一次生命的绽放。九品觉得由爱情到婚姻是一种必然,风信子不这么看,她礼赞热恋,向往爱情,认为爱情是诗的源泉,但她抵制婚姻,认为要想让诗不死,就不要走进婚姻的围城,婚姻和诗是一对死敌。九品很为难:舍弃风信子,心有不甘;继续将恋爱马拉松跑下去,何处又是终点?

稗子把九品和风信子的情况交代一清。末了,他有些为难地说:"对两人的未来我没有答案,你给预测一下吧。"

我摇摇头:"我没想好,我觉得九品当初要是把那个九妮娶回来,倒是不错的选择。"

稗子竖起拇指:"对头,我也这么想过,可惜,缘分这东西错过就是一生。"

九品和风信子到了,两人是一同来的。风信子穿一件黑色风衣,戴一顶黑色棒球帽,大号麻布坤包也是黑的,像一个来自中东的姑娘。风信子这身打扮反衬出她皮肤的白皙,让脸、脖子凝脂般明亮。九品穿着松松垮垮,蓝色 T 恤的衣领竖着,胸前有个黄色商标十分夸张,好像是一个人在打马球。九品说:"您真会选地方,风信子到小店吃饭,只去夜沈阳和老四季,因为这是吃鸡车子老字号,要是换了一般的小店,打死她也不会进。"稗子摆摆手:"说啥呢?领导请客,哪有你俩挑的份儿?"风信子从包里拿出一瓶红酒:"这是一款新进的活灵魂,给大家助兴。"稗子说,风信子带红酒赴宴是破天荒头一回。风信子说,这款酒名字好,活灵魂嘛。

大家坐定,点好的几样鸡车子也上来了,可惜没有红酒杯。风信子有些遗憾,说美酒不仅美在酒,还美在器皿,红酒倒进直杯喝,就像一个绝代佳人穿了件羊皮袄入洞房,着实可惜。我差点被风信子的话笑喷,不知为何我忽然想起了九妮,又一想,人家九妮也不会穿着羊皮袄出嫁呀。

席间大家很自然地谈论起诗来,谈论起二十世纪八十年代那个属于文学的黄金时代,谈论起那些名噪一时的诗人,同时也抱怨为什么诗路越走越窄,圈子越来越小。稗子崇拜普希金和莱蒙托夫,说这两位伟大的诗人都是决斗而死,体现了诗人的风骨。九品喜欢以徐志摩为代表的新月派诗人,认为新月派是中国现代文学史上一轮当之无愧的明月。风信子则喜欢一批当代欧美诗人,说出一大堆我感到陌生的英文名字。稗子和九品提到的诗人我比较熟知,风信子说到的诗人和诗我只有听的份儿。好在稗子和九品对这些诗人有所了解,不时和风信子呼应一下。我觉得不能这么信马由缰地漫谈下去,我想深挖的还是鸡车子。

我说:"大家都喜爱吃鸡车子,我想问一个上次聚会没有深入讨论的问题:在诗人眼里鸡车子代表什么?或者说有什么象征意义?"

首先回答的是稗子。

稗子说:"鸡车子就好比我们生活的这座城市。城市要想活着,就必须健全。不仅要有脸面、有四肢,也要有腋下、有肚脐,这才是一个生命体。如果说青年大街、北陵公园、中街等等是城市光鲜的脸面,那么鸡车子就是城市的腋下或肚脐,是小人物的寄生之所。说实话,腋下和肚脐也许卫生差一点,看起来不那么体面,但它们是城市活着的象征,是最有烟火气的地方。我觉鸡车子无论往大了说还是往小了说,都像我们离不开的这座城市。"说完,稗子向大家敬酒,自己干了杯中红酒。

稗子的说法上升到了文化层面,是他上次阐述的继续,我觉得稗子的思考很深刻,隐喻着谁才是这座城市的主人的大问题。的确,一座活着的城市,有光鲜的脸面,也有不光鲜的地方,这也是国际大都市允许跳蚤市场存在的原因,很多城市的"土著"恰恰是那些处于底层的芸芸众生,将他们与繁华屏蔽开来是不道德的。

接下来回答的是九品,他几乎未加思索就说:"鸡车子就是一首百读不厌的朦胧诗。"

大家并不感到惊奇,诗人将美食比喻成诗本身没有什么新意。

九品加重了语气道:"为什么说是朦胧诗呢?因为很难用一种思想或观念来表现鸡车子。鸡车子本身味道单一,但融入的东西一多,味道就变得丰富、复杂,五味尽可有,凉热皆能食,就像一首朦胧诗,一百个人会有一百种解读。要分清的是,鸡车子不是用典的格律诗,也不是取悦权贵的赞美诗,因为它不成形,上不了台面,不算主流文学、正统文学,所以我说它是一首用来排遣情思的朦胧诗。"说完,九品也学稗子举杯敬大家,自己一饮而尽。

风信子抿着朱唇看了看红酒瓶,露出一丝惋惜。好红酒不是老雪,不该这么喝。

九品没说错,比喻也贴切,活灵魂让他进入了亢奋状态。

一瓶活灵魂喝完了,大家开始喝老雪。红酒只是序曲,老雪才是正题,大家急着把红酒喝光,目的是为了老雪。可惜糟蹋了风信子的心意,我相信风信子带来活灵魂不是让大家这般牛饮的。

该轮到风信子回答了,她款款地举起酒杯,先是徐徐喝尽杯中红酒,然后轻轻放下酒杯道:"要我说呀,鸡车子就像爱情。"

这是一个新的诠释,大家都把目光投向风信子,听她如何解释。

风信子不紧不慢地说:"鸡车子像爱情,而烹饪就是经营,不同的经营者能做出不同的滋味来。其实,爱情既简单又复杂。说简单,就是男人女人那么一点动物性的本能,所有的腆赠厚礼、花言巧语到最后就是为了占有。说复杂,爱情就像鸡车子一样经不起盘剥,也无赘肉可食,善待它,它是美味,轻贱它,它是边角余料。将鸡车子做成美味佳肴,等于将爱情经营得尽善尽美,我认为恋爱大师一定厨艺超群,君子远庖厨的说法应该被质疑。话又说回来,鸡车子是爱情,那么鸡腿、鸡肉是什么?这个不用我说你们也看到了,有哪个女孩子在饭店里啃鸡腿?如果夜沈阳的鸡车子变成鸡腿、鸡翅,我敢说一定不会这么火,因为失去了爱情的号召力。我本人对鸡车子百吃不厌,九品要是端一盘炸鸡腿上来,我只能选择视而不见甚至逃离。"

恐怕只有诗人才会把鸡车子比作爱情,我想,风信子的文学感觉还是蛮棒的,爱情确实如同鸡车子,需要用心烹饪才有味道。因为饭前稗子说了九品和风信子正在闹矛盾,我便想借着这个话题来劝劝他们。

我对风信子说:"九品说鸡车子是朦胧诗,你说鸡车子是爱情,两者有相通之处。爱情是诗永恒的主题,许多优秀的朦胧诗都是爱情的表达,你们确实心有灵犀。接下来我以几首朦胧诗为例来佐证自己的观点。"九品一直在点头,风信子只是倾听,沉静如水。

九品说:"风信子是我创作不变的主题。"

风信子却说:"不对吧,那组《乡村女信使》好像不是写我的。"

九品问:"怎么,你还记得那组诗?"

风信子道:"正因为那组诗,我对你产生了好感,我还记得诗里有这么一段:

　　你是绿野里吹来的风
　　带着笑靥、花香、光影
　　我愿是风中一粒微尘
　　依附在你的胸口
　　潜伏一辈子
　　倾听你律动的一生

"听听,多棒的情诗! 一碗酿皮子能发酵出这么优美的诗,我能不感动吗?"

风信子的表情很夸张。很显然,九品对风信子没有隐瞒,否则她不会知道酿皮子。

九品喝下去的活灵魂全部涌到了脸上,他摆了摆手道:"那是特例嘛。"

风信子却不依不饶:"所有的爱情都是特例,都不可复制。"停顿了一下她把话又拉了回来,"当然,我不会去忌妒一个乡村女邮递员,因为那是一个朴实的姑娘,不是诗人,与我不在一个维度上。"

九品说:"我不是一个注意力随便转移的人,我追剧时哪怕不是很好看的片子也会坚持看完,因为不看完,你无权评价一部剧的优劣。对爱情也是这样,我认准了风信子,一生都会矢志不渝。"

我觉得九品这个比喻有问题,追剧不管什么烂片都要看完不能佐证追求风信子的正确,聪明的风信子肯定会挑理。果然,九品这话刚落,风信子就回掠上了:"你的意思是只有把我追到手,才能评价我是好是坏吗?如果是这样,我怎么敢和你走红地毯?万一走过之后你给个差评怎么办?"

九品急忙辩解:"我不是这个意思,我想说我是个专一的人。"

我们三人都被九品逗笑了,谁都知道这是闲磨牙。

四

与瑶瑶老师见面不在鸡车子店,但话题还是没离开这道美食。

稗子曾告诉我说瑶瑶吃鸡车子只吃夜沈阳的,其他店再好也不吃。问原因,瑶瑶说吃过夜沈阳的鸡车子,再吃其他的舌头会起义。这件事稗子可以做证。夜沈阳开业头一天,稗子请了四个好友来试吃,即李天、瑶瑶、九品和风信子。那天,稗子情绪高涨,亲自下厨烹饪了各种以著名诗人命名的鸡车子。为了显露这一手,稗子悄悄到迟师傅店里学了几手,基本掌握了各种鸡车子的烹调方法。虽说不那么专业,但有大厨指点,完成度并不差。稗子是个追求完美的人,做菜像写诗一样从来不敷衍。这顿饭让瑶瑶先入为主地记住了夜沈阳的鸡车子。

一天,瑶瑶给我打电话,问我有没有时间,想到我这里坐坐。我和瑶瑶从没见过面,我对这个独身女士有点敬而远之,但我无法拒绝她的要求,且不说瑶瑶是稗子好友及诸多诗友文学之路上的提灯者,就是从工作职能讲,也不该拒绝一位著名诗人来访。

现实中的瑶瑶与想象中有很大差距。在没见到瑶瑶之前,我认为她应该是个睿智、目光犀利的知识女性。作为大学教授,瑶瑶写诗评诗只是业余为之,主业是古典文学,搞古典文学的人肯定不乏书卷气。而现实中的瑶瑶却是个小巧玲珑的女人,见到她我马上就想到了莫泊桑笔下的羊脂球。我在心里批评自己为什么会有这种联想,但人的联想有时不由自主,像对上了号码的老虎机,各种想法会硬币一样哗哗哗吐出来。与风信子咄咄逼人相比,瑶瑶一颦一笑都表现出丝丝柔媚。她的眼镜亮而大,钛金框,镜片后一双忧郁的大眼睛,齐耳短发顺畅而光滑。我请她到贵宾室落座,问她找我何事。这一问,瑶瑶脸庞瞬间布上薄云,轻轻叹了口气。我以为她遇到了什么难题,给她沏了杯六安瓜片,让她慢慢讲。

"难以启齿,真的难以启齿,"瑶瑶说,"我想了很久才来找您,按理说有些问题应该自己化解,可是这件事我无法解锁,好像钥匙在别人手上。我觉得这件事对谁讲都不合适,思来想去只能对您讲,因为您是稗子的好朋友,又是领导,和您说权当思想汇报。"瑶瑶两膝并拢,两手按在膝盖上,像小学生一样望着我。

我有点想不通,一个被稗子和九品称为精神导师的人,遇到了什么事还需要别人排解?毫无疑问,瑶瑶是这座城市文人公认的智者,是开导别人的人,瑶瑶的诗评对于诗人来说几乎可以起到盖棺论定的作用。就稗子、瑶瑶、九品和风信子四人小圈子来说,真正的灵魂是瑶瑶。从其他三人的评价看,以瑶瑶对诗的鉴赏力和深厚的古典文学底蕴,上央视《百家讲坛》绰绰有余。

"什么样的锁能锁住一位大学教授呢?"我故意让气氛轻松一点。

"我是个被架起来的人,像一只鸭子被当成鹰架在树上。"瑶瑶说,"您听我这么说是不是很奇怪?其实,我最了解自己,很清楚自己读过多少书、出过几本专著,我也知道自己论文中那些似懂非懂的西方文理价值几何,被架高之后我内心充满了恐惧,我本来就有恐高症,知道一旦从高处坠落会发生什么。"

"学者讲什么、写什么是自己的自由,您大可不必担心。"

"可是我不是政客,政客可以大言不惭,我不行,我发过的言、写过的论文都储存在电脑硬盘里,已经进入大数据,想抹也抹不掉。"

"神不是自封的就好,没必要为别人的评说而纠结。"我这样劝她。瑶瑶只是寥寥数语,我就明白了她要表达的意思。她觉得自己在当地文坛有举足轻重的话语权不是好事,有点承受不起,所以说自己是被架起来的人。我倒是很欣赏瑶瑶这份难得的清醒,吹捧之下一般人会飘飘然,忘乎所以,到哪里都是一副舍我其谁的做派,但瑶瑶不是这样,瑶瑶自己不想欺骗自己。

"我知道自己那些评论完全没有达到有些人所说的化境,化境是我等俗人敢企及的吗?我那些文章充其量有种女性的气息和细腻而已,说实话,对于本地作者的诗我不忍心放手批评,赞美也有所节制,只能剖析文本,沙里淘金,这是许多文人喜欢我文章的原因所在。但我发现,我成了一个越来越大的五彩肥皂泡,在空中随风飘摇,肥皂泡破灭之时,就是徒留笑柄之日。"

我说:"许多诗人对您的崇拜似乎构不成所谓的五彩肥皂泡,他们钦佩您,才视您为导师。要知道,能让诗人折腰的人不会多,文无第一、武无第二嘛,您应该为此感到幸运。"

瑶瑶摇摇头:"他们给我披上了皇帝的新装,其实我知道自己一丝不挂。"

我一时不知说什么好,瑶瑶的比喻不是一点道理没有,反视之谓聪,内视之谓明,聪明人什么事都首先在自己身上找原因。

瑶瑶接着说:"我喜欢自由快乐地生活和工作,没想到会被附加那么多负担,就像夜沈阳的鸡车子,原本有皮肉、有羽毛,可以在草中捉虫、树上打瞌睡,现在却成了一道被消费的所谓美食。"

这又是一种对鸡车子的新阐释!这个比喻让我心里一阵悸动。在此之前,鸡车子被比作城市、比作职业、比作友谊、比作爱情,现在又增加了一种——比作名人。我觉得瑶瑶的比喻别有新意,鸡车子是剥掉了皮肉外衣的骨架,名人如果剥掉了皮肉,是否都能有骨架呢?

"平心而论,我的评论是有瑕疵的,违心的话、言不由衷的话、拐弯抹角的话,不能说没有;我自己写的诗也想象过于苍白,格局太小,纯粹的小家碧玉。但大家的解读就像烹饪鸡车子,加了太多自己喜欢的作料,让评论失去了本色,这对我是一种披着赞美外衣的玷污,是对我文学意志的'强奸'啊。"

文静的瑶瑶用了"强奸"这样一个血淋淋的词,让我感受到了她的激动。是的,文章意思被曲解,成为虚高假胖的论据是件窝火的事,鸡车子如果有知,看到给它浑身涂上辣酱、撒上孜然、蘸上淀粉再来一番煎烤烹炸,它会作何感想?我说:"您大可不必苛求自己,文章一经发表就属于读者了,见仁见智,作者无法左右。"

"我被抬在轿子上,两脚不能着地,七情六欲都遭到了屏蔽,天天生活在虚荣和恭维里,大气都不能喘,这是一种冠冕堂皇的摧残!"说完,瑶瑶摘下眼镜掏出纸巾擦拭了一下眼角,一副小鸟依人的委屈状。

我理解瑶瑶,被架起来的感觉确实不舒服,容易成为众矢之的不说,自己也没有了隐私,众目睽睽,偶尔一件小事就会被放大,放大到走形变味。有个女演员曾说,做名人难,做名女人更难。瑶瑶作为知名评论家,关注什么作品,评论谁的作品,欣赏哪位诗人,推荐谁的诗作,甚至参加了哪个聚会,会上说了些什么,都是公众话题,没有秘密可言,对于一个单身女性来说,私密空间遭受挤压,感到透不过气来在所难免。

"那么,您希望我做点什么?"

"您做不了什么,"瑶瑶目光有些躲闪,"我来只想对您说说,不奢望您能改变什么。"

我摇摇头道:"不对,凭我的直觉您来一定有事,如果仅仅是聊天,您不会到我办公室来,去稗子的夜沈阳,大家想聊多久就聊多久。"

瑶瑶低下了头,沉默许久才说:"我想求您一件事,可是有点难为情,就像我进门时说的那样,有点难以启齿,真的。"

我能看出瑶瑶的羞涩,她想说的事一定与自己有关,便宽慰她:"不要为难,如果相信我就说出来,我尽力就是。"

"我知道您和稗子是好朋友,稗子每次提到您都特别尊重,您刚才说了,让一个诗人折腰很不容易,说明他信任您,拿您当知己。稗子单身了好多年,他的生活我了如指掌,他读什么书、喜欢什么运动我都清楚,我是他每首诗的第一读者,我也欣赏他的为人为文,他把我当成精神导师,什么事都请教我,把我的建议当圣旨一样对待,你懂的,我们彼此几乎成了对方生活的一部分,对此我存有深深的困惑。"

"知己难求,困惑什么呢?"

"我们毕竟是男人和女人,边界不能模糊。"

"这么说您爱上了稗子?爱上就说出来嘛,都是成年人,又都是单身,没有任何障碍呀。"我觉得稗子如果和瑶瑶走到一起是好事,何至于困惑呢?

"问题就在这里。"瑶瑶说,"稗子一直视我为精神导师,感情方面像圣母一样纯洁,如果出现了边界模糊的情况会有什么结果?您看过进寺庙参拜的男人吧,他们一定是小心翼翼、心怀虔诚,没有哪一个敢对观世音菩萨有非分之想。我能看出来,稗子对我就是这样,哪怕子夜时分给我打电话,也不会有一句调情的话,发乎情、止乎礼在他身上表现得完美无缺。"

"这些想法您和稗子透露过吗?"我问。

"没有,"瑶瑶说,"不能说,一旦说出来肯定会把稗子吓个半死。他虽健硕,内心却冰糖萝卜一般脆,经不起刺激。"

"要不要我替您说说?"我还从没保过媒,算是首秀。

"先不要说,"瑶瑶道,"条件还不成熟。我期待他亲自对我说的那一天,尽管我等了十几年,年龄等不起,但我还想等下去,缘分这种东西离不开一个'等'字。"瑶瑶摘下眼镜,用纸巾再次擦了擦眼角。

这一次,我算是见识了知识女性的矜持。这矜持像海葵,本来在水中已经张开,稍稍触碰一下马上就会缩成一团,心里波涛汹涌,表面淡定无事,这种教科书般的表现应该是智慧女性的专利吧。不过,我认为这种表现骗不了成熟男性,倒不是成熟男性有多狡猾,因为眼神会泄密,这也是在社交场合女性喜欢戴墨镜的原因,遮挡住眼神,就成了情感上的隐身人。

"有些东西是等不来的,"我说,"花开堪折直须折,莫待无花空折枝。"

"我也担心这一点,但我想,稗子和佩佩离异后一直没有再找说明什么?说明他心里有人,当然这个人是谁我拿不准。"瑶瑶的话不再隐讳,直接说出了真实的想法。

我想稗子一直崇拜瑶瑶这一点瑶瑶心里清楚,就鼓励她道:

"您在稗子心里是女神一样的存在,为什么还要说拿不准呢?"

瑶瑶抿紧嘴唇扭头看了看窗台,窗台上两盆还魂草开满红色的花朵,艳而不娇。停顿了一会儿她说:"诗人的心最难琢磨,有时大如米斗,有时小如针孔,他们的自尊像松茸一样柔嫩、脆弱。我说拿不准,是因为有两件事让我心生疑窦,我对您说说,您不要怪我八卦。我这个人属于浪漫头脑、古典情怀,对卿卿我我之事一般会视而不见,但有两件事让我怀疑自己对于稗子是不是有足够的吸引力,或者说稗子是不是一直拿我当哥们儿而不是当女人。"

"您说说看,我或许能从男人的视角帮您做个分析。"

"好吧。"瑶瑶说,"去年三伏天,我们结伴去内蒙古大草原避暑,李天开的商务车,拉着稗子、九品、风信子和我。一路上我们说说笑笑,吟诗唱歌,像出笼的鸟儿一样放松。我们的目的地是大草原深处的一个湖泊。抵达后我们在草原上疯玩了半天,采野花、转敖包、在湖边摆拍,非常开心。晚餐吃手把肉,喝套马杆酒,就住在湖边一个蒙古包里。因为游客多、住宿紧张,我们只订到了一个蒙古包,也就是说五个人要在一顶蒙古包里过夜。稗子征求我和风信子的意见,我还没有回答,风信子就抢着说,蒙古包者,古之穹庐也,穹庐之下,皆为家人,五人同卧穹庐之下有何不可?我也点头同意。其实我反对也没有用,因为根本没有多余的蒙古包。那一夜,草原无风,蒙古包内十分沉闷,也许是晚餐的手把羊肉和套马杆酒所致,每个人都汗涔涔的,在羊毛毯上辗转反侧。先是九品和风信子悄悄出去了。晚饭前风信子就对九品说湖边有个敖包,她想背靠敖包仰望星空坐上一夜,九品说:'这才是诗人的创意,我们总说诗与远方,这就是啊,我陪你去湖边数星星!'他俩应该去数星星了,风信子还带上了防蚊油,看来准备彻夜不归。过了一会儿,李天也起身走了,走时小声对稗子说他要到外面抽烟,然后到车上开着空调睡,在蒙古包里感到肺叶都被羊油糊住了,透不过气来。稗子嘱咐他别忘了摇下一截车窗,防止尾气中毒。五个人走了三个,偌大的蒙古包里就剩下我和稗子。实际上蒙古包里没有那么热,羊毛毯隔热效果相当不错,但他们都走了,各有各的想法。我无法入睡,躺在那里胡思乱想,身上脱得只剩下薄薄的纱质睡衣。蒙古包里的味道有点奇怪,像古龙香水的味道,我记得自己在脖颈上喷了一点兰蔻香水,怎么会变味了呢?正纳闷儿,稗子翻了个身,我恍然大悟,难怪这么陌生,原来这是男人身上散发出来的味道啊!说来也奇怪,五个人都在的时候你闻不到这种味道,走了三个后这味道便花粉一样从暗处飞来,粘到身上抖落不掉。我故意轻咳一声弄出点动静,希望和稗子说点什么。深夜里和一个有感觉的异性同处一室绝对是折磨,我像喝了蓝山咖啡一样格外精神,仿佛身上每个汗毛孔都在呼吸,我甚至听到了自己体内血液流淌的声音。与我的情况相反,稗子却安静地入睡了,鼾声轻而匀,估计在家中就是这样入睡的吧。我注意到稗子是侧卧睡姿,双腿弯曲,一只手臂很自然地搭在胯上,这不是男性最佳睡姿,不知他为什么不选择放松的仰卧姿势。确切地说这一晚我失眠了,我一向睡眠很好,这次失眠责任全在稗子身上。我是凌晨时才迷迷糊糊睡了一会儿,醒来时发现身上盖着一条毛巾被,稗子则不见了。我起身想去洗漱,稗子一脸灿烂地掀开门帘进来,手里捧着一束叫不上名来的紫色野花。我微微点头示意,内心却如同熄火的马达热不起来,能起早采野花,昨晚怎么打不起精神?与心仪的女人同眠一个蒙古包,却将两人世界搞成公事公办,这说明什么?说明他对我没有欲望。"

"稗子真的睡着了?"我很纳闷,稗子为什么不抓住这个千载难逢的机遇有所表示?

"应该不是装睡,因为睡姿长时间没有变。我想,他对我所谓的崇拜不过是对我学识上的敬重而已。"

我心里替稗子暗暗叫好,都说春秋以后再无柳下惠,身边这不就有一个吗?稗子也许没料到会是这样一种结果,他很可能还在为自己的克制而沾沾自喜,其实,有情人之间恪守所谓君子之道乃迂腐至极,这种疏离伤害了瑶瑶的心。

"另外一件是什么事?"我忽然觉得瑶瑶说的事情很有意思,事情本身已经成为故事,而故事是挖掘人性的最好素材。

"另一件事是我和稗子到南方参加一个颁奖会,稗子是获奖作者,我是颁奖嘉宾。四月的江南属于恋爱季,互不相识的男女都容易擦出火花来,更何况一对相互欣赏的男女好友,但稗子似乎没开窍,像个老书童一样一路照顾我。颁奖会结束后,我说烟花三月下扬州,我俩去扬州走走吧,不是有诗曰'若到江南赶上春,千万和春住'吗,我们索性去瘦西湖和春住一回。稗子特高兴,张罗购票、订宾馆。春天的扬州值得一游,芍药笑,垂柳摇,我们还看到了难得一见的琼花。在瘦西湖,我们欣赏了一场琵琶演奏。演员着古装,个个有仕女风范,演奏的是乐府吴曲《春江花月夜》。琵琶真是一种奇妙的乐器,'拨动心弦'这个词语应该与琵琶有关,我觉得自己的心弦确实被拨动了,体会到了'大珠小珠落玉盘'的震颤。一般来说旅游场所演奏乐曲很难保持安静,因为游客老幼皆有,文化素养不尽相同。但演奏这支琵琶曲时,场内却十分寂静,唯有金属质感的琵琶声在跳跃。我被琵琶曲深深感染了,想起了多年前在中秋诗会上朗诵古诗的情景,眼中不觉绽满泪花,泪花中二十四桥美轮美奂,浓荫镶嵌的瘦西湖变得朦胧如梦。我轻轻倚在稗子肩膀上,听着稗子怦怦的心跳,我想他一定也被音乐打动了,'同是天涯沦落人,相逢何必曾相识',陌生人尚且如此,何况知心好友。演奏结束,观众纷纷离席,我却不想动,我知道一旦起身就不会和稗子这样相依。稗子说,演出结束了,我们走吧。我这才睁开眼睛,说刚才睡着了,也许太累了。晚上,在瘦西湖旁的一家宾馆我们住了一晚。晚餐我们在餐厅喝了不少黄酒,稗子有了醉意,饭间他一直在夸我,从我的作品到我的人品,稗子能用的溢美之词都用了。当然我心里也美滋滋的,受人夸赞是一件能提酒兴的事,我也多喝了几杯,几乎达到我饮酒的极限。很晚了,我们各自回到房间,我想洗个澡,却没有热水,便给稗子打电话。稗子来了,却带着前台服务员,那一刻我觉得稗子对我有所提防,有什么可提防的呢?这两件事之后我抱定一条,绝不再主动表示什么。"

我摇了摇头说:"稗子有点像十八里相送路上的梁山伯,被莫名其妙的东西给魔住心窍,其实窗户纸一捅就破,但你们谁也不主动,这在东北叫相住了。"

"不是不想捅破,担心一旦捅破出现不想看到的结果,收不了场。"瑶瑶有些无奈地说,这就是她保持矜持的原因。

"我想为你俩做点什么。"我说。

"我来见您不是这一个意思,"瑶瑶说,"这些话需要找个听众,很不幸选中了您,说完我会轻松一点。不过我也承认,在这两件事上稗子没有错,如果他当时动手动脚说不定我会反感。女人是个矛盾体,明明心里渴望拥有,却又双手往外推,从女人的逻辑看,稗子怎么做都是错的。"

"那么,您对未来是否有个基本判断?"

瑶瑶双手按住膝盖,神情有些暗淡地说:"打个比方吧,我们的关系就像铁板鸡车子,双面烤压的那种,夜沈阳里就有。我个人的感受是这种鸡车子看上去色香味俱佳,真正吃起来却有些柴,未必可口。"

上帝！我几乎要叫出来,怎么又给鸡车子戴上一顶帽子？以瑶瑶的才情应该不缺少想象力,难道就没有别的意象可比吗？

五

鸡车子这道小吃被人赋予这么多含义是一件很有意思的事,辽菜自成体系,可以被赋能的菜品有许多,比如酥白肉、熘肝尖、滑熘里脊等等,为什么偏偏是鸡车子？我觉得鸡车子已经不仅是道菜,具体是什么我一时也说不清楚,有必要下点功夫研究一下,尤其要看看市民们会怎么说,因为我听到的都是文人所言,文人有牵强附会的通病,隔路视角得出隔路结论在所难免。这一次我没找秤子,决定自己去找家鸡架店坐坐。我选择了位于五里河的马家鸡架,名副其实的清真老字号。马家鸡架属于一个中等规模的饭店,生意火爆,因为没有预订,只能在门前排队等候,好在来这里吃鸡车子的人不恋战,大都是三下五除二,速战速决,翻台极快。

排在我前面的是祖孙三人,一对老夫妇领着一个五六岁的男孩。老同志看上去挺严肃,坐姿端正,在看一本南怀瑾的书,书已飞边,看来没少翻阅。老妇人头发花白,面容慈祥,牵着孙子在教英文单词,fish、chicken,我英文不好,但知道老人家是在说鱼和鸡。老妇人应该是退休教师,发音相当标准。我问老同志："您老专门来吃鸡架的？"老同志抬起头朝孙子努努嘴："孙子闹着要吃,不来不行啊。"我不失时机地跟进问道："鸡架有啥好吃的,还要排队等？"老同志睁大了眼睛道："当然好吃,鸡的精华都在鸡架上。"我有点不解,从来没听说过鸡的精华在鸡架上,看来这里有学问。我问："鸡的精华怎么会在鸡架上呢？"老同志合上书,正襟面朝着我说："怎么给你解释呢？比方说吧,你盖一栋房子,最吃劲的是什么？肯定是承重墙,也就是框架,鸡架就是鸡的框架嘛。"我说鸡架几乎被剔光了肉,不过是些鸡骨而已。老同志道:"不能这么看问题。骆驼大不大?会吃的专吃驼峰。犴达罕大不大?会吃的专吃鼻子。鲨鱼大不大?会吃的专吃鱼翅。吃有吃的学问,好东西不在肉多肉少,重在有滋味。"我觉得老同志说话有板有眼,颇有领导范儿,就问他退休前是不是领导干部。老同志带着标准的微笑说:"我就是个处长,退前改成了巡视员。其实处级也好,厅级也罢,退了就一闲人,在家养生修道看孙子。"老同志说他和老伴常带孙子来这家店,奶奶给孙子定了个奖励政策,每背会一百个英文单词就来吃一回鸡架,结果孙子吃上瘾了。我问他一次吃多少,两只够不够。他摇摇头说自己只吃抻面和香菜根。我说:"您刚才还说鸡架好吃,为啥来了却又不吃呢?"老同志用异样的目光扫了我一眼,像是嘲笑我少见多怪,他说:"有些事说归说、吃归吃,电视上那些做药广告的明星自己真的吃了?没有,那是宣传,当真就是傻子。"我被老同志的话逗笑了,道:"您老的宣传直接影响了您的孙子,所以孩子闹着来吃。"老同志点点头:"其实,我对鸡架的了解都是从别人那里得来的,既然大家都说好吃,我再说三道四岂不成了令人讨厌的另类?啥事都要学会随帮唱影,在家里老伴烧菜明明淡了我也夸几句,为的是让老伴舒服嘛。"

一旁的老妇人插话道,吃盐太多容易"三高",老年人饮食少盐多醋没坏处。

服务员出来喊号,老夫妇带着孙子高高兴兴进去了,我听到老奶奶在门口教孙子的最后一个英语单词是"吹根拉客"。我知道这个单词是鸡架。

很快轮到了我,我点了煎、炸、烀、烧四样鸡车子,两瓶老雪,慢慢开始享用。我倒满一杯老雪四顾周遭,一看,顿时有些不好意思,大厅里单人食客大都是一只鸡架、一碟香菜根、一碗拉面,像我一个人点四种鸡架显然有炫富嫌疑。邻桌一个中年妇女瞅我的目光不是很善意,冷不丁会剜我一下。我想搭话,又怕碰钉子,只好低头独自喝酒吃菜。马家的鸡架确实味道上乘,尤其凉拌这道,因为淋了麻油配了圆葱,与新疆麻辣鸡有一比。麻辣鸡因为肉多容易饱腹,凉拌鸡架就不同了,吃上一个钟头也吃不下多少肉,却滋味十足,我认为夏季里吃凉拌鸡架配老雪称得上是一绝。吃了一会儿,我把四盘折箩成两盘,这样餐桌上就低调多了。我又加了一盘香菜根,放慢了进食速度。万幸的是那个用目光剜我的中年女人吃完走了,我神经放松了不少。有些人很奇怪,你与她素昧平生,她却会无缘无故敌视你,这种因忌妒而生的仇恨像凭空而降的乌鸦屎,令人无语又无奈。

一胖一瘦两位中年人被服务员领到邻桌坐下,他们都自带大号塑料水杯,穿灰色工作装,衣服上有红色的某空调品牌图案。我扭头搭话问空调价位,对方很友好,体胖的那位介绍了他们空调的优点,尤其说了省电的好处。偏瘦的师傅说,别小瞧省电这一条,家用空调一星期就能省出一只炖鸡架来,两星期等于白来吃顿饭。我觉得这是一句绝佳促销广告词,便夸赞了他一番。我问:"街面饭店那么多,两位怎么选择了吃鸡架?"瘦师傅说:"鸡架在沈阳又叫鸡车子,吃鸡车子不掉价,你看墙上照片,那么多大明星都来吃过。"胖师傅抬起扎在面碗里的头说:"关键是便宜,十块八块就解决了午餐问题。这店信誉好,多少年了,鸡车子一分钱没涨。"两位师傅没点老雪,每人一只炖鸡架、一碗拉面,面里红彤彤浇了不少辣椒油,头对头吃得大汗淋漓。我不再打扰他们,没喝老雪说明他们下午要干活,安装空调属于高空作业,不能沾酒。

两位工人走后,邻桌换了两男两女四个年轻人,看样子是在校大学生。他们点了四只烤鸡架、四碗宽带拉面,然后坐下每人捧着手机刷屏。烤鸡架和拉面上来后,他们边吃便看手机,彼此也不说话,我没有机会搭讪,因为专心打游戏或刷抖音、快手的人讨厌被打扰。四人吃完,一个小伙子起身去结账路过我身边,我问:"我看你们点了四份烤鸡架,烤的是不是格外好吃?"小伙子说:"你点的这几样太传统,烤鸡架和肯德基炸鸡翅是孪生姊妹,不信你尝尝。"说完,四人起身走了。

已经陪走了邻桌两拨客人,我不能再占着餐位影响人家生意,便起身准备离开。我注意看了看大厅里的餐桌,食客们点的都是鸡车子、香菜根、拉面和老雪,也就是说来这里吃饭的标准大体一样,你是快递小哥也好,富翁大款也罢,在此皆为无差别吃饭,没有衣分三色、食分五等那档子事。我忽然明白,鸡车子是一个能淡化身份的小吃。其实,少有人愿意维持奢华,奢华很累很辛苦,大家都卸下披挂,像在公众食堂里一样心无旁骛地吃一顿鸡车子多开心!

走出马家鸡架店,街面不宽,我走到对面想观察一下饭时高峰过后生意会怎样。我停留了大约二十分钟,饭店出出进进的人始终不断。我想,能把鸡架做成人人叫好的品牌,体现的是真功夫,做到了化腐朽为神奇。

去过马家鸡架后,我给稗子打电话想说说瑶瑶的事,瑶瑶找我无非是让我说合一下,否则那么矜持的她不会头一次见面就掏心窝子。

我找了一家咖啡厅,选了隐蔽点的卡座,没有鸡车子,没有老雪,点了两杯蓝山咖啡、一壶碧螺春、一个什锦果盘,准备和稗子做一次促膝长谈。

稗子按时来了,进门就说有什么事到夜沈阳谈多好,咖啡店是谈情说爱的地方。我说:"找你来就是谈情说爱。"稗子愣了一下,坐下后问是不是商量九品和风信子的事。我摇摇头,说:"今天就谈你。"稗子笑着说:"我有啥好谈的?"我说:"你坦白交代,与佩佩分手这么多年一直不找到底是咋回事?"稗子哦了一声:"这个呀,我喜欢一个人生活,逍遥自在。"我问他有没有过中意的女人,稗子想了想说:"有,但只是单相思。"我说:"这个人我认识吗?"稗子摇摇头说:"你听说过,但没见过。"稗子不知道瑶瑶找过我,我已经猜出他说的就是瑶瑶,我没有捅破这一层,就问他:"为什么是单相思呢?难道对方不爱你?你表达过吗?"稗子摆摆手道:"不行,有的感情需要保持距离,距离就是诗意。比如我们都向往远方,当你果真抵达了远方,会觉得不过如此,远方应该是不可触摸的憧憬,是神性的存在。"

稗子的回答堵住了我想要出口的话。接下来我们的聊天跑题了,谈起了这座城市的历史以及历史上赫赫有名的人物。

从咖啡厅出来,我让稗子开车回去了,自己想在街上走走。街上行人不多,车辆却拥堵严重,穿着黄夹克的外卖小哥骑着电动摩托在汽车中穿行,让街上的车流夹杂着些落叶般的色彩。我看到了街对面一家鸡车子店,店内坐满了食客。我停下脚步,想起在老四季店门前看到的一副楹联:"冬暖夏凉兰香面,春华秋实神州汤。"我知道神州汤就是鸡架汤。

路上我想,鸡车子到底应该是什么呢?想来想去,我找不到一个恰当的比方。生活本来很简单,是谁让它变得复杂起来?既然如此,还是回归它本身的名字更干净,鸡车子,就是鸡架。

原载于2022年第6期《北京文学》;《小说选刊》2022年第7期、《长江文艺·好小说》2022年第7期转载

上 官 之 眼

上官春退休了！这消息在蒲河市绝对是当日头条。

上官春是谁啊？蒲河市最有名的学者，蒲南大学经济学院院长，蒲河市专家咨询委员会主任！本来，以上官春一级教授的职称完全可以不退，但他认为十三层宝塔自己已经置身塔顶，再坐下去别人就上不来，因此他选择在六十五岁退休。校长老陆找他谈话，说："上官教授啊，你是蒲南大学一杆大旗，你一退，蒲南大学没标杆啦！"老陆是搞文学的，说话喜欢用比喻。上官春退休的确是蒲南大学的损失，上官在，项目就在；上官一退，蒲南大学就没了压舱石，在市里少了话语权。这一点并非虚夸，很多人都知道现任省长马三运——蒲河市的老书记在离任蒲河前讲过一句话："我在蒲河工作八年，最应该感谢的是上官春，有难题，找上官，成了我在蒲河任职的座右铭。"此话传到坊间，便衍生出各种版本，上官春也被传得有点神。确切地讲，马三运仕途能一帆高悬，上官春功不可没，马三运任职期间的几大工程，不仅论证出自上官春，而且在统一各界口径、平息杂音噪音上上官春也闪转腾挪，倾力而为。上官春揉了揉眼窝说："适可而止，换一种活法吧。"老陆叹了口气，道："上官啊，你搞得我措手不及。"

上官春有一双让人过目不忘的眼睛，是相书上所说的重瞳，与这样一双眼睛对视，会让人产生眩晕感。学术研讨会上的辩论者一旦与上官春对视，便会触电般躲开，在精神上缴械认输。重瞳乃圣人之相，舜帝、仓颉、西楚霸王都是重瞳，上官春嘴上不说，内心也为自己天赋异禀而自鸣得意。上官春治学上颇有建树,举重如拈轻,不是官员胜似官员,颇有苏秦之风。他常常教育学生说:"高度决定眼界,气度决定格局,做事做学问要有'会当凌绝顶,一览众山小'的气魄。"上官春这种宏大气魄甚至传到了他喝咖啡、喝酒这种生活琐事上。别人喝咖啡喜欢少加糖或不加糖,他却一放就是方糖三枚,胰岛功能如此强大,让畏糖如虎的教授们惊愕不已。别人饮红酒都是小杯慢酌,他却喜欢往大号高脚杯里咕咚咚一倒就是半瓶,虽然倒上并不速饮,但如此豪气对于陪酒者无疑是排山倒海一样的压力。

退了,总要有点事做。上官春桃李满天下,尤其在蒲河政坛,有头有脸的大都出自蒲南大学,最著名的要数"上官三杰",也就是上官春带出的三位博士:一位是现任市长宋理,一位是现任组织部部长彭博,都是蒲河政坛领军人物,还有一位是才华、长相都十分出众的文京,市环保局局长,蒲河市凤毛麟角的女局长。上官春从不以学生闻达自居,有人当面提起"上官三杰",他会谦虚地回一句:"'三杰'可叫,'上官'不能加。"言外之意学生有成绩是他们自己的造化。听说老师退休,市长宋理首先登门,希望老师能到市政府经济研究中心挂个名,不用坐班,间或到办公室露个面即可,帮政府重大决策把把脉。上官春婉拒了,说名不虚立,既然已经退下来,就要有个退下来的样子,再参与决策好说不好听。彭博是组织部部长,善于揣摩干部心理,虽说老师有一双高深莫测的重瞳,但他还是揣摩出老师会对什么感兴趣。他登门建议说:"老师去打球吧,乒乓球、门球、高尔夫球,我们老年大学样样都有,专业教练包教包会。"上官春说:"我一辈子没摸过球,骨头都酥了,还打什么球?"与两位男杰无功而返不同,文京登门,三分钟不到就把老师拿下了。文京靠什么?靠一部崭新的徕卡S007相机。文京说:"老师您做我们环保局特约监督员吧,为环境保护做点贡献。不过学生把话说在前面,这可是纯公益,没有报酬。"文京这么说等于把上官春逼到了死角,不答应好像是嫌没报酬。他问:"需要我怎么做?"文京说:"很简单,您带着相机到处走走,发现有环保问题可随时抓拍发给我们,我们会受理并反馈处理意见。"上官春说:"这个活儿好,环境保护,人人有责,我找不出拒绝的理由。"上官春接过相机,摆弄一番,问:"我收下相机不算受贿吧?"文京笑着说:"放心,老师只有使用权,没有所有权,这是国有资产。"上官教授揉了揉眼窝说:"看来我要学一门新技术了。"

一

担任特约监督员第二天,上官春给彭博打电话,让他在老年大学物色个摄影老师。彭博很纳闷儿,说:"老师挺会赶时髦,市里退下来的领导都在学摄影,有的还办了摄影展。"上官春说:"我学摄影和他们不同,他们是消遣,我是工作,给文京当监督员。"彭博说这个师妹,真会钻空子!老年大学归彭博管,很快,彭博物色了蒲河市摄影家协会主席苏北风给上官春当老师。苏北风长腿长颈,凹目高鼻,头发分配严重两极分化,中部谢顶,鬓角和脑后却厚如蓬草。他喜欢穿米色高领毛衣,外面套一件数不清有多少口袋的马甲,无论冬夏,脚上总是穿一双高勒儿翻毛登山皮鞋,在蒲河市摄影界赫赫有名。一开始,苏北风不情愿接这个差事,但彭部长说话很在理,他无法回绝。彭博说:"苏主席若是怕上官教授将来顶替你的位置,你就别收这个学生。"苏北风想,自己办的摄影班不搞武大郎开店,学生们中退下来的副市长、局长、处长一大堆,还在乎一个教授?就这样他同意了接收上官春。见面那天,他扫一眼这位学者范儿十足的高龄弟子,冷冷地说:"上官教授乃蒲河名流,拜我为师岂不屈尊?"上官春态度诚恳:"隔行如隔山,经济学方面我还知晓一二,论摄影我只是个小学生。苏先生是拿过中国摄影金像奖的大师,希望苏先生不吝赐教。"苏北风以拍摄野生鸟类见长,他爱鸟如命,曾经在步云山上和架网捕鸟的偷猎者动过刀子,而且将偷猎者扭到了派出所,蒲河摄影界为此给他起了个"鸟侠"的绰号。苏北风获金像奖可谓实至名归。为了拍摄一组蛇吞鸟的照片,他孤身一人登上蛇岛,在一座生活着成千上万条黑眉蝮蛇的无人小岛上一趴就是三天三夜。第四天渔船去接他,过了约定时间不见他下岛,以为他出了意外,正欲报案,见瘦鹤一般的苏北风扛着三脚架摇摇晃晃从岛上下来,见到大家第一句话就说:"成了!"苏北风此言不虚,第二年他果然就拿了金像奖。

苏北风说自己教摄影只做一件事,就是点评作品,至于用光、景深、取景、构图这些基本常识他一概不管。他这样做也有道理,相机智能化程度越来越高,傻瓜都能拍,再讲这些技术要领没有必要。关于摄影,苏北风说了两句话。一句话是"镜头即良心",上官春对这句话摸不着头脑,又不好多问,便存疑在心,想等与苏北风熟悉后再讨教。苏北风的第二句话是"焦点要朝下",这句话似乎不难懂,应该是接地气的意思。

"听说你喜欢喝咖啡?"苏北风问了个与摄影无关的问题。得到确认后,他从冰箱里拿出一听茶叶递给上官春:"喝点绿茶吧,别喝那添躁烦心的洋玩意儿。"上官春接过茶叶,是上好的君山银针。他谢过苏北风,心想,退休是该有个退休的节奏,用不着喝咖啡提神了。

上官春没有想到,他的第一组甚为得意的摄影作品,被苏北风嗤之以鼻。

五百里蒲河是这座城市名副其实的母亲河,这条并不宽阔的河流从滚马岭流出,蜿蜒南下,在下游冲积出一块数百平方公里的三角洲,古人称之"香洲",因水边多生香蒲而得名。蒲河市就建在这块平坦肥沃的香洲上。当年,为了让舒缓流淌的蒲河水能够发电,时任蒲河市长的马三运产生了在蒲河上建一座大坝的想法。马三运建大坝理由有三:一可发电,二能蓄水,三会拉动经济,可谓一举三得。但这样一个花费天价的工程马三运不敢拍板,何况有利必然有弊,弊处一是举债,二是移民,三是影响生态。马三运思来想去,想到了专家咨询委员会主任上官春这张牌,他把上官春请来,两人喝着蓝山咖啡促膝长谈了小半天,马三运说服了上官春并赢得支持。政府决策时,上官春在论证会上引经据典,力排众议,最终促成项目如期上马。建成后的蒲河大坝,六十米高的混凝土大坝给人一种壁立千仞的感觉,成为蒲河电视台开播前十年不变的片花。

上官春初学摄影,首先想到的就是去拍蒲河大坝。

蒲河大坝横亘在小关门山和大关门山之间,加上溢洪道,长约一百五十米,要想完整拍下这座庞然大物,必须爬上海拔六百米的大关门山。大小关门山其实是被蒲河隔开的两条山脉,在飞机上看,犹如两条蜿蜒的绿龙从陆地探向海洋,大关门山这一条要粗壮一些,小关门山那一条则略显纤细,古人便起了个"父子龙山"的绰号。这个绰号近年没人叫了,孩子们很少知晓,因为地图上标注的是大小关门山。

大关门山根本无路可登,山上长满了黑松和橡树,只能援树而上。上官春第一次出门拍照,颇有些兴奋。他大汗淋漓地登上山顶,俯瞰自己的得意之作,如同老将军检阅自己的部队,很想大声发几声口令。"多么雄伟的大坝!啧啧,'烟雨莽苍苍,龟蛇锁大江'啊!"他自言自语。当年,如果不是他出面论证并多方呼吁,马三运的这个梦想不会变成现实。梦想固然重要,关键是如何让美梦成真,可以毫不夸张地说,自己是马三运名副其实的圆梦人。

居高临下俯瞰蒲河大坝,上官春并非第一次。大坝竣工那天,他陪马三运登上过小关门山,望着气势不凡的蒲河大坝,马三运若有所思地说:"都说'谋事在人,成事在天',我看谋事在人,成事也在人。"上官春闻此言甚感马三运气场非凡,前途无量,果然,没多久马三运就被提拔当了书记,接着又荣升省长。

被大坝截住的蒲河水平静如镜,呈现出少有的靛蓝色,两侧青山和天上白云倒映在水中,仿佛水天倒置了一般。上官春变换角度开始拍照,兴致勃勃地拍了一个上午,才依依不舍地下山驾车回家。

上官春精选出一组拍蒲河大坝的作品拿给苏北风看,苏北风在电脑上翻看了一遍,嘴一撇,道:"水棺材!"上官春愣了一下,他不知道水棺材何意,看苏北风那副神态又不便再问,讪讪地坐在一旁,不知说什么好。"断头铡!"苏北风又吐出一个概念。说完,他推开鼠标,从写字台前站起身,从书架上抽出一本书递给上官春:"看看这本书吧,对你或许有帮助。"他点燃一支烟慢慢吸着,那双凹陷的眼睛被青烟遮挡起来,犹如深邃的猫耳洞。上官春接过书,这是一本《水知道答案》。苏北风将烟蒂在烟灰缸里拧灭,捏着下巴说:"有人说这是伪科学,可是我从伪科学中也能读出真道理,视角不同,真伪有异,就像鬼旋风,气象学家有气象学家的认识,农民有农民的说法。"

上官春瞪大了眼睛,他这是第一次听到鬼旋风的说法。后来他查阅了相关资料,知道鬼旋风这东西的确好没来由,田间、街角、墓地、寺庙,有时在静静的农家小院也会魔幻般出现,或大或小,或明或暗,或急或缓,神秘莫测,来去无踪,人们因此赋予它许多传说。

"镜头不要对着没有灵性的东西。"苏北风的话有刀刃般的质感,很显然,他对拍摄混凝土大坝不感兴趣,"镜头即良心,"他接着说,"要把镜头多对准原生态。"

上官春夹着那本《水知道答案》离开了苏北风的工作室,他觉得苏北风尽管摄影水平高,但其偏执令人不敢恭维。工业文明也是文明,怎么就没了灵性?苏北风毕竟教的是摄影,而不是经济学,上官春心想,不能用政治经济学的认识标准来要求艺术家,既然原生态的作品上档次,自己就该去试试,拍摄原生态有何难?无非是多跑一点路而已。回到家里,上官春俯在地图上琢磨了好一会儿,用铅笔在蒲河上游一个叫金家村的地方画了个圈儿。就这儿了,他对自己说,地图上的虚线说明这里遍布沼泽,沼泽是最典型的原生态,各种水禽,盛开的鸢尾花、马兰花,还有香蒲、鬼蜡烛,随便按下快门都是原生态美图!

次日,上官春带上摄影器材,驾车沿着水库边的公路开往蒲河上游。天气不错,无风,白云贪睡一样纹丝不动。水库边的公路是沙石路,不足丈宽,因为没有重型卡车碾压,路况较平整,但弯多路窄,无法快开。沿着公路可以抵达蒲河上游的金家村,那里是上官春在地图上锁定的地方,再往上走就没路了。路越走越窄,路边的芦苇有时会噼里啪啦抽打车身,路上不时有风干的牛粪马粪,这些干粪和沙石路很靠色,如果有汽车路过,这些干粪早就被碾飞了。上官春心想,看来金家村还处在牛马车时代,自己来找原生态算是找对了地方。

车子开出百余公里,这条鸡肠般的公路化解在一个半山坡的村子里,语音导航告诉上官春,已经到达目的地。上官春下车仔细观察了一番,村子有五十几栋房子,红砖铁皮瓦,玻璃门窗,每一户人家都有前后院子，碎石垒成的围墙，让人担心石头缝隙里是不是藏着蝎子，围墙上爬满了豆角秧，紫色的豆角花若隐若现地开着，显得有些羞涩。上官春遇到一个荷锄出村的老者，上前询问这附近是不是有沼泽地。老者头戴草帽，衔着短烟袋，好奇地打量了他一眼，道："以前有，现在都淹了。"上官春心想坏了，自己看的地图一定是蒲河大坝蓄水前的地图。他又问老者："村主任家在哪儿？"老者先是看了他一眼，再眨眨眼又仔细看了看，才说："最前面那趟，院子里有杏树的人家就是。"老者走出几步，又回头看了看上官春。上官春下意识地打量了一下自己的穿戴，夹克衫，水洗布裤，运动鞋，没像苏北风满身口袋那么夸张，老者看什么呢？依照老者所指他来到村主任的院子。与众不同的是，这一家盖了个很阔气的门楼，包着白铁皮的两扇大门敞开着，窗前一棵结满青杏的杏树格外显眼，院子西南角拴着的一头高大的黑骡正在专心吃石槽里的青饲料。他迈进大门，黑骡很友好，倒是几只大白鹅高声叫起来，其中一只额头高凸的大公鹅竟然脖颈贴着地面向上官春发起攻击。上官春急忙退出院子，却不忘将相机对准这只看家护院的大鹅。大鹅看到上官春退出院子，也不穷追到底，转身大摇大摆开始归队。这时，一个高颧骨的中年汉子迎出来，微笑着问："城里来的？"上官春点点头，道："你家大鹅能看家护院了。"汉子笑了笑："大鹅嘛，虚张声势而已，不像狗，会伤人。"上官春心想，要是被大鹅啄一口也够受的，据说偷吃鸡鸭的黄鼬最怕大鹅。汉子接着问："要打尖吧？"这一问，上官春才意识到时间已近傍晌，一百多公里山路走了三个多小时。上官春说自己是来寻找湿地摄影的，赶上饭时就叨扰吃点农家饭，自己会按价付钱。汉子爽快地说："什么钱不钱的，不就是一顿家常饭吗？"他介绍自己叫金琦，是村委会主任，来金家村办事的县乡公务人员都在他家吃饭，他媳妇娟子有风湿,去村里的诊所扎针,等娟子回来就烧火做饭。他还说别看娟子腿脚不利索,但烙的筋饼又薄又好吃,很多吃过筋饼的城里人都说好。金琦将上官春请进屋,像刚才那位老者一样仔细打量了上官春一番,脸上的微笑突然海葵一样缩回去了:"你是上官专家?"上官春愣了一下,点点头。"我识得你,在电视上,特能讲,大道理一套一套的。"上官春想,自己经常上电视、报纸,城乡百姓认识自己不奇怪。金琦说:"能上电视的都是有头有脸的,平头百姓没那个待遇。"这时,娟子回来了,人很瘦,一套陆军迷彩装穿在身上松松爽爽,脸庞上有些辣椒红。金琦告诉她:"这是大名鼎鼎的上官专家,麻溜烙筋饼吧。我去水库起底钩,要是钓到鱼我们中午炖鱼吃。"娟子目光很冷,一句话没说就去和面烙饼。金琦说:"上官专家你歇着,我去水库起底钩。"上官春不想错过看起底钩的机会,就跟他一起去水库。金琦背着一个满是污渍的黄书包,手拎红色塑料桶在前面走,上官春跟在后面,两人来到水库边。金琦倚着一棵大柳树坐下来,望着水面沉默了一会儿,从耳朵上取下一支烟,点燃慢慢抽起来。下底钩是一种独特的钓法,就是把鱼钩挂上鱼饵后在傍晚抛到水里,次日清早起钩,这种钓法往往会钓到晚上觅食的大鲶鱼。金琦迟迟不起钩,因为下钩间隔太短,现在起钩时间不够,很可能钓不到鱼。上官春举着相机给金琦拍了几张侧影,金琦这种姿态似乎不像个村民,很像个正在思考的哲学家。上官春问:"从地图上看,这里应该有大片沼泽。"金琦点点头:"那是过去,有大片芦苇荡和稻田,现在都淹了。"

一支烟抽完,金琦起身来到水边,在三块石头围起的一处简易火灶前停下来。这是一个被烟火燎黑的简易石灶,里面还有残留的香头、黄纸片。金琦蹲下身,打开黄书包,从包里取出厚厚一沓冥币,小心翼翼地点燃了这些冥币。冥币都是大面额的,上面除了有阎王爷的头像外,还印有"丰都银行"的字样。上官春不禁为丰都县那些金融机构抱不平,随便一个乡镇作坊都能发行这种冥币,如果丰都县银行把它垄断起来,产值利润一定可观。上官春的镜头在嚓嚓嚓响个不停,也许他认为这种起钩前烧纸的做法应该是某种仪式,如同伐木前要祭祀树神,猎人进山前要祭祀山神,三百六十行,行行有行规,这是纯而又纯的原生态。上官春感觉自己真是好运气,这些原生态作品得来全不费工夫。

如果上官教授不提问,也许一切都会按原有的逻辑推进,但学者的职业习惯,使上官春很容易提问。"我只知道渔民信奉妈祖和龙王,但金主任在蒲河水库边烧纸,应该不是指向这两位大神吧?"在金琦烧过冥币后上官春问。

"神仙?"金琦头也不抬地说,"我是在给水下的父母送点零花钱。"

上官春停止拍照,他被金琦的话吓了一跳,难道说金琦的父母溺水而亡于此?

"这是怎么回事?"上官春问。

金琦站起身指指不远处的水面:"你看那里。"上官春顺着指向看去,一些水葫芦在水中漂动,显示那里有个隐藏的旋涡。

"我和娟子的父母都在那儿,水下三丈深的地方,不仅我和娟子的父母,我上数五代祖坟都在那儿,那里是全村金姓人家的祖坟。"金琦声音有些颤抖,接着说,"蒲河大坝一筑,全泡汤了。"

上官春心里明白了,金家村原来是个整体搬迁村。他有些不解,问:"大坝建成后蓄水时间有一年半,完全来得及迁坟啊。"金琦说:"是要迁的,我们先顾活人后顾死人,全村五十四户要搬到水线上二十米的坡地,我们刚把活人的事做完,水库就发水了。"上官春依然不解:"怎么会是这样?迁坟用不了几天吧。"金琦摇摇头,道:

"折腾老祖宗的事岂能马马虎虎？我提议等第二年清明迁坟,反正大坝蓄水要到雨季,谁想大坝建成当年遭遇一场连阴大雨,水位猛涨,水库又不泄洪,一夜工夫就把祖坟给淹了。为这事我去市里上访过,希望水库能放水,我们把祖坟迁出来,但市里不同意,说怎么能为了几座坟白白放掉上亿方水？损失谁来承担？"

上官春似乎想起来了,蒲河大坝的确是提前蓄水,水无常势,当时情况特殊。他把相机镜头盖上,问金琦的父母何时亡故的。金琦说:"大坝建成那一年,两个老人舍不得祖上传下的老宅子,见到老宅被扒掉,一股火上来,双双病倒了,还没搬进新房就一前一后去世了。父亲去世前留下话,说自己死后哪里也不去,就埋在老祖宗留下的坟茔地里陪着列祖列宗。父亲当过兵,上过朝鲜前线,不迷信,但对老祖宗从来不差事儿。"

上官春没有再说什么。金琦开始起钩,十二排底钩收获寥寥,只钓到两条一斤左右的鲶鱼。金琦说:"够了,回去炖茄子。"上官春见收获不多,问:"你打鱼怎么不用网呢？下底钩是很原始的捕鱼方法啊。"金琦将底钩挂上鱼饵抛回水中,叹了口气说:"哪里敢下网？水库有汽艇巡逻,见到挂网就没收,金家村这几年被没收的挂网少说有几十张了,我当村干部的不能知法犯法。"

午饭,上官春胃口不开,鲶鱼炖茄子几乎没动筷,卷起一张筋饼干嚼。金琦拿出一瓶金州大曲,上官春不沾酒,说下午还要开车,谢绝了金琦的好意。金琦并不劝酒,自己倒了半碗,有滋有味地喝了一口说:"以前我也不喝酒,知道为啥开始喝酒？"上官春摇摇头,反刍一样嚼着筋饼,这不是他关心的问题。金琦抿了抿嘴唇说:"因为我要下水,不喝点酒,就会像娟子一样落下风湿。"上官春问:"打鱼非要下水吗？买条船不就解决问题了？"金琦摇摇头,说:"不是打鱼,我每年阴历七月十五要做一件必须做的事——带上本子家家户户去走一遭,问问有啥话捎给祖宗,收集好了我会潜到水里,把这些话捎到坟前去。十二年啦,传话记满一本子。"话到这儿他停顿了一下,忽然降低了声调说,"当年祖坟被淹,村民围着我不让啊,我就做了承诺,说我水性好,每年七月十五我潜到水下替他们上坟,谁让我是村主任呢?潜水上坟算是将功补过吧。"

这真是一件闻所未闻的事情,上官春无论如何也想不到蒲河大坝后面还有这样的故事。那些选择海葬的人,最多就是清明时节往大海里献一束鲜花,酹一杯黄酒,哪个跳进大海里去祭拜过?他掏出手帕擦擦手,好奇地问:"能看看你的本子吗?"金琦很好说话。"当然可以,"他说,"有个记者来采访过,问了一大堆问题,酒也没少喝,就是回去了没动静。"他让娟子去炕琴里拿出一个绿色塑料皮笔记本递给上官春。上官春双手接过笔记本,一页页翻看,看得仔细,眼睛一眨不眨。本子上字迹工整,依次记着姓名、时间、留言,人名皆为金姓,每个名字后写着长短不一的留言,有保佑晚辈平安的,有保佑风调雨顺的,还有保佑孩子金榜题名、早日嫁娶的,其中一个叫金三的名字后写着保佑他胃癌早日痊愈,这个请求应该是给祖宗出了个大难题。"我当村干部的要说话算数,每次都把家家户户传给祖宗的话背下来,然后潜水下去传话。有一年大旱,村民受灾,因为传话多,我下水十八次。"上官春打了个冷战,三丈深,十米多,上下十八次,这绝对不是个轻松差事!

"我属猪,今年四十三,再过几年就下不去了,那时这传话的营生谁来做呢?儿子在城里念书,打死不会回来,就是回来他也不会水。"金琦眼圈有些发红,大口咬下一段葱白,低头慢慢咀嚼。

上官春不知怎么劝他。好在山里人阴晴转换快,吃完大葱,金琦搓搓手说:"娟子想出个法子,让我把这十多年村民的话都写出来,放到空酒瓶里,然后再灌满细沙,用蜡封好,今年七月十五下水把酒瓶一个个摆在坟前,就一劳永逸,不用下水了。"上官春眼睛一亮,用赞赏的目光看了看低头默默吃饭的娟子。娟子吃饭很慢,生怕惊动了两个说话的男人,咀嚼轻柔。金琦喝了一口酒,端端正正放好酒碗,道:"这法子也未必灵,人糊弄不得,鬼就能糊弄吗?我心里不托底,就像底线脱了钩,拽一把轻飘飘的。"酒后的金琦话语渐多,他说,"为啥鬼不能糊弄呢?有一年我潜水传话,因为多喝了几盅,忘了在岸上烧纸上香,脱了衣服就下去了。那天水不凉,似乎有一群小鱼儿吃我背上的死皮,痒痒的好舒服,谁知冷不丁就被水草缠住了,好像有两个小鬼锁住我两腿往深处拽。你看到了,那个地方根本不生水草,水面有旋涡的地方能生水草吗?这水草怎么会平白无故冒出来?我当时就想是不是哪里得罪了列祖列宗,马上就想起下水前忘了发纸。我在心里祷告:'列祖列宗啊,让我上去发纸,让我上去发纸,让我上去发纸。'祷告三遍,水草松开了,我胆战心惊地上岸烧了纸和香,你说怪不怪,再下水时半棵水草也不见了。"

上官春解释说:"有些水草是漂浮的,大坝管理处每年夏天都要安排专人打捞漂下来的水草,防止水草破坏轮机。"金琦摇摇头:"早不缠晚不缠,为啥偏偏我糊弄了老祖宗这一年来缠?"上官春被问住了。"也许是巧合吧。"他说。

吃过午饭,上官春从钱包里拿出两张百元现钞递给娟子。娟子犹豫了一下,接过钱说:"换了别人就不要了,你的钱该收。"上官春愣了,娟子要么不说话,一说话怎么这么冲?"我们当年是信了你的话才搬到坡上来的。"娟子的话不假,当年电视台找自己做了一期节目,话题是水库移民,他说移民是脱贫的好契机,这话现在说也没毛病。他不能和娟子争辩,移民恋旧地,这一点他理解。他跟金琦说想进村拍照,金琦劝道:"别往村里走了,很多老年人都识

155

得你,怕有麻烦。"上官春又愣了一下,问:"啥麻烦?"金琦压低了声音道:"当年你说水库建成后用电少花钱,淡水养殖能致富,年轻人还能招工,今天看这话都成了鬼旋风。"上官春顿时僵住了,脑子一片空白,他忘记了自己何时有过这种承诺。金琦却显得很大度:"他们怪你我不怪,我知道你就是戏台上那个诸葛亮,怎么唱由不得你,村里老少爷儿们不懂官场中事。"

"我……我怎么就成了戏台上的诸葛亮?"上官春有点口吃,这个金琦也够滑稽的,一个村委会主任,谈什么官场中事,还真把自己当干部了。金琦说:"看戏的谁见过诸葛亮真人?记住的还不都是唱戏的角儿?"上官春哭笑不得,脑子里似乎真的刮起鬼旋风,裹进去许多落叶杂草。金琦脸上飘满酒红,解释说:"我是打个比方,山里人,说话喜欢见形见影。"

回城路上,上官教授心事重重,他努力回忆当时在电视上都说了些什么。记不得了,真的记不得了,他想,毕竟十二年过去了,十二年,人的大脑会过滤多少事?怎么能想起水库移民前自己说过哪些话?他依稀记得一件事,当年关于蒲河大坝是否利用雨季提前一年蓄水,马三运征求过他的意见,他算了一笔账,然后答复说:"只要大坝质量没问题,早蓄早见效。"

轿车拐过一个水湾,突然路边草地上刮起一股旋风,旋风卷起黄土,形成一条扭曲的小黄龙,这就是鬼旋风。他停下车,提着相机想拍几张,这鬼旋风却忽然不见了。他来到水库边,这片水域很浅,应该是被淹没的湿地或稻田了。前方不远处有一枝芦苇伸出水面,苇梢上落着一只水鸟,他举起相机拍了几张,放大后细看,却不知道是什么鸟。

第二天去见苏北风,这位鸟侠盯着上官春拍的小鸟看了许久,说:"斑背大尾莺,你好运气!"

几天后,上官春又驱车去了趟金家村,给金琦送去一套潜水设备,这是他亲自到专卖店买的,进口货。

二

斑背大尾莺作品得到鸟侠首肯,让上官春增添了摄影的信心,他想去拍自己在蒲河的另一杰作——金渤小区。上次去金家村上官春心里有些别扭,蒲河大坝,泽被后世的一项大工程,却得不到金家村百姓的理解,村民那点诉求与蒲河大坝的功用相比,不可同日而语嘛!但换位想想,金家村毕竟芦苇荡和稻田被淹了,祖坟被淹了,期望的电价、招工、淡水养殖等等也没个着落,村民有情绪在理儿,可是这些事情哪一件是他这个教授该去解决的呢?

相信金渤小区的居民不会像金家村村民那样牢骚满腹,上官春想,金渤小区是向海要地,没有损害谁的利益,一个地标性高档小区在蛤蜊窝拔地而起,无论怎么讲都是一个杰作!

金渤小区的来龙去脉上官春能如数家珍。

金渤小区所在的地方过去是一片叫蛤蜊窝的滩涂,涨潮时海水会漫过滩涂形成一片浅海,退潮时露出纵深长达千米的滩涂,滩涂上各种蛤蜊、精灵的鬼蟹和以泥为食的蛏子很多,退潮时赶海人羊群一般涌动。说实话,这片一眼望不到边的滩涂并不美,因为不是沙滩,满眼是细软的黑灰色海泥,与浪漫的白沙滩、蓝色的海浪根本不搭界,很多人感慨,如果蛤蜊窝也是细软的沙滩,那么蒲河一定是北戴河第二了。蛤蜊窝虽不美,但蛤蜊窝岸边的九座小山风水极佳,当地把这九座小山叫作"九尊莲花岛"。之所以叫岛,据说这九座山过去长在海里,后来海岸线萎缩,海水退去,便把这些山遗落在岸上,但岛的名字没有变。九座错落有致的小山围着蛤蜊窝呈半圆形分布,山上长满了天女木兰花,许多到蛤蜊窝春游的人至此后不下滩,喜欢在山上铺块雨布,围成一圈吃香肠喝啤酒,凭海临风,欣赏天女木兰。文人雅士将九莲观海列为蒲河八景之一,这在蒲河县志里有据可查。八年前,房地产市场火爆起来,城市开发土地指标供不应求,马三运便瞄上了蛤蜊窝,想把它填起来,变成一块价值不菲的城市开发用地。几个市级领导提出不同意见,有的说填海会改变海洋环流,有的说填海建楼容易地基沉陷,还有的说建成小区遇到台风怎么办?大家莫衷一是。面对来自各方的阻力,做事善于用脑子的马三运说:"我们定不了的事就请专家来说话,有难题找上官嘛!"他深知只要上官春发声,那就是一鸟入林,百鸟噤声,填平蛤蜊窝应该不成问题。

　　马三运亲自登门来找上官春。上官春有些犹豫,他去过九尊莲花岛,对蛤蜊窝也有印象,但填海造地这样的事非同小可,他不得不慎重发声。上官春将论证报告留下,还要了最近几年政府工作报告,然后让马三运回去听信儿。马三运说:"上官啊,我在蒲河工作不会太久了,蛤蜊窝填海工程也许就是我在蒲河工作的一个句号,这个句号能不能画圆就靠您了。"过了几天,上官春给马三运打电话,说自己可以在适当场合讲讲蛤蜊窝的事。马三运顿时心花怒放,马上召开常委扩大会,请上官春来讲讲蛤蜊窝填海的事。常委扩大会与会者都是蒲河要员,上官春没有讲大道理,只是算了几笔账。他说大家都知道蒲河财政并不宽裕,几年之内也不会有大的改观,但政府刚性支出像标枪在身后顶着,教育双高普九需要钱吧?农村脱贫需要钱吧?新建机场需要钱吧?五年内计划修地铁需要钱吧?一大批国企改制职工下岗分流需要钱吧?还有……上官春一口气列出十几项需要财政花钱的项目,与会者都被压得喘不过气来,仔细想想看,蒲河下一步日子该怎么过?会场里几十号人鸦雀无声,谁也想不出钱从哪里来。上官春把目光投向坐在前排的财政局长,局长是个矮胖子,戴一副圆眼镜,很像《小兵张嘎》里那个吃西瓜的翻译官,他头冒冷汗说:"上官教授,就是把我卖了也拿不出这么多钱呀!"上官春微微笑了笑,说:"我想到一个解决问题的办法,就怕大家思想不统一。"看大家将低垂沮丧的目光重新聚焦在自己脸上,上官春又给大家算了一笔账,说:"蛤蜊窝滩涂有七十五公顷,如果填起来出让会怎么样?填海的成本每亩十一万,填起来卖地可以卖到每亩一百万,一亩净赚八十九万,大家算算会有多少盈余?有了这些钱,刚才说的问题还是问题吗?"上官教授一番话,蛤蜊窝填海项目便杂音顿失。不久,九尊莲花岛变成了一个热火朝天的大工地,后来,金渤小区如期建成,蒲河市最为豪华的富人区如新鲜面包一样出炉,形成了一股抢购风,很多京津富人显贵都望风而来。上官春一直以金渤小区为骄傲,后来他对宋理说了实话,马三运的这个句号他必须帮着画圆,当时找个什么样的角度来统一大家的认识,他一晚上喝了五杯咖啡,黎明时分还眼睛发亮。

拜苏北风为师后,上官春萌生了一个念头,就是想丰富一下苏北风的摄影选题,让他关注一下工业文明。原生态固然好,人文创造同样也不缺少美,欧洲那些老建筑不就很说明问题吗?上官春想把金渤小区拍得唯美一些,最好能让苏北风眼前一亮。

来到曾经的蛤蜊窝,上官春发现九尊莲花岛不见了,好像被谁藏了起来。九尊莲花岛呢?他问自己,金渤小区胃口再大,也不至于把九座山都给吞了吧?但又一想,不挖山,拿什么填海?九尊莲花岛已经变成金渤小区的莲花座了,也算是适得其所。不应该都挖净,他想,当时留两座就好了,可以建成观海公园嘛。但历史不能回头,唯有留下遗憾。

金渤小区清一色西班牙式建筑,小区内名木葱茏,草坪花坛修剪精致,无愧"蒲河地标小区"之美誉。上官春心里很清楚,对于他这个造访者来说,现实中自己是客,梦中自己还是客,这里没有哪个窗子属于他。但他并不感到失落,从某种意义上讲这也是自己的作品,哪个设计了飞机的工程师会自己去开飞机?

上官春虽说促成了这个项目,但他只是在设计效果图上了解这个小区,这是第一次来。小区大门设计绝对先声夺人,是等比例的巴黎凯旋门,大门两旁各有几棵合抱粗的白皮松,不知从哪里移植而来。门口有一处铺着红毯的圆形哨位,身着笔挺制服的保安立正姿势站岗,让这岗哨身份陡增的是他墨绿色的制服,在左肩处挂着一条金黄色的绶带,很有仪仗色彩。想进入小区的上官春被保安拦住了,无论上官春如何解释,表情木然的保安就是不许进。保安的话很简洁,要么拿证,要么里面业主来电话确认访客,其他一律免谈。被拒之门外的上官春有些恼火,一个小区,至于像军事禁区那样戒备森严吗?他想给宋理打个电话,想了想又放下了,拍照的兴致被保安败了去,他只好驾车沿着小区外围兜个圈。小区花岗岩砌成的围墙很高,上面架着电网,他感到有点添堵,为什么要设计这么高的围墙呢?如果是通透的铁栅栏,再种上茂密的蔷薇,不是更好一些?那样的话路上的行人就会捕捉到小区的美了,看来当初的设计缺少共享理念。

沿着小区外围走了大半圈,上官春感到惊诧的是蛤蜊窝填海填得十分彻底,连所谓的边边角角都没剩下。他似乎记得在东南角预留了块建游艇码头的滩涂,便驱车来到小区东南角,果然看到了一处窄窄的排水沟,经过简单处理的小区生活污水沿着这条水沟排进大海,水沟里的黑色泥水散发着腥味,附近连只觅食的水鸟都没有。他有些失望,正要上车离开,却发现不远处有个黑影从浅水里走过来。该不是一只黑脸琵鹭吧?他听苏北风说过,蛤蜊窝原本是黑脸琵鹭栖息地,自从填海建楼后,这种珍稀鸟类就不知所终,再也没人拍到过黑脸琵鹭。上官春不相信一个小区的建设会导致黑脸琵鹭迁徙改道,如果这次能拍到一只黑脸琵鹭来证明自己的看法,那对于苏北风来说将是莫大的惊喜。上官春显然走眼了,黑影是个赶海的男人,拎着网兜和挠钩,以大象一样的步伐走在泥水里,缓慢而沉重。发现一个赶海人上官春很兴奋,能赶海,说明此地生态不错。

赶海人是个五十多岁的汉子,厚唇,粗眉,浑身沾满了海泥,脚上的胶靴因为灌了海水,走起来吱吱响,好像里面藏着几只蛤蟆。见到岸上有人他有些腼腆,似乎担心别人嘲笑他来赶海,他把拎着的网兜有意识往身后掖。"都赶了些什么海鲜呀,师傅?"上官春问。汉子知道回避不了,道:"赶个鬼。"原来网兜里空空如也。汉子上了岸,坐在路基上把胶靴脱下来往外倒水,他眼圈发红,头发蓬乱,粗声喘息着。上官春和他拉话,汉子说他是莲花村跑海的,来这里是为了赶蛤蜊。"怎么没赶到?"上官春问。汉子扭头用挠钩般的目光剜了一眼对面的小区,愤愤地说:"填海,好端端的和尚头绝根儿了。"上官春心里一震,问:"这话怎么讲?"汉子往地上吐了口吐沫,扫了眼下面的水沟说:"怎么讲?这里原来叫蛤蜊窝啊,各种蛤蜊成窝,是有名的蚬库,随便挠几下就是一捧!这滩上有一种叫和尚头的蛤蜊你听说过没?我就是来赶和尚头的。"上官春没听说过什么和尚头蛤蜊,一脸茫然。汉子咽了口吐沫,接着说:"看你这表情,肯定没吃过和尚头。和尚头又叫老母猪眼,是一种有名的蛤蜊,别看名字不中听,味道却能鲜到痒痒肉上,什么味素鸡精跟它没法比,煮面条只要放一捧和尚头下去,那汤赛过下锅烂!"上官春虽然不知道和尚头,但对下锅烂很清楚,那是一种碧绿的海藻,是上等的汤料。汉子讲了个故事,说早年有一个说评书的瞎子到莲花村说《岳飞传》,他娘下了一锅和尚头面汤招待瞎子,这个肥头大耳的瞎子一连吃了五大碗,结果仰了食,说书时刚刚开口说了句"话说金兀术",就一口面汤喷在对面几个洗耳恭听的听众身上。瞎子说:"三老四少千万莫怪我,这和尚头面汤太好吃了,五大碗啊,连金兀术都扛不住。"上官春有些不明白:"这里没有,你可以到别的滩涂赶呀。"汉子摇摇头,道:"我问过明白人,全中国就蛤蜊窝有和尚头,蛤蜊窝的和尚头一绝根儿,这种蚬子就灭绝了。"上官春吃了一惊,难道说金渤小区的建设导致一种蚬子灭绝?这太可怕了!他问汉子:"你为啥非要赶和尚头?"这一问,让汉子目光变软了,他痛苦地道出了事情的原委。原来,汉子的母亲重病在床,连续多日水米未进,眼看就要不行了,昨天一早忽然说自己想吃一碗和尚头面汤,说她闻到了和尚头的鲜亮味,喝上一碗黄泉路上不会头昏眼花。汉子跑遍了蒲河所有的海鲜市场,哪里有和尚头的影子?无奈之下,他一大早来蛤蜊窝碰碰运气。哪怕能赶上一小把也行,老母亲不能饿着肚子走啊!汉子眼里噙着泪花。

　　上官春被汉子的话打动了,孝子之心,天地可鉴,老母亲若是知道儿子为了一捧和尚头如此奔波,想必也就满足了。

　　汉子起身要走,上官春说自己也正要回去,就捎他一程吧。汉子说:"我一身泥水,别脏了车。"上官春说:"海泥有什么脏的?"车上,上官春告诉汉子自己虽然不是官员,但参与了蛤蜊窝项目的论证,当时不知道有一种叫和尚头的蛤蜊需要保护。汉子问:"你就是那个叫上官的专家?"上官春点点头:"当时环评工作不到位,这是教训。"汉子声音变得很粗,道:"你们为啥要欺负海呢?总有一天,海会报仇的。"汉子这话让上官春心里一紧,脚下的油门顿时变得有些反应迟钝。"我使船,知道海的性子,海要发起脾气来,这小区的房子就是一捧沙子!"汉子激动地说。上官春没有接话,一时也不知该怎样接话。

驾车来到莲花村,从跨度很小的石头瓦房就可以断定这是一个年代久远的村子,只不过这个村庄过于暴露,幢幢房屋像晾晒场上的堆堆荞麦,可以想象冬日起北风的时候会是一种什么状况。汽车在一个建有起脊门楼的院子前停下,汉子说到了,跳下车。上官春也下了车,望着院子里两棵枯死的梧桐树问:"这树招虫了?"汉子说:"叫海风抽死了。莲花村过去梧桐、水杉、皂角树挺多的,村委会院子里还有生产队时期栽的几蓬竹子,谁知九尊莲花岛被铲平后,海风像鞭子一样抽进来,许多树都被抽死了,那几蓬竹子也死了。这些还好说,最怕的是过台风,过台风的时候屋顶瓦片乱飞,叫人提心吊胆。"上官春把镜头对准了两棵死树,拍了几张照片,谢绝了汉子进屋的邀请,开车离开了。离开莲花村不远,上官春忽然想应该去趟村委会,拍拍那些枯竹。于是,他向路人问了路,掉转车头来到村委会。村委会是六间红砖平房,青石围墙,铁质院门敞开着,院子围墙里侧果然有几丛枯死的竹子,数了数,有六丛,上官春拍了几张,感到还算满意。他从开着的窗子看到,屋内有人在忙碌,不一会儿,三个人急急忙忙走出来,其中一人举着一艘纸船,糨糊粘贴处还是湿的,另外两人抱着香、黄烧纸等物,三人径直朝门外走。上官春问:"几位老乡这是去哪儿?"其中一个年纪略大一点的村民说:"船老大的娘老了。"

上官春停止拍照,出门发动汽车,鬼使神差地跟在三人身后。丧葬仪礼应该是原生态的民间文化,比如报庙、挂旌、路祭等等,这些遗风在城市已经绝迹,唯有乡下还能见到,船老大的母亲过世,这些风俗一定不会少。他没有想到的是,三人径直进了刚才那个赶海汉子的家,院子里传出呜呜的哭声,院子里两棵死树上几只乌鸦似乎在等待什么。去世的老人原来是赶海汉子的娘亲!上官春刹住车,不知自己该怎样做。赶海汉子的老娘一定是带着遗憾走的,因为她想喝一碗和尚头面汤的愿望没有实现,这本来不是难办的事,如果蛤蜊窝还在的话。和尚头?他问自己,和尚头到底是一种什么样的蛤蜊?上官春突然感到心里像灌了铅,一颗突突跳着的心似乎要顺着肠子坠出去,他开车匆匆离开了莲花村。

回家后上官春就给文京打电话,很不客气地训斥了文京一通,这是文京第一次挨老师批评。上官春问她:"和尚头是咋回事?你这个环保局长怎么当的?一个珍稀物种灭绝都麻木不仁。"文京说:"老师啊,这个世界上每小时就会有一个物种灭绝,你伤心不过来的。"上官春放下电话对自己说,无论怎么讲,我上官春不该是这种事情的推手。

三

上官春把几幅关于死树和枯竹的作品打开给苏北风看,苏北风认真看了许久,转身端详着上官春的脸庞,似乎在找什么。

"您看什么呢?"上官春不解。

苏北风那双深陷在眼窝里的眼睛如同显微镜一样聚焦,他用肯定的语气说:"你视力有问题,"苏北风特意加重了语气重复了一遍,"肯定有问题!"上官春笑了,很多同事说过他的眼睛很独特,因为自己毕竟是重瞳,但没有人说有问题,视力有没有问题自己最清楚,一直到现在,他眼不花也不近视,这样的视力问题在哪儿?他说:"我在浦南大学附属医院检查过,视力基本正常。""视力也许正常,但聚焦有问题,你还是去看看医生。"苏北风不再多说,他打点行装准备跟一艘科考船去国外。

世上有些事很奇怪,你不说,无事,一旦说了,果真就成了事。可以说苏北风揭开了蒙在上官春重瞳上的薄纱。

苏北风说过后,上官春思来想去,还是去了趟金利医院,金利医院五官科很有名气,去查查也放心。就算一次例行体检吧,他想。没必要兴师动众,他就一个人去了医院,挂号、排队、诊视,他没怎么当事。坐诊医生是个中年女性,姓白,戴着白框眼镜,穿白色大褂,给人一种白玉兰的感觉。她先是问了上官春自己感觉眼睛有什么问题,上官春说没什么大的感觉,自己这双眼睛是传说中的重瞳,史书上有记载的。白医生没有和他讨论重瞳,西医体系培养出的医生对传统的东西一向不多言,这并不奇怪。白医生开始用仪器测光检验,结果是左右两眼有视差,苏北风说中了。白医生说话似乎带着一种冷幽默,她说:"没想到你有这么大的视差。你来三院做过报告,报告内容不说,有两点我印象深刻:一是口才,舌尖上的功夫;一是视力,瞳孔里的本事。"上官春听出这话有弦外之音,他知道当年金利医院职工对医院改制有疑虑,为此他应政府邀请来给全院职工作过一次报告,目的是说服大家支持改制,白医生应该是那一次见过自己。他说:"在三院作报告好像面对一片茫茫雪地讲话,礼堂里全是白大褂。"那次报告他很受刺激,因为台下冷冰冰的,眼神冷,衣服冷,连礼堂灯光也清冷,好像在偌大一个太平间作报告。他不想再回忆那个场景,问:"对了,我想知道,有视差会导致什么?"上官春一直以为自己视力很好,突然冒出个视差的毛病,心里有些忐忑。白医生说:"聚焦不准,看东西失真走形。"上官春明白了,为什么苏北风会从他拍摄的死树枯竹中得出这样一种结论。"当然,视差不影响生命,对此不必恐慌。"白医生不忘安慰他。

"可是,我正在学习摄影,需要双眼聚焦。"

"那就手术,"白医生道,"除此之外别无选择。"

上官春有些拿不定主意,他一向喜欢帮别人做决策,轮到决策自己的眼睛手术,却有些迟疑了。看一眼白医生,白医生正在门诊手册上写诊断结果,没有与他交流目光,他感到某种无助忽然涌上来。这是一种被忽视的感觉,一个走到哪里都被别人仰慕的学者,在医生面前忽然还原成了普通人,尽管自己从来没有想搞特殊,或接受特诊什么的,那些东西对自己来说没有什么吸引力,但在被查出眼睛有病的这一刻,他还是渴望得到关心,至少不要被冷落。

"这不是一件小事,"他说,"容我回去想想再做决定。"

白医生将门诊手册递过来,说:"别忘了下次来带着它。"

上官春回去思考了一个晚上,第二天忍不住就给宋理打电话,说了自己的眼睛需要手术的问题。宋理说:"老师您别急,我马上就落实。"放下电话,上官春沏了杯绿茶,盯着茶杯出神,杯中茶叶麦苗一样立着,他有些怀疑自己的眼睛,一定是视差问题,什么样的茶叶会这样根根直立?他闭上眼睛,心里一幕幕过电影,视差毛病始自何时?难道是退休综合征?以前怎么就没察觉出来呢?眼睛不能欺骗自己,见朱成碧只能出于相思,生活中万万不可青红不分。睁眼再看茶杯,那些刚才还直立的茶叶有些已经倒伏了。

市卫生局局长打来电话,说已经落实好市长指示,明天即可到本市条件最好的金利医院住院手术,选了医术最好的一位眼科专家主刀。局长说请这个专家不是件容易的事,去年一位副省级领导做白内障手术硬是没求动她,她说鸡刀锋利,焉用牛刀?白内障手术一般眼科医生完全能胜任,这次专家肯接活儿,主要是上官教授名气大。

次日手术,上官春没想到卫生局长请的专家竟然是前天坐诊的白医生。白医生伸出手来,道:"给我。"

上官春不解地问:"什么?"

"门诊手册。"白医生吐字清晰,那只保养很好的手依然没有收回。

上官春忽然想起前天白医生说的话,脸有些发烧,不好意思地说:"对不起,我忘带了,这就回去拿。"

白医生眉头蹙了蹙,道:"难道记忆力与名气成反比吗?"上官春不知道如何回答,前天告别时人家确实嘱咐了,是自己没有上心,也根本没想到局长找的专家就是白医生。见上官春很尴尬,白医生摆摆手:"算了,好在我的记忆力还没有退化,记得当时写了什么。"接下来她吩咐护士做准备,下午一点手术。她甚至没有征求患者意见就做出了决定,只做左眼。上官春心里有点不舒服,破皮见血的事,至少应该礼节性地和当事人说几句吧?

手术比想象的要顺利,上官春感到白医生做手术就像一个金石大师在精雕细刻一枚印章,呼吸匀称,动作娴熟,滴液麻醉没有影响他的感觉,他甚至能闻到白大褂中透出的一丝香甜。不到一个小时手术结束,上官春在护士搀扶下自己走进卫生局给预订的215病房,这是金利医院改制后专门装修的高档病房,如同星级宾馆的套间。

从上官春住进病房开始探视者就络绎不绝,每个探视者都抱着花束、拎着果篮,215病房俨然成了鲜花水果店。上官春用一只右眼与大家交流,戏称自己成了加勒比海盗。左眼一旦不发挥作用,右眼所看到的人与物都会有些变形,扁的会偏圆,圆的变椭圆,还有对色彩的辨识也会发生变化,比如说文京那一头长发,过去看是黑的,现在看竟然变成了栗色。

宋理在卫生局长陪同下来探视,一向神采奕奕的宋理面有倦色,脸色发暗,上唇爆皮。上官春记得宋理当年博士论文答辩时就是这个样子,他很了解这个弟子,总是从嘴角走火,关切地问:"遇到难题了?"

"难缠之事。"宋理苦笑了一下,欲言又止,亲自给上官春剥开个蜜橘,递过来低声说,"这个难题,等老师痊愈后再汇报。"上官春很清楚官场之道,既然宋理不想说,他也不便再问,催促宋理赶快回去忙工作。宋理告辞时,恰好白医生来查房,卫生局长向宋理介绍了白医生。宋理握着白医生的手说:"白医生,蒲河市的发展离不开上官教授这双慧眼,就拜托您了。"白医生神情自然,没有丝毫的受宠若惊,很谦虚地说:"一个普通手术而已。"

住院期间,给他换药的女护士是个能把白大褂撑得十分饱满的女人,很愿意说话,她也听过上官春的报告,每次到病房换药总喜欢请教几个问题。女护士提问毫无领域概念,完全是出于一种好奇,但有的问题三言两语很难说清楚,比如博士就一定比硕士学问大?比如教授和局长哪个更有权力?还比如专家这个职务由谁来封?等等。看似简单,但着实很难回答,就像专家由谁来封的问题,有些电视嘉宾以专家自居,但哪一个机构认定他是专家了?女护士的健谈也让上官春了解到白医生的一些情况。白医生虽然是本院眼科最有名的医生,但从来不出专家诊,每天像普通医生一样坐诊,具体什么原因不知道,金利集团董事长找过她,她也没同意。金利医院前身是市第三人民医院,白医生曾代表三院参加过援非医疗队,回来后恰逢三院改制,三院被著名民企金利集团买了去,白医生从此变得沉默寡言,除了看病做手术,得闲时就看外文书。有人猜她皈依了基督,还有人说她成了吃斋念佛的居士,这些都不足信,女护士说,白医生只是变得神秘起来,非洲之行,让她开了天目。"白医生是个不食人间烟火的圣女。"女护士给她下了结论。

女护士的话引起了上官春的兴趣,神秘人物好比生活中的一道方程题,总会激起人们求解的欲望。上官春也不能免俗,他想找机会和白医生聊聊天。

眼科手术的好处是无须卧床,不影响散步。没有探视者来访的时候,上官春会在走廊里踱步。走廊很宽,墙上没有挂任何图片标语,医生办公室的门没有关,阳光从室内照出来,水磨石地面镜子一般明亮。上官春走过去,白医生正在看书,见他站在门口,示意他进来,问他有什么不适。他说没有,随便散散步,见门开着就过来了。白医生的目光又回到书上,这是一本厚厚的英文书,有彩色插图,应该是眼科专业书。

"听说白医生从来不出专家诊,是吗?"上官春问。

白医生点点头,依旧在看书,一缕头发从耳畔垂下来,脸庞一侧出现了个笔画很细的问号。

"可是,您是公认的专家呀。"上官春不解地说。

白医生抬起头,看了看上官春的右眼,道:"你说的公认根据在哪里?我像我的同事们一样,就是个眼科医生,额外的头衔我从不认领,尤其当这些头衔被用来赚取利益或荣誉的时候。"

上官春马上联想到了自己,自己的诸多头衔是不是也被用来赚取利益和荣誉了呢?闪念间,他对白医生有些刮目相看了,这位冷冰冰的女医生不仅有精湛的医术,而且还有着深刻的思想。"可是,"上官春又用了一个"可是","知识和专长应该有其价值。"

白医生轻笑了一下,浅浅的,不动声色。"知识和专长当然应该有价值,否则,你也不会动用卫生局长来找我。"她语气不重,对于上官春来说却字字冷硬,刺激耳膜,"其实,我并不是给什么卫生局长面子,那天碰巧是周三,轮到我值班。"

上官春感到室内的阳光不那么强烈了,左眼出现了片刻的麻木感。"我没想搞特殊,尽管我和你们董事长很熟。"他想让白医生知道,自己若真要动用关系,也用不着找卫生局长。

"我知道你们很熟,是你替他游说各方买下了这所医院。"白医生忽然提到了三院改制问题。

"我不敢贪天功为己有,只是为政府决策提供点建议而已。"上官春有些尴尬,如果知道走进这间医生办公室会这样话不投机,他宁可不进来。

"有一件事我想问,医院不同于企业,你为什么力挺三院改制?"

上官春这才清楚白医生对他如此冷漠的原因,根子原来在三院改制上。几年前,市第三人民医院改制卖给著名的金利集团,当时走的是公开竞标程序,市政府做出这个决定是因为三院面临进三甲,而三甲医院需要投资改善医疗条件,考虑到财政困难,宋理便想到了改制。为了稳妥起见,宋理请他组织论证。他带人到外地调研一番,又全面考察了金利集团,很慎重地拿出一个关于三院改制的可行性报告,市政府靠这份报告说服各方,克服阻力,终于将三院改制成功。金利集团就是开发金渤小区的那家民营房地产集团,实力非凡,接手后投入巨资改善医院条件,使医院顺利进入三甲。这应该是一个改制成功的案例,没想到白医生却对此心存芥蒂。

"改制难道不好吗?"上官春问。

"好坏且不说,三院上千名职工,你听过他们的想法吗?你的报告里哪一条是他们说的?涉及上千人生路的事,你这个专家就给定了,你眼里有他们吗?"白医生的语气简直是在质问了。上官春知道三院有些职工对改制感情上过不去,这种阵痛是改革中不可避免的,白医生只是个医生,不会去研究大政方针,有些想法很正常。他解释说:"改革不像你做手术,靶向清楚,几刀就切掉了病灶,经济和社会问题有个消化周期。再说了,谋可寡而不可众,三院改制不可能在决策前搞得沸沸扬扬,会影响人心。"为了说服白医生,上官春又补充了一句,"国外私立医院非常多,而且高档医院一般都是私立的。"

白医生合上书,眯着眼问:"你知道作为医生最担心的事情是什么吗?"

上官春被问住了,一时不知如何回答。

"是误诊。"白医生说,"恕我直言,我认为你对三院的诊断就是误诊,你调研了外围,恰恰忽略了三院职工的感受,你的误诊消费了所有医护人员引以为荣的归属感。"

上官春没想到白医生会这样看待三院改制。他一直以为三院改制后发展十分顺利,医疗设备高大上,引进专家一大群,心脑血管治疗一床难求,为什么白医生还会产生这种想法?他感到左眼刀口处有点疼,抬手轻轻按了按。"可是,改制后三院成了全市条件最好的医院了啊。"

"那是为了赚钱。"白医生转身望着窗外,几棵老槐树黑黢黢的枝干很有画面感,一群麻雀在树上跳来跳去,"你知道你住的215病房一天多少钱吗?是保洁大姐整整一个月的工资!当然你不会在意这些。我不希望医院多病人,渴望医院挤破门的是我们董事长。"白医生站起身,上官春发现白医生很高,没穿高跟鞋还能和自己比肩。白医生说:"我不会以专家自诩,在网络上'专家'已经成了贬义词。"她看了看上官春左眼上的纱布,道,"该换药了,但愿出院后你能告别视差。"白医生离开了办公室,没有锁门,她修长的背影很美,腋下夹着那本厚厚的外文书如同夹着一款时尚的坤包。

上官春感到脊柱一阵发凉,似有一碗凉水从后脖颈儿处浇下来。

四

上官春出院那天特别想见到白医生,一连三天,白医生没有出现在办公室。他以为是医生值班串休,便没有多问。直到出院手续办完,他去医生办公室告别,那个丰腴的女护士才告诉他白医生调走了,去了蒲南大学。上官春很吃惊,白医生去蒲南大学怎么一点消息也没透漏?他望着女护士那张夸张的脸看了半天,十多天来,他一直以为这张满月般的脸光洁如玉,摘掉纱布后他才发现,这张脸上长满了褐色的雀斑,雀斑并不难看,倒添了几分俏皮,要比白光光一张脸更耐看。他给老陆打了个电话,消息得到证实,白医生的确去蒲南大学医学院当了教授。上官春放下电话,心里有点酸楚。自己就是蒲南大学的人,白医生去蒲南大学一事肯定动议很久,却对他只字没提,能看出来白医生对他并不看重,要不然肯定会咨询一些学校的事情。蒲南大学医学院有附属医院,白医生过去后对那里的五官科是一种提升,他不理解金利集团为什么留不下这种专家型人才。

在家休息几天,上官春给在国外的苏北风发了短信,说眼科检查的确发现有视差,已经手术解决,以后摄影聚焦不成问题。苏北风回了一条短信:"聚焦在于正心诚意,心不在焉,视而不见。"上官春读着这条短信心里感到好笑,这个鸟侠哪里是教他摄影,这是在教他做人,古人这段话他也常用,今天却被鸟侠用在了他身上。

自从戒掉咖啡改为喝茶后,上官春只喝绿茶,他喜欢看水晶玻璃杯中碧绿的汤色。他泡了一杯明前龙井,却发现汤色很黄,便怀疑这是隔年陈茶。这听明前龙井是文京送他的,应该是新茶,可是新茶汤色怎么会这样?以前泡的龙井都是碧绿一杯,看上去养眼怡神。他忍不住给文京打了个电话问这茶的来路,并说了汤色问题。文京说:"老师啊,这种变化应该不是茶叶问题,而是您手术后视力变得更好了,对光与色的感觉有了变化,这是好事,说明手术特别成功!"文京还说,"越是当年新茶,越有这种黄绿色,格外发绿的倒值得怀疑,您就放心饮用吧。"

上官春盯着茶杯发愣,怎么,过去一直把黄绿看成碧绿?这是一杯茶,要是别的物体,会闹出多大的笑话!自己年年体检,五官科那些见面毕恭毕敬的年轻人怎么就没有提醒过自己左右眼有视差?倒让苏北风做了回《皇帝的新装》里的小男孩。

他拿起相机,驱车再次回到莲花村,想重新拍摄一组死树枯竹的作品。找到船老大家,他发现院子里那两棵死梧桐树不见了,院门也上了锁,船老大一家人不在。他又去村委会,想拍那几丛枯竹,没想到那些竹子已经被火燎光,剩下一些黑黢黢的竹茬。他有些遗憾,怪死树和枯竹没给自己一次聚焦拍摄的机会。这时,一个系着红头巾的妇女来开证明,见屋门上锁便坐在台阶上等候。上官春见她围着的红头巾很鲜艳,这是海边妇女的习惯性装束,便想拍张照片。拍人物应该得到人家同意,否则易起争端,他便说了自己的想法。妇女很爽快,道:"又不是小丫头片子,随便照,反正明儿个我也不在莲花村了。"上官春问她为何不在莲花村了。她粗门大嗓地说:"受不了风,一年刮一次,一次刮大半年,连老鸹都不在莲花村树上落了,人还留着喝西北风?"女人是埋怨九尊莲花岛被铲平后,一年三季有海风灌进村,弄得村子没法居住。女人要开的证明是户籍迁出证明,她全家要搬到城里生活。

上官春变换着角度给这位村姑拍了几张照片,倒片放大一看,女人一脸凝重,眉头紧蹙,表情与鲜艳的红头巾很不协调,像个婚姻不幸的怨妇。上官春说:"你高兴一点,不要冷着脸。"又举起相机对准调焦,让女人笑一笑。没想到女人嘴一撇吐出句脏话:"笑个鸡子笑,俺只想哭!"上官春按动了快门,把一个发着牢骚的村姑形象定格在镜头里。这时,村委会几个人回来了,船老大也在其中。船老大认出了上官春,问他来做什么。上官春说随便走走看看,没啥目的,刚才给这位女同志拍了几张照片。女人正要跟进去,船老大指着上官春道:"田嫂啊,你能进城享福要感谢这位大专家,挖九尊莲花岛填蛤蜊窝就是他的主意,他叫上官春。"被称为田嫂的女人先是愣了一下,接下来就如点燃的爆竹般刺啦一下炸了,一把扯下头巾,抡圆了朝上官春抽过来。船老大急忙拦住,呵斥了她几句,她才止住了狂舞的胳膊,嘴上却骂个不停:"你是啥狗屁专家,怎么专和莲花村过不去?蒲河山头那么多你不去挖,偏偏挖我们九尊莲花岛,石砬子海岸那么长你不去填,偏偏填掉我们蛤蜊窝,莲花村人抱你孩子跳井啦咋的?!"田嫂撒起泼来,一头短发狮鬃一样竖起来,上官春哪里见过这等吵架场面?僵在那里不知怎么办好。船老大拂拂手,示意他赶快走,他这才觉着如果和一个村妇争吵起来有失身份,便转身离开。临上车,他还听到田嫂在大喊大叫:"都怪这个老东西,三间房子只卖一网虾钱!"看来田嫂在莲花村的老宅没卖上好价,这才是她发火的原因。车开到村口,前面无缘无故刮起一股鬼旋风,尘土、树叶被旋起两丈高,沙子打在风挡上啪啪直响。上官春下意识闭上眼睛,他听说过置于鬼旋风中央多有不祥,心里不免紧张,待呼呼的风声一停,一脚油门逃离了莲花村。

上官春感冒了,嗓子火烧火燎,左眼有点充血。他担心刀口感染,想请白医生给复查一下,便亲自给白医生打电话预约。白医生正在家里备课,蒲南大学医学院教授都是教学与临床兼顾,白医生也不例外。白医生说:"你别到学校去了,我出诊上门吧。"上官春感到很意外,冷傲的白医生肯出诊登门?怎么像换了一个人?他想婉拒,但白医生那头挂了电话。一个钟头后,白医生来了,挎着一个白色皮质医用背包,进门没有寒暄,戴上医用手套,拿出一个小镜子就开始检查。仔细检查过,她松了口气,道:"没事。"

上官春听说没事后一颗悬着的心放下了,他亲自为白医生沏了杯龙井,长舒一口气道:"我感冒了,担心诱发感染。"

"夏天感冒必有原因。"白医生收拾好物品,没有急着走,坐下来环视了一眼室内摆设,上官春家是客厅兼书房,除了沙发和写字台,其他全是书。上官春说:"去了趟郊区莲花村,被海风抽了,加上遇到点不愉快,就感冒了。"

白医生不关心他遇到了什么不愉快,转换话题说:"您家好简朴,与您蒲河市首席专家的地位似乎有些不匹配。"上官春说:"豪宅华庭与我无关,因为我不是暴发户。"白医生点点头,目光停留在书柜上方一幅装帧考究的书法上,上面写着"发托卖相"四个篆体字。白医生说:"这四个字好令人费解。"

上官春道:"这是一句双簧术语,一位著名相声大师写的,如今这位大师已经作古,挂着它是个纪念。"

白医生收回目光:"我今天登门除了复查您的眼睛外,还想告诉您,那天中午也许我错怪您了。"说完,轻轻笑了一下,腮上出现了浅浅的酒窝。

上官春注意到白医生对他的称呼已经由"你"改成"您"了,这种变化让他有一种春风拂面之感。女人的态度关联男人的自尊,这一点,六十五岁的上官春切实感受到了。

"其实,我不该埋怨您,三院改制的事您不是决策者,人家只是向您借雨灭火,您即使不支持,三院也会改。"白医生忽然变得大度起来。

"您为什么对三院改制耿耿于怀呢?"上官春仍不理解。

"不是耿耿于怀,您愿意听的话,我可以给您讲一个我在非洲经历的故事。"

上官春很专注地倾听她的讲述。

"中国援非医疗队在非洲治疗病人都是免费的,是尽国际义务,我们的花费由国家承担,国家还给我们很高的补助。可是,我在那里认识了摩迪,一个高大魁梧的北欧人。摩迪是个优秀的传染病防治专家,独自一人在那里行医,也是义务行医。你知道在炎热的非洲肠道疾病频发,如果得不到救助很容易死人,摩迪治愈了很多病人,他自己却生活简单,有时连牛奶都喝不上。缺少药品的时候,他会到我们医疗队求助,我们尽可能解囊相助。熟悉后我问他:'没有国家和世卫组织委派,你一个人在这里行医如此艰苦,又没有收入,这是为什么?'你知道摩迪怎样说?他说:'我在这里可以愉快地和自己的灵魂对话。'这句话对我触动很大,回国后我总在想,我们是不是可以心中无愧地和自己的灵魂对话?如果行医是为了赚钱,仁心又在哪里?人能对自己的灵魂说谎吗?我想我不能只是为了利益去行医,也不想成为别人赚钱的工具,我应该让自己的灵魂得到安宁,就像摩迪一样,任何时候都可以愉快地和自己的灵魂对话。"

"摩迪后来怎样了?"上官春一向关注结果。

"后来摩迪死了,死于他所防治的非洲疟疾。你想不到摩迪的葬礼有多么隆重,那是我所见过的自发参加人数最多的一次葬礼,有多少人没法儿统计,漫山遍野都是。摩迪的墓很简单,墓碑是一块未经加工的花岗岩,上面用英文和丹麦文刻着这样一句话:'这里埋葬着一个可以和自己的灵魂愉快对话的人。'赤脚的当地居民从墓前依次走过,每人手里都拿着一束相同或不同的野花,摩迪的坟墓被野花覆盖,成了一座花冢。"白医生说到这里,眼圈有些发红,她摘下白边眼镜,掏出手帕擦了擦眼角,接着说,"说实话,给金利集团打工,我无法与灵魂对话,所以我选择了离开。"

上官春没有说话,他脑子里一直回响着白医生的话:与灵魂对话,与灵魂对话……好一会儿,他才从短路状态中恢复过来,说:"我明白了,你认为医院应当公益为上,所以无法理解三院改制。"

"摩迪对我的启发是触动灵魂的,他让我从另一个角度思考人生,那就是:我是谁?我该为谁行医?我要抵达一个什么样的人生目标?也是因为这样思考,我选择了您工作过的蒲南大学。"白医生歉意地笑了笑,"请原谅我没有告诉您我来蒲南大学的消息,我想我该走了,"她站起身,有些腼腆地说,"真不好意思,一进蒲南大学,话开始多了。"

上官春起身相送,走到门口,他忽然问:"您和摩迪的家人有联系吗?"

白医生摇摇头:"您为什么问这个?"

"如果可能,"上官春犹豫了一下接着说,"如果他的家人需要,比如他上学的孩子、等待赡养的老人需要的话,我想资助他们。"

白医生说:"我想他们肯定不需要,摩迪的家乡并不贫困。"

"那么,你可以为他建一个网上纪念馆,我会去献一束花。"

"这是个好主意。"白医生笑了,笑得很开心。上官春发现,白医生开心的笑容如同一朵盛开的芍药,极富神韵。

五

上官春明显感觉自己观察事物的习惯在发生变化:过去,他喜欢看大局,不关注细节,他认为视野宏大才是学者胸襟;现在,他热衷于观察细节,尤其喜欢用镜头来定格那些细小的事物,然后放大来欣赏和品读。他很清楚这是视力矫正后所发生的变化。

上官春想把过去的摄影作品从电脑文件夹中找出来重新审视一番,不想却打开了另一个文件夹,这个文件夹中存有三个论证报告,他在标题中标了"要件"二字。上官春清楚,能标上这二字的文件都是他最看重的文本,需要永久保存。他逐一打开文件,是蒲河大坝、蛤蜊窝填海和三院改制三份可行性论证报告,不用夸张,这三份报告可谓字字心血,留着这三份报告,是因为这三份报告比三枚勋章还要沉重。认真浏览了三份文件,他眼前却浮现出三张面孔:娟子、田嫂和白医生。三张女人面孔如同刚在冰水中浸过一样,纸一般白,无半丝血色,让他心里有些惶惶然。

　　他发短信请教苏北风,自己该去拍摄哪一类题材。苏北风回短信说:"微生物。"他问什么是微生物。苏北风回了以前重复过的三个字:"原生态。"

　　他似乎明白了苏北风的意思,是让他用镜头多记录些这座城市的细节,不要只拍那些高楼大厦。他干脆背起相机,骑一辆共享单车,像小贩一样去走街串巷,专门往进不去汽车的旮旯胡同里钻。一个星期下来,人黑了不少,两个优盘却储存满了照片,什么老旧门楼、图案各异的瓦当、斑驳陆离的砖雕木雕,晚上打开电脑一张张翻看,蛮有成就感。他觉得苏北风真的不简单,在摄影选材上绝对有一套。在欣赏自己的创作时,他被一张无意中拍摄的作品震撼了,甚至有点不相信这是自己所拍,因为拍摄的时候并没有多想。这是一幅构图有些后现代的作品,图景是一个门楼,青砖青瓦,门簪上失了牌匾,给人留下想象余地,会猜测曾经的房主究竟是何人;两扇黑漆斑驳的木门露出暗红底色,一对狮头黄铜辅首包浆匀称,冷冷地对着寂寞的街巷;磨损严重的门槛一侧,在抱鼓石门墩后面,一棵苦菜探出长长的茎,把一朵小白花绽放在黑色的背景里——这简直是一幅油画!他把这幅作品通过电子邮件发给了苏北风,苏北风给的评价是两个字:"靠谱。"谁都知道苏北风轻易不表扬学生,赞美的话对于这个鸟侠来说像守财奴口袋里的金币,吝啬得要命。苏北风对上官春作品的评价,让其他学摄影的老干部很是羡慕嫉妒,有人就说风凉话:"鸟侠也看人说人话,见神说神话,上官教授要不是蒲河名流,就凭几张旧物照片能得到'靠谱'的评价?"上官春听后并不在意,别看这些同学都是退下来的局长、处长,嫉妒之心却不会因年龄增长而消减,有时会表现得更离谱,这一点也不奇怪。

苏北风的鼓励让他坚定了将镜头进一步对准城市细节的信心,他想,作为环保监督员,监督的不该只局限于环保,随着城市改造鼓点的紧密,老街老宅的命运同样应该关注,不要再留下和尚头那样的遗憾。苏北风说的"微生物"一词他琢磨了很久,很显然这不是指生物学,他忽然有了某种灵感:如果把自己生活的这座城市比喻成一个巨人,那么微生物最多的应该是胃肠啊,那些没有改造的老街老巷不就是城市的胃肠吗?自己应该继续深入这些胃肠中去捕捉创作灵感。他想,这一定就是苏北风想让他做的。

他给文京打电话,问蒲河市保存最古老的街区在哪里,他想去拍照。文京说:"东关街啊,海州区的,就是彭博部长当过区委书记的那个区。不过您还是别去了,那里脏乱差,蒲河城市建设的脚步在那个街区似乎停滞了。"上官春又给彭博打电话,说自己想去东关街考察一段时间,能否找个懂民俗的人给介绍介绍情况。彭博很警惕,问老师为什么要去东关街。上官春说想拍点城市原生态的照片。彭博松了口气,说东关街是自己的一块心病,他主政海州时一直想改造,总是条件不成熟,那是块没肉的硬骨头,开发商嫌是鸡肋,老百姓却当宝地,政府也无计可施。彭博说他离开海州五年了,这块骨头还卡在喉咙里吐不出咽不下。话虽这么说,彭博还是给老师找了海州区文化馆的老董来当导游。彭博说:"老董这人是半仙儿,满肚子都是东关街的故事,他陪您包您满意。"

老董眼袋低垂,双眉倒竖,年龄五十有九,在区文化馆长岗位上干了十八年,是全市闻名的民俗专家。他喜欢收藏留声机、唱片,在东关街开了个小型私人留声机博物馆,免费开放,参观者络绎不绝。夜半三更时分,常常有三十年代上海滩流行音乐声从破旧的窗子传出来,咿咿呀呀,让人听起来恍若隔世一般。老董对东关街极富感情,用他的话说,自己生于斯,长于斯,还要挂于斯。为什么叫挂于斯?因为东关街西北角有一个董氏祠堂,是当年董氏先祖从山东阳谷来蒲河创业初期所建,族谱中规定,董氏后人过世,只要不犯族规国法,名字皆可入谱并悬挂祠中。这个族规中断多年,十几年前老董召集族人又把它恢复起来。见到上官春,老董两道上翘的眉毛忽然拉平了,笑眯眯地说:"上官专家一来,东关街有救啦!"一句话把上官春弄得丈二和尚摸不着头脑,他问:"什么有救?"老董说:"您不知道啊上官教授,东关街已经十年没维修了,街道千疮百孔,上水不清,下水不通,旱厕无人抽粪,电线拉成蛛网,典型的贫民窟哇!"上官春听彭博说过东关街改造的事,既然要改造,再投入维修也没有必要。他说:"我现在不是专家,只是个摄影爱好者。"他还表明自己只拍照,不调研,此行与东关街修缮无关。老董说:"谁不知道宋市长是您老的弟子?您一句话比东关街一千八百户去跪着上访还管用。"上官春有自己的处事原则,无论公私他从不给学生出难题,老董这忙他还真帮不上。

上官春在东关街拍照三天。

第一天,老董带他来到鹤舞楼,一个几近坍塌的民国时期戏楼。"东关街一街九巷,鹤舞楼是最高建筑,五层楼,砖木结构,当年是蒲河城最火的地方,梅兰芳都在这里唱过戏。"老董说,"别看它破旧,我请人检查过,没有白蚁,只是年头久远,修缮一下能长期保留。"上官春发现这座戏楼从正面看很像京城的大前门,可惜廊柱斑驳,瓦当脱落,屋顶裸露的椽子参差不齐。他举起相机拍了几张,感受到一种凝重的暮气。"戏楼还在用吗?"他问。老董说有时候还用,暑假时社区会让窦四来演皮影戏,窦四的皮影戏被列入"非遗"名录,每年要演几场,文化局有补贴。上官春一听皮影戏,心里立马就想到"原生态"三个字,便让老董领他去窦四家,看看皮影戏那套行当。窦四算是东关街土著,窦家在东关街住了四代,祖上从辽西塔子沟来,以唱皮影戏为生,后来进了区文化馆。电视普及后,皮影戏渐渐淡出舞台,掐嗓唱影的行当几乎被人遗忘了。窦四家很小,和八户居民共用一个天井,天井中有四立四横八根青石柱支起的架子,上面爬满缠蟒一样的老藤,形成一个绿色凉亭。被称为窦四的老人就在凉亭下的藤椅上打盹。老董唤了声窦班主,问他怎么上午就打盹。窦四坐起来,揉了揉眼睛,说昨晚刻影了,一张驴皮全拿下。这个窦四一看就是戏子,五官几乎挤在一块,整个脑袋就像一个大土豆被随意戳了几个窟窿。老董说明来意,窦四一双蒙眬的小眼睛顿时有了神采,道:"看皮影戏,您算找对人喽!"他起身到屋里搬出蒙着厚厚灰尘的影箱,用衣袖来回一擦,影箱现出"窦家班"三个阴刻绿字。"这影箱可是宝贝,"他说,"普通人难得一见。"窦四这话既夸了自己,又抬高了来访者,可见老人家会说话。上官春问窦家班是什么时候有的,窦四说是从他太爷开始组建的,光绪二十一年。窦四说话拿腔拿调,听起来却不做作,挺入耳。他让老董和上官春坐下,自己打开影箱,一边将插好的影偶一张张小心翼翼抽出来,一边讲解这些影偶的来历。让上官春惊讶的是,窦家班不仅唱传统影戏,还自己创作戏本、刻影偶。东关街当年是商贩集聚的地方,就像北京城的天桥,总有些奇事异闻,他的父辈们就写戏本、刻皮影,年年推出新戏。最后一部戏是为抗美援朝写的,窦四说当年演出引起轰动,观众几乎挤破了鹤舞楼的大门。上官春对每一组影偶都拍了照,最后还请窦四靠着老藤树,给他拍了几张特写,窦四土豆般的脑袋很入像,活脱脱藤树上结的大木瓜。拍照后,窦四在藤架下摆了个小方桌,用大号白瓷缸沏上茉莉花茶,三个人开始天南海北地聊天。中午,老董出去买了炒焖子、煮海虹和几个肉包子,又买了两瓶即墨老酒,凑合了一顿午餐,接着聊东关街从古到今发生的故事。傍晚,院子里的住户陆续回家,意犹未尽的上官春不得不告辞。他记住了窦四说的一句话:"东关街,是这座城的肚脐眼儿。"他回去琢磨了半宿,越琢磨越觉得这话总结得好。

次日,老董带他来到关帝庙前的旧物市场。

说是旧物市场,其实是一种隐藏在老街区里的小庙会,或者干脆叫破烂地摊。与国外跳蚤市场不同,这里的景象嘈杂活跃,叫卖声、高声播放的民歌,还有讨价还价的争吵,在狭窄的街道里形成独特的混响,似乎要撼动几乎摇摇欲坠的关帝庙。关帝庙是清中期建筑,因为缺乏修缮,破败之相毕露,一尊紫面关公雕像隐约从敞开的庙门露出来,冷视着门外熙熙攘攘的俗世。上官春跟在老董身后,被人流裹挟着前行。他注意到地摊上都是些旧的日用品,针头线脑、坛坛罐罐、邮票字画,什么稀奇古怪的东西都有。老董说这里虽然不起眼,但有时能淘到好物件,他就在这儿淘到过一支白铜水烟袋和一个贝勒爷用过的鼻烟壶。老董说因为这个旧物市场有碍观瞻,区政府几次下令取缔,但老百姓不让,很多没固定收入的居民就靠这个地场活着,取缔了它,就断了好多人的生路。上官春说:"取缔一个无证市场,怎么就断了好多人的生路?"老董说:"上官教授,这个你就不知道了,底层有底层的生活逻辑,旧物市场在,东关街人气就旺,人气旺,什么包子铺、小酒馆,还有剃头的、玩杂耍的、卖梨膏干果的,三教九流就有了生意做。城市再怎么高大上,总要给这些人留一条出路,就像关帝庙里的财神,上有一张红脸,下有一个肛门,这样才能行气贯通。东关街就好比蒲河市的肛门,不好看但不能缺。"上官春被老董的幽默逗笑了,城市的肛门,真是个滑稽的说法,话糙理不糙,有点道理。

　　走出旧物叫卖区,两人来到小吃集中的街段。这里的摊位大都是一部手推车,车上安了玻璃罩,摊主在里面摊蛋卷、炒焖子、炸油条,还有的卖炸鱼、麻辣烫、烤肉串。北方街头小吃不管卖什么,味道闻起来还不错,不像南方某些地方,那股臭豆腐的味道,能迎风臭满街。走到一处炒焖子摊位前,举着相机拍照的上官春在镜头里发现了一张熟悉的面孔,真是冤家路窄,走走走,他拽了一把老董,转身要离开。老董不知上官春看到了什么,正要和卖炒焖子的摊主搭话,被上官春拽了个趔趄,那个摊主却说话了:"那位大兄弟,来吃碗焖子吧。"上官春无法逃脱,只好回头致意,摆摆手,还不到中午,吃什么焖子呢?摊主是莲花村的田嫂,她扎着白围裙,在黑色铁锅前一边翻炒焖子一边对他说话:"你别怕大兄弟,我不会再撅你了,我在这卖炒焖子生意挺好的。"蒲河百姓骂人不叫骂,叫撅,这个说法源于何处无从查考,这个"撅"字却比"骂"字更有味道。上官春本能地往后退,他见识过田嫂撒泼的样子,红头巾皮鞭一般抽过来的冷风似乎还在耳后,他要与这个体格健硕的村妇保持安全距离。田嫂盛满一碗焖子,挂着锅铲道:"大兄弟白(不要)怕,我不恨你啦,我现在恨城管。"上官春举起相机,抓拍了一张田嫂挂着锅铲说话的照片,说等洗出来会让老董送给她。离开关帝庙旧物市场,老董说:"你认识的这个女人炒焖子特地道,用虾油、芝麻酱、蒜汁,东关街都叫她'焖子西施',时间不长,已经成了东关街的招牌小吃。"上官春打了个冷战,心想,还焖子西施呢,你们是没见过她发飙,发起飙来活脱脱一个孙二娘!

　　第三天,老董带他来到东关街最古老的四合院十三门。十三门是东关街曲艺人士居住的地方,四栋二层楼围成一个院子,坐北朝南那一栋窗下有个砖砌的台子,据说新中国成立前院子里的艺人就在那里说相声、演双簧、唱二人转,当时十三门不收门票,听着过瘾了,会有人端着盘子下来收点赏钱。如今十三门的院子里已被杂物堆满,戏台虽在,却被改成了花坛,里面种着土豆花、红姑娘和几株无花果,花坛边缘拉着晾衣绳,谁家的蓝花被正挂在那里晾晒。上官春举着相机拍了一圈儿,他发现这里家家户户的窗子都没有安装防盗铁栅栏,这是个奇怪现象,别说在这个没有物业的老旧十三门,就是最高档的金渤小区,低层住户也都安装了防盗网,看来这里治安状况不错。

老董领他来拜访十三门最老的住户张单弦。张单弦是双簧表演艺术家,传说祖上是相声鼻祖管儿张,当然这是张单弦自己说的,民间曲艺人喜欢抱大树、攀高枝,以此抬身价,有时候假作真时真亦假,弄得人们云山雾罩,反正也没人去考证核实。老董说:"张单弦老人八十有九,是十三门的'活化石',能多拍就多拍点,说不准哪天这老爷子就没啦,毕竟到了瓜熟蒂落的年纪。"张单弦和外孙住一起,外孙不搞曲艺,开了一家房屋中介,收入可观,张单弦家里因此厅是厅室是室,整洁利索。老人在客厅沙发上坐着,头剃得光溜溜的,眉须皆白,面前的实木茶几上置一把提梁紫砂壶、一只仿建窑茶盏,地上一把铁皮暖壶。有趣的是茶几上还有个草编蝈蝈笼子,笼子呈螺旋状,下粗上细,里面有只蝈蝈,正在清脆地鸣叫。老董做了介绍,老人盯着上官春看了半天,道:"识得,识得。"他指指沙发算是让座。上官春知道这座城市很多人都识得自己,因为自己是电视上的常客。老董让老人说说十三门的来历,老者满脸褶子变得有些舒展,很愉快地答应了。上官春心想,老人肯定接待过不少来访者,说话像背台词:"想了解十三门,要先明白十三门啥意思。东关街面上有人以为十三门是说这个大院有十三户人家,这就拧啦。"老人喝了口茶,上官春注意到他端茶盏的手势很讲究,只用三个手指捏起茶盏,无名指和小指高高跷起来,典型的兰花指。"十三门,是指捧哏、柳活儿、贯口、口技等十三门本事,说白了,这十三门就是曲艺功夫之家。"老人表达如此清楚令上官春心生敬佩,十三门果然不简单!接下来老人从他的祖先管儿张张三禄开始,祖宗八代从头捋起,每一代都有抖不完的包袱。上官春暗暗吃惊,这个叫十三门的破旧院子,竟然是这座城市的一部活史书。张单弦老人记忆非凡,很多事情人名地名张口就来,很多曲目唱词也能大段背出。上官春为老人拍了几张照片,老人很懂如何应对拍照,当上官春举起相机对准他时,他会顷刻间提气凝神,双目充电,摆出一种明星范儿。

老人一直讲到傍晌,在老董的提醒下才打住,他又一次重复刚见面时说过的话:"我识得你,你不是姓上官吗?"老人这样说。上官春觉得似乎在哪里见过面,但一时想不起来,老人是双簧演员,自己从来没看过双簧,他望着老人那张核桃一样的脸,努力在大脑中检索。"你家里是不是有一幅字,写着'发托卖相'四个字?"上官春心里一惊:"您老怎么知道?"老人笑了:"那是我师父写的。"上官春更惊讶了,给自己写这幅字的是国内一位著名相声表演艺术家,当年应邀来参加蒲河大坝竣工典礼演出,在宴会前听说他是论证大坝上马的首席专家,便写了一幅书法赠给他,令多少人羡慕不已。"当天晚上,我师父来十三门了,说到给一个姓上官的专家题字的事,我问他为啥题了一句双簧术语,师父说人生如戏,名角专家也不例外,很多时候都在发托卖相。"

上官春忽然间明白了这四个字的深层含意,耳朵里好像灌进一阵响锣声,回音不断,他感到挂在脖子上的相机变得砖头一样沉,匆匆谢过张单弦,有些步履蹒跚地穿过堆满杂物的天井,走出十三门幽暗的廊门。廊道里放了几辆锈迹斑斑的自行车,轮胎早已瘪掉,廊道凹凸不平的地面上,有个窨井盖上往外渗着污水。老董说:"小心。"上官春想一步跨过去,却还是踩在了污水里。走出十三门,路口忽然出现了小股鬼旋风,上官春愣了一下,问老董:"你知道鬼旋风吗?"老董说:"鬼旋风像蛇芯子,它从脚底下冒出,飘忽不定,说不准哪一股就会变成毁树掀屋的龙卷风!"上官春又问:"那么,遇到鬼旋风该怎么办?"老董胸有成竹:"民间说呸呸呸吐三口就把它灭了,其实不那么简单,最好的办法是别让它从脚下冒出来。"

六

彭博替宋理来求老师出山,帮助政府解决东关街改造难题。

东关街改造年年上人大提案,回回有始无终,已经影响了蒲河参评下一轮国家文明城市,必须想方设法推进改造,问题是动迁新政一出台,东关街一千八百户居民更吃了定心丸,想走的要价高,不想走的给什么优惠也不走,领头儿的钉子户就是十三门的张单弦。动迁公司已经举了白旗,难题逐级上交,最后摆在了宋市长案头。宋理把彭博叫来,说:"你在海州区当过主官,这事你有责任,去求求上官老师吧,老省长不是说过有难题找上官吗?"彭博说:"你我都是上官老师的弟子,你市长出面不比我这个组织部长更好使?"宋理说:"不见得,上官老师退休时说过不再参与政府项目论证,你知道老师说话算话,我去说不准会碰钉子,而你就不一样了,你从海州当政遗留问题需要解决这个角度去求情,老师不忍心驳你的面子。"彭博只好从命,但心里也没底,便给苏北风发了个短信,问上官教授学摄影学得怎样。苏北风回了他两个字:"还行。"

以前彭博每次上门,上官春都为他冲一杯速溶咖啡,这一次,招待他的是杯绿茶。彭博环视了一下老师的书房,一切还是老样子,只有书柜上方那幅名家书法不见了,换成一幅放大的景物照,就是苏北风夸奖靠谱的那一张。彭博说:"这幅照片是老师的作品?"上官春点点头:"习作。"彭博仔细欣赏着照片,问:"这小白花是什么花呢?"上官春道:"苦菜。"彭博哦了一声,慢慢移开目光:"老师就是老师,摄影出手不凡。"上官春打开电脑,让彭博坐到写字台前翻看他最新的摄影作品。彭博对摄影不感兴趣,也没有心思看这些鸡零狗碎的照片,勉强翻看了几分钟,笼统地评价一番后,直说了这次登门的目的。彭博说得很可怜:"上官老师,您成全了蒲河大坝,成全了金渤小区,还成全了第三医院,您就成全学生一回,把东关街这块硬骨头啃下来,这样我对宋师兄也是个交代。"

上官春问:"宋理怎么不来?"

彭博实话实说:"他上次去医院看您,说遇到了难题,等您痊愈后再向您汇报,这个难题就是东关街改造。"

上官春背着手踱步到窗前,望着窗外沉默不语,屋内空气凝固了一样,彭博几乎能听到手表秒针走动的声音。足足三分钟,上官春转过身来说:"你和宋理说,在一定范围召集个会,我去讲讲东关街。"

彭博喜出望外,连声道谢,又说今年自己和宋理都面临转岗,因为年末要换届,宋理可能当书记,自己已经干了五年部长,属于岗位交流对象,如果转岗,他想到政府工作,东关街这个难题如能解决掉,他转岗就会少一点障碍。上官春对这些官场中事已经不感兴趣,学生的话没怎么听进去,他发现眼前这个学生已经明显见老,鬓角有了几根白发,很扎眼。

第二天,彭博打来电话,说市政府为了摆脱塔西佗陷阱,特意把这次东关街老城区改造论证会定在蒲南大学国际报告厅,参加者除了政府组成人员外,还有不少人大代表、政协委员、各界有影响的专家,以及东关街居民代表。会议由一位副市长介绍项目,由城建局长解读改造政策,由文化局长讲文物异地安置,最后由上官教授作主题发言。

会议这天,宋理亲自来接上官春。宋理做事四平八稳,充满亲和力。他恭敬地请老师上车,上官春没有拒绝,与宋理同车来到会场。

会议主持人是宋理本人,这种安排不合常规,职务最高的人不该主持会议,应该做最后讲话,但这种安排是宋理本人坚持的,他的理由是上官教授讲话比他这个市长讲话更有作用。

大会设了主席台,上官春被安排在主席台中间位置。坐好后,上官春仔细看了看黑压压的台下,发现了几张熟悉的面孔,一个是脑袋像个大土豆的窦四,一个是脸上褶皱如核桃的张单弦。"会议怎么把两位老爷子给拉来了?"他问身旁管城建的副市长。副市长说:"人家听说您要作报告,是主动来的。"后面一排还有一张熟悉的面孔,那就是白衣白裙白眼镜框的白医生,蒲南大学报告厅是开放的,只要容得下,本校教师均可旁听。上官春心中颇多感慨,眼睛手术以前他作报告,台下朦胧一片,分不出个数来,今天就不一样了,他甚至看到白医生盘起的头发上架着一副茶色太阳镜。报告厅墙壁上的立柱形壁灯灯光白得刺眼,以往,这壁灯像烛光,十分柔和。眼光一变,世界果真就不同了,他忽然想起了哲学家培根所说的"剧场假象",他打了冷战,怎么走神儿了?他提醒自己。

大会按议程依次进行。

每个人讲完后,台下都很沉寂,如同一潭静水,会议如同一个谜,虽然谜面在一层层揭开,但谜底就应该在上官教授的压轴戏里。宋理不愧是市长,他敏锐地预测到了这种局面的出现,所以他选择了主持。他清楚,即使自己讲得再好,也不会赢得掌声,多年做市长的经验让他感觉到,东关街就是一只活刺猬,谁伸手来接都不会舒服。宋理宣布进行会议最后一项,请上官教授讲话,台下也没有掌声,倒是出现了一阵嗡嗡的议论声。出现议论也不奇怪,因为上官教授退休的事很多人都知道,退休了又重返主席台中央,本身就说明此事蹊跷。

　　上官春的讲话不同于以往任何一次发言,他说:"我今年六十五了,孔圣人讲'六十而耳顺,七十而从心所欲,不逾矩',我今天就从心所欲说几句。"他用湿巾擦了擦眼眶接着说,"你们知道人为什么会有肚脐,即使到老肚脐也长不死、长不平?因为肚脐是在时刻提醒我们是怎么来的,是靠什么长大的。我们这座城市是从哪里长大的?是东关街,是东关街一街九巷。有位老人说,东关街对于蒲河这座城市,就是深凹的肚脐眼儿。这当然是指过去,这座城市还是胎儿的时候,靠着这根脐带一点点长大,脐带剪断后,留下了这个肚脐眼儿。那么现在呢?这座城市长大了,成了巨人,东关街又成了巨人的肛门。肛门谁都知道不雅,有碍观瞻,难以示人,可是大家想一想,谁能没有肛门呢?人不是貔貅,就是西天王母娘娘也必须有啊,没有谁只需要脸面不需要肛门吧?"主席台左右两侧的领导都把目光聚焦到上官春脸上,上官春的话令他们错愕不已。"毋庸讳言,东关街是个很破旧的地方,但是正是这个破旧的地方让很多"蚁族"得以生存。那是一种低成本的生存,很多高收入的人对此不屑一顾,但对于"蚁族"来说,这是他们的寄居之所,他们如同草芥依附在缺少维护的一街九巷中,欢乐着他们的欢乐,痛苦着他们的痛苦。他们也有梦想,尽管他们的梦想像一朵苦菜花那么渺小,色彩单一,花期短暂,但那是他们不容剥夺的权利和幸福!"说到这,上官春站起身,扭头看了看宋理后,将热忱的目光投向台下,"我的结论是,东关街不能拆,不仅不能拆,政府还要保护、维修和使用!我的话完了。"台下响起潮水般的掌声。上官春坐下来,他看到坐在后排的白医生起身离开了。

其他领导低着头离开了,上官春坐在那里没有动,呆呆地望着台下。台下,老董和张单弦站在那里,张单弦把手里一张纸卷几下撕掉了。老董走过来,道:"张老来之前写了俩字,想在报告会结束时打出来出示给媒体的,现在用不着了,就撕了。"上官春问:"张老写了两个什么字?"老董说:"卖相。"

宋理也没急着走,他走过来说:"您给我上了一课,老师。"上官春眼里盈上泪花,道:"不要怪老师,我不能欺骗自己的灵魂。"

上官春走出报告厅大门,白医生迎上来,手里捧着一束火红的康乃馨。

原载于2019年第2期《广州文艺》;2019年第3期《小说选刊》、2019年第3期《名作欣赏》转载;入选《2019中国年度中篇小说》(漓江出版社)

爆 破 师

  黄泉接到了高中同学冷燕的电话。冷燕是当年滨城一中的校花,高冷无比,大学毕业后在滨城当建筑工程师,设计了许多小有名气的高楼大厦。冷燕和黄泉并无矛盾,两人虽在同一座城市,但交流不多,也就是在同学微信群里相互发个表情。冷燕对黄泉的职业有成见,黄泉是滨城一家国企的爆破师,专门搞定向爆破,冷燕曾对同学说:"我建楼,他炸楼,这不是一对儿冤家吗?"

  冷燕的电话并无过多寒暄,而是带着质问的口吻问:"听说你要把母校的钟楼给炸了,这不是造孽吗?钟楼不是蛋壳,毁灭它意味着什么你知道不?"没容黄泉解释,电话就扣死了。黄泉被问得很恼火,心想:"冷燕你神气什么?长得漂亮就有训人的资格吗?"但冷燕的质问让他心里很添堵,觉得心脏往外迸发血液的每一条血管都有些不畅,有种隐隐作痛的感觉。黄泉和冷燕是滨城一中同班学习的尖子,每次期中、期末考试,两人总是交替拔头筹。高二那年,学校组织会演,班主任让这两个优秀学生合作朗诵了一首《风流歌》,当时的露天舞台就是以钟楼为背景。没有更多演练,两人穿着白色校服,各捧一个红色文件夹,朗诵十分默契,赢得阵阵掌声。多年后很多一中的师生还记得这对金童玉女,他们演出的照片就挂在钟楼的廊道里,那里的照片是一中百年历史的缩影,学生的照片能挂在那里是莫大的荣誉。这张经典照片也的确出彩,照片中冷燕妩媚可人,黄泉玉树临风,作为背景的钟楼典雅庄重,富有异国情调。有赴欧洲留学归来的校友说,从这张照片看,滨城一中和伯明翰大学难分伯仲。

黄泉在这家爆破公司当了十年爆破师,因为恰好赶上城市转型期,经他手主持爆破的工厂大烟囱有整整五十八根,同学称他为"烟囱杀手"。这一次,他接手的爆破任务不是高耸云天的大烟囱,而是母校的钟楼。这个消息传出去后,他已经接了无数质疑的电话,来电的内容惊人地一致:不要爆破钟楼。滨城一中是在一所教会学校基础上扩建而成的省级示范中学,有着百年历史,培养出的各类贤达名流写满了钟楼的廊壁。学校大气典雅,错落有致的建筑掩映在合抱粗的法桐和雪松之间。尤其吸引人目光的是,在巴洛克式教学主楼的东侧,耸立着一座六十余米高的钟楼,格外令人仰慕。钟楼从来都是童话的主题,它刺向云端的尖顶和浑厚悠远的钟声会唤起很多人形形色色的回忆。滨城一中的这座钟楼酷似伯明翰大学那座著名的约瑟夫·张伯伦钟塔,花岗岩基座,四棱赭色磨砖楼体,上部两层闪檐,尖顶部则是铜质的,已经氧化成黑绿色,这是时间赠予钟楼的勋章。在缺少高楼大厦的年代,这座钟楼不仅是当之无愧的城市地标,更是一茬茬学生毕业照里不变的风景。关于钟楼,在一届届学子中有一个传说:要想考试考出好成绩,就要在清晨第一个登上楼顶。黄泉和冷燕每次考前都暗中较劲,高考更是如此。正式高考那天清晨,黄泉在晨曦中来到钟楼等待着校工开门,那位和蔼的老年校工赶来的时候,穿着白色校服的冷燕恰好刚赶到,两人相互点点头便开始登楼,结果两人几乎同时登顶。冷燕说:"你赢不了我,黄泉。"黄泉说:"即使能赢我也会礼让,谁让我是男生呢。"后来,两人高考都远超一本线,各自考上了理想中的重点大学。

一中很多校友都知道,母校钟楼最近惹上了麻烦,而且这消息被新媒体传播得沸沸扬扬。一个男性地理老师在此跳楼自杀。这位老师是个喜欢抬头看天的业余诗人，据同事讲，他写了无数新诗，每次讲课都会用新写的诗来开头和结语，但没有一首诗作见诸报刊，哪怕是短短的一首四言绝句。这一天下班前，他忽然有些情绪激动，用办公室的哑铃砸碎了一个移动硬盘，抚了抚手，在同事惊异的目光中昂首挺胸离开了办公室。他去了钟楼，在楼顶他一首接一首高声朗诵自己的诗作，直到楼下站满了围观的师生。他最后朗诵的不是自己的作品，而是他的偶像——大诗人徐志摩的那首《再别康桥》，然后很有风度地挥一挥手，像跳水运动员一般从楼上一跃而下，在围观师生的惊呼中轻轻地走了。为了避免此类事件再度发生，学校、教育局、住建局相关领导经过商议，决定拆掉这座钟楼，因为它早已失去实用价值，留之弊大于利，每年高昂的养护维修费用已经成为学校的巨大负担，现在又变成厌世者的首选之地，说不定哪个考试成绩不佳的学生再去爬楼跳楼，学校惹不起这种麻烦。

　　黄泉是跟着刘总来领任务的。滨城一中和教育局召开协调会，部署钟楼拆除一事，事前，黄泉所在公司已经中标成为钟楼爆破方，所以公司刘总便带着黄泉来参加这次会议。会上，当主持人问黄泉，这种爆破对一侧的教学楼有没有危险时，黄泉却答非所问："非要拆了它不可吗？安个防盗门管住不行吗？"与会人员都把目光转向黄泉，觉得这个爆破师脑子是不是震坏了。这个会议是研究怎么拆而不是拆不拆的问题。刘总在桌下踢了黄泉一脚，他才打住不说。

　　刘总是集团新派来的经理，十分重视人才。刘总在公司大会上说："黄泉同志是国内有名的爆破师，是我们公司的宝贝，十年了怎么还原地踏步？以黄泉同志这样的资历、技术，北上广的大门永远是虚掩的。"刘总话里话外明显流露出要提拔黄泉的意思。黄泉自己从来没有产生过雁南飞的想法,刘总这么一说倒是提醒了他,当天回家后在抽屉里找出大学同学录,一页页翻看,看完后心思便有些活络,同学大都在北上广发展,而且有几位的身价已经令人咋舌。

黄泉所在的工程部的主任老白病了。老白已经五十有七,身体一直很虚,每天都吃十全大补丸。那天,刘总在会上讲黄泉原地踏步十年,老白便有了心理负担,好像是他耽误了黄泉十年,吃药没跟上,血糖、血压一个劲飙升,结果就病倒在工作岗位上。工程部一共四个人,除了老白、黄泉,还有丛梅和小许。丛梅和黄泉资质相同,她擅长楼房爆破,对定向爆破实施不多,当然,定向爆破烟囱、水塔这类建筑对于爆破师来说并不是什么龙潭虎穴。小许从部队复员被安置到爆破公司,他不懂爆破业务,对各类新型武器却十分感兴趣,谈起"战斧"导弹、F-22和歼-20头头是道,不亚于电视上军事栏目的嘉宾。小许身体棒,一个人就把老白背到了离公司只有一路之隔的医院。老白病症是发烧、乏力、眩晕,吃不下东西,吃一口吐两口,眼看着人就脱了相。老白住院,刘总着急,很多工程要做,工程部不能没主任,便来部里宣布由黄泉暂时主持工程部工作。刘总说本来黄泉可以直接任主任,但考虑到老白是老同志,又没犯什么错误,仅仅因为生病住院就免职,太缺少人情味,黄泉同志只是代理一下主任。

刘总没想到黄泉刚刚代理主任,就拒绝了爆破钟楼这项任务,那天开会回来他对刘总说:"爆破那个钟楼,我下不去手。"

刘总是个很和蔼的人,摇摇头道:"你这明显是感情用事,当然感情用事也可以理解,好了,这个爆破项目就由丛梅主持吧。"

刘总要去看一个铁矿老板,指名让黄泉陪同,免得黄泉在办公室里看着丛梅做方案心里不舒服。黄泉很感动,自己拒绝了爆破钟楼任务,但刘总并不记过,可见领导就是领导,胸怀大着呢。临走时,刘总司机突发痢疾开不成车了,刘总说:"黄泉你不是会开车吗?"黄泉说自己是老司机了,十年来一直开车上下班。刘总说:"那就你开吧,反正下乡也不急,权当看看风景了。"

  下乡路上恰巧路过滨城一中,从马路上可以看到那个赭色的钟楼。刘总拍了拍黄泉的肩膀说:"小黄呀,以后参加重要会议要掂量好了再发言,不能想说啥就说啥。"黄泉知道刘总是指上次那个拆迁钟楼协调会,便解释说:"我总觉着钟楼爆破了太可惜,那可是一个著名德国工程师设计的,质量非常好,可以保留。"刘总说:"我们是搞爆破的,这也不许拆,那也要保护,我们这行业岂不要越来越萎缩? 有句话不是说,不破不立嘛。"黄泉说:"拆还是要拆的,比如那些制造雾霾的大烟囱,拆了没人反对,可钟楼就不一样了。"刘总说:"鸟儿要想出生,必须啄破蛋壳,如果只想着蛋壳圆润完美,小鸟怎么出来?"黄泉觉得刘总这话没问题,但不知道哪里有点不对味儿,便没有搭腔,想想母校那栋赭色的钟楼就要被爆破掉,他心里就有种挫痛感。黄泉把刘总这番小鸟和蛋壳的理论说与质疑他的同学,这才有了冷燕打电话说的那番话。

  刘总到铁矿主要是联络感情,因为铁矿是爆破公司的老主顾,铁矿老板冯有义和刘总也熟悉,有名的爽快人,赶上饭点,刘总自然走不脱了。刘总说吃饭可以,但不去饭店,就在食堂吃便饭,不喝酒。冯有义说自己昨天刚做过胃镜检查,有两处溃疡快爆破了,医生说要活命就不能再喝酒。刘总松了口气,心想这家伙终于不能再拼酒了。一上桌,刘总傻了,冯有义先给自己倒了满满一大杯白酒,刘总要拦,被冯有义一把推开,冯有义道:"检验关系铁不铁的唯一标准是喝酒。你到铁矿来了,不喝酒成吗?"刘总说:"你不要胃了?"冯有义说:"心重要还是胃重要? 我对哥们儿向来是一片真心实意,宁伤胃不伤心。"事已至此,刘总再不让倒酒就有些说不过去了,只好任冯有义倒了满满一大杯。

席间,刘总和冯有义你来我往,频频举杯。黄泉发现刘总是个很性情的人,喝到高兴处,把腰带上的一个玉佩撸下来给了冯有义,说这是岫玉腰带扣,上面雕着钟馗,能辟邪。冯有义接过这块绿色玉佩,端详了好一会儿,小心翼翼地把玉佩揣进兜里。

黄泉因为开车不能饮酒,但嗜好劝酒的人都有一个毛病,就是喜欢把矛头指向桌上那些不喝酒的人,好像不喝酒者占了便宜一样。冯有义在和刘总喝酒的时候,不忘用语言刺激一下黄泉:"黄主任你叫什么名字?"

"黄泉。"黄泉这样回答。

冯有义问:"是黄泉路上无老少那个黄泉吗?"

黄泉认为冯有义这玩笑开得有些过了,便解释道:"是黄金的黄,泉水的泉。"冯有义举杯对刘总道:"来,咱俩再喝一杯,老兄可是天天见黄泉的人。"

刘总有些不悦,说:"冯总你喝多了,今晚到此为止吧。"

回城半路,坐在后面的刘总内急,突然说:"停车,我方便一下。"黄泉点了几脚刹车把车速降下来,方向打到一侧准备在路边停下。哪承想外侧路后面有一辆农用三轮车正开足马力跟着轿车跑,三轮车灯光照不远,跟着轿车能借灯光看路,轿车一停,三轮车猝不及防,随着一阵刺耳的刹车声,三轮车一头顶在尼桑轿车后腚上,后保险杠完全撞碎,农用三轮车厢里的一车西瓜也碎了满车满地。

事故导致刘总腰椎严重挫伤,腹内膀胱破裂,而黄泉毫发无损,三轮车司机也只是两腿受了点伤。

处理完事故,厘清了双方责任,了断了一些赔偿事宜,黄泉拎了些营养品去探望住院的刘总。在病房门口他被刘总夫人拦住了,夫人说:"医生不让探视,小黄您回吧。"黄泉讪讪地走开了,在走廊拐弯处一回头,看到几个同事正从刘总病房出来。

闷闷不乐的黄泉回到办公室,两手支着下巴伏在办公桌上发呆。丛梅说:"你看过了刘总还应该去看看老白,别让老白有想法。"黄泉一想也是,老白毕竟是自己的顶头上司,最近已经确诊是糖尿病并发症加冠心病,应该去看看老白。

黄泉拎着两袋糖尿病人能吃的无糖藕粉走进老白病房时,老白正在病床上吸氧。见到黄泉老白很高兴,自己摘下氧气罩,说病这个东西要是能爆破就好了,一管炸药就把它连根除掉,现在这么摇摇晃晃站不起倒不下,活着难受。黄泉说:"你还别说,现在真有一个靶向治疗技术,和我们定点爆破一样,一剑中的。"老白说:"那是两码事,我爆破了无数老楼,这一回轮到爆破自己了。"黄泉向老白汇报了刘总出车祸的事,还说滨城一中钟楼爆破这个项目丛梅在做方案。老白说:"你咋不做方案?丛梅主持定向爆破不多呀。"黄泉说自己反对爆破钟楼,感情上接受不了,这个项目没法做。老白说:"让你爆破你就爆破,至于为什么爆破你就别研究了,要学会思不出其位。"黄泉叹了口气,道:"那是我的母校呀。"老白说:"无非是幢建筑而已,建筑都是有寿命的,像人一样,不可能长生不老。"

正说话间,老白夫人进来了。老白夫人从街道文书岗位退休,受聘到一个专门起名的私人公司打字收发,老白对夫人这份工作很不屑,但又说服不了夫人,就由着她去做。老白夫人一看黄泉在病房,一张黄脸霎时变白了,结结巴巴地说:"老白你怎么还把氧气罩摘了?不要命了?你现在需要休息、需要吸氧。让老白好好休息,小黄你走吧。"

黄泉只好与老白告别,临走老白说:"小黄,丛梅的方案你一定要审,尤其要计算好抛掷距离。"黄泉未置可否,他知道这个方案自己没资格审。走出大门,忽然从二楼窗子里抛出一包东西落在草坪上,发出沉扑扑一声闷响,黄泉扭头一看,那包东西正是自己买给老白的两包无糖藕粉。

第二天,老白突然死了。

丛梅悄悄告诉黄泉:说:"老白老伴儿恨死你了,老白本来好好的,你去一看,老白就不行了,她后悔那天没把住门,让你溜进了老白的病房。"听丛梅这么一说,黄泉心里全明白了,原来人家是忌讳自己的名字,怪不得刘总夫人把自己给拦在病房门外呢。

"你信这个吗?"黄泉几乎是噙着眼泪问丛梅。丛梅大他几岁,是个心地很善良的中年女性,她大部分精力用在培养儿子上,儿子是滨城一中的尖子生,有望考取北大清华这样的名校。丛梅说:"我天天与你隔桌相对,要是讲迷信,我不早就晦气死了?"丛梅还告诉黄泉,说,"刘总出事后,刘总夫人请了个大师给看了看,大师说让刘总近期要忌水,刘总已经多日不洗澡了。刘总夫人还想到了你,出事那天不正是你开车吗?刘总还正好把身上辟邪的玉佩给了铁矿冯老板,所以就赶上倒霉了。这种说法公司上下都知道,就你一个人蒙在鼓里。"

黄泉没想到在这样一个科技遍地开花的时代,还有人如此迷信,而自己的名字无意中竟然成了别人的麻烦。丛梅道:"其实有个好办法,你把泉水的泉改成权力的权就好了,音同字不同。"黄泉说名字是父母起的,自己改了是对父母的不敬。丛梅说:"大家对你反对爆破钟楼也有意见,公司半年的奖金就靠这个项目,你却胳膊肘往外拐。"黄泉叹了口气,心窝里像在刮鬼旋风,有一种乌烟瘴气的眩晕感。

黄泉犹豫再三，还是去了老白的遗体告别仪式。一来老白是自己的领导，名副其实的爆破专家；二来自己和老白的关系一直不错，相互合作很愉快，自己若不去送一程，对黄泉路上的老白没法儿交代。

黄泉一进殡仪馆，就发现周围多了些警惕的眼神，他佯装不知，站在一角参加了仪式。临别与家属握手，他伸出的手老白夫人没握，尴尬之时，是老白当教师的儿子把手接了过去。老白儿子是礼节性地握，而黄泉却感到这是平生最难忘的一次握手，他的眼泪忍不住流了下来，为老白，也为自己。

刘总伤愈出院后很少再和黄泉交往，黄泉几次汇报工作，刘总都推说没有时间，让他找主管副总。这样持续了一段时间后，工程部新来一个年轻主任，黄泉接老白当主任的事被搁置了。

新主任姓乔，丛梅说刘总在物色这个主任时可能经过了高人指点，姓乔的当主任，等于在黄泉上面架了一座桥，这样大家可以相安无事走过黄泉。

乔主任四十出头儿，原是公司人力资源部副主任，上任后工作很放权，什么事都让丛梅去做，对黄泉也很尊重，他说："我的任务就是有露脸的事顶一顶，业务上的事你俩扛着。"乔主任很多时间都和小许讨论军事问题，有时会在办公室争得面红耳赤。关于中东、关于乌克兰东部，两人观点往往相左，矛盾最大的是对央视某军事评论家的看法，乔主任是这个评论家的铁粉，而小许对此人则不屑一顾。争得急了，两人会让丛梅当裁判，丛梅不耐烦地说："我不懂，你俩找黄泉去。"两人相互看一眼，停止了争论，当然也没有让黄泉当裁判。

一天下午，丛梅去了钟楼现场，乔主任悄悄对黄泉说："省图书馆下午要举办一个无人机发展趋势讲座，是央视那个有名的军事评论家来讲,机会难得,我必须去听听,部里有事麻烦你照顾一下。"乔主任走后,办公室来电话,说集团沙董事长来公司搞调研,让主任下午把近年来爆破的五十八根工厂大烟囱的情况汇总一下,送到滨城大厦208房间。黄泉给乔主任打电话,电话处于屏蔽状态,黄泉只好自己去,好在这五十八根大烟囱都是自己实施的爆破,每一根烟囱倾塌时的情景清晰地定格在脑海里。

　　沙董事长是个喜欢打红色领带的老头儿,稀疏的头发,微微隆起的鼻梁,一双眼睛总是眯成两道长缝儿,显得神秘而空灵。沙董事长级别很高,关于他到这座城市调研的报道上了昨晚的电视新闻,黄泉在电视里看到董事长精神矍铄,风度极佳。黄泉很想利用这个机会和董事长聊聊,与有修养的高人谈话是一种享受,黄泉一直这么认为,尤其像董事长这样年高德劭的高官。黄泉甚至感谢图书馆那个无人机讲座,否则自己没机会见董事长。

　　滨城大厦二楼走廊,红黄相间的地毯软绵绵的,走上去心里有一种没底的感觉。黄泉有意加重了脚上的气力,想踩得实一些,一用力,皮鞋竟和地毯摩擦出一种奇怪的声音,尽管声音很小,但静谧中给黄泉带来了一丝恐慌,这是比摆弄TNT(三硝基甲苯,有机化合物)还要紧张的一种感觉。

　　站在208房间门口,黄泉屏住呼吸正欲敲门,门却开了,公司人力资源部主任徐小曼脸色红红地走出来,差一点和黄泉撞个满怀。徐小曼警惕地问:"你来干什么?"黄泉愣了一下,道:"我替乔主任送材料。"徐小曼两条弯弯的眉毛挑了挑,没再说什么就走了。黄泉发现徐小曼在这红地毯上走路比自己自如多了,一扭一扭的,像"T"字舞台上的服装模特。

　　黄泉轻轻敲了敲门,须臾,室内传出一句拖长的声音:"进来。"黄泉推门而入。208是个三套间,沙董事长坐在外面这个房间的沙发上,茶几上摆着一个翻开的笔记本,笔记本旁边是一盘鲜红欲滴的草莓,和地面上鲜红的地毯相映生辉,因为地毯上的图案也是草莓。

沙董事长瞅了黄泉一眼,指指沙发对面的折叠椅道:"坐吧。"

黄泉按照沙董事长的指示坐下,把随身带来的一摞材料放在并拢的膝盖上,等着问话。

"自报家门吧,不要拘束。"沙董事长很和蔼。

"我姓黄,是工程部的,我们乔主任有事请假,我替他来送材料,五十八根大烟囱爆破资料都在这里。"黄泉把一摞材料摆放在茶几上。再抬起头,他发现沙董事长的表情很奇怪,表皮似乎僵住了,嘴巴半张,暴露出几颗贵金属制作的槽牙。好一会儿,沙董事长才恢复了面目活力,瞪起眼睛问:"你就是那个黄泉?"黄泉点了点头,没有想到集团董事长这样的大人物都知道自己的名字,不知是福是祸。"我叫黄泉,黄金的黄,泉水的泉。"黄泉此时倒放松了,刚才的紧张一扫而光。人有些时候总是自己吓唬自己,自己掩饰自己,一旦抖出底牌心里倒无所谓了。

"是这样,小黄,"沙董事长想了想,道,"我想和你们刘总商量点事,你看能不能去找一找你们刘总。"

黄泉一听就明白了,208房间是有外线电话的,如果想找刘总,一个电话就能叫过来,用不着让自己去找,沙董事长这么做显然是不想和自己谈话。

黄泉起身告辞,在服务台,他对服务员交代了贵宾要约刘总的事,然后默默地回到了办公室。他不能直接去找刘总,他知道刘总忌讳和自己见面,让服务员来通知刘总是最好的办法。

回到办公室,丛梅不在,小许陪乔主任去了图书馆下午不会回来,办公室内空荡荡的,窗台上的几盆多肉因缺水已变得精神不振。黄泉拎起水桶去水房打了水想浇浇花,这时丛梅回来了,兴奋地说:"小黄,你知道集团董事长这次来要参加一个重要活动吗?"黄泉摇摇头。丛梅说:"是参加滨城一中钟楼爆破现场观摩,滨城副市长也要参加,电视台现场直播,我的方案已经上报给刘总。"丛梅脸色潮红,看得出她制订的方案已经顺利通过。

黄泉拎着水桶的手颤了一下,他想起了老白临终前说过的话:"丛梅的方案你一定要审,尤其要计算好抛掷距离。"现在来看,老白是白操心了。他祝贺了丛梅,走到窗台前给几盆多肉浇水,水浇得有点多,沿着窗台滴滴答答流到复合地板上,汪成了一个浅浅的湖。

黄泉从抽屉里翻出一个很旧的电话簿,上面有许多在北上广工作的大学同学,有几位一直想把黄泉挖过去,开出的条件也十分优厚,黄泉下不了决心。现在,钟楼将要爆破,他心里不免有些释然,这座城市已经没有什么可牵挂的了。昨天夜里,他特意去了趟一中校园,想上钟楼看看,但无论他怎么说,看门的老校工就是不让给开门,老校工说,想跳楼滨城有的是高楼大厦,为啥偏偏上我们钟楼来?

下班前,刘总竟不顾忌讳,怒气冲冲地径直闯到工程部质问黄泉:"是谁让你擅自去见沙董事长的?"黄泉很委屈,说乔主任不在,他怕误事就亲自将材料送去了。刘总脸色酱红,说下午他被董事长骂了个狗血喷头,董事长把一盘草莓全都掼到了地毯上。黄泉有些纳闷,自己就给董事长送了一份材料,至于吗?但想起掼到地毯上的草莓,心里不免为地毯担心,地毯上织出草莓是一种美,掼上一盘草莓则是一种污染。晚上,乔主任给他打电话,说刘总生大气了,自己这无人机讲座听得不是时候。黄泉问缘由,乔主任说,董事长对刘总说:"他是黄泉我是沙,沙遇黄泉能有好结果吗?你是不是希望我回去路也出车祸?"刘总当然上火,这火就发在乔主任头上,刘总说本指望你姓乔的关键时候能把桥架上去,没想到你倒成了引入黄泉的水渠了。

"那怎么办?"黄泉想找一个挽救乔主任的办法。

"明天上午实施滨城一中钟楼爆破,你千万别去现场了。"乔主任说,"现场给领导摆了观礼台,你去也没坐的地方。"

黄泉说:"我不会去,放心。"

次日上班,公司果然没几个人,大家都去了滨城一中。黄泉感到有些寂寞,打开电脑开始写辞职报告,昨夜他几乎一夜未睡,在反复琢磨一个决定,去不去南方?凌晨,他下定了决心,辞职,南下!电脑打开后,界面上提示信箱里有信。打开信箱,原来是丛梅发给他的钟楼爆破方案,丛梅说想请他给看看,方案是否有瑕疵。黄泉不想看,但丛梅这么信任自己,不看倒有些小气了。

黄泉坐下来,仔细审读了一遍爆破方案,马上就意识到炸药用量有些过多,抛掷距离安排不够,这种高层爆破,精心计算好数据是成功的前提,炸药方能起到四两拨千斤的作用,不能用量过大,否则是很危险的事。他看一看表,离爆破时间还有一个小时,正在犹豫,手机响了,是冷燕打来的。冷燕这一次口气很缓和,说:"听说你在协调会上的态度了,我错怪你了,我俩马上到一中校园,在钟楼前拍一张照合影吧,也好留给未来做个回忆。"黄泉说还有一个小时,怕是来不及。冷燕说,现在就出发,应该赶得上。

黄泉急急忙忙下楼,开上车就往一中赶,他知道为了安全,公安要清场,晚了就照不上合影。来到一中门口,黄泉向门卫出示了工作证,很顺利就进去了。到了现场,他看到操场上排了两排桌子,桌上铺着墨绿色的台布和白瓷茶杯,还有整齐的名牌。后面一排已经有领导落座。黄泉目测了一下距离,离钟楼大约有一百五十米,从理论上讲这个距离是安全的,问题是丛梅的方案炸药用量过多,这个观礼台处在一个十分危险的地带。黄泉不顾一切地朝主席台跑过去,乔主任眼尖,发现了不请自到的黄泉,急忙迎过来拦住他小声道:"你来干什么?刘总不让你来。"黄泉焦急地说:"赶快让领导离开观礼台,要退到两百米外才安全。"乔主任回头看看观礼台,再看看表,说现在撤台来不及,九点就要起爆,这是现场直播啊。黄泉头上冒出汗来:"是直播要紧还是命重要?赶快让领导后退!"两人正在争执,身为起爆总指挥的丛梅拿着对讲机小跑过来,问:"小黄,有什么问题吗?"黄泉说,观礼台在危险区内,为了安全,还是退到两百米外。丛梅愣了一下,问:"真的?"黄泉道:"我看了你的方案,请相信我。"丛梅用力点点头跑回去,离起爆还有五分钟,领导也都就位坐好,摄像机也已经架好。丛梅回到位置上对着扩音器大声宣布:"请观礼台领导全体起立,后退到观礼台后五十米。"领导们不知所措,一个个立身离开观礼台。大家在后退的时候看到了在远处站立的黄泉,沙董事长和刘总都皱起了眉头。

　　领导们退到安全距离后,丛梅开始高声倒计时:五、四、三、二、一,起爆!只听轰隆一声,一阵黄尘飞起,这幢赭色的钟楼像个被斩断双腿的巨人轰然倒下。丛梅设计的方向没有问题,钟楼没有倾向一侧的教学主楼,而是朝着空旷的操场倒过来,它好像一个被腰斩的武士,怀着满腔怨气,不顾一切地扑向铺着绿色台布的观礼台,那个巨大头盔一样的塔尖在操场上弹起来,滚过百余米,狠狠扎向沙董事长和刘总刚才的座位,顿时激起一片惊呼。可以想象,一旦领导没有起身后退,后果会怎样。

　　看着倒下的钟楼,黄泉眼眶里盈满了泪水,这时,右手被握住了,软软的,但很凉。他扭头一看,是冷燕,冷燕眼里也盈满了泪水。

两人没有来得及照上一张合影。

原载于2019年第3期《芙蓉》;2019年第4期《小说月报》、2019年第7期《中华文学选刊》、2019年9月下半月《新华文摘》转载

梦 里 香 椿

一

　　梦是可以暗示的,像催眠可以让人入睡一样。暗示,是梦的引子,往往一个精心设计的暗示,会引发出一串匪夷所思的梦。这是冯慎九在一周之内得出的真切感悟。

　　冯慎九周一上午去康复病房看老开,特意买了一兜水蜜桃。老开牙不好,喜欢吃软桃。正在桌上玩智力拼图的老开看到水蜜桃,没头没脑地问:"云上北坡的吧?"冯慎九摇摇头:"水果超市买的,没问产地。"老开接着说:"你人不回云上,梦可以回去嘛,梦又不用打车票。"冯慎九说:"我睡眠好,不做梦。"老开道:"没有梦,就是病,灵魂是死蚌。"这句话像口热年糕噎住了冯慎九的喉咙,连咽三口唾液才顺过气来,老开的话够狠,不做梦,就是病,这几乎就是骂人了。老开服役时三次上军校,从教导队到政治学院,再到京城的大学,这种接力式三级跳般的学习进修,让他从一个打鱼郎华丽转身为学者型军官,让同期入伍的战友们望尘莫及。与老开同级别的冯慎九不得不承认,老开肚子里有干货,老开的话不能当耳旁风。冯慎九问:"你在暗示我要做梦?"老开未置可否,不紧不慢又添了一句:"没梦的人,可怜!"冯慎九被刺激了,盯着老开问:"你想让我做什么梦?"老开拿起一只水蜜桃仔细端详了一会儿,把目光投向窗外,窗外是湛蓝的天空,一丝云彩都没有。"云上。"老开说。

　　说来也奇怪,当夜,冯慎九果真做梦了。

冯慎九不由得按照老开的暗示,梦到了久违的云上村。

云上村是冯慎九的老家,那里有冯氏老屋,老屋灰瓦白壁,青石围墙,大门外半步远有一棵树,一棵香椿树。香椿树枝干嶙峋,孤零零立在门旁。树虽老,但精神头还在,像个跻身远望的老人,也不知它在望什么。冯慎九记得上学时教语文的丁老师曾讲过一首诗,是谁写的记不清,诗却背住了:"山珍梗肥身无花,叶娇枝嫩多杈芽。长春不老汉王愿,食之竟月香齿颊。"能背下这首诗,是因为门前这棵香椿树。每天上学、放学他都要看一眼门口这棵树,这树就像一个忠于职守的老仆人,不辞风雨地伫立在大门旁。听大人说,香椿树是不能栽在院内的,因为当地有句谚语:"香椿过房,非死即亡。"但栽在院外的香椿就不受这谚语的诅咒了,云上许多人家都在院外栽香椿树并任其疯长。其实,大家都知道,香椿树想疯长也长不成,因为每年春季,它的嫩芽嫩叶至少要被人掐去三回,成为饭桌上的一道美味,所以说香椿树能长成材是少见的奇迹。

冯慎九站在老屋门前,觉得家门口那棵枝繁叶茂的香椿树正张开双臂欢迎他。他闻到了一阵香椿芽的清香,这清香由淡到浓,充溢整个梦境。他太熟悉这种味道了,每每闻到这种味道,都会感觉有一具无形的铧犁,把板结的记忆一层层犁开,翻成湿润的沃土。离开云上四十五年,云上在记忆中变成两样存在:一样是黑白照片般的村落图景,那图景是老照片的感觉,有些褪色,有点模糊,但轮廓依然,韵致不变;另一样则是香椿芽的清香,这是一种久储于舌尖味蕾中的渴望,是季节、色彩和味道的集成。记得参军离开云上时,母亲给他烙了两张大饼,一盘香喷喷的香椿芽炒鸡蛋。那是他记事以来吃得最饱的一顿饭。母亲看着吃空的盘子说:"想吃的时候就回来,只要树在,年年都有香椿芽。"

望着香椿树,一只喜鹊飞过来落在树梢上,他抬头看看喜鹊,喜鹊像是打招呼一样叽叽喳喳叫了几声。他笑着收回目光的时候,忽然发现树下站着已经去世的老母亲。母亲身穿蓝布褂子,绾着发髻,一脸严肃地对他说:"慎九啊,你还记得回来呀。"双亲已经过世多年,是做生意的弟弟把父母安葬在大连城郊一处叫乔山的墓园。父母去世前也早就离开了云上,和弟弟一家在城里生活,听弟弟说父母进城后再没回过云上。冯慎九战战兢兢地问:"妈,你怎么回来了?"老母亲说:"我本来就没走,这棵香椿就是我。""你咋能是这棵香椿呢?妈,你是不是糊涂啦?"他忘记了母亲已经作古,竟和老人家认起真来。母亲没有不高兴,转身道:"好了,我进屋给你炒香椿去。"他看到母亲的背影隐进老屋,马上,他听到一阵葱花爆油锅的声响,接着,便有香椿芽的香味儿飘出来,再接着,就听到母亲在老屋里喊道:"慎九呀,来家吃饭。"这声唤,让冯慎九忽悠一下醒了,揉揉鼻子,香椿味道仿佛还在。他觉得这个梦好奇怪,不知道寓意是什么。

　　早晨,他想到了老开。他和老开是同坐一节闷罐车从旅顺来到沈阳,又一同分到了胶东半岛的一个海军部队。老开和他都是龙塘镇人,他在云上,老开在云下。老开一直在后勤部门任职,退休前是海军某基地后勤部长。他则一直在舰上任职,从鱼雷艇长、护卫舰长、驱逐舰长,一直到支队主官,然后和老开同一年退下来,进了省城同一个干休所。退下来的老开在写回忆录,在台式电脑前一坐就是一个上午,有时写着写着会暗自流泪。他劝老开,只有大人物才写回忆录,咱就是个师职,写出来也是书店里的摆设,再说也没有出版社肯出版。老开说,写回忆录不是给别人看的,是给自己攒料,自己心头有只蚌,张口等着喂呢。老开虽然学问大,但十分低调,你不问,他不说,好料都在自己肚子里攒着。他忌讳好为人师,自嘲不愿意当大尾巴狼。因为是战友加同乡,老开和冯慎九交流最多,谈论问题也深入。冯慎九有解不开的锁,喜欢到老开这里讨把钥匙,而且这钥匙还真管用。不久前老开患了阿尔茨海默病,时而清醒,时而糊涂。老开不为患病而悲观,他的理论是有些老年病其实是人体自我保护,比如耳聋,就是人体不希望听到议论杂音,因为听了只能心烦;眼花,就是不该看的东西别看,因为看了也无能为力。阿尔茨海默病也一样,之所以时而糊涂时而清醒,其实是身体吃不消,让你工作一天,休息一天。还别说,冯慎九觉得这种奇谈怪论从老开嘴里说出来似乎有点道理。老开患病后,医生让他玩智力拼图来恢复脑力。冯慎九看过那些拼图,应该是学龄前孩子们的游戏。老开的女儿春杏说,父亲清醒的时候不屑于玩拼图,只要拿出拼图,就说明他进入了一种糊涂状态。

走进老开房间,老开正在玩智力拼图,冯慎九便觉得此次来非其时,糊涂中的老开也许会说些不着调的话。见他进来,老开站起身做了个甩膀子的动作,幅度很大,差点闪倒,女儿春杏赶紧扶住他。

老开站在屋中央又做了个挎肘的动作,问:"咋样?"

冯慎九坐下来问:"这是练什么功夫?"

"撒网。"老开口中蹦出两个字。

冯慎九看看身边的春杏,春杏解释说,父亲每次拼完图,就起来练习撒旋网,说将来准备回通海沟打鱼。

冯慎九知道,云下村也临海,村西有一条从山上流下来的河叫通海沟,因为入海口是淡水、海水相交汇,沟里鱼特多,尤其是习性在两合水中觅食的胖头鱼最厚,一网撒下去,十几条活蹦乱跳尺八长的胖头鱼就会拎上岸。老开参军前喜欢在通海沟打鱼,通海沟是他在部队说不完的话题。

春杏扶父亲坐下来。冯慎九说:"昨天你一说,晚上我真还做梦了,梦到老屋门前那棵香椿,还梦见了老母亲,这都是你暗示的结果,倒也证明我没病。"

老开眼睛眨也不眨,直勾勾地看着他说:"做梦像起土豆,一起一串,不论大小,你会接着做。"

"看来你是不让我好好睡觉啦,"冯慎九开玩笑道,"你暗示也没用,我没啥亏心事,独寝神魂安。"

"这个由不得你。"老开说。

"为啥?"冯慎九觉得老开话里有话。

老开说:"当年云上、云下的支书送咱,他们说的话你还记得不?"

冯慎九想了想,似乎想起来了,当年在镇里上车,云下、云上的两个大队支书赶来给入伍新战士戴红花。红花戴好,敞篷解放牌大卡车就启动了。云下的书记是个大脸盘女同志,双手扩成喇叭跟在卡车后面喊:"记着,回来!"云上村支书侯大爷扬起手杖也跟着喊:"回来,回云上!"冯慎九还记得侯大爷在喊话时,他看到父母就站在路边一棵楸子树旁沉默不语。

"当时咱俩都应声了,这是宿诺,"老开说,"宿诺不践约也是病。"

自己离开云上四十五年,一次也没回去。冯慎九心里抖了一下,自己和老开不一样,云下是老开的福地,而云上对于自己来说,是不堪回首的伤心地,回去有什么意思呢?他问:"你学问大,帮我解解,我昨夜的梦怎样?"

"想家,没啥。"老开道,"问题是你欠不欠云上什么。"

"我能欠云上什么?我家的老屋都无偿捐给了云上。"

提到"欠"字,他倒觉得老开欠战友们一顿好饭。老开这人说话敞亮,办事却特抠,在后勤部当部长,本来管钱管物,却能一分钱攥出水来。老开一直抽低档烟,烟味特冲,抽一根满屋子旱烟味。老开喜欢喝几块钱一斤的粗粝的黑茶,茶汤像墨汁。茶不好茶具好也说得过去,而老开泡茶的杯子极不讲究,是个废物利用的大号雀巢咖啡瓶,能装一升水。冯慎九曾劝他说,这么节省干啥?吃穿医用部队都供给。老开解释说,钱这个东西应该花在刀刃上。他觉得好笑,啥是刀刃呢?老开就春杏一个女儿,已经嫁人,在干休所当护士,女婿也是军官,并不要他接济。老开经常回云下,有几次还约他同行,但他都没有抽出时间,老开便只好自己回去。回来后老开就说云下的海菜饼子怎么好吃,酒怎么好喝,云下人的酒量怎么大,等等。他觉得老开回云下是找衣锦还乡的感觉,分文不费却能一路风光。

"情,我是说欠不欠情。"老开解释自己刚才的话。

他摇摇头,自己什么也不欠云上的,细说起来,倒是云上欠他许多。他问老开:"梦到树是啥意思?"

老开想了想,道:"树是愿望,老母亲出现是提示你有宿诺未践。"

他觉得老开有点故弄玄虚了:"啥宿诺?我当时只是应了一声而已。"

"应一声足够了,用不着应两声。"老开不容置疑。

春杏去食堂打来了午饭,午饭很精致,小盘子小碗小花卷。冯慎九忽然闻到了一股昨夜梦中闻到的清香,仔细一看,原来有个圆盘里面是香椿芽炒鸡蛋,绿莹莹,黄灿灿,像一簇带着嫩叶的油菜花。

香椿!他叫出了声。昨晚梦见香椿,今天就看到了鸡蛋炒香椿,看来这梦很灵验嘛。

"一起吃点。"老开发出邀请。

冯慎九摆摆手:"你慢用,我不想享受病号饭的待遇。"

春杏送他出来,他悄悄对春杏说:"你爸玩拼图时也挺清醒啊,一点看不出糊涂。"

回家路上,那股鸡蛋炒香椿的味道像影子一样一直跟着他,冯慎九暗暗责备自己:人一老,怎么还会变馋?

二

冯慎九是云上人,在履历表中他无数次填写过"云上大队""云上村"几个字。

冯慎九对云上没什么感情,那个临海的小渔村对他来说,是一只破了肚皮的八爪鱼,总有些悲情的墨色在水中弥漫开,形成一层不透光的隔膜。冯慎九中学毕业后,很幸运地被大队推荐到北京上大学,政审、体检都过了,不知怎么就被刷下来了,没人告诉原因,大队侯支书的说法是狼多肉少。冯慎九一厢情愿的初恋也在云上折戟沉沙。他从小学四年级开始就暗恋同村女孩子小洁,小洁是个长睫毛姑娘,心善嘴甜,总是一口一个慎九哥地叫他。中学毕业回村后,小洁在大队当会计,他则上了大队新造的350马力渔船当水手。父母知道他喜欢小洁,就托了媒人拎着四合礼去小洁家提亲。依冯慎九的猜测,这门亲事应该八九不离十,因为小洁叫出的每一声慎九哥,语音里似乎都拐了好几道弯,让他心里像羽毛在刮一样。第二天,媒人蔫头耷脑地退回了四合礼,说小洁妈态度比蛎壳还硬,说女儿就是嫁不出去也不找出海的。云上大队主要生产是出海打鱼,不出海还能干什么?冯家为此觉得伤了面子,一家人沉默了好几天。第二年征兵,冯慎九报名参军,穿上军装到了海军服役,尽管一路提干、晋级,但还是个出海的,依然没达到小洁妈的择婿标准。除却冯慎九自己的事情外,他的父母也不愿谈起云上。母亲原本在云上小学当代课教师,教一二年级语文和算术,母亲教课很受学生欢迎,本来代课好好的,不知怎么就下来了。母亲回家那天,沉默寡言的父亲正出海归来,看到母亲抱着一摞课本坐在老屋门前台阶上发呆,知道发生了什么。父亲陪母亲坐在台阶上抽了一袋烟,然后起身将母亲怀里那摞课本接过来,一股脑投进灶坑,用这些课本煮了一锅他刚带回来的八爪鱼。冯慎九记得父亲对母亲说了这样一句话:老天爷饿不死瞎家雀。

云上村地处辽东半岛最南端,坐落在一道簸箕形山冈上,村庄被成片的槐树环抱,南面和西面是一望无尽的黄海,东面是一道栽满了樱桃树的平岗,北面是一面缓坡,缓坡上是一盔盔高高低低的坟丘,村民在坟丘间栽上了水蜜桃树、梨树和苹果树,让这个属于亡灵的山坡也有了鲜花与果实的甜蜜。与云上村相邻的是云下村,两村相距三里。云下经济状况不如云上,云下的村民就抱怨:"凭啥你们叫云上?云上不是压着云下一头吗?"这种抱怨对云下没有改变,却长了云上的志气,让云上人多了自豪感。冯家三间祖屋在村东,套着青石院墙。老屋建于何年已无从查考。据父亲讲这原本是一处被人废弃的老宅,当年爷爷闯关东从小平岛流落至此,简单收拾了一下便在此定居下来。

冯慎九参军第十个年头,在大连做生意的弟弟和他商量,要把父母接到城里生活,他没加思索就表示同意。据弟弟讲,接双亲进城那天,母亲一言不发,脸色如贻贝壳般凝重,背过身偷偷抹了几回眼泪。父亲则说:瞎家雀也有开眼的时候,说搬就搬,不要拖泥带水。但父亲给冯慎九打了个电话,父亲问他:"慎九啊,咱就这么走了?你爷爷的坟还在北坡上呢。"他告诉父亲,弟弟已经在乔山买了公墓,爷爷的坟会迁过去。父亲这才放心,说那就走吧,咱家老屋有百十年了,也卖不上钱,就捐给村上吧。弟弟问为啥不能卖,父亲说,这老屋当初也不是冯家买的,咱给卖了良心不安啊。就这样,老屋捐给了村里,成了云上村集体公产。

与冯慎九对云上的冷淡相比,老开每每提及云下就眉飞色舞。说他如何在通海沟打鱼网网那个不空,说如何当上民兵连长带着基干民兵在海边巡逻,说如何在宣传队扮演郭建光演唱《朝霞映在阳澄湖》,等等,满满的自豪之情。冯慎九和老开交流过对故乡的看法。老开说:"我就像一条四处奔跑的猎犬,不管走到哪里,都记着自己的狗窝在云下,有这个窝在,我在外面做啥事都觉得踏实。"冯慎九说:"我是四海为家,在云上没啥念想,想起来是满把的泪。"老开很不解:"有啥大不了的事,能让一个堂堂师职干部落泪?"冯慎九摇摇头:"云下人羡慕云上的名字,其实云上这个名字不好,在云上面,飘忽不定,脚下没根。"老开道:"云上再不济也是你的家,生在云上是你的命,这是无法改变的现实。"

因为做梦,冯慎九的眼圈泛起乌青,像獾子一样。老伴问他是不是身体出现了不适。

"昨夜做梦了,梦到了云上,像过电影。"他说。

老伴对云上没有概念,冯慎九平时也很少提及云上,就说:"做梦很正常,犯不上有负担呀,你梦到啥了?"

"梦到老屋院墙外那棵香椿,孤零零的,桅杆一样竖着,树梢有几撮叶子。梦到老母亲给我做香椿芽炒鸡蛋,那鲜味简直能让人飘起来。"

老伴是心理医生,曾在部队215医院工作多年,长期给病人做心理疏导,她一听便猜到了梦的由头,笑笑说:"我看你是馋香椿了,味道是有记忆的,小时候的味道到老了会回来找你。"

冯慎九道:"云上的香椿芽不仅好吃,颜色还好看,第一茬紫红色,第二茬淡绿色,到了第三茬,就变成了翠绿。那个味道正啊,不像现在市面上的香椿芽,都是大棚里栽的,味道寡淡。"

老伴开玩笑道:"这么想念香椿树,该不是有啥故事吧?"

老伴这句无意中的玩笑,让冯慎九还真想起了一件往事,他嘴上敷衍了一句"云上能有啥故事",记忆却回到了从前。

那是二十世纪七十年代初的一个春天,他上小学五年级。一天,同班同学小洁对他说:"慎九哥,你家香椿爆芽了,能不能掐点给我妈妈?"他从小就喜欢小洁,小洁长着一双长睫毛的大眼睛,眼里总是布满星星一样,怎么数也数不过来。他说:"放学后跟我去掐就是了,要多少掐多少。"小洁说其实不是妈妈想吃,是爸爸明天出海回来,妈妈想包一顿香椿馅饺子。小洁的爸爸是大队跑外海渔船的船老大,每次出海都要半个多月。村民对船老大很敬重,但背后却给他们起了不雅的绰号,叫老鬼。那天,他像猴子一样爬上香椿树,给小洁掐了满满一篮子香椿芽。他把一篮香椿芽送给树下的小洁时,小洁闭上眼睛深深地闻了闻篮子里的香椿芽,说:"慎九哥你真好!"说完就腼腆地挎着篮子跑回家了。小洁话少,一双眼睛总是如痴如幻地眯着,他暗暗喜欢小洁,觉得小洁是云上的一颗珍珠。不幸的是,小洁爸爸没能吃得上香椿馅饺子,那天晚上海上突刮大风,正在远海作业的渔船出事了。那时候到外海作业都是对船,遇到大风后,小洁爸爸让另一条船砍断网纲逃生,自己那条船为了保住队里的渔网没有断纲,结果渔船倾覆。跳海逃生的船员大都获救,只有小洁爸爸和大副两人被扣进海里遇难。小洁妈妈在失去丈夫的悲痛中,给女儿立下一条死规:嫁人不嫁打鱼郎。这也就是长大后冯家求亲遭到婉拒的原因所在。冯慎九中学毕业回到云上,没有其他选择,只能上渔船打鱼,渔民不打鱼还叫渔民吗?后来,冯慎九在海军当护卫舰舰长,有次军舰经过云上外海,他站在甲板上用望远镜目不转睛地望着岸边的云上村。政委问他看什么,他举着望远镜说,在看一棵树,一棵香椿树。由这棵树他想起了小洁和小洁遇难的父亲。小洁的难过他无法想象,因为小洁说过,她每次闻到香椿芽的味道,就会想起父亲,父亲那张慈祥的脸会在海水中向她露出笑容。冯慎九离开云上后没有再打听小洁的消息,从内心讲,他也不希望这段青涩的恋情被启封。

现在,老伴问到香椿树是不是有故事,他忽然想起一位诗人的诗句:故乡,是游子心中一棵树。他觉得这句诗很准确,他的梦可以证明,云上对于他来说,就是家门口那棵香椿树。

他对老伴说:"关于那棵香椿树有很多故事,但我记住更多的是香椿芽的清香。"

老伴说:"梦里有棵有味道的树,说明你没老。"

这话他很爱听。

三

本以为不会再做梦,结果周二晚上,老开的暗示又发挥了作用。

梦境真切,香椿芽诱人的清香似乎带着淡淡的忧伤。

这是一个诡谲的梦,他甚至怀疑这到底是梦还是活生生发生过的现实。

他遇到了小洁,在那棵香椿树下,香椿树的嫩芽已经变成茂密的老叶。小洁挎着篮子,系着一条格子围巾,围巾被海风吹起,在轻抚着小洁那张牙鲆鱼肚般白皙的脸庞。他好像是刚从350马力铁壳船上下来,走过一段石板上坡路,来到老屋门口。见到小洁他很惊讶,没等他说话,小洁便迎上来说:"慎九哥,我来还你篮子。"说完,把篮子双手递过来。这是一句久违的慎九哥,语调中内容丰富。他压抑住内心的激动,低头看了看空空的篮子,心里也觉得空空的。他接过篮子问:"你还好吧,小洁?"小洁没有说好或不好,而是看着篮子道:"四十多年了,一直想着要还你篮子。"他再次看了看小洁,小洁的睫毛依然那么长而密,目光软如月光。再看篮子,这是他家装桃子、梨用的扁形土篮子,里面衬了灰布,防止柳条划破苹果和桃子。当年,冯慎九用这个篮子装满香椿芽送给了小洁后,妈妈曾到处找这个篮子,他没敢告诉妈妈。小洁说:"我一直保留着这只篮子,不用它装咸鱼和虾皮,因为咸鱼和虾皮的盐分会腐蚀篮子。我幻想有一天,再让你给我摘一篮子香椿芽,我亲手包香椿馅饺子给爸爸吃。"冯慎九问:"你爸爸?"小洁说:"爸爸就是这棵香椿树呀,我奶奶说,好人死后会变成香椿,我爸爸是世界上最好的人。"

此梦冯慎九无法与老伴分享,只能去找老开。他觉得老开虽然得了阿尔茨海默病,但这并不妨碍他发表评论,阿尔茨海默病患者看问题往往会有意想不到的视角,很多影响深远的思想,都是阿尔茨海默病患者的发明。

"你确定梦到的是香椿?"老开问。

"当然,老屋门外只有一棵树。"冯慎九很肯定。

"我觉得你梦到的是臭椿。"老开坐在沙发上一字一句地说。

冯慎九没有反驳,等着老开说下去,和阿尔茨海默病患者说话不能急,更不能催,要让他像漏斗一样自然滴流,听他下半句。

"你丢了云上,只配梦臭椿。"

老开说的臭椿他知道,和香椿长得差不多,因为味道不好,臭椿芽不能吃。老开为什么说自己只配梦臭椿呢?

老开说:"是香椿,就得让乡亲们掐芽劈叉。四十五年来,云上摘过你一枝一叶吗?"

冯慎九觉得自己找错了圆梦人,不但没找到答案,还无端受到一番奚落,一个阿尔茨海默病患者的奚落。他说:"老开啊,你是云下的香椿,我也是云上的香椿,咱俩一个闷罐出来的,谁也不是臭椿。"

老开没接他的话,自顾自说道:"当然,臭椿也不是不好,至少臭椿比香椿更有机会成材。你梦到臭椿,预示婚姻有过问题,这个你可从来没说过。"

"臭椿和婚姻有啥关系?"他问。

老开说:"你到《诗经》里查查吧,关于臭椿有一首诗,对了,在诗里臭椿叫'樗'。"老开拿起铅笔写了"樗"字,解释说,樗就是臭椿。"

他不得不佩服老开,阿尔茨海默病似乎意外激活了老开某个备用脑室,让他多了一些特异功能。他和小洁当年的事属于绝密,除了当事人再无外人知晓,老开凭一个虚无之梦就推演出来,有点不可思议。他不想和老开分享当年这段青涩的恋情,便岔开话题道:"你多次劝我回云上,我知道你是好意,但我不回云上有不回的原因,不像你对云下感情深,在云下你春风得意,回去是荣归故里。"他记得有次老开从云下回来,和他唠起云下的海菜饼子简直是天下第一美味,一顿竟然吃了一屉。他当即表示反对,第一美味应该是香椿芽炒鸡蛋,海菜饼子四季都有,而香椿芽炒鸡蛋却只有初春才能品尝到。老开说,想一年四季吃香椿芽不是难题。他心里埋怨老开,站着说话不腰疼,香椿还会在其他季节爆芽?他觉得老开不给家乡做贡献,还老是回去刷存在感,这样回乡有点频。尽管老开说起云下总是滔滔不绝,但他心里清楚,老开太抠门儿,不会给云下拨钱拨物。有一次,某支队淘汰了一艘老式潜艇,家乡所在县的领导打电话,希望部队将潜艇赠送给地方爱国主义教育基地做展览用。他说:"你们找老开呀,他是基地后勤部长。"那位领导为难地说:"找了,老开说不行,潜艇虽然退出系列,但价值不菲,怎么能随便送给地方?"他觉得老开说出这样的话很符合身份,旧潜艇拆卸了也能卖废铁,这对于一直抽廉价烟、喝粗粝黑茶的老开来说,的确价值不菲。老开患病后医生不让抽烟,为了解馋,他就用烟丝自己卷烟,卷那种一头粗一头细的旱烟,卷成后在鼻子底下嗅嗅,然后一根根码在床头柜上的一个铁皮饼干盒里。冯慎九悄悄问春杏卷这些烟干吗用,春杏说父亲卷烟攒着,是为了回云下时给宝来抽。宝来是老开儿时的伙伴,在渔船上作业时被网纲伤了两个拇指,无法卷烟。宝来烟瘾大,当年老开就为他卷烟抽,后来老开参军了就没人给他卷了。老开患病后,嘴里经常念叨宝来,说卷烟给宝来攒着,等回云下时送给宝来。冯慎九觉得老开的思维方式总是从省钱出发,现在城乡哪里有卷旱烟抽的?想给宝来烟,花钱买几条香烟不就成了吗?啥品种的烟没有?这种节省几乎就等同于吝啬。

"那么,香椿和臭椿分别代表什么?"他觉得这是个新知识。

老开道:"香椿有感恩芽,臭椿生怨恨叶。"

老开坐下来,断断续续讲了一件往事。老开小时候有次上白银山采蘑菇,不小心被一条野鸡脖子蛇给咬了,咬在脚踝上,伤口很深。当时那条野鸡脖子像一坨牛屎盘成一团,老开误认为那是一坨牛屎,而"牛屎"边就有几只肥厚的松蘑。老开只顾看松蘑,没有在意那坨"牛屎",结果蛇蹿起来一口咬伤了他。被蛇咬的第一感觉是疼,钻心地疼。带疼连吓,他坐在地上哭起来。这时,也在采蘑菇的宝来妈跑过来,让他躺倒,然后俯下身子用嘴一口口吸吮他的伤口,吸一口,吐一口。开始吸出的血水有些发绿,等到吸出的全是鲜血时,宝来妈才停下来,用头巾帮他扎住伤口,背他下了山。

这是老开第一次提起此事,而且是患病之后。冯慎九再看那个铁质饼干盒,心里想,如果是个精致的雪茄盒会更好。

"云下,给了我两次生命,"老开说,"所以我要做一棵香椿,以感恩之芽回馈云下。"

冯慎九忽然觉得脸庞有些发热。

从病房出来,冯慎九嘴里好像误吞了一把臭椿叶,又苦又涩。他不埋怨老开,老开不知道自己心中对云上的纠结,云上不仅是自己悲情的舞台,还是不堪回首的失意场,回去岂不是自寻伤感?老开关于臭椿的话让他想起了小洁。小洁是自己不成功的初恋,这一点他心里承认,但离开云上后他没有再联系过小洁,他很讨厌那些一发达就到处找初恋显摆的人,那是肤浅的土豪做派。他忘不了那段朦胧的感情,小洁像一条小鱼,偶尔会从心之湖里游上来,吐出一串泡泡,或摆出几道涟漪,马上又不见了踪影。初恋应该是块白玉,须用金丝绒层层包好,深深珍藏于心底。

那么,小洁后来的婚姻是否不幸呢?他想,如果小洁生活上需要帮助,自己该不该伸出援助之手?这应该毫无疑问,他对自己说。

冯慎九一直记着这样一件事。中学时有天放学,小洁自行车车链断了,一时修不好,天色已晚,急着回云上。他提出可以骑车载小洁回去,小洁欣然应允。回云上多缓坡,那条八米宽的沙石路虽然曲曲弯弯却十分平坦,两旁尽是枝繁叶茂的槐树。正是槐花盛开的五月,一路风景,一路槐花香,他浑身有使不完的劲,近十里山路没有感觉到累,两腿像力道十足的弹簧,大金鹿自行车如同插了双翼在公路上疾驰。小洁挽着他的腰,他能感觉到小洁柔软的身子贴在脊背上。到了村口,小洁跳下车,说进村后这段路自己走。他知道小洁是担心被妈妈看见产生误会。他理解小洁,小洁和妈妈相依为命,妈妈的话自然要听。让他没有想到的是,小洁下去后,自行车忽然变得沉重无比,自己的两条腿如同陷进淤泥一般几乎蹬不动车子。他只好推着车子走回家,到家里才觉得自己很傻,为什么要骑这么快呢?而且一门心思奋力蹬车,连句话都没有和小洁说。

小洁后来嫁给谁他不知道,但可以肯定一点,小洁不会嫁给一个跑海的。

小洁现在会是什么样子呢?那双眼睛还长着长睫毛吗?

很快,他开始责备自己,瞎想什么?小洁生活怎样与自己何干?难道自己退休了还要去找小洁?再说了,小洁现在也是六十多的老妪了,正常的话应该儿孙满堂,享受天伦之乐。

四

做梦,是一项很累的工作。冯慎九觉得老开的暗示像咒语一样厉害,他试图打破这个咒语,不受梦的干扰。周三睡前,他特意喝了半杯红酒。医生出身的老伴告诉他,睡前适量饮用红酒有助睡眠。他如法炮制了,结果梦境更加清晰逼真。

还是那棵香椿树,还是老屋前同样背景的梦。

这一次,香椿树下站着侯大爷,云上大队当年的老支书。

他有些紧张,侯支书执掌云上二十一年,已经作古三十年,现在应该在北坡的桃树下长眠才是,怎么跑到这里来了?

侯支书是个参加过抗美援朝的老兵,两脚被严重冻伤,平时总是拄着一根桃木手杖。侯支书在云上口碑不错,没啥私心,最大的嗜好是抽烟,抽一种大生产牌烟卷。冯慎九对侯支书有意见,但从没有顶撞过他,这意见时间一久,便像树瘤一样成了疙瘩。究其原因,是当年冯慎九的母亲在云上小学当代课教师,不知什么原因无端被拿下了,自己被推荐上大学,到了最后关头又化为乌有,这些事不可能与侯支书无关。

侯支书脸色像刚出水的海带,土黄色旧军装上衣口袋里别着一支黑钢笔。钢笔是身份的标志,当年,若是侯支书抽出钢笔拧下笔帽,在推荐表上签上"同意"二字,自己的命运就会发生重大转折。很可惜,当年侯支书的笔没有拔出来。这应该是一支英雄牌旋转笔帽老式钢笔,很粗,像个微型鱼雷,自己提干后曾想买这样一支笔,但找了很多商店都没有见到。时代在让一些人老去的同时,连同一些旧物件也带走了。

"您怎么在这儿,侯大爷?"他上前打招呼。

"在等你。"侯支书说。

他歉疚地说:"四十五年前您送我时说的话我没忘,只是工作太忙,无暇回云上看您。"

侯支书靠着那棵香椿树,目光很和善,抬手摘下一片香椿叶,放到嘴里咀嚼起来。侯支书的牙似乎全已脱落,咀嚼时是两腮在嚅动,这是一种用牙床磨食物的动作。他着急地说:"吃不得侯大爷,香椿叶入夏就嚼不烂了。"但侯支书还是吞下了那片叶子,吞下后表情怪怪的,眉头比刚才变得舒展,海带般的脸色透出一种香椿叶般的绿。

"当年的事你别怪,事出有因,我也没办法。"侯支书说。

"您说什么呢,侯大爷?"他疑惑不解。

"秀芝是初中文化吧,刘念是高中毕业,高中生肯定比初中生肚子里墨水多,为了云上的孩子,我只能委屈秀芝。再说了,刘念一个城里下来的黄花闺女,能让她上船打鱼?上了船那些山狼海贼还不把她霍霍啦?"侯支书抬手又摘下一片香椿叶,缓缓地放到嘴里。

秀芝是妈妈的名字。他明白了,侯支书是在说妈妈被从云上小学替换下来的事,这件事是冯家全家人心里的痛,妈妈在世时从不愿提及,家人也都尽量避开这个话题,没想到今天侯支书说到了。侯支书说的刘念是来自旅顺城里的女知青,人说不上漂亮,但有两条鹿一般的长腿和一头油亮的齐耳短发,在云上女孩中很是鹤立鸡群。他依稀记得刘念会拉小提琴,夏季的黄昏,刘念穿一条白裙子在海滩上面对大海拉琴的情景云上很多人都记得。刘念拉的曲子是外国的,听起来如泣如诉,云上没人懂。他和刘念没说过话,因为刘念特清高,总是用一种审视和警惕的目光看云上的年轻人。当时,他对刘念的印象笼统而又简单:这是一个高傲的冰冷姑娘。那年,村里本来有两个推荐上大学的指标,刘念去了,而自己却名落孙山。

"您是说您用那个刘念替下了我妈妈?"

"是的,"侯支书说,"是我让秀芝从学校回家的。"侯支书继续用光秃秃的牙床磨香椿叶,这应该是个很痛苦的举动,过季的香椿叶像树皮,咀嚼它是一种自我惩罚。侯支书接着说:"你不要恨我,如果你认为我错了,我今天吃臭椿叶就是道歉,这叶子的味道不比黄连差。"

"侯大爷,您嚼的不是臭椿,是香椿,我家的树我清楚,我每年春天都爬到树上掐香椿芽。"

"啥事都一样,错过时令就变了,由好吃变成了不好吃。"侯支书又摘了一片香椿叶塞进嘴里。冯慎九听到了牙床碾磨发出的声音,像村西口那盘碾子推动时发出的声音。他有些吃惊,肉体磨出的声音怎么会和石头磨出的声音相似呢?

"这些事,我早就忘记了,妈妈去世几十年,我也退休了,还能记恨这些陈芝麻烂谷子吗?"他说的是实话,云上的一切早已归档立卷,有生之年不会有解密的那一天。

"这篮子鸡蛋你收下。"侯支书侧一侧身,露出一个柳条篮子,扁扁的元宝形,里面衬了软布。整整一篮子鸡蛋!鸡蛋之间还蓄着稻壳。侯支书用桃木手杖指了指篮子道,"云上的鸡吃活食,蛋好。"

冯慎九忽然闻到了香椿芽炒鸡蛋那种独特的鲜香味儿,五脏六腑顿时加快了蠕动的速度。这篮子土鸡蛋可是比任何海鲜都好的礼物,因为云上的鸡散养,吃活食。他激动地道:"侯大爷,这鸡蛋我收下,但我要付您钱,我不能像老开那样,回家乡白吃白喝占乡亲便宜。"

话刚说完,侯支书抬手摘了一片香椿叶,没有咀嚼,而是放在嘴边一吹,叶子像纸鸢一样飞上天空,侯书记也化作一股清气随风而去。他忽悠一下醒过来,那股香椿芽炒鸡蛋的鲜香似乎从梦里穿越过来一般,在卧室里流动。

云上的梦只能找老开解。他思来想去还是来找老开,希望老开能帮他解析这个奇怪的梦。

"你是谁?"老开盯着他问。

"我是慎九呀,怎么连我也不认了?"他心里咯噔一下,坏了,今天老开犯病了。

"我不认识你。"老开双目无神,眼里蒙着一层翳障。

"当年云上大队的侯支书你该认识吧?"他提示老开。

"你是说潘秋吗?大脸盘、大嗓门、大酒量。"糊涂中的老开还不忘描述人的特征。冯慎九知道潘秋是当年云下村的女书记,就是她站在卡车后面双手扩成喇叭喊话的,如果这个女书记活着,也该是百岁以上的老人了。老开还记得潘秋的大脸盘、大嗓门、大酒量,可见印象之深。冯慎九记得参军头十年有次老开从云下探亲回来,说自己在云下醉了一天一夜,是潘书记把他灌多了。潘书记已经是个老太太了,但酒量一点不减,在家里招待他用大碗喝酒,几碗就把他放倒了。冯慎九问:"为啥灌你?"老开说:"潘书记提出一个要求,要么找钱把通海沟两边河沿砌上,给通海沟美美容,要么就喝酒,她喝多少让我也喝多少。"老开说,"我到哪里找钱给通海沟美容?只能喝酒,结果就把自己喝醉了。"

冯慎九贴近老开的耳朵大声道:"是云上,不是云下。"

老开的瞳仁布满亚光,像磨砂的黑玻璃。老开愣了一下,喃喃地说:"没有云上,只有云下。"

老开处于糊涂当中,冯慎九只好告辞。春杏送他到门口,老开忽然在身后说:"不能忘了潘书记,大脸盘、大嗓门、大酒量。"

春杏在身边悄悄道:"潘书记早就不在了,父亲清醒时心里明白。"他点了点头,平心而论,能不忘早就离世的潘书记,说明老开对家乡的感情比自己深。刹那间,他脑子里浮现出四十五年前那个清晰的镜头,潘秋双手扩成喇叭喊:"记着,回来!"画面背景里,父母在一棵楸子树下静静地站着,父母木然的表情像楔子一样嵌在脑子里。

回到家他想,老开对家乡的情,要是能变成物质上的慷慨就好了,很可惜老开是个十足的守财奴,从没听他说为云下办过什么事,宁可大醉一天一夜,也不肯出钱砌通海沟。通海沟可是他撒网打鱼的地方,两岸砌个河沿不会花费多少,更何况基地就有自己的码头维修队。

五

连续三天做梦,周四应该无虞,事不过三,可以睡个安稳觉了。

冯慎九想,美梦虽好,但毕竟影响睡眠质量,偶尔做做尚可,若是夜夜做梦,老开说的心里那只蚌也承受不了,老是张着嘴,有多少料够喂的?但冯慎九过于乐观了,周四晚上,老开的暗示依然在起作用。

冯慎九梦到了素无交往的刘念。四十五年来,这个长着两条鹿腿的女知青第一次走进他的梦境。

依然是那棵香椿树,依然是那堵石头墙,但这一次,石头墙上爬满了厚密的凌霄,正开着鲜艳的凌霄花。穿一条白色连衣裙的刘念在凌霄花下,面朝香椿树痴迷地拉着小提琴,她把香椿树当成了一个忠实的听众。冯慎九站在老屋门前的石板路上,静静地看着刘念拉琴。这一次他听明白了,刘念拉的曲子是人人熟悉的《大海啊故乡》。曲子拉完,刘念一手持弓弦,一手持琴,向他微微鞠了一躬,这是典型的舞台谢幕动作,刘念表现出一个音乐家应有的优雅。

"您有事找我?"他觉得奇怪,刘念拉琴也该去海滩,怎么跑到香椿树下来了?

"我来向您表示迟到的谢意,"刘念说,"四十五年了,这句感谢的话一直没有机会对您说。"

谢我?他越发奇怪了,在云上,他和刘念素无交集,何谈感谢?

"是您救了我。"刘念像学生一样笔直地站立着,眼里泪花盛开,"还记得推荐上大学的事吧?其实,当时云上只有一个指标,大队推荐了两个人,您排我前边,如果不是您让出指标,我走不成。"

他有些发蒙,当年自己没有让指标,是稀里糊涂被拿下的。他疑惑地问:"这到底是怎么回事?"

"侯支书亲口对我说,我上大学不要谢他,要谢就谢冯慎九,是冯慎九主动让出指标,把机会给了我。这句话,我记了四十五年,今天终于当面向您表达了谢意,也了却我的一桩心事。这么多年,我一直忘不了云上,您家老宅被村里改成农家书屋后,我给村里捐了一万册图书。"刘念指指身后的老屋道,"您没想到吧,您家捐给村里的老屋,成了云上最有文化的地方。"

老屋的用处对于他来说已经不重要,书屋也好,仓库也罢,都是村里的安排,弟弟已经将老屋捐给了村里。重要的是,他今天才知道,自己没上大学,原来是给这个刘念腾指标!刘念这个女知青怎么成了冯家的克星?母亲民办教师被她顶替,自己上大学被她取代,而这一切自己竟然都蒙在鼓里。

他忍住气问:"你刚才说,我救了你,难道不上大学就会死?"他把您改成了你,这当然包含着一种情绪。

"那就死定了。"刘念十分肯定地说,"在云上我已经被强子缠上,强子像幽灵一样盯着我,一旦哪一天遭受强子侮辱,我就不会活下去,即使强子没得手,我也会被吓死。"

他当然知道强子。强子是云上出名的彪子,四肢发达,头脑简单,一天到晚就想着女人,经常因为偷看妇女洗澡,偷女人洗晒的内衣,被人打得鼻青脸肿。强子是严重病态的花痴,患有间歇性精神病,专政机关也拿他没办法,法律有规定,不能把个精神病人长期关在拘留所。强子是拘留所进进出出的常客,也是侯支书最头疼的社员,侯支书曾经感慨过:"世界上啥人最不好对付?是精神有毛病的人,这种人不要脸。"强子缠上刘念,冯慎九还是第一次听说。

"强子是个彪子,你躲着点就是了。"他觉得刘念这样的知青,想摆脱强子很简单,知青点又不是一个人。

"你知道有句话:'不怕贼偷,就怕贼惦记。'强子像贼一样惦记我,我防不胜防。有两件事,简直要把我吓死。一次是在我在海滩上练琴,练了大概一个钟头,太阳落入海中,我准备回村,听到身后有类似老牛喘息的声音,一转身,发现强子赤身裸体地站在我身后。我吓得魂飞魄散,疯一般跑回村,直接跑到侯支书家里大哭。侯支书问了情况,拎着扁担就奔海滩去了。过了一会儿,侯支书回来了,说这彪子在海里洗海澡呢,这么凉的水也不怕冻,这可是六月,海水拔凉拔凉。这件事过去后,夏天里又发生一次。你知道知青点的房子在靠近北坡的高处,那五间石头房没有室内厕所,茅房在屋后。有天夜里我上厕所,冷不丁就看到赤身裸体的强子站在离茅房不远的地方,我提起裤子就跑,一边跑一边喊人,待知青们听到喊声拿着棍棒跑出来,却又不见了强子。这件事让侯支书开始担心,长此以往,说不定就会让这彪子得手。侯书记权衡再三做出决定:推荐我上大学,离开云上,摆脱强子。"

他感到自己真的做了牺牲品,为刘念,也为强子,这都是哪跟哪呀!但时光不能倒流,刘念一走果然就走上了人生坦途,听说刘念在北京发展不错,具体情况却不想了解。他冷冷地说:"其实,你不走也不会有事,因为强子在你上大学那一年秋天就淹死了。"他知道强子淹死的事,因为强子是个精神不健全的人,死了也没人感到可惜,包括强子家人,都认可了这一现实。

"侯支书写信告诉我了。强子之死绝非偶然,强子水性好,能像鸭子一样在海里扎下浮上,怎么会淹死?强子是在云上见不到我了,一根筋转不过弯,才寻了短见。"刘念解释说。

尽管他觉得这有些不可思议,但还是点了点头,单相思往往在强子这种人身上才会发生化学反应。

"我给您拉一支曲子吧,"刘念说,"您想听什么?"

他大脑中乐曲的储备实在太少,下意识抬头看了看香椿树,就说:"拉一支关于香椿树的曲子吧。"

"那好吧,我给您拉一首《好苦的香椿树》。"刘念平息了一下呼吸,举琴开始演奏。悠扬的琴声响起时,他忽然听到了一个天籁般的女声歌唱:

小小香椿树

我想对你哭

你的叶虽香

你的命好苦好苦

小小香椿树

我想对你哭

你的叶虽香

你的命好苦好苦

每逢春到嫩叶出

多少黑手把你撸

撸得你浑身枝杈断

撸得你满头光秃秃

每逢春到嫩叶出

多少黑手把你撸

撸得你浑身枝杈断

撸得你满身光秃秃

唉　香椿树

好苦的香椿树

唉　香椿树

我好想为你哭

唉　香椿树

好苦的香椿树

唉　香椿树

我好想为你哭

小小香椿树

我想对你哭

你的叶虽香

你的命好苦好苦

小小香椿树

我想对你哭

你的叶虽香

你的命好苦好苦

唔唔

琴声和歌声结束,闭目倾听的他已经泪流满面。睁眼再看,面前只有香椿树和墙头上的凌霄花,刘念已经不知去向,周围弥漫着香椿芽炒鸡蛋的香味。

本不想去找老开,但离了老开,云上的梦无人能解,只好再去找老开。路上,他暗暗祈祷这一次老开别犯糊涂。

这一次老开眼里那层翳障不见了,瞳孔像清洁过,滋润中多了许多光泽。

"慎九来了。"老开先打招呼。

他坐下来,暗暗庆幸老开没糊涂,靠近老开说,真是奇怪,这梦越做越离奇。他把梦到刘念的经过说与老开,请老开解梦。

"我认识刘念。"老开说。

冯慎九愣了一下:"你怎么会认识刘念?"

"有一年,刘念参加一个慰问团到基地演出,我负责接待,刘念琴和歌都不错,高个子,有气质。那次她演奏了《军港之夜》,还唱了一首《那就是我》,当时很多水兵被她唱哭了,哭得稀里哗啦。"老开的记忆在这一刻复活了。

"她说起云上了?"

"当然。"老开眯起眼略做思考状,然后伸出三根手指头,"那天吃饭时,刘念敬酒说了三句话,我印象很深,她说一是感谢部队,因为她是部队大院里长大的孩子;二是感谢云上,是云上善良的乡亲推荐她上了大学;三是感谢乐队的同事,是同事的关爱和鼓励才让她这个癌症患者的生命得以延续。"

"怎么,刘念是癌症患者?"冯慎九吃惊地问。

老开点点头:"医生预料她可以活三年,可是她到基地慰问时已经多活了两年。不过,我估摸现在刘念早就不在人世了,距离那次慰问演出也有十几年了。"

我梦到的怎么都是亡灵啊!冯慎九感到后颈一阵发凉。一个长眠在骨灰盒里的人,为什么要闯进他的梦?难道灵魂开窍就要接纳不该接纳的东西吗?他无奈地摇摇头,觉得这一周的梦简直是香椿梦的连续剧。

"我怎么才能不做梦?"他几乎是央求老开。老开虽节俭,但他过人的智慧可以共享。

"回云上看看。"老开说,"灵魂开窍后要想办法闭合,那棵香椿树该是你安放梦想的地方。"

回去并不难,说走就走。他想。

老开说:"人啊,年轻时经历过的事看似忘了,其实只是被时间掩埋,老了说不定会长出来。时间就像土壤,能生长欢乐,也会生长噩梦。"

冯慎九想了一下,自己这些梦算不上噩梦,无非是梦见了故人。他问老开:"你也常梦见云下吗?"

"我不梦见云下,我常回去。"老开说,"倒是有时候会梦到潘秋,梦到她用大碗灌酒。"

老开今天像没病一样,脑子清楚得像被刷子刷过。离开时冯慎九想,阿尔茨海默病这玩意有没有装的呢?对于老开来说,可别是需要出血的时候就来病,不需要破费的时候就是正常人。冯慎九这样想也不是没有原因,作为后勤部长的老开,每次做东吃饭,都选在路边的巴巴店,撸羊肉串喝老雪啤酒,从来就没去过高档的地方。这一点战友们都清楚,当面就说老开特抠门儿。

六

周五晚上,冯慎九睡前索性喝了一整杯红酒,他酒量有限,酒劲上来早早就睡了。

半夜,他醒后去了趟卫生间,心里暗暗高兴,前半夜睡得实,那棵香椿树没在夜里长出来,说明红酒催眠安神作用不错。

接着,问题就来了,躺下后再也无法入睡,总觉得有一种船遇潮涌的感觉。出过海的人都明白,浪好对付,涌难抵抗,涌最能使人晕船。这是因为浪是迎面扑过来,只要你双脚稳住甲板,凝神聚气,便可破浪;而涌是从下往上翻,从脚跟处动摇你,几个回合下来就会让你六腑易位、天旋地转,轻者坐卧不宁,四肢乏力,重者脸色煞白,呕吐不止,能将苦胆水吐个干净。下半夜冯慎九就出现了这种感觉,躺在床上有一种强烈的眩晕感。他怀疑是酒的问题,起身开灯,拿过酒瓶看过,顿时懊悔不已,这瓶红酒保质期是六年,已经过期整整四年,自己喝了一杯严重过期的红酒!

这瓶红酒价格不菲,是随军舰出访时在国外买的,一直放在酒柜里,没想到再贵的酒一旦过期,也分文不值。

在埋怨了自己一番后,他蒙蒙眬眬地睡着了。结果,梦中又见到了那棵香椿树。

梦中情景是春天,香椿刚刚吐芽,阳光照着老屋,前墙、屋檐、绿漆窗棂的玻璃窗,明晃晃的,十分耀眼。可以吃香椿炒鸡蛋了,这是他看到香椿芽的第一反应。应该找个篮子,然后爬上树去。他低头找篮子,小洁还给他的篮子就在眼前,他提起篮子,却发现一脸严肃的父亲正站在香椿树下。父亲穿一件旧中山装,胡须多日没刮,脸色如紫铜一般,双手拄着一把铁锨站在树下望着他。父亲没有说话,目光直直地看着他。

"这是咋了,爸?"他吓了一跳,以为父亲遇到了难事。

"没咋的,春天了,我给香椿树施肥培土。"父亲说。

他觉得父亲有些古怪,香椿树年年在此,春发秋谢,用不着施肥培土。父亲说:"我知道你喜欢吃香椿芽,施点肥培点土,香椿芽会长得旺些。"

一句话,他的眼泪便涌出来,父爱如此深厚,这是他过去没感受到的。父亲一向沉默寡言,做事喜欢一二三,从不拖泥带水,是典型的渔民性格。原来父亲也有心细的一面。他想过去拥抱父亲,但怎么也拔不动腿,脚下的石板路似乎像胶一样粘住了他。他哽咽着叫了一声:"爸。"

父亲说:"你上去摘吧,摘了让你妈炒鸡蛋。"

他忽然就闻到了香椿炒鸡蛋的味道,清香、提神,有一种绿莹莹的温暖,令人浮想联翩。他抱着篮子问:"您在乔山还好吧,爸?"

"不好,乔山到处是又冷又硬的房子,邻居也不认识,都是冷冷的生面孔。"父亲一脸忧郁,"还是云上老屋好,人熟,海货新鲜,还有香椿。"

他顷刻间无语了,乔山公墓墓碑林立,父母墓地周围都是些来自四面八方的陌生人,陵园内除却几行侧柏,再没有其他树,而老屋就不同了,人熟树多,菜园绿,海货鲜,烟火味十足,父亲的感觉是对的。

不该把北坡的祖坟迁到乔山去。他很后悔,乔山再高,也不能与云上的北坡比,北坡有冯家的根。

"别忘了这棵树,想着施肥培土。"父亲嘱咐了一句。

他嗯了一声,擦了擦眼泪再看,父亲已经不见了,那棵香椿树的枝丫间,一簇簇紫红色的香椿芽火焰一样在跳动。他大叫了一声:"爸!"

老伴被吓醒了,睁眼看着泪流满面的丈夫:"又做梦了?"

他点点头:"梦到父亲了。"

老伴喃喃地说:"慎九,你是想家了。"

早晨起床,他说自己做出一个重大决定:回云上。

老伴说:"云上又不是南极洲,开车就去了,算什么重大决定。"

老伴不理解他和云上的恩怨与纠结,如果没有情感障碍,他早就和老开结伴回去了。

"我要去问问老开。"他说,"说不定老开可以和我们结伴回去,当年我俩是一个闷罐出来的,快半个世纪了,再坐一辆车回去。"

老开在房间里练习撒旋网,样子极认真,像京剧里的武老生,一招一式颇为讲究。见到冯慎九,老开停止撒旋网,面无表情地说:"又梦啥了?"

冯慎九点点头:"梦到了老父亲。"

"一卦六爻,到了五爻就快到尽头,没啥可梦了。"老开宽慰他。

"我来是想告诉你,我准备回云上,你想不想同去?"

老开愣了,好像忽然进入了病态,大张着嘴半天没说话。

"你咋了?"他扶老开坐下,春杏端过一杯水来,是白开水。他问春杏:"咋不给你爸泡点茶?有许多保健茶可以喝。"春杏摇摇头,向父亲努努嘴:"老爷子不让买,说是费钱。"

"别回了。"老开目光发直,望着窗外说,"不是有句话吗?相见不如怀念。"

"你不是一直批评我不回去吗?为啥我想回时你又变卦了?"他很不解,自己回云上,老开该兴奋才是,怎么忽然来了一个一百八十度转弯?

有这个心思和念想就够了,老开说,不忘本,不一定要返本。

"我一连做了五天梦,总该把这些梦安放好吧,我要去看看老屋,看看那棵香椿树。"他有些动情,正是五个穿成串的梦,浮漂一样钓起了他的乡愁。

"别回了,八百里路呢。"老开喃喃地说。

他觉得老开糊涂了,思维有些颠三倒四,便劝老开好好养病,身体不适,就不要连续撒旋网,还是好好玩拼图。说完,对春杏交代了几句,然后拍拍老开的肩膀道:"想从云下捎啥,让春杏打电话给我。"

老开几乎带着哭腔道:"我的话没人听。"

七

导航是个好东西,再生疏的地方也不会迷路。

开了五个小时车,冯慎九和老伴驾车来到了辽东半岛最南端的龙塘镇。恰好是午饭时间,他停下车,想找一处饭店打尖。车旁一个停车休息的司机说:想吃饭,最好到云下,那里饭店多。从镇政府所在地到云上九里路,中间正好经过云下。他也正好要去云下看看,便决定到云下吃饭。

212国道路况极佳,因为拓路,两侧已经不见了茂盛的槐树,变成了虽然整齐却叫不上名字的绿化树。几分钟工夫,车子驶进云下村。云下村在公路东侧,站在公路边,他已经找不到昔日的丝毫记忆。这哪里是云下!云下低矮的石房子、狭窄的村路都哪里去了?四十五年前家家都有的蒙古包大小的柴垛一个也见不到了,眼前的云下简直与城市无异。靠近公路有成排的饭店商铺,一处挂着"潘老三铁锅炖鱼"牌匾的饭店引起了他俩的兴趣。就吃铁锅炖鱼如何?他问老伴,老伴说好,两人便走进这家门面整洁的饭店。

　　铁锅炖鱼很实惠,菜价也不高,点了炖杂鱼、海兔蘸酱、煮虾怪和海菜饼子。脸蛋像红苹果一样的女服务员说:"大叔大婶真会点菜,这几样正是本店特色。"他很高兴,有一种到家的放松感。铁锅端上来,老伴吃得很香,说连锅端上桌,有点海派的味道。他却想起了什么,叫来服务员问有没有香椿芽炒鸡蛋。服务员说有,他眉梢一挑,马上点了一份。香椿芽炒鸡蛋的香味萦绕了他五个晚上,今天终于可以吃上了。香椿芽炒鸡蛋还没上桌,那股独特的诱人鲜香已经从厨房飘出来,他忽然有些感动,好像要见到一个久违的亲人,心中忐忑起来。

　　香椿芽炒鸡蛋端上桌,骨瓷白盘、金黄的土鸡蛋和紫红的香椿芽,让这道菜有了玉盘玛瑙的感觉。他努努嘴让老伴先动筷。老伴尝了一口,紧接着连吃几大口,然后眼里含蜜一样道:"难怪你夜夜梦见香椿,原来这么好吃。"

　　他开始动筷,努力让自己吃慢一些,不能狼吞虎咽不顾吃相,但一吃起来便忍不住,很快吃光了这盘香椿芽炒鸡蛋。圆脸蛋服务员趴在吧台上不时望他一眼,她大概还没有看到哪个顾客会把盘子吃得如此干净。餐厅里另两桌顾客显然是外地来的游客,不时朝他们桌上看一眼,在议论是不是要加菜。他放下筷子,用餐巾擦了擦嘴角问:"夏天吃到香椿芽,是怎么保鲜的呢?"没等小姑娘回话,厨房里一个戴着高高厨师帽、方头大脸的中年汉子走出来,一看是老板兼厨子。汉子用围裙擦着手,用带有浓重海蛎子味的方言道:"这个呀,要感谢开部长。"

开部长?他愣了一下,难道是老开?

"哪个开部长?"他问。

"开部长是云下出去的大官,海军一个部队的后勤部长。"中年汉子神采奕奕地说,"开部长好啊,不忘家乡不忘本,自己出资为云下建了一个小型气调库,云下的水果、蔬菜就能反季销售了。这香椿芽就是储藏在气调库的,怎么样,新鲜吧?"

冯慎九目瞪口呆,老开能个人出资为村里建气调库?这不是天方夜谭吧?

"开部长还帮村里建了一个康养中心,几十张床位呢,云下老人有福,像城里人一样在康养中心养老。"中年汉子很健谈。

冯慎九觉得脑子有点乱,眼前总是浮现老开练习撒旋网的姿势,这家伙保密意识真强,为云下做了这么多事,却从没透露半个字。

老伴结了账,招呼他起身。他站起来,直接走到中年汉子跟前,问:"你认识潘秋吗?"汉子愣了一下:"那是我姑姑。"他紧紧握着中年汉子的手说:"我认识你姑姑,开部长是我战友。"汉子听后,急忙走向吧台,看了看账单,然后数出一沓钱走过来塞到他手里:"开部长的战友,吃饭不收钱!"

他把钱放回吧台,向汉子敬了个军礼:"钱一定要付,你刚才的话,我会告诉老开,谢谢你!"

汉子一直把他俩送上车,关上车门那一刻,汉子说:"开部长还好吧?我们几个朋友约好了,准备去省城看他呢。"

开车从主路东行,不远就是通向云上那条岔路,导航也是这样提示的。但是,他在岔路的地方看到的是一扇气势非凡的大门,门口挂着一所知名大学的牌子。

下车去问保安,保安说,几年前云上就整体搬迁了,这里现在是医科大学。

"那么,校园里还有云上的建筑或树木什么的吗?"他有点急,加重了语气。

保安是本地人,赤贝肉一样的脸色,说话也带有一副海蛎子味,粗门大嗓地道:"有个屄!连个坟头都没剩!"

他忽然觉得脑壳离核,五官不灵,有一种灵魂出窍的感觉,满世界都是一簇簇香椿芽,自己则置身在香椿树上,香椿树因为劈裂严重,他的手脚无所攀附,时刻有坠落的危险。老伴推了推他,他才缓过神来,转身回到车上。他发动汽车,摇下车窗,呆呆地瞭望着眼前的校园,午后的阳光将一栋栋崭新的楼宇映照得熠熠生辉,他的目光越过近处的房屋,投向北面那个椭圆形的巨大建筑。从方位来看,那里应该是云上的北坡。

"我回不去了,"他对老伴说,"我也知道老开为啥阻止我回云上了。"

掉头,开车驶往大连。他对老伴说:"打开导航,找家有名的茶庄,我要为老开买几盒好茶。"

原载于2020年第2期《芙蓉》;2020年第3期《小说选刊》、2020年第2期《芙蓉》转载;入选《2020中国年度中篇小说》(漓江出版社)

没有乌鸦的城市

　　五一的早晨，太阳变得格外勤劳。

　　凌晨四点，拉着布帘的窗子由黑变灰，高翘尾巴的小花猫开始在窗台上做弓背运动。她有些歉意地看一眼小猫，这个在青浦路上捡到的流浪猫已经习惯了与她一道起早。她准备好丈夫和孩子的早饭，走出这间租来的蜗居，骑着那辆小小的前三轮自行车来到青浦街时，城市东方挤满了高楼大厦的港区已经泛白。那是一片叫钻石港湾的地方，夜里总是灯火通明，霓虹闪烁。她节奏匀称地扫了大约百米的样子，后背变得潮湿，掩映在法桐枝叶间的路灯开始变黄，路灯一黄，天就亮了。

　　她叫王国真，是青浦街道办事处一名环卫工人。五一这天，其他劳动工人可以享受法定假日，在家里洗个澡，睡个懒觉，让绷紧的肌肉像夜间的腰带一样松弛下来。但她不行，因为她负责的这条七百米长的青浦街松弛不下来。青浦街是条百年老街，像条纤细的扁担挑着两个城市广场，虽说不像主干道那样车水马龙，但行人和车辆也不少。街道两旁依次排列着一些日俄时期的老建筑，建筑都不高，淹没在法桐、古槐硕大的树冠里。她喜欢街边的老房子，这些房子不仅样式各不相同，色彩搭配也很入眼，有烟色、明黄色、铁青色和灰白色，但无论哪一种颜色的建筑，墙壁上都长满了一种叫爬墙虎的萝类植物，给这些老宅披上了绿色的甲胄。在众多建筑中，她尤其喜欢古老的青浦小学和小学西边那栋望海楼。青浦小学是古堡式的赭色建筑，铺着绿色塑胶地面的操场平坦整洁,尖尖的楼顶很像进口大片中常见的教堂。她初到青浦街的时候,在这所小学门口伫立了许久,她想到了自己上学的乌斯力中学,那是由一排土坯房和一个长满荒草的操场构成的学校,除了旗杆上的国旗颜色十分鲜艳外,其他一切都是土灰色。与青浦小学毗邻的望海楼通体白色,圆形拱顶的每一扇窄而高的窗子都有雕花的窗楣。有了窗楣,窗子就变得生动,如同人的眼睛,如果没有一道眉毛,再大的眼睛也不受看。窗子上方的屋檐下还有许多带着翅膀的天使。她从晚报上知道,这种风格的房子叫巴洛克式建筑,源自遥远的西方。阳光下的青浦小学和古槐衬托的望海楼如同一对儿相依相偎的恋人,看上去令人心意萌动。上工的第一天,她生出写一首诗的念头,但只写好两句便想不出下文,这两句是写给青浦小学和望海楼的:

　　我儿时的梦想
　　我心中的诗

　　她把这两句诗说给丈夫,当建筑工人的丈夫嘴一撇:"一个扫街的写诗,笑不笑死人。"对丈夫的嘲讽她并不恼,丈夫也有软肋,丈夫不喜欢乌鸦,为此换了三个打工城市。她回敬说:"一个泥瓦匠,有什么资格讨厌乌鸦呢?"
　　青浦街在市政管理上属于二级马路,由区里保洁,区里再下到街道,街道又下给了环卫队的王国真。在王国真眼里,青浦街就像个穿长衫有着络腮胡子的男人,一天不打理,就如同早晨不剃须,会毛了半张脸。街道办事处吴主任对青浦街的保洁也十分重视,指示说城市的书房不能脏,要全天候保洁。主任多次在会上讲,青浦街是城市的书房,书房应该是最洁净的地方。

今天,王国真心情不错,这心情不仅来自五一节的好天气,还因为昨天吴主任表扬了她。

吴主任是个很帅气的领导干部,开会讲话极有风度,白皙的皮肤加上一副亮晶晶的眼镜,看上去像个大学教授。她没有想到这样一个有模有样的领导会请自己吃饭。半个月前的一天傍晚,王国真在清理青浦小学校门口那两棵冬青树时,在树下捡到一个皮夹,里面有身份证和一排花花绿绿的卡,皮夹中没有钱,也没有工作证。当夜,她把皮夹交给了队长。队长是个肚腩很饱满的中年人,穿着和警服相仿的城管制服,喜欢骑摩托巡检辖区卫生状况。队长对环卫工有罚款权,哪段路面有未清扫的垃圾,他会叫来环卫工人发一通火,但从不罚钱,他知道这些工人收入不高,需要养家糊口,罚款等于减粮。环卫队三十二个女工也都惧怕他的叫骂,保洁尽量做到位,不给队长停下摩托车发火的机会。队长接过皮夹,打开翻了翻,道:"王国真,这是你第二次拾金不昧了。"王国真回答说:"上次是,这次不是,上次包里有钱,这次都是些花花绿绿的卡。"王国真在去年冬天捡到一个皮包,包里有七千多块钱,她交给了队长,队长说她干净,她知道干净是大连方言,是夸一个人好。队长把钱交给了街道,街道吴主任说要奖励她,可能是太忙了,奖励的事没了下文。队长说:"你不懂,包里有身份证,这些卡可以当钱花。"

捡到皮夹第二天,王国真到青浦街保洁,七百米的街道她每天要清扫多个来回,清扫一遍后她会到青浦小学的门口小憩片刻。学校门口是个公交车站,为了方便等车,市政部门在步行道上安置了两条木质长椅,这便是王国真休息和吃午饭的地方。王国真喜欢在这里坐坐,一来高大的法桐可以遮阳,二来可以看看学校操场上嬉戏的孩子。青浦小学古朴典雅的铸铁栅栏上,长满了一蓬蓬白色和红色的蔷薇花,她的家乡没有蔷薇,她喜欢这些蔷薇,喜欢校园里的孩子。她的女儿妞妞也在上小学,只不过那是离家较远的一所外来务工人员子女集中的小学,丈夫每天要起早把孩子送到学校,然后再去建筑工地干活。要是妞妞能在青浦小学上学该多好!

时近中午,她从三轮车后斗里拿出用塑料袋包着的饭盒和一瓶装满凉开水的可乐瓶。可乐瓶装水很实用,不怕碰,在三轮车后斗里翻来滚去也无妨。饭盒是旧式铝制饭盒,这饭盒和她的一段中学往事有关,所以一直舍不得换。那一年,她在家乡乌斯力中学读初中二年级,学校新来一个姓陶的女老师。陶老师刚从省城师大毕业,一脸朝气,像春天的油菜花,明亮耀眼。陶老师喜欢诗,讲语文课时常常会吟诵一些新诗,在那个不流行追星的时代,陶老师却成了农村学生心中的明星。王国真那时还叫王国珍,一次下课后,梳着长长披肩发的陶老师很随意地说:"王国珍,你知道吗?有个诗人叫汪国真,你们的名字很相像。"陶老师借给她一本汪国真的诗集让她读,这一读,便入了迷,她开始偷偷在日记中写诗。当发现王国珍归还的那本薄薄的诗集比原来变厚许多时,陶老师心生警觉了,担心白纸一样的王国珍被所谓的诗给涂鸦。陶老师找王国珍谈话,问她是不是喜欢上写诗了,告诉她农村孩子改变命运的唯一出路是考出去,她明年就要中考,中考是必须拼尽全力跨过去的一道门槛,不能分心,诗这种东西既迷人又害人,会毁了她。王国珍没有听劝,她对陶老师说:"你让我脑子里开了一扇窗,有了这扇窗,我就是回村务农心里也亮堂。"她把课本、作业本上名字中的"珍"字统统改成了"真",并认认真真地开始写诗,她只是写给自己看,并没有想到发表,也从来没有投稿。乌斯力中学能考出去的学生很少,王国真和大多数学生一样没有考上县高中,她回乡务农了。回乡后,她开始种向日葵。她种的向日葵花盘格外大,籽粒十分饱满,村民都怀疑她用了什么特效肥,问她,她粲然一笑说:"爱,是最好的肥,你爱它,它就会长得好。"乌斯力的冬季人们喜欢猫冬,猫冬必不可少的就是瓜子,死冷寒天男女老少盘在火炕上嗑瓜子、看电视已经成为一种习惯。王国真因为瓜子好而闻名四乡,当年和丈夫相亲时,木讷的丈夫指着自己的两颗有凹槽的门牙说:"王国真你看看,这都是你的瓜子害的。"就这么一句话,他们相爱了。结婚后,她带着一大包葵花子去看陶老师,陶老师说:"你很乐观我特别高兴,把平凡的日子过得有滋有味是一种本事。"陶老师赠她一个铝制饭盒和那本她读过的汪国真诗集,来大连时,她带来了这两样珍贵的礼物。

时间已是正午,几个吃过午餐的学生在铁栅栏边的蔷薇花丛中抓蝴蝶,春天的蝴蝶虽笨,但孩子们徒手还是没法捉到的。一个男孩子隔着栅栏看到了她的扫帚,问可不可以借来用。她摇摇头,说用扫帚来扑,蝴蝶就没命了。一个梳着板凳头的小女孩双手把着铁栅栏向外看,黑黑的铁栅栏把孩子的脸衬得满月一般白。她注意到孩子对饭盒好奇,就微笑着说,没见过吧,这是古董呢。小女孩一双眼睛圆而大,让人心生怜爱,她忽然觉得这孩子面熟,一时又想不起来在哪里见过。等孩子们被上课的铃声唤走她才想起,这孩子特像电影《城南旧事》里的那个小姑娘。

她喝了一口水,正要打开饭盒,队长骑着摩托一个刹车停在她面前。队长骑摩托从来不戴头盔,让人很远就能认出来。队长一脚支地,一脚踩着刹车,对她说:"王国真,上车跟我走。"她愣了一下,站起身却没上车,看看三轮车,再看看手里的饭盒,意思是问:这正午吃饭时间上哪儿去呢?队长拧了一下油门,摩托车嗡嗡叫了几声,像是在回答她的提问。队长说:"把工具车锁在树上,人跟我走!"队长的话不容置疑,她只好照做,骑在摩托车上一阵风被队长载到了青浦街西头的街道办事处。

队长领着她径直来到位于一楼的食堂,办事处吴主任正在一张圆桌边等他们。吴主任见到她很热情地起身握手,请她落座,桌上已经摆好几样菜,还有一盘冒着热气的水饺。她被水饺的热气蒸得云山雾罩,不知道吴主任这样的大领导怎么会请一个环卫工人吃饭。

吴主任给她斟了一杯啤酒,然后举杯说:"感谢你呀王国真同志,你给街道争光了。"她疑惑地看了身旁的队长一眼,队长在主任面前特别节约语言,两手按膝,军人一样胸背挺直地端坐着。主任接着说:"你知道你捡的皮包是谁的吗?"主任接着说出了这个人的名字,但她对这个名字却很陌生,她摇摇头,再看一眼身旁的队长,队长说了一句:"那可是个大人物。"说完就不再解释了。吴主任笑了笑道:"你如果经常看本市新闻的话,你就会认识他了。"她不知为什么点点头,自己确实没法看电视新闻,因为早新闻和晚新闻的时间,她都在青浦街上做保洁,尽管她那间蜗居里有一台旧电视。主任不再说皮夹主人的事,他解释自己为什么中午接见她,因为工作实在太忙,一个上午都在谈项目,连看报纸的时间都没有。吴主任还说了环卫工作对这座城市的重要性,说青浦街尤为重要,因为这条老街有文脉,是这座城市的书房。吴主任这个比喻很新鲜,青浦街两旁那些别墅一看就是读书人住的,典雅别致,风格各异,每栋房子房龄都要超过白发苍苍的爷爷。吴主任问她:"王国真同志是哪里人呢?听口音不是本地的吧?""塔河,"她说,"一个大兴安岭深处的县城。"主任又问:"北面打工的人都爱去江浙粤,你怎么来了大连?"她说:"这事说来话长。我本来在家里种毛克,对了,毛克就是向日葵,塔河人嗑瓜子就像大连人吃海鲜,上瘾。我种了十亩毛克,年年丰收,毛克开花那个好看哟,黄黄的花海能跑船,把半个天都染黄了,我本来不想走,可丈夫出来了,夫唱妇随,我就只好不再种毛克了。其实丈夫也不想出来,可是村里的成年男人都走了,连个打牌的伙伴都没有,也就随大流出来了。"她停顿了一下,看主任很专注地在听,就接着说,"丈夫落脚大连,说来理由很简单,因为大连是个没有乌鸦的城市。"吴主任放下筷子,好奇地问:"打工和乌鸦有什么关系?"她有点羞涩地解释说:"我丈夫讨厌乌鸦,他先是去了北京,北京建筑工地边的杨树上乌鸦成群,一天到晚嘎嘎叫个不停,他就离开北京去了沈阳。哪承想沈阳乌鸦也多,不仅北陵公园乌鸦成群,连市政府广场也是乌鸦满树,他心里犯忌,转头来了大连。也真奇怪,一进大连,脚下便生根长在了这里,把我和孩子接了来。他回去接我时说,真神了,在大连一只乌鸦也看不见,倒是有许多喜鹊,每天早晨听喜鹊叫心里格外舒坦。"吴主任哈哈笑起来,摇摇头说:"你老公挺迷信的,盖房子搞工程管什么乌鸦喜鹊,再说乌鸦过去也是神鸟,辛弃疾词中写的'佛狸祠下,一片神鸦社鼓'就是指乌鸦。"她眼睛为之一亮,问:"主任喜欢诗?"吴主任说:"我在大学是学中文的。"她又问:"您喜欢汪国真的诗吗?"吴主任说:"我喜欢北岛、顾城的诗,汪国真嘛,有点小儿科。"她不再问了,人家当领导的怎么能和她喜欢同一个诗人呢?她也知道北岛、顾城,但她读不懂他们的诗。吴主任问她工作和生活上有没有什么困难,她知道这是一种客套,便说没有。主任对一直不说话的队长说,这样吧,五一给王国真同志放一天假,算是奖励国真同志拾金不昧。队长说没问题,五一这天青浦街的保洁由宋嫂负责。宋嫂是环卫队中唯一没签合同的大姐,患有静脉曲张,在队里干些零活,因为要供养一个脑瘫的儿子,她坚持出来打工,以宋嫂的身体扫一天青浦街,两条腿肯定吃不消。她对主任说:"谢谢吴主任,五一我还是上班吧,扫街习惯了,一天不扫倒会不自在。"

吴主任用餐巾拭了拭嘴角,重新打量着这个穿着环卫制服的女性,眼中的神采像浓缩的彩虹,明亮而绚烂。好一会儿,主任才意味深长地说:"难怪国真同志能拾金不昧,因为国真同志思想有一种境界,境界呀!"对主任的感慨她没有多想,她想不该把那么辛苦的活儿转嫁给有静脉曲张的宋嫂。主任站起身道:"五一我值班,中午我去帮你扫街!"

吴主任五一要来帮自己扫街,这让王国真有一种莫名的感动。她觉得这个学者模样的主任很可爱,富有人情味,不仅请自己吃饭,还能放下架子来帮自己扫街,要知道,哪怕这是做做样子也是件不容易的事,电视新闻里慰问环卫工人的领导不少,可是哪个领导去动一下扫帚了?她遗憾的是主任不喜欢汪国真的诗,要是喜欢的话,她可以为他背诵一首。十几年过去了,陶老师赠的那本诗集她一直珍藏着,从塔河带到了大连,她在扫街的时候,还常常背诵一些熟悉的诗句自娱自乐。

队长骑着摩托载她回青浦街。街上车多,摩托车也挤在车龙里,她在车后说,不知自己的饭盒会不会丢,学校门口人挺杂的。队长不说话,加挡换挡,摩托像车流里的一条泥鳅,钻来钻去,不一会儿就到了青浦小学门口。下车一看,锁在法桐树上的三轮车以及车斗里的扫帚、垃圾袋等一样不少,饭盒也在,她看了队长一眼,腼腆地笑了。队长跨在摩托上,撇了撇嘴说:"就你拿个铝饭盒当宝贝,不知道的还以为是你捡的垃圾呢。"队长在主任面前话少,在王国真面前也是冷冷的,话不多。他骑着摩托走了不远,又折回来,对王国真说:"对了,我替宋嫂谢谢你啦。"说完,一缕蓝烟绝尘而去。

今天是五一,时间又临近中午,王国真想着吴主任一会儿要来帮自己扫街,心里就像搦了一搦糖饼般加倍甜蜜。早晨带饭的时候,她特意烙了糖饼,还洗了几个水萝卜用食品袋包好,如果主任口渴,可以吃个水萝卜。她知道领导都注意形象,不会在大街上吃什么,但水萝卜是小东西,随便吃一个无妨。临上班时,窗台上的小花猫喵喵叫了两声,她抚摸了一下小猫毛茸茸的头,小猫兴奋地高翘起尾巴,她说:"也想跟我去扫街?"小猫又叫了两声,从窗台上跳下来,来到门口,好像真要跟她上街一样。上午,她在青浦街上来回清扫了五遍,街面很干净,无论是疾驶而过的车辆还是人行道上的行人,很少有人丢垃圾。清扫第四遍时,她看到路中央有一块红色的火腿肠肠衣,正要过去捡,突然,一只喜鹊从树上飞身掠下,在车辆的间隙里叼起肠衣倏然飞走了。她笑了,喜鹊也来帮忙,这个节日太开心了。望着干净的长街,她忽然发现原本黑色的柏油路竟然变白了,阳光下,没有树荫的地方白得十分耀眼,车轮能把黑的碾成白的,也会把白的碾成黑的。这几天,她有一个属于自己的秘密,那就是通往望海楼路口的柏油路和路边石之间,有一棵细叶的小草。按常理她应该把小草拔掉,但犹豫再三之后,她没有拔,她很惊奇这棵小草的生命力,在青石和柏油路之间,这棵小草居然能活下去,实属不易。她开始留心这棵小草,尽管队长如果发现会训斥她,但她还是把小草作为一个秘密收藏起来。今天扫街时她发现,这棵小草竟开了一朵小黄花,花虽小,色却正,如同一张微小的笑脸迎着她,让她十分感动。

正午的青浦街是静谧的,除了路上的汽车之外,其他一切都保持着舒缓的节奏,因为街旁是别墅,开不了商铺,居住的人又不多,所以有一种难得的清静。几个常出来散步的老人都文质彬彬,喜欢遛狗的还不忘带着垃圾袋随手清理狗的粪便。每当看到这一幕她便很感动,觉得自己有福气,来保洁这样一条老街。她常常听到负责保洁其他街道的姐妹抱怨狗的便溺太多,而自己却没有这个烦恼。

　　青浦小学五一没有放假,在操场上搞活动,绿色的操场变成了一个百鸟园。她喜欢这些校服整洁的孩子,站在校门口的长椅边,她痴痴地看孩子们嬉戏,看得眼花了,她忽然发现妞妞也在这些孩子当中,揉揉眼再看,妞妞又不见了。她收回目光,看铁栅栏上斑斑点点的蔷薇,这些瓷实的小花,每一朵都缜密紧凑,不像肥硕的月季,过于松散张扬。在老家的时候,她种的向日葵开花虽大,却开得结实,再大的风也吹不掉一片花瓣,可是在阳台上养的一盆月季就不行了,一夜之间会有不少花瓣脱落,让人心生惆怅。

　　一辆公交车开过来,下来几个民工模样的人,背包罗伞,东张西望,看样子对青浦街这里不熟。其中一个有些驼背的中年人过来问她望海楼在哪里。这些民工找望海楼干什么呢?她向西侧指了指说,不远了,前面拐个弯就是。驼背民工的脸上沁着汗,拎的包似乎很重,她说:"用我的车推过去吧,用完了送回来就行。"民工们很感谢,一口一个大姐地叫着,把行李放到她的三轮车上,推车朝望海楼走去。她没有跟着去,她担心吴主任来了找不到自己。

　　她把饭盒和装着水萝卜的食品袋用帽子盖住,目光依然越过蔷薇花丛的上方投向校园。绿色塑胶操场上的白色跑道在明亮的阳光下有些耀眼,她想起了家乡那片向日葵,向日葵虽然明亮,但从不耀眼,那种柔和的黄色会透过眼睛融进人的心里,让人暖洋洋的,想舒展自己。她想,这塑胶要是换了草坪就不会有这种刺眼的感觉了,有生命的草和没有生命的塑胶虽然颜色相同,给人眼睛带来的感觉却不一样。

　　一会儿主任来了很可能会问自己有什么困难,自己该怎么说呢?那天主任问了之后,她就在想这个问题,但不知该说不该说。

她一直梦想着妞妞能到青浦小学读书,如果吴主任能帮这个忙,她会感激不尽的。妞妞虽然上一年级,但学习很用功,在那所民工小学能考一百分,在青浦小学也不会差。妞妞有次跟她来青浦街,天真地问她:"妈妈,妞妞上学为什么要走那么远?这里不是有学校吗?"她不知道该如何回答妞妞,这个疑问像鱼钩一样一直钓着她的心。

时间已过正午,那个驼背民工把三轮车送回来,并一再致谢。她问:"你们到望海楼干什么?那栋楼好像长时间不住人了。"民工说他们是受雇来拆迁的,望海楼要拆了,听说要建一座星级酒店。她哦了一声,没再说什么。望海楼,多么漂亮的一栋楼,却要拆了。她坐在长椅上,遥望着马路的西头,街道办事处那座五层楼的建筑虽然看不见,但方位不会差,吴主任如果来,肯定会来自这个方向。

她痴痴地望着马路,不知道队长的摩托已经从东面驶了过来。队长没有下车,支着一条腿说:"王国真,下午两点以后放假吧。"她回过头看了一眼队长问:"就我自己放假吗?"队长摇摇头:"三十二个人,还有宋嫂,都放!"队长扭了一下油门,放低了声音说,"这是我定的事,你们悄没声的就是了。"说完,一缕蓝烟开走了。她看看表,已经是一点多了,操场上的学生陆续离开校园。她觉得该吃饭了,铝饭盒里的糖饼肯定变硬了,糖饼要趁热吃,一旦凉了,甜就会变咸。她打开饭盒,糖饼颜色金黄,像家乡熟透的向日葵,但她没有胃口,又把饭盒盖住。在合上饭盒的时候,她发现一个小女孩的身影正靠过来,抬头看,是那个梳着板凳头的小姑娘。"是你,有事吗?"她笑着问。小姑娘的一双眼睛似乎会说话一样,很招人喜爱。小姑娘递给她一个纸盒,说:"我有两个,给阿姨一个。"她惊讶地问:"是什么呀?为什么要给阿姨?"小姑娘认真地说:"妈妈说了,吃凉东西会肚子疼。"小姑娘说完,摆摆手,像只快乐的小喜鹊蹦蹦跳跳跑进校园。

她小心地打开纸盒,发现小姑娘送她的是一个黄色多层保温饭盒。

她捧着饭盒,感到自己在捧着一朵盛开的向日葵,脑海里忽然跳出这样两句诗:

  我儿时的梦想
  我心中的诗

  原载于《钟山》2013 年第 2 期;2020 年第 7 期
《长江文艺·好小说》转载

逃 离 北 京

一

年年春天光顾北京的沙尘暴在羊年里却奇怪地消失了,京城的百姓尚未从惊喜中醒来,一个魔鬼一样的幽灵倏然出现了,机关、大学、医院乃至曲里拐弯的胡同,到处都游荡着它急促的声音,却又不见它的踪影。它的声音是通过病人那沉重而压抑的呼吸传出来的,它甚至不允许一些病人发出呻吟,就唤来了狰狞的死神。

专家们给这幽灵起了个颇为响亮的名字——SARS!

八王寺居民小区 B 座的居民们真正感受到 SARS 的存在是在二楼的医生王仁彪那里。王仁彪是个区医院呼吸专科的医生,人胖胖的,一张红润的大脸使罩上去的口罩捉襟见肘。大概正是这个遮挡不严的原因,在他所在的区医院,他第一个感染上了 SARS。王大夫早晨起床时感到自己有些发烧,而且四肢乏力,一贯喜欢晨练的他意识到了问题的严重性,医生的敏感和责任感使他给 B 座一楼到八楼的每一家都挂了个电话,他告诉大家要做好被隔离的准备,因为他自己很可能感染了 SARS。

八王寺小区 B 座是一栋八层高的住宅楼,一层一个单元,因为建得早,楼内没安电梯,楼内的居民都从楼梯里上上下下,大家彼此都认识,这倒比那些后建的摩天大楼多了些人情味儿。一楼住户原本是个老教授,后来教授分了新房,这房子便租给了一对尚未结婚的大学生。男生是大四的,叫杨越;女生叫小慧,和杨越同系同届不同班。两人都是英语专业,据小慧自己讲,他们已经考过了托福,今年暑期就可以出国了,所以他俩不顾大学里的规定,自己跑出来租房子同居。

三楼的住户是胡主任,居民们都知道他是主任,却不知他是中直的还是北京市的,也不知他分管什么工作,但每天上下班有专车接送这倒是大家有目共睹的。胡主任的车挂的是外省的牌子,车子不固定,总是变换车型,但每一辆都是漆黑贼亮的新车。胡主任梳着一丝不苟的背头,线条分明的嘴唇周围总是刮得铁青,显示出一种凛然不可侵犯的神态。

四楼住的是一个开网吧的老板,姓朱,他的大名没有人在意,因为大家见面都呼他朱老板。朱老板家财丰厚,楼下泊着自己的别克轿车,家中古董柜里摆满了从全国各地收集来的瓷器,有真品也有赝品,但无论真假都是他花大价钱收来的。他留着寸头,脚蹬板鞋,纯棉的汗衫和休闲裤,瞅一眼就知道这是那种常常以爷自称的京油子。不过朱老板对邻里还是蛮不错的,常常弄些稀奇古怪的游戏软件免费送给大家,说他有义务普及全楼居民的电脑知识。他还对一位采访他的小报记者说过,网吧这种新兴的产业,对于推进全社会信息化建设的进程将起到不可替代的作用。

五楼的住户是一对在大医院工作的小夫妻:丈夫是外科医生,姓苏,文质彬彬;女的是内科医生,姓黄,戴一副眼镜,样子清秀。两人去年刚刚结婚,双方父母都在山西,他俩是大学毕业留京的,两人天天在图书馆扎到半夜,正在准备考博士。

六楼住户有点与众不同,算是 B 座的名人,她是演艺圈儿内人士,属于单身贵族一类。她这套近百平方米的大房子,可谓三教九流,多汇于此,使六楼楼道里常常洋溢着酒香。留心观察的人,在许多电视剧的片尾都会看到她的名字——秋正红。

七楼住了个私家养车的司机——五大三粗的刘子君。刘子君个人贷款买了辆依维柯中巴,专门往五台山拉游客,生意一直挺火,谁知 SARS 一来,各旅行社纷纷闭门谢客,刘师傅也就没了生意,天天在七楼阳台上骂娘。大家都知道刘师傅是被银行的利息压得,车没活儿跑,可利息却天天都不能少,刘师傅怎么能不上火?

八楼是顶楼,原来的住户搬走后,物业公司把它改成了保安人员宿舍,八王寺居民小区的六名保安都住在这里。六个保安都是绥德的民工,物业公司从民工队伍中把他们挑来后,直接去了浴池,经过一番彻头彻尾的搓洗,再换上铁灰色的保安服装,六个容光焕发的小伙子一下子就成了小区的仪仗。把八楼改为民工宿舍的事还有一段插曲。居民们听到这个消息后,都认为这么一个决定不能令人容忍,大家一致推选胡主任去和物业公司理论,胡主任也当仁不让地承担起了这一为民请命的责任。当胡主任在物业公司看到这六个标致的小伙子后,他没多说什么就回来了,他对居民们说:"不是住民工,是住保安,这样的事是好事呢。大家想想,B 座楼上住着保安,B 座的安全问题会不会更是高枕无忧呢?"胡主任就是有远见卓识,经他这么一说,坏事马上就变成了好事。

王仁彪大夫给其他所有的住户打过了电话后,自己用围巾缠住脸步行去了医院。他没有叫救护车,因为救护车一响,整个小区就会炸营。他也没有搭的士,因为怕的哥受到感染。好在他的体力尚可,便一个人紧裹着脸步行去了医院的发热门诊。

阳光暖暖的,没有风,街上车辆虽多但行人很少,即使有三三两两的行人,也都捂了严严的口罩,叫人看上去就感到憋闷。这是自从 SARS 光顾这座城市以来大街上最为常见的光景,最近几日这情景更为显著了,连偶尔开业的店铺的门童都戴上了口罩,只露两只警惕的眼睛惊恐地望着大街上匆匆而过的行人。

王仁彪感到头上和脖子上都沁满了汗水,他感到很内疚,如果自己真的被感染了,那么 B 座的邻居们可就惨了。他在给每一户通电话时都这样建议:实在不行,就暂时到外地躲躲吧。

二

接到了二楼王仁彪电话的居民们都魂不守舍地聚集在楼下,大家七嘴八舌地商议着该怎么办。因为假如王仁彪被确诊感染了 SARS 或者疑似 SARS,按照政府的规定,八王寺小区 B 座将被封闭隔离至少十四天。这十四天意味着什么大家心里都清楚,因为相邻的一个小区就是因为发生了类似的情况,已被武警戒严。

五楼的苏大夫和黄大夫因为是医生,说话自然就有了与众不同的分量。苏大夫说:"SARS 这个东西专门与医护人员过不去,因为只有医护人员最有可能接触那些还没有确诊的患者,王大夫看来被定性感染了 SARS 的可能性很大,如此看来,我们 B 座恐怕要成疫点了。"

"不会这么巧吧?"小慧似乎不愿意发生这样的事情,她瞪着一双惊恐的眼睛对大家说,"王仁彪是医生啊,他难道不会注意预防?"

她的话刚说完,杨越就扯了一下她的袖子,道:"苏大夫说得没错,北大医院的事情不就是例证吗?"北大人民医院是医护人员感染"非典"最多的医院,据说是一个外地进京患者像推多米诺骨牌一样放倒一大批医生和护士,这件事情已经成了街谈巷议的话题。

四楼朱老板比其他人多一份紧张,他的网吧昨天刚刚被勒令停业,今天自己的住处又遭此不幸,这正应了那句"祸不单行"的古话。朱老板并不是因为停业少赚钱而紧张,他有慢性支气管炎,平时一闻烟味儿就咳嗽,现在他的嗓子似乎格外敏感,只要身旁有人提到"非典"这个词儿,他都会下意识地咳上几声,这已经形成了一种无可奈何的条件反射。朱老板问苏大夫:"除了政府公布的防治办法,我们还有没有更省事更有效的办法呢?"作为生意人,朱老板总是把效益和成本当成一种思考问题的原则。

苏大夫若有所思地拢了拢自己的头发,道:"这样的办法是有一个,只是不大可行。"

"有什么不可行的呢?只要是好办法我们大伙就听。"朱老板睁大了眼睛,紧盯着苏大夫,仿佛苏大夫身上的确有锦囊妙计一样。

杨越和小慧也凑过来,等着苏大夫说话。今天无论如何不能去学校了,楼里出了这种倒霉的事,他俩担心的是会不会影响暑期的出国签证。

秋正红本来很少与邻里们在一起闲谈的,她接到王仁彪的电话后却第一个下楼。王仁彪的电话给她的明星梦兜头泼了一瓢凉水,中央电视台要搞一个公益性的晚会,以鼓舞全社会抗击"非典"的信心和士气,秋正红接到了邀请,现在离演出还剩下不到半个月的时间。秋正红做梦都想上央视,为了能在每年一次的春节联欢晚会上露一下脸,秋正红用上了浑身解数,但最终都没能如愿。央视春节晚会是万众瞩目,责任重大,一些大腕级的明星都被拦截于审查关,更何况一个名不见经传、北漂进京淘金的秋正红。焦虑万分的秋正红对眼下这一突发事件没有一点思想准备,要是在家里被封闭隔离半个月,那么央视这次千载难逢的电视晚会就会与她失之交臂了。

苏大夫的爱人黄大夫捅了丈夫一下,心想,你怎么净瞎说话呢?现在连世界卫生组织都对 SARS 束手无策,你怎么信口说出会有省事有效的办法呢?

"我的办法其实挺简单的,大家到一个没有疫情的地方去躲一躲不就行了吗?"苏大夫这样说。

大家听后都没有说话。突然,七楼的刘师傅猛地一拍大腿道:"对呀,咱们给他来个一走了之!"刘师傅这一附和,大家开始活跃起来,是啊,这么一个简单的办法怎么就没有想到呢?染不起总能躲得起吧,到外省去避避疫情,省得在这里整日提心吊胆的。大学生杨越和小慧脸上泛出了兴奋的红晕,他俩本来就没有把本科毕业证放在眼里,他们的心思早就飞到了国外,苏大夫的话使他俩不约而同地萌出一个念头:逃离北京!

朱老板的目光早已瞄向自己那台泊在跟前的别克牌轿车,自己是最有条件出走的,一家三口,驾上轿车,几个钟头就到清凉世界——五台山了。

秋正红的那副描绘精细的美眉变得有些舒展,她想,这几天就当自己在外地演出,等央视举办晚会的前几天再弄张健康证返回北京,这样既躲过了隔离之苦,又不误央视的晚会,看来这个平日少言寡语的苏大夫还真聪明。她不禁用感激的眼光多看了苏大夫一眼,不想却招来了黄大夫眼镜后十分警惕的一瞥。秋正红马上意识到这里不是舞台,是不能随便抛媚眼的。

刘师傅很大度地对大家说:"咱们都是邻居,有谁愿意走可以坐我的依维柯,免费!"大家鼓起掌来,谁都知道就是想走也不是容易的事,机场、车站、路口都设了检查站,政府为了控制疾疫向全国蔓延,对北京人员外出做了严格限制,连工地停工的民工都不得返乡。现在,刘师傅这么一表态,B座楼集体出走的计划几乎就可以实施了。

人群中没有三楼的胡主任,胡主任是政府官员,大家很想听听他的意见。心急的朱老板想上楼去叫,却见来接胡主任上班的轿车已经开了过来,司机很有礼貌地按了两下喇叭,算是向大家打过招呼。今天来接胡主任的轿车依然挂着外省的牌子,是日产的"风度",轿车刚刚打过蜡,能照出大家的影子。刘子君嘴上啧啧两声,道:"真他妈有风度。"

西装革履、夹着公文包的胡主任走下楼来,大家迎上去,朱老板把大家的想法简单向他做了介绍,问他有什么看法。胡主任身后还跟着妻子和儿子,他的妻子拎着一个皮质的旅行包,儿子背着鼓囊的书包。胡主任闪了闪身,让过妻子和儿子,让他们过去上了车。胡主任对大家说:"政府现在有要求,不允许市民走,所以大家想走怕是行不通。我是个领导干部,更不能带头走。抗击'非典'是一场没有硝烟的战争,我作为领导走了,岂不是临阵脱逃吗?"大家纷纷点头称是,是啊,胡主任怎能和大家一样呢?人家是官员,手下还有一大批部属,他这当主任的怎么能走得了?大家用敬佩的目光送胡主任钻进风度轿车,司机依旧有礼貌地鸣了一下笛开走了。轿车消音状况极佳,发动时连一点声音都听不到。

刘师傅打破了因胡主任离开而出现的沉寂,他对大家说:"我是老百姓一个,我管不了那么多了,我现在就收拾东西,中午就奔山西。"

黄大夫对刘子君说:"我们俩随你的车走吧,我妈妈在大同住院动手术,给我打三遍电话了,我和小苏就是没有'非典'也得赶回去。"刘子君拍了拍胸脯说:"没问题的,你俩收拾行李吧,咱们宜早不宜迟。"

杨越和小慧也跟过来,两双眼睛望着刘子君。刘子君没等他俩说话,就对他俩道:"你俩想走就抓紧收拾东西,我先头不是说了吗,想走的都可以坐我的依维柯,免费!"

秋正红本来也想说话,想了想又什么也没有说,急匆匆地上楼去了。

朱老板很义气地拍了拍刘子君的肩膀,道:"老刘,咱们一起走,我用我的别克给你的依维柯开路!"

刘子君点点头:"行!两台车相互也好有个照应。"

三

回到六楼的秋正红从抽屉中翻出一个很精致的小本子,这上面记满了她在北京所有的朋友的电话号码。秋正红自己把这个小本子称作联络图,平时怕这个小本子丢失,她总是把它放在梳妆台的抽屉里,有什么事需要联系她就在家里打电话。

秋正红原是南方某省一个地级市电视台的音乐节目主持人,节目主持得一般,歌却唱得很甜。在她所在的那个城市,她像十五的月亮一样被众多的星星簇拥着,很多有头有脸的人为了能和她同桌吃上一顿饭甚至挖空心思,把她的小学同学都利用上了。她的台长是个酸劲儿十足的文人,一次酒后挥毫给她题了这么两句诗:"五陵年少争缠头,一曲红绡不知数。"而且把这幅字很用心地裱好送给了秋正红。秋正红很讨厌台长的这股酸劲儿,她把这幅字放在了一个纸箱里。当她离开电视台后,细心的台长在堆放旧报刊的仓库里看到了自己的墨宝,可惜一幅本可以传世的艺术品,竟遭到了可恶的老鼠的啃噬,台长为此而愤愤不平,大有明珠暗投之感。

秋正红的心气很高,她不甘心国色天香的自己就像山野里的芍药花,无声无息地开,又无声无息地落。她所在的这座城市毕竟太小,几十万人口,连个像样的演出场所都没有,这样的发展环境令她苦恼不已。

秋正红的心态注定了她要离开她所在的这个小城。一次,她在采访中结识了一个圈儿内颇有知名度的音乐人,这个音乐人在音乐界以善于培养和推出新人而名声远播。在小城唯一一家三星级宾馆的豪华套房中,已逾知天命之年的音乐人正襟危坐,看上去颇有长者风范,这神态令一向高傲的秋正红一下子矮了下来。秋正红像个小学生一样聆听音乐人的教诲,之后,她把自己的一张MTV光碟双手捧过去,带着羞愧之色说请老师指导。音乐人在看完她的光碟的当天夜里十点半,给她打了个电话,电话中音乐人言简意赅地讲了他对MTV的评价,并约她马上面谈。秋正红尽管在媒体工作,但半夜三更上宾馆去会一个男人她还是心有余悸的,且不说她本身不情愿这样做,就是她想去她也没有这个胆量。小城的特点就是人熟,自己的身后不知有多少双眼睛在牵着,她今天晚上去宾馆,明天一早就会满城风雨。

秋正红婉言谢绝了音乐人半夜三更的邀请,这使她错过了一次跻身全国歌坛的机遇。音乐人在离开小城时,对秋正红意味深长地说:"只要你在音乐界发展,我们就还会见面的。"

一年后,秋正红果然辞职来到了北京。到了这个拥有千万人口的大都市秋正红才知道,自己原来并不怎么优秀,像她这样的各类艺术淘金者在京城何止成千上万,有的光彩照人的女演员甚至租住在门头沟脏兮兮的民房里,早餐就在四壁贴满了明星海报的小吃部里吃大碗面,而这些墙壁上挤眉搔首的大明星说不准去年也是这里一只灰头土脸的丑小鸭。北京,给人以磨难,也给人以机会,就像一首歌里唱的那样:让你欢喜让你忧。

在北京倍感失落的秋正红最终也没有去找那位音乐人,她的脑海里总在闪烁着音乐人在离开小城时那充满挑衅的目光。那目光里的成分太复杂了,在此之前,秋正红甚至不相信人的目光里会像电缆一样,夹杂进那么多花花绿绿的东西。

此时的秋正红急匆匆上楼来翻通讯录,她想自己无论如何也不能搭刘师傅的便车出北京,朱老板一个个体户能开着别克走,自己好歹也是个有一定知名度的演员,借一辆轿车出行应该不是难事。

秋正红打通的第一个电话是给吴处长的。吴处长是九江人,在一个管钱的部门当处长,出手向来很大方,他和他的太太每人开一辆本田,一白一红,很是令人羡慕。吴处长是秋正红的好友,他给秋正红介绍了许多关键人物,使秋正红受益不小。吴处长对秋正红没有什么分外的念头,他对秋正红说过:"我捧你就是想把你捧红,我不捧你也会捧别人,捧你只不过是缘分罢了。"吴处长这份对歌唱艺术的投入令秋正红看到人间美好无私的一面,所以她借车的第一个电话就打给了吴处长。

吴处长在接了她的电话后沉闷了许久,才很歉意地说:"正红,你坐飞机走吧,机票我给你买。"秋正红说了声谢谢就把电话放下了,她知道此时的吴处长一定很为难,否则吴处长不会不帮她。她不是没想过坐飞机,但所有北京出去的旅客,不管到什么地方都要实行隔离的,与其到外地去隔离,还不如不走了,要去只能自己开车。

第二个电话她打给了牛总。牛总是个手眼通天的经纪人,对秋正红呵护有加,是他教会了秋正红开车。他曾把自己的奥迪车借给秋正红开了一个月,让秋正红在京城的三环、四环上足足疯了三十天。牛总不止一次对秋正红说过:"我的车就是你的车,想开的话就招呼一声,随时可以拿钥匙。"

秋正红很有信心地拨通了牛总的手机,牛总没等她把话说完就打断了她的话:"不巧呀正红,我明天开车去大连。我们小区的南面就是一座定点医院,你知道现在正刮南风,那 SARS 飞沫随着南风不知刮到哪里,我不能不逃了。我在大连有别墅,你要是去大连可以住我的别墅。"秋正红的心沉了下来,她从窗户往楼下看了一眼,刘师傅一家正往依维柯上搬东西。

秋正红咬了咬牙,又拨通了三燕歌舞厅周老板的电话。周老板一接电话就说:"正红呀,你怎么还在北京哪？我三天前就开车到坝上草原啦,在这里住蒙古包,吃烤全羊,太惬意了,正是躲进小'包'成一统,管他春夏与秋冬,你来不来呀……"秋正红没等周老板说完就放下了电话,她彻底失望了,她所熟悉的有车族早就远走高飞了。

没有车,也就谈不上面子了。秋正红简单收拾了一下东西,换上一身休闲装,用一副大墨镜罩住眉眼,三步并作两步赶下楼来。

车上已经坐了五楼的苏大夫夫妇和一楼的杨越、小慧。刘子君一家尚未上车,正在搬运大包小裹,看来他们是做好了打持久战的准备。

"我能搭您的车吗,刘师傅？"秋正红向正在忙碌的刘子君问道。秋正红平时总是神秘兮兮的,和刘子君说过的话都能数得过来,每次在楼里见面都是刘子君先打招呼,秋正红对刘子君的热情总是很有分寸地点点头,然后很客气地应一声:"您好。"秋正红每次说出"您好"这两个字,刘子君都有一种不咸不淡的感觉。他认为"您好"这句礼貌用语如果用在陌生人之间,它是一种春风拂面般的友好;如果用在熟人比如邻里之间,它就成了一种冷冰冰的客套。

现在展示在刘子君面前的是秋正红一张淡妆的青春的脸和一身朴素无华的休闲装。刘子君向车上努了努嘴道:"他们正等你呢。"

一句话,令秋正红的眼泪差点流下来。

四

　　拉满八王寺小区B座房客的依维柯在上午十一点正式启动。刘子君是最后一个上车的,他在驾驶座位上坐定后,第一件事竟是打开车上的音响,顿时,寂静的车厢里响起了一首令人伤感的《我心永恒》。这首平时大家都不太在意的外文歌曲,此时此刻听起来却格外动人心弦,大家都屏住了呼吸,仿佛电影《泰坦尼克号》中的情景又浮现在眼前,在荡气回肠的旋律中那艘永不沉没的巨轮在北大西洋冰冷的海水中断为两截并缓缓地下沉,冰海中满是挣扎的人。大家的心都被这旋律揪紧了,这辆即将逃离北京的依维柯难道与一百年前的那艘巨轮还有某种音乐上的联系吗?

　　秋正红说话了:"刘师傅,您换一个曲子吧。"

　　秋正红不止一次在晚会上演唱过这首英文歌曲,每一次演唱她都眼中盈满泪水,她总在为人生的无助而感到悲观:人的生命在大自然灾难面前为什么会那么渺小?人类有什么权利和理由来标榜自己是世界的主宰呢?当隐在平静的海水下的冰山撕裂开号称永不沉没的巨轮的船舷时,为死神伴奏的只能是这首《我心永恒》。

　　刘子君大概也听出了这首歌曲与此时的氛围不太协调,便换了一个曲子,可这个曲子更是令人哭笑不得——他换的是一首萨克斯曲《回家》。这是刘师傅十分喜爱的曲目,每次出车去五台山他都反复地播放这首旋律优美的《回家》。这一次,当《回家》的旋律响起时,大家的目光都不约而同地从车窗透过去,无限眷恋地望着B座楼那铁灰色的防盗楼道门。

　　刘子君的夫人见丈夫总在摆弄音响,就提醒他道:"老刘,开车吧。朱老板的车在门外等着呢。"刘子君没有征求大家的意见就关掉了音响,开车向小区的大门驶去,在他踩下油门的那一刻,满车的人都听到了一声粗重的叹息。

在小区的电动铁门前,值班的保安杨柱拦在门口。杨柱住在B座八楼,也算是大家的邻居,因为物业公司严禁职工出走,杨柱就回不了绥德。杨柱早晨曾对刘子君说过,如果公司经理点点头,他宁可不要上个月工资,也想搭刘师傅的车走。春节前杨柱回绥德时村主任刚刚给他介绍个对象,在苏州打工,杨柱一看姑娘的照片就动了心,姑娘白白胖胖的,一双眸子能当镜子照。杨柱心想这个姑娘肯定就是自己的媳妇了,他等了二十四年,在这个姑娘之前他没有谈过恋爱,自从和这个姑娘见过面,他常挂在嘴边的一句话就是:"姻缘天注定,有福不用忙。"他的话是说自己,也是在说同住八楼的老乡李宝。李宝女朋友谈了一个又一个,没有一个能谈成,李宝为此大伤脑筋,说自己看上的女人都不喜欢他,而他不喜欢的女人却总来八王寺烦他。

刘子君从车窗探出头,对拦在门前的杨柱说:"开门吧,我们这就走了。"

杨柱上前来仰着脸道:"刘师傅,把我表哥捎上吧,算我求您啦。"刘子君顺着杨柱所指的方向望过去,发现铁门外一个形象卑琐的年轻人正蹲在马路牙子上,他身边是一只鼓胀得似要裂开一样的编织袋。

"你表哥?"刘子君疑惑地看了看杨柱的脸,又把目光投向那个衣衫不整的小伙子,说,"你表哥是干什么的?证件齐吗?"杨柱说,他表哥在附近一处建筑工地打工,现在工地已停工一周了,民工们大都跑光了,剩下的几十个人工头不仅不发工钱,住工棚、吃饭都要收钱,这么待下去不仅钱赚不到,连老本都得吃尽了。现在政府不让工头们赶民工走,工头就把气全撒在了工人们身上,把他们圈在工棚里不许外出一步。杨柱还说他表哥是三代单传了,他姑姑来了几遍电话,死活要让儿子回绥德,姑姑说了,要死,也得全家死到一块儿。

杨柱说得动情,刘子君有些动心,他回过头来征求大家的意见。如果让这个民工上车,这两天他们就是一路同行的旅客了,他不能不征求大家的意见,出外旅行,团队精神是万万不可忽视的。

黄大夫听到了杨柱刚才的一番话,她对丈夫苏大夫说,民工们太可怜了,留下来没有活干,走又不让走,这样没病也会憋出病来。苏大夫声音很轻地对刘子君道:"反正也有地方,就捎上他吧。"

秋正红伸直脖子看了看门外的那个民工,嘴角颤了颤,没有说什么。平心而论,她不希望车上上来这么个脏兮兮的民工,可是拒绝的话她又说不出口。杨柱是保安组长,平日白天黑夜总有三三两两的圈内人士来她的六楼,如果不是杨柱网开一面,这些不修边幅的男男女女想进小区是不容易的,尤其是这些人往往闹到很晚,有时甚至带着满嘴酒气。

杨越在后面说话了,他提醒说:"市政府严令民工私自返乡,告示都贴了好几天了,我们不明不白地拉个民工会不会惹麻烦?"

黄大夫似乎也想起了什么,插话道:"他有健康证吗?他蹲在那儿怎么连口罩都不戴?"

杨柱的脸急得通红,他说表兄真的没有什么病,你们就让他上车吧。刘子君一时不知说什么好,他看到了门外的朱老板从轿车上下来,顺着侧门走过来,人还没到跟前,声音先到了:"怎么啦?怎么还不开车?"

刘子君苦笑了一下,道:"朱老板你看看,杨柱非让我捎个民工,大家正不知怎么好呢。"

"真是没事找事,捎什么民工呢?"朱老板皱着眉头说,"捎民工肯定不行,遇上检查的准出事。"

刘子君无奈地看了杨柱一眼,道:"让你表兄坐火车去吧,大伙都不同意,我也没办法。"

杨柱听后没有说什么,眼睛转了转,他走到朱老板面前,揽着朱老板的胳膊把他领到一边。杨柱很诡秘地对朱老板道:"朱大哥,你知道前几天有几个人到咱小区来踩点了吗?他们的目标可是你家呀,谁都知道你开网吧赚了大钱,要不是我关照保安重点保护,你家的门早就被撬了。"

朱老板瞪圆了眼睛,吼了声:"我家里有电击枪,看那几个毛贼敢来!"朱老板也感觉到最近有几个不三不四的人老围着他的别克转,但他对小区保安很有信心,停在院里的车是开不走的,因为保安每次都要登记车主和车牌。但家里的安全就难说了,现在的贼都是智能化的,打开防盗门简直是轻而易举。

"你朱老板在家他们当然不敢来了,可你要是不在家呢?"杨柱这一问,把朱老板的额头上问出了冷汗,是啊,这半个多月自己不是不在家嘛,那样一来,小偷可就进了无人之境了。

朱老板掏出手帕擦了擦汗,他是个场面上的人,他知道杨柱说这话的用意,心想今天算是栽了,让一个小保安叫住了板。又一想,也实在无计可施,他便对杨柱说:"让你表哥上车吧,我去和大伙说。"

杨柱欢天喜地地帮表哥拎那只编织袋子去了。朱老板打开车门上来,小声对大家说,"还是捎上他吧。你们想想,咱们一走就是半个月,家里的安全可都交给保安了。所以说这家贼咱可得罪不起呀。"

众人纷纷点头。

杨柱把表哥送上车,对大家敬了个礼,说:"谢了,B座楼保证万无一失。"他又望了有些担心的朱老板一眼,似乎在说:也包括你家的那些价值连城的古董。

五

　　朱老板驾着他的别克像条黑色的泥鳅在街巷中钻来钻去。想必是平日里在北京的旮旯胡同经常转悠的原因,朱老板对北京街道的熟悉程度令刘子君佩服不已,他们一路上几乎没有遇到什么红灯,三拐两拐就从高楼大厦间拐出了北京,驶上了通往山西的国道。

　　蜷曲在最后一排的杨柱的表哥表现出与其他乘客明显不同的神态,他把那个鼓囊囊的编织袋抱在胸前,脸色萎黄,一双呆滞的眼睛空洞无神,像没有水的枯井,给人一种饥渴了多日的感觉。

　　黄大夫在不经意间发现了这个民工的气色有些不对,她对丈夫苏大夫说,这个人好像是病了。

　　苏大夫回头望了望,职业的敏感使他的心里沉了一下:这个人的确是病了。

　　黄大夫的眼睛紧紧地盯着丈夫的眼睛,她的眼神里表现出一种疑问:该不会是SARS吧?苏大夫看出了妻子的疑问,他的脑子里也闪现过类似的疑问,但他不能做出肯定的结论,从这个民工的脸色上看,似乎病得不轻。

　　坐在苏大夫和黄大夫身后的是杨越和小慧。杨越是个极聪明的大学生,他从苏大夫夫妻间的私语中似乎察觉了什么,他感到了车上似乎要有不好的事情发生。

　　秋正红的座位离杨柱的表哥最近。本来她是图清静才往后面坐的,谁知临出门时又上来了个杨柱的表哥,可她既然已经坐定,也就不好意思再换位置了,但对方身上散发出的一股汗酸味儿令她轻蹙柳眉。尽管车内打着空调,但她还是把车窗悄悄开了一道缝儿,让新鲜空气一丝丝透进来。秋正红没有去注意杨柱的表哥的脸色,倒是见他怀抱着那个编织袋实在有碍观瞻,便对他说:"你把那个东西塞到座位底下不好吗?"秋正红之所以干预这件事,因为她甚至怀疑这不明的汗酸味儿是从这编织袋中的旧衣服里散发出来的,秋正红相信自己的感觉,这袋子里肯定是些换季的旧衣服了。

杨柱的表哥有些紧张,他不但没有放下怀里的包,反倒把它抱紧了。他咳了一声,道:"我肚子不好受,用它挤着点。"

他这一声轻咳,把秋正红的目光吸引到了他那张萎黄的脸上。这一看,秋正红不禁下意识地叫了声:"苏大夫!"

苏大夫闻声从座位上站起来,回过头来问:"怎么了?"秋正红指了指了指杨柱的表哥,道:"他……他是不是病了?"

苏大夫问杨柱的表哥:"你有什么病吗?"

"我胃不好。"他回答说。

"发不发烧?"苏大夫又问。发不发烧在 SARS 流行期间是个最敏感的问题,也是苏大夫最担心的问题。

"我不知道,我没量体温。"杨柱的表哥说。

这时,黄大夫不知什么时候戴上了口罩,从手提包里拿出一支体温计,她走过来对杨柱的表哥说:"来,把体温计夹住,量一量。"杨柱的表哥这才放下了怀里的包,把体温计接了过去,夹在腋下。黄大夫看了看表,道:"夹五分钟。"

五分钟后,杨柱的表哥拿出了体温计,黄大夫看了看,对大家说:"三十七度,还可以。"众人这才松了一口气。开车的刘子君说:"你小子要是'非典',就把我们大家害了。"

黄大夫回到座位上,把那支体温计用消毒纸巾反复擦了擦后放回包里,然后悄悄对丈夫说:"他是病了,我看他的眼睛都黄了。"

苏大夫点点头,轻轻叹了口气。苏大夫是农村考出来的,对民工有一种说不清的怜悯,爱人小黄虽然是大同市城里长大的,但也很有同情心,两个人晚上散步时,常常对京城街头那些席地而坐的民工发一番感慨。他曾对小黄说过:"当年我要是考不上医科大学,我是不是也会这么来北京打工?"小黄每次都说:"你就是打工我也会嫁给你。"苏大夫感到此时自己是最幸福的人了,尽管小黄在学业上、医技上都不比自己逊色,和他一样也在备考博士,但他们两个在一起时,小黄总是甘居从属地位,这让他的自信心和虚荣心都得到了极大的满足。苏大夫对自己的婚姻十分庆幸,他看到了本院有的外地医生,本来也是响当当的业务骨干,结果就因为娶了个北京姑娘,在家里一点地位也没有,就像"倒插门"的女婿,在女方家有吃不完的冷眼冷饭。苏大夫所在医院有个药剂师,经人介绍找了个街道招待所的服务员,当时兴奋得不得了,几次把对象领到医院来,向住宿舍的单身们炫耀他的这个油腔滑调的北京姑娘。结婚后,这个药剂师的眼圈总是乌着两块青,他对苏大夫说,早知如此,当年从河南老家找一个就好了,这北京女人,个个身上都有慈禧的毛病。苏大夫把这话说给小黄听,小黄说也不能怪人家北京姑娘,愿打愿挨的事。

这次,小黄的妈妈在大同的医院做手术,苏大夫一直是坚持让她来北京做的,但因为这可怕的 SARS,老人家最终没有来北京。小黄已经和医院打了招呼,要回去照顾一下妈妈,苏大夫执意要陪她一块回去,也和医院请了假,他们俩也想借这个机会回大同准备一下,到七月份要考博士。

国道上塞车严重,也是奇怪,国道上浩浩荡荡地都是些出京的车,往北京开的车却没有几辆。在即将进入河北境内时,大道上停的车排成了一条长龙,朱老板焦虑地按着喇叭,但国道上无胡同可钻,车只好停下来。停了好一会儿,一直在后排不吭声的杨柱的表哥突然道:"咱们这么走是过不去的,要下道绕着走。"

刘子君回过头来问:"为什么?"

"前面有检查站,出京的车大都被劝回来了,咱们这没有通行证的车肯定过不去。"杨柱的表哥说。原来,他所在的建筑工地前几天偷偷运出一车民工返乡,结果被检查站截住了,还对车主进行了处罚。他的一个老乡花五十元钱买了辆破自行车,硬是从乡路上绕着骑车回到了山西。回家后,老乡给他来了个电话,告诉他要离开北京,只能从哪里哪里绕着走。

刘子君道:"你怎么不早说?看来这次捎你还真捎对了。"说完他跳下车,到朱老板的车前跟他说明了缘由,两台车马上掉头,拐弯下道沿那条民工老乡骑自行车走过的路一点点进发。

乡路难行。虽说也铺了沥青,但因缺乏维护,这路便像老柞树皮一样十分嶙峋。刘子君边开边骂,说养路费都让贪官吃大盘子了,这路好像铺完就没修过。他的依维柯还勉强走得了,只是苦了朱老板的别克,别克底盘低,怕鼓起的路面托了底盘,只能在路上东一头西一头地画圈儿。因为路不好,车上的人像坐在船上一样晃来晃去。依维柯上第一个承受不了的人便是杨柱的表哥,在乡路上行驶不到一个钟头,杨柱的表哥的脸更黄了,像晒干的烟叶,不见一丝血色。他的胃里此时像贮满涌动的岩浆,正力图冲开他喉咙的封锁喷发欲出,他实在忍不住了,从后排站起来,央求道:"大哥,我要吐。"

刘子君急忙刹住了车,打开车门,跌跌撞撞的杨柱的表哥刚刚迈出车去,一股污水便井喷一样迸射出去。车上的人都掩住了鼻子,刘子君索性又把车门关上了。过了一会儿,车门被轻轻敲了一下,刘子君打开车门,让他上了车,才继续赶路。

黄大夫从包里拿出一瓶矿泉水,又翻出几片白色的药片来到后排座,对饱受晕车之苦的杨柱的表哥说:"这是晕车药,你把它吃了吧。"杨柱的表哥很是感激地望了黄大夫一眼,接过药片,没有用水就把药片吞了下去。邻座的秋正红斜了他一眼,用手帕掩住了半张脸,跟前这个民工身上所散发出的气味更浓了,简直让她无法忍受了。

车又走了一会儿,与杨越拥在一起的小慧有些晕车了,她毫不掩饰地埋怨起杨柱的表哥:"都怪这个民工,他这一吐,把我也勾恶心了。"杨越也大声说,有些人晕车,就是条件反射。小慧原想向黄大夫要两片晕车药,张了张口,又没说出来,便从兜里拿出一袋红莹莹的樱桃来,用两只纤指捏着吃起来。她想用樱桃压住不安分的胃,以免也像那个民工那样呕吐丢人。

一直用手帕捂着半张脸的秋正红时不时用眼睛的余光扫一下身旁这个痛苦的民工,她讨厌他却又总是忍不住看他一眼,秋正红也不知道自己的眼光怎么不注意就会溜到这个人身上。就在她又一次把目光扫到杨柱的表哥的脸上时,她忍不住又叫了起来:"快,苏大夫,这人晕倒了。"

秋正红这一叫,刘子君马上停了车。苏大夫夫妇急忙走过来,只见杨柱的表哥嘴唇铁青,满头虚汗,侧倒在座位上紧闭着眼,像是有些昏迷。苏大夫用听诊器听了听,又检查了一下他的眼睛,起身对大家说,是虚脱。

刘子君探过头来问:"要不要紧?出事儿也别出在我的车上啊。"

苏大夫说:"没事的,给他补点液体就可以了,可是这车上怎么补呢?"

黄大夫说:"就近找家医院吧,哪怕是乡卫生院也可以的。"

刘子君搓着手说:"这个死杨柱,这个死朱老板,这不是给我找事吗?"前面的杨越说:"我们大家还要急着赶路呢,如果没有什么危险就让他这么睡吧。"黄大夫白了杨越一眼,杨越不说话了,和小慧挤在一起悄悄地吃樱桃。

黄大夫回到座位上翻了翻包,找出一板巧克力,她把巧克力递给丈夫,道:"让他吃点巧克力或许能顶一阵子。"

杨柱的表哥睁开了紧闭的眼睛,他歉意地说:"不碍事的,我胃不好,有两顿没吃东西了。"苏大夫把巧克力递给他,又给了他一瓶矿泉水,转身对刘子君说:"你开车吧,朱老板还在前面等着呢。"

车子又缓缓地开动了,秋正红找了个借口到前面和刘子君的夫人坐在了一起,刘子君的夫人是个歌迷,秋正红正好可以跟她讲一些歌坛上的奇闻逸事。

一板巧克力、半瓶矿泉水让杨柱的表哥渡过了难关,他自己躺在最后排座位上真的睡着了。

一路上没有遇到什么像样的饭馆,大家又急着赶路,中午饭便没有吃。到将近下午五时许,朱老板的别克车在一个小镇的十字路口处停下了,朱老板伸展着两臂对依维柯上的人喊:"下车吧,在这里吃晚饭睡觉!"大家这才发现,十字路口处有一家三层楼的宾馆,宾馆虽然不大,却起了个颇为气派的名字——京西大酒店。

"我请客!"朱老板气势如虹地说。

次日一早,大家在宾馆没有桌布的餐厅里简单吃了点早饭,便急着赶路,大家心里都清楚:他们并不是出来旅游的。

昨夜,在宾馆唯一的大包房里,朱老板宴请了此行所有的乘客,包括病情大有好转的杨柱的表哥。朱老板点了满桌子菜,可惜大都剩下了,大家像饿过劲儿了,都说没有什么食欲。如果不是秋正红提议敬了一路辛苦的朱老板和刘子君几杯酒,酒桌上的气氛会十分沉闷。

席间,大家的话题自然就集中在了到山西什么地方去的问题上。朱老板主张到青龙山国家自然保护区,那里风景优美,游人稀少,租个帐篷住上半个月就当是度假了。朱老板的想法并不能引起大家的共鸣,在座的除了朱老板外,又有谁会这么财大气粗,到风景区里去住上半个月?那得花费多少钱?

刘子君说他一家要去五台山,五台山他熟,有一帮哥们儿,可以帮他安排吃住。他开玩笑说,北京的疫情一天不解除,他就一天不离开五台山,大不了在五台山当和尚。

杨越和小慧说他俩转道太原,从太原再坐火车回南方的家,因为太原火车站不会像北京检查那么严,只要能上得去火车,他俩就算是到家了。杨越和小慧是从本已封闭的大学出走的,他俩因为租了B座一楼的房子,才没像其他同学那样被强制隔离。

苏大夫和黄大夫一开始就决定回大同,所以他俩并不关心依维柯的去处,他俩只要选择一个与大同近的地方下车换车就是了。倒是秋正红对于到哪里去连一点思想准备都没有,她当时只想出来,只想不被隔离,等半个月后回央视参加晚会,而现在她必须确定目的地了,她在山西没有关系,去哪里度过这半个月是件很伤脑筋的事。想了半天她也没想出个法子,只好对刘子君说:"你的车开到哪里我就去哪里吧,我信马由缰。"

没有人问杨柱的表哥要到哪里去,大家知道杨柱是绥德的,杨柱的表哥自然要回陕西了。从山西回陕西是件很容易的事,只要出了北京,别的地方还没管得那么死。

大家在饭桌上商定,车子一进山西,大家就各奔东西。刘子君又追了一句,半个月后想搭他的依维柯返京的就到五台山集合。

两台车依旧在乡路上缓缓前行。路两侧由于干旱少雨,没有想象中乡间的那种葱翠。正是晨曦乍开的清晨,田野里却没有雾,阳光一下子就把大地抽紧了,仿佛千万根亮晶晶的触须深插大地,在拼命地吮吸着大地的水分。

杨越不知怎么冒出一句:"西行之路,伤心之旅呀。"

他的话被刘子君听到了,刘子君很不客气地回了他一句:"你个小孩子胡说些什么?"刘子君感到杨越的话不吉利,他们整个 B 座楼居民都逃离北京躲避"非典",去山西也是大家响应的决定,你杨越怎么能这么说呢?杨越却不知哪根神经出了问题,他臂弯里揽着小慧,嘴里却不闲着,他用那种北京人感到很费解的南方话说:"当年八国联军打进京城,西太后走的该不是就是这条路吧,所以一出北京,我就想起那首民歌来了,叫《走西口》,'哥哥你走西口,小妹妹我实在难留'。对了,秋姐唱没唱过这首民歌?"

大家谁也没有出声。杨越觉出了自己这话在此时并不幽默,便缄了口,把精力用在了两只手上——娇小的小慧在他的怀里依偎着,像一只小猫。

曲曲弯弯的乡路在经过一段河套时出现了问题,原本干涸的河床不知被上游一个什么工厂排出的废水给弄得面目全非。这废水把经过河床的乡路给破坏了,大车底盘高,可以在泥水中冲过去,可朱老板的别克就惨了,根本就不敢下去。这河床也怪,既然是河,却不见一点沙砾,就像曲里拐弯的一道黄土沟,想寻一点垫车的石头都没有。大家都下了车,刘子君对束手无策的朱老板说:"这破道怎么能和你这好车接轨?"

大家都在犯愁之时,杨柱的表哥说话了,他说让依维柯先过去,挂上钢丝绳把小车拖过去就行了。

朱老板和刘子君相互看了一眼,觉着这也是个办法。刘子君便让大家上车,开着依维柯呼隆隆从泥水中开了过去,过去之后刘子君才发现自己的车上根本没有钢丝绳,这车还是拖不成。

这下子可把大家难住了,这里前不着村,后不着店,一条污水河把两台车生生隔成了两个世界。朱老板虎劲儿上来了,他对大家说:"反正没有退路了,我就试试吧。"他发动着车,挂上挡,一脸严峻地往那污臭的泥水中冲去。污水并不宽,却十分泥泞,别克的轮胎在黑泥中猛地转了转,就慢慢地疲软了,像犯懒的水牛,令朱老板无咒可念。朱老板一家被困在车内,下又下不来,上又上不去,气得朱老板狠丢丢地吐出一句骂,拍着方向盘喘粗气。

"走这破道是上当了!"杨越从车窗里探出头来,他看了一眼泥水中的别克,像是自言自语,又像是对大家说,"其实,走国道也不定就有事,碰上检查的说些软话就行了。"杨越还要说,却被小慧拉了回去。大家都在车下着急,杨越却在车上发这种议论,这种马后炮挺叫人讨厌的。

干旱的田野上空旷无人,想寻个种地的农民都没有。河的上游,远远地有个冒着黑烟的工厂,这废水就是从那些破旧的厂房中出笼的。刘子君对大家说:"到那个厂子去看看吧,求台车或借根绳子也行。"大家望了望那厂子,离这里有个七八里的路程,沿着河床来回走一遭是需要点时间的。没有路,要想去工厂,只能沿着河床步行。

没有人主动提出去工厂。大家几乎不约而同地把目光投向了杨越,杨越年轻,这样的事理应他去。

杨越也明白了大家的用意,他眨了眨眼,对大家说:"让这位民工大哥去吧,农村的事他懂。"

黄大夫不高兴了,道:"他有病嘛,让谁去也不能让他去。"大家一齐把目光转向了杨柱的表哥。杨柱的表哥正蹲在地上,他喜欢蹲着,在八王寺小区门外他给大家的第一印象就是在马路牙子上蹲着的姿势。

杨越又把眼光投向了秋正红："要论公关能力,秋姐是当之无愧的。"杨越这话刚一落,一直蹲在地上的杨柱的表哥瓮声瓮气地道："女人家不能去哩,那个厂里谁知道都是些啥子人?"说完,他从地上站起来,对大家说,"不就是一根绳子嘛,总有法子的。"他上了车,把自己的那个编织袋拎了下来。在众目睽睽之下,他打开了那个编织袋,袋里除了几件衣服外,原来还有两个双人蚊帐。他把两个蚊帐绞了绞,系在了一起,连成一条近五米长的绳索。他脱了鞋,下到污臭的泥水里,把绳索的一头在别克前端的挂口处打了个死结,又从污水中上来,让刘子君将依维柯向后倒了倒,把这一端拴在了依维柯的后挂上。

大家都在默默地看着他所做的一切,没有人说话,也没有人插手,他那个打开的编织袋敞着口堆在那里,里面显得格外空。

当别克轿车被顺利地拖上来时,大家鼓起掌来。

当杨柱的表哥解开那当成绳索的蚊帐时,这原本雪白的蚊帐已经不能再用了。他把满是泥污的蚊帐很精心地折叠起来,又放进编织袋里,用黄土搓了搓脚上的泥,然后穿上鞋子。那鞋子是一双似乎从来没打过油的黑皮鞋,穿在脚上显得很松大,后跟已经很严重地磨偏了,所有突出的地方都已经毛了边。

苏大夫走到他跟前,帮他拎起那个编织袋,问他："你带两个蚊帐干什么?"

杨柱的表哥两手在衣襟上搓了搓,回答说："俺在北京给俺娘买的,俺们那里蚊虫多,一夏天俺娘都睡不实。"

苏大夫一下子愣在那里,他也想起了自己在农村的母亲。

七

临近中午时,历尽颠簸的两台车终于从乡路上重归国道。刘子君舒了口气,对大家说,山西就在眼前了。大家都感到心中一块石头落了地,因为一到山西,就是再不讲情面的检查站也不会让大家再返京城了,大不了给大家量量体温,给汽车消消毒罢了。

大家的兴奋劲儿还没有过,却发现前面的几辆车突然停住了,从车上看,似乎没有什么检查站,倒好像是路出了什么问题。前面塞的车不多,看来路上的问题是刚刚出现的。刘子君停好了车,跳下去到前面去看究竟。杨柱的表哥对大家说,估计是公路被人挖断了,这种事已经出了好几次了。

杨越不相信,说国道还敢有人破坏?

杨柱的表哥说他是在电话里听老乡说的,是不是他也说不清楚。杨越说北京人想出走是哪个省能拦住的吗?北京是什么呀?那是首都。

杨柱的表哥不敢和杨越过招,他听杨柱一一介绍过这车上的乘客,这与他搭话的是即将外出留学的大学生。倒是一旁的苏大夫替他说了句话:"是不是公路被挖,刘师傅回来不就知道了吗?"刘子君回来了,果然是公路被挖掘机拦腰挖断,又填了些湿土,车一过就陷住了,根本没法子走。

后面的车越堵越多,又在国道上摆起了长龙。刘子君对大家说:"你们猜我刚才看见了谁的车?"大家都疑惑地望着他,杨越说不是看见了国家领导人的车吧。刘子君很神秘地说,虽然不是国家领导人的车,却是咱八王寺小区 B 座最大的官了。

"胡主任?"大家感到很惊讶,"胡主任不是上班了吗?他怎么会到山西来?"

苏大夫问刘子君:"你不会是看错了吧?"

刘子君笑了笑,道:"胡主任的风度车天天来接他,我一个司机还能看错?他的车陷在沟里,胡主任正在那里骂司机呢。"

"要不要我们大家去帮他一下？他的车不是陷在沟里了吗？"黄大夫问。刘子君狡黠地眨了眨眼，说："胡主任怕大家知道他出走呢，我们去帮他抬车，他该多么不好意思。"

"胡主任会不会临时有任务出差？他毕竟是个局级干部。"黄大夫也很想让大家去帮助一下胡主任，毕竟都在一个楼里住着，低头不见抬头见的，胡主任虽然有点官架子，但见了大家还是点头的，有时候也和大家说上几句话。

秋正红说话了："还是别去吧，当领导干部的面子比什么都重要，我们要是去了，胡主任肯定会编些理由向大家解释，这样一来谁也不舒服。"

正在议论着，黄大夫的手机响了，她接过电话后，脸马上就由红变白了，她对苏大夫也是对大家说："我不能走了，我得回北京。"

"为什么？出什么事了？"大家几乎是异口同声地问她。

"医院来电话了，紧急召我进 SARS 病房工作，院长来电话征求我的意见呢。"

"可你已经到了山西了。"刘子君说，"你都请假出了北京，为什么还要回去？"

"我是医生啊！"黄大夫眼里盈上了泪水，她摘下眼镜，用手帕拭了拭眼睛。

"可你怎么回去呢？"秋正红焦急地问，"我们的车还能返回去吗？"

"我下去搭车好了，"黄大夫说，"去北京的车肯定会有。"苏大夫听到她的电话后就一直没有说话，他理解妻子，作为呼吸科的医生，如果医院要召唤，在这么个时候怎么能推辞呢？抗击 SARS，呼吸科是主力。他对妻子道："我和你一起回去吧，只是妈妈的手术我们不能去陪了。"说完，两人收拾了一下东西就要下车。

刘子君很激动地拍了拍方向盘,道:"你们俩别急,我和朱老板去商量一下再说。"刘子君又跳下车,他把朱老板从车里叫下来,和他商量了半天,最后,朱老板拍着胸脯说了些什么,大家谁也没听清。

刘子君和朱老板一同来到了依维柯上,没等刘子君说话,朱老板粗声大气地对苏大夫和黄大夫说:"你们两口子坐我的车,我把你们送回北京!"

"这怎么行?你都走到这里了。"苏大夫觉得这样一来,朱老板简直太辛苦了,他便想推辞朱老板的这份心意。

朱老板摆摆手说:"不要再客气了,你俩下车,我的老婆孩子上依维柯,顶多后天我去五台山接他们就是了。"

苏大夫和黄大夫还想推辞,朱老板一把拎过黄大夫手中的包,道:"拉你们两口子,我搭点时间和钱心里痛快,值!"在刘子君和大家的动员下,黄大夫和苏大夫两口子上了朱老板的别克轿车,轿车在公路上掉过头,又朝着北京方向开去了。别克轿车的窗玻璃被摇下了,依维柯里的人都能听清车里的音响正大声播放着那首很老的歌——《北京颂歌》。车都开远了,朱老板的夫人突然朝着车开走的方向喊:"老朱,别喝酒!"

大家都感到鼻子酸酸的,因为朱夫人的这一声喊,带着几分哭腔。

大家在等待着前方的道路维修,可远远地望去,并没有养路工人干活儿,路上的车龙越来越长。很多司机都下了车,上前面去看究竟,回来时一个个都骂声不断,有人把路上的矿泉水瓶踢得老远。刘子君将车熄了火,嘴上喃喃地说:"等着吧,急也没有用。"

下午三时许,车上的人忽然看到公路的左侧一辆熟悉的黑色轿车开过来了,仔细一看,原来是胡主任陷在沟里的车不知怎么竟退回来了。既然两车碰面,刘子君就不能不打招呼了。刘子君打开车门一招手,胡主任的车一下子刹住了,坐在司机后面的胡主任从车窗里探出头来,脸上呈现着掩饰不住的喜悦,他对刘子君说:"回去吧,刘师傅,王仁彪来电话了,经过医院确诊,他是得了感冒,B座不用隔离!"

车上的人听后没有一个说话,大家都愣住了。好一会儿,刘子君才粗俗地骂了句:"操,原来是感冒!"

原载于《大连文艺》

朱　　砂

一

艾瑞克梦到自己刺中了父亲。

梦境真实如恐怖电影,画刀闪过,鲜血像干研的朱砂扬出满目红尘。艾瑞克惊醒后发现右手果真握着一把画刀。这是一把购自巴黎的油画刮刀,木柄,白钢刀片虽无刃,看上去却凛然锋利。

刚才,艾瑞克在车库改造的工作室里作画,感到颈椎有些僵硬,便靠在沙发上小憩,一仰,便睡着了。睡梦中他听到父亲严厉的声音从身后传来:"画的什么鬼东西?"父亲对印象派、后现代派、超现实主义向来不予置评,但艾瑞克从神情中能感觉到父亲对这类作品的不屑。他转身想和父亲说点什么,只听"哎哟"一声,眼中便出现了那片血雾,画刀冷不防割中了父亲的咽喉。父亲以一种慢镜头的姿态缓缓倒下,嘴唇嗫嚅,颈下是一摊正在白色复合地板上漫延的血。他触电一般蹦起,握着那柄画刀一时不知所措。父亲睁着眼,瞳孔在慢慢扩散、变淡,最终化成两抹缥缈的蓝。人在濒临死亡时瞳孔会变蓝!这是一个全新的发现,但艾瑞克马上回过神来,自己杀死了父亲!自己成了一个杀人犯!他撕心裂肺地叫了一声:"爸!"

这一声把自己叫醒了,原来是个噩梦。

这栋叫辰溪斋的独栋别墅地处城郊,共三层:一楼是车库,被艾瑞克改造成了油画工作室;二楼是父亲艾成子的书房兼画室;三楼则是餐厅和两间起居室。车库改成的工作室杂乱无章,像邋遢女人的化妆间,但艾瑞克宁可在这里画画,也不愿意到二楼父亲阔绰的画室凑热闹。艾瑞克对别人说,在无秩序环境作画能放得开,油彩任意放,垃圾随手扔,信马由缰,无所顾忌。常态下,艾瑞克总是穿一件沾满各种油彩的白汗衫,肥大的牛仔短裤,趿拉着塑料拖鞋,在这个属于他的王国里任性涂抹,也经常和小伙伴聊天,喝啤酒,放爵士乐。好在这里的别墅容积率低,艾瑞克的爵士乐并不扰民。

艾瑞克的油画不愁买家,这要得益于经纪人燕子。燕子是个喜欢穿波西米亚长裙的姑娘,在京城书画圈里很吃得开。燕子不仅经纪艾瑞克的现代派作品,也经纪艾成子的传统朱砂画。艾成子对儿子有一种无法改变的挑剔心理,艾瑞克做的每一件事在他看来都有些另类。偶尔,艾成子会到车库里巡视一番,然后很严肃地质问艾瑞克:"一匹马,为什么要画个人头?骷髅,可以放在餐盘里当食物吗?画枯萎的葵花就比画盛开的葵花美?……"

对于这些质问,艾瑞克一般不正面作答,往往会用几个舶来词加以搪塞,说这是野兽派,那是达达派,这是超现实主义,那是波普艺术,等等。作为美院教授,艾成子对这些概念并不陌生,但缺少研究的兴趣。艾成子国字脸,象眼狮眉,鼻梁高耸,五官极富雕塑感。艾成子喜欢穿中式绸衫、麻质肥大的裤子、白底黑帮老北京千层底布鞋,模样和装束都让人联想到博大精深的国学。

艾成子越来越能感觉到父子间存在着一道无形的鸿沟,不仅深,而且还灌满了冰冷的海水。他把这种感觉告诉了同学凌四平,见多识广的凌四平说这是代沟,是社会学家乐此不疲的一大课题。凌四平是艾瑞克的老师,在艾成子看来,弟子出了问题,老师难辞其咎。但凌四平不认为艾瑞克有问题,他劝艾成子接受艾瑞克。

凌四平是艾成子所在美院的院长,原本和艾成子都是学国画的,当了院长后弃画从书,几十年如一日地写些横不平竖不直的繁体汉字,竟意外成了书法名家。别人都恭维凌四平书法好,艾成子却不随帮唱影,说:"老同学啊,字就不能好好写吗?干吗写出来的字个个像有残疾似的?"凌四平道:"你不懂,好好写的字不叫书法。"一句话把艾成子顶了回去。的确,凌四平的字虽然丑,但求购者趋之若鹜,许多有头有脸的人物甚至奉为至宝收藏。成了书法家的凌四平名利双收,而痴迷于朱砂画的艾成子却像只北美布鲁德蝉,似乎要等上十几年才能破土羽化。艾成子固执、寡言,像块多棱多角的辰砂原石。他不善交际,好友寥寥无几,除了给学生上课,平时就在辰溪斋画画。二楼画室里有个储藏室,藏满了他的朱砂画,他对凌四平说这些心血之作要藏之密室,传之后人。为此,他给储藏室装了防盗门,安了密码锁,开门密码他暗记在心里。储藏室不许别人涉足,瑞克上中学时曾想进去看看,被他一口拒绝。他对瑞克说:"还不到你进去的时候,等你学有所成,密室就会属于你。"瑞克是个自尊心很强的孩子,说:"等我学有所成,就不会稀罕这间连窗户都没有的小黑屋了。"后来艾成子有些后悔,学养在于熏陶,屏蔽容易产生逆反心理,储藏室里的画应该给瑞克看。没想到上了大学之后的瑞克不但对储藏室没了兴趣,而且对朱砂画也缺少了敬意。尤其在留学归来后,瑞克对他的国画理论明显心不在焉,他在讲解品评画作时,瑞克小仓鼠一样的眼睛总是不安分地转来转去。艾成子很难过,朱砂画是他的最爱,也是他的绝技,儿子却不感兴趣,这让他内心无比失落。朱砂作画一般只用两色——墨和朱砂,山石用墨,草木、云霞、流水皆用朱砂,钤印自然也是朱砂印泥,一张丈二山水大画,满目红彤彤的气象,喜庆吉祥。但这样的色彩感动不了艾瑞克,艾瑞克不接受父亲用朱砂作画,认为红乎乎一大片毫无审美可言,何况朱砂这种矿物质有毒,做颜料不合适。为此他向父亲提过建议,尽量少用或不用朱砂,没想到执拗的父亲不但不接受他的建议,还给他下了一个十分武断的结论:"一派胡言!"

这次,一个白日梦让他额头冷汗直流,尽管与父亲艺术见解相左,但失手杀死父亲这还了得?刚才在沙发上睡过去有点奇怪,自己没有午睡的习惯,怎么就睡过去了呢?睡前,他先是听到车库外法桐上有蝉鸣,叫声一拨接一拨,干扰注意力,他便找了根竹竿到外面驱蝉。屋外日头足,他赶走了几只蝉后已经大汗淋漓,回到车库,调低空调,用画刀刚刚抹平一个人物的肩膀,退到沙发上打量了几眼便昏沉沉睡着了,一睡便睡出了这个噩梦。他有些忐忑,已经多日没有踏入父亲的画室了,父亲画室挂了一块老船木制作的牌匾,上面阴刻三个隶书绿字"辰溪斋"。他对父亲说每次进入辰溪斋都会周身发痒,怀疑是朱砂的毒性刺激所致。父亲说朱砂辟邪防腐,如果身上痒,说明他身有淫邪,让朱砂杀杀邪气未尝不好。不仅对朱砂,瑞克对辰溪斋书柜里那些线装书也感觉不到有多好,觉得那些蓝色书函像出土文物一样,看久了心里仿佛要长青苔。他对父亲说把这些书捐给美院图书馆吧,想查阅什么在平板电脑上戳几下就完了。艾成子便气不打一处来:"你不喜欢就在车库眯着,没人请你来这里指手画脚。"

二楼画室的门开着。艾成子正凝神聚气地作画,因为过于专注,没察觉到艾瑞克已经走进屋来。艾成子在画一个红衣罗汉,面目已经画完,极狰狞,红色袈裟十分抢眼。"这罗汉少一点灵动。"艾瑞克评价了一句。尽管他知道父亲不会同意自己的评价,但他还是忍不住说了一句,另外,他也想通过自己的评价找回一点平衡,因为父亲每次到车库都会对他的作品说上几句,而且总是用疑问句。

艾成子回过头瞥了儿子一眼:"这是临赵孟頫的《红衣罗汉图》!"

作为美院本科毕业生,赵孟頫的名字艾瑞克还是知道的。他争辩了一句:"不管出自谁手,这个红衣罗汉真的灵性不足,似一尊蹩脚的泥塑。"

艾成子的眉心聚起一个圆葱头,把画笔放在笔架上,转身问:"有事?"艾成子知道,儿子没事不会来二楼。瑞克说:"刚做了个吓人的梦,上来看看您。"艾瑞克不能说噩梦中发生的事,父亲没事,他也不想久留,转身欲走,却看到了画案上一盘待调和的朱砂干粉,便停下来对父亲说:"还是少用朱砂作画,这东西有毒。"

艾成子瞪了儿子一眼:"古人用朱砂作画上千年,也没见哪个中毒。"

艾瑞克说:"有很多新颜料可以替代朱砂。"

"替代?"艾成子冷笑一声,"你知道马王堆墓吧?辛追夫人在墓中沉睡了两千多年,出土时皮肤仍有弹性,血管还能接受注射,是什么在起作用?是朱砂,辛追夫人下葬时用了三层朱砂!"

"这又能说明什么呢?"艾瑞克说,"难道一具女尸就决定了你终生用朱砂作画?"

艾成子无语了,与瑞克交谈常常会遇到频道不一致的问题,你说东他说西,找不到公切线。他拂拂手示意瑞克出去。瑞克走到画室门口,忽然回头说:"我有女朋友了。"

他以为儿子在信口开河,就没好气地回了一句:"你好像有过女朋友吧?"艾成子话中流露出不满,因为艾瑞克经常带一些奇装异服的女孩子回来,将音响开到顶格,在车库里大呼小叫,二楼的地板仿佛要鼓起来。

艾瑞克说:"爸,那是过去时,现在是进行时。"

或许是受父母影响,艾瑞克在婚恋问题上不讲套路。艾瑞克的母亲十几年前就和艾成子离婚去了温哥华,嫁给了一个爱尔兰人。辰溪斋只有瑞克和父亲两人,艾成子没有续弦,专心作画,过着类似苦修的日子。瑞克对父亲的婚事不感兴趣,他觉得那是父亲自己的事。

"哦,南方人还是北方人?"

艾成子对这件事有种本能的警觉,他看出儿子态度是认真的,因为儿子很庄重地叫了一声"爸"。艾成子之所以问南方人还是北方人,是因为自己出走的妻子是南方人,他私下对凌四平说过,将来瑞克找对象最好找个北方姑娘。凌四平并不赞同,因为从遗传学的角度看,两人相隔越远越好。

"是个南非来的黑人留学生,叫卡姆贝。"艾瑞克平静地回答说。

天哪!艾成子感到眼前一黑,大脑像没有信号的电视屏幕,全是嘈杂的雪花。好一会儿他才大声说:"这怎么行?距离远是好事,但也不能一下子远到非洲啊!"

没有听到艾瑞克的回答,他睁开眼,画室门虚掩着,艾瑞克已经不见了。再次闭上眼,艾成子眼前忽然浮现出一群混血孩子围着他喊爷爷。

二

拉开二楼窗帘,每次看到豆芽菜体型的瑞克在车库门前懒洋洋地打电话,艾成子就会觉得肋下隐隐作痛。肋下是肝区,骨头疼,好像哪根肋骨受伤给腹腔开了一个豁口。他不知道自己为什么会产生这种感觉。

燕子来访,他问燕子:"人的最后一根肋骨代表什么?"

燕子回答说:"最后一根肋骨叫浮肋,又叫软肋。"

燕子是个善解人意的姑娘,喜欢戴一副极大的白框太阳镜,几乎遮住三分之一的脸面,梳着短发,喜欢抽一种很细的女士烟。纤细的香烟、宽大的太阳镜和一身藕色波西米亚长裙成了燕子的标志性符号。圈内在惊诧燕子的经纪能力的同时,自然会关注她的背景。燕子出生在单亲家庭,母亲是一家著名国际文创公司的总裁,常年在国外。燕子从不讳言自己对母亲的崇拜,在她眼里,母亲不仅是成功女士,而且有极深厚的艺术素养。当年,国内一个专门画雪域高原景物的画家作品难寻知音,母亲在宣传册上看到了这个画家的作品,断言此人日后必成气候,让燕子大量购入。母亲料事如神,十年过去,这个画家果然成了一画难求的名家。燕子能经纪艾成子的朱砂画,也是因为母亲的一句话。母亲在看到燕子带回家的一本画册后,盯着上面的一幅朱砂山水看了许久,然后说了五个字:"独有之气象!"母亲人到中年,依然风姿绰约,有一种令人无法抗拒的成熟美。令燕子感到缺憾的是母亲一直单身,母亲说她和燕子父亲在燕子还没出生时就分手了,两人有约定,彼此解放对方。燕子问:"是父亲辜负了您?"母亲回答说不是,是她选择了离开。母亲工作特忙,也就无暇顾及这个问题。燕子对母亲的单身表示理解,什么样的男人能配得上母亲呢?母亲冷峻的眼神凌厉如电,是油腻男闻风丧胆的天敌。燕子经纪艾氏父子的画后,很快艾瑞克的作品就打开了市场,京城五星级宾馆的走廊客房,经常会看到艾瑞克的小油画。艾成子的朱砂画虽然不能热卖,但也常有交易。

艾成子心想,瑞克不就是自己的一根软肋吗?人有弱点不奇怪,但瑞克成为自己的软肋却有些滑稽,瑞克是自己一手带大的儿子,应该孺子可教,衣钵传承才对,谁想到留学归来却成了自己的一根软肋。

他问:"有什么办法让软肋不软?"

"不能,"燕子笑着回答,"软肋有软肋的作用,这是进化的安排。"

"我怎么觉得瑞克就是我的软肋呢?吃不上力,他在马身上画人头,将人体的两条腿嫁接在牛身上,让葡萄藤结出南瓜,把餐盘里的刺身画上一只血淋淋的人眼,这种所谓的艺术我无法接受。"

"说实话您的观点有失偏颇,美术流派不同,表现方式迥异,不能厚此薄彼。"燕子和艾成子之间说话无须客套,这是艾成子对燕子提出的要求。艾成子希望有燕子这样一个忘年诤友,无论是对画还是对事,都可以敞开批判,就这样,燕子在辰溪斋拥有了比艾瑞克还要多的话语权。

艾成子点点头,突然发问道:"你能比较一下我和瑞克的作品吗?"

这是一个难题,很显然艾成子是在敲钟问响。但这难不倒燕子:"怎么说呢?打个比方吧,瑞克作品有点像三明治或者肯德基,而您的大作则是蟹黄包、大闸蟹、水晶虾仁,你俩的作品在我心里难分伯仲。当然,抛开作品而言,我更欣赏您的气质,您身上仿佛有一种从唐宋穿越而来的文人气,当下这种文人气已经难得一遇。"

他听出了话中有安慰的成分,自己身上何来文人气?有时自己都看不惯自己,一身毛病不说,还认死理。凌四平曾说他就是块朱砂,不磨成粉不好用。这是在批评他的固执,江山易改,禀性难移,他对改变自己的脾气毫无信心。从燕子委婉的话语中他已经猜出,燕子更喜欢瑞克的油画。

送走燕子,艾成子泡了一杯太平猴魁坐在藤椅上休息。他喜欢喝猴魁,觉得这种大叶绿茶能醒脑安神又不会过于兴奋,进入这个年龄需要的往往是宁静。他靠在藤椅上假寐,大脑自觉进入一种回放模式。自从艾瑞克告诉他有了女朋友,他脑海中总会浮现出一幅图景:瑞克挽着一个黑姑娘在院子里走来走去。艾成子认为瑞克的这个选择是非理性的。他心里清楚,毁掉一场恋爱不是件光明正大的事,自己不能去过分干预,更何况艾瑞克也未必能听进他的劝告,但他也不能眼看着瑞克徒手走进危机四伏的南非大草原而又不施以援手。内疚和无奈像一把剪刀,正剪碎他未来的愿景,他想到用朱砂画来对瑞克进行隐喻和暗示。

他起身在画案上铺了张宣纸,提笔饱蘸丹朱,开始画钟馗。一连几天,他创作了多幅钟馗捉鬼的朱砂人物画,张张悬挂于墙,他希望瑞克能看到,并看出画中的情绪。

意外的是,后来的卡姆贝很喜欢他画的钟馗。

三

698是一个废弃的铸造厂,被一个商人开发成文化产业创意区,对外以原工厂街牌号命名。698有几个美术展区,其中临街的油画展区是一个翻砂车间改成的,叫698D座。艾瑞克和卡姆贝相识就在这里,用艾瑞克的话说,卡姆贝是一只黑天鹅,幽灵一样降临在698D座。之所以说是幽灵,是他感觉卡姆贝身上有一种女巫般的神秘,让他亢奋不已。

艾瑞克向燕子谈及卡姆贝时,眼中布满了小星星,他说在认识卡姆贝之前,没发现黑人女孩原来这么美!卡姆贝这只黑天鹅能带他在天上飞,飞到神秘的南非大草原。美是可以向外释放凝脂的,卡姆贝身上就像涂了香蜡一般,给人一触即化的感觉。

在艾瑞克眼里燕子的性别已被淡化,他和燕子之间是一种单纯的友谊。燕子对于他,也是一种姐姐姿态,这种姿态甚至让艾瑞克找到了类似母爱的依赖感,因此,他的创作灵感、鉴赏心得,包括与卡姆贝的结识相恋经过,都愿意和燕子分享。

燕子认真倾听着艾瑞克绘声绘色地讲述另一个女人。

卡姆贝来自南非,在京城一所大学读建筑设计专业。因为专业关系,她对绘画颇有兴趣,只要698有画展,她就不会缺席。燕子对这个留学生印象不坏,但觉得艾瑞克与卡姆贝的恋爱就像一个奇怪的设计,偶然、突兀、高调。

艾瑞克在698D座展出自己的作品仅仅是个态度,和大多数年轻同行举办画展一样,除了开幕式组织几个亲朋好友来捧场外,其他时间参观者寥若晨星。布展时,有一个角落没有合适的作品可挂,但这个角落上方安装了一盏射灯,灯光很足,闲置太可惜,艾瑞克忽然想到画室里有一幅坏画。这幅被艾瑞克称为坏画的作品是用脚创作的。一次他不小心把落在画布上的油彩盒踩破了,几管油彩都被挤在画布上,他本想将画布揉成一团扔掉,但当看到不同的油彩掺杂在一起,构成了一个菜花形的图案时,他灵机一动,便把这幅意外踩成的油画装裱了起来,取名《意外》,放在车库角落里。如果把《意外》挂到这里,说不定会有意外的效果呢。他兴冲冲地开车回去取来《意外》挂在那个墙角,左看右看,觉得这填空的效果不错,便特意在微信里晒了晒。认识卡姆贝那天中午,窗外蝉声聒噪,整个698都昏昏欲睡,D座空寂的展厅里只有卡姆贝一个观众,她正站在角落里十分专注地欣赏这幅《意外》。当时,艾瑞克叫了肯德基套餐外卖,在门口签到桌前想吃午饭,看到卡姆贝在《意外》前一副认真的样子,便起身走过去用英语搭讪道:"已是午饭时间,该吃午餐了,小姐。"卡姆贝身材丰腴,臀部高高翘起,过于紧瘦的白衬衣随时有被撑破的危险。她瞪着一双大眼睛问:"怎么,先生想请我吃午餐?"艾瑞克愣了一下,很绅士地道:"当然。"他把卡姆贝领到签到桌前,将肯德基套餐让给了这位美丽的黑人女子。套餐量不大,这顿午餐艾瑞克只是喝了一杯加冰可乐,其他的被卡姆贝吃了个精光。后来提起这顿午餐,艾瑞克常常在朋友面前炫耀,谁能用区区一个肯德基套餐换来一个女友?艾瑞克和卡姆贝由此相识,并以一种加速度确立了爱情关系。

艾瑞克讲完自己的恋爱经过,燕子问:"在油画中,黄色和黑色会调出什么颜色呢?"

艾瑞克一时没答出来。

燕子说:"从颜料角度看,黄加黑,黄色的亮度会降低,可能变藤黄,多加则变土黄,最终就是黑色。"

艾瑞克道:"你是说我不该娶卡姆贝?"

燕子摇摇头:"娶谁是你的权利,我思考的是谁同化谁的问题。"

"不管那么多了,我只要卡姆贝。"艾瑞克说,"你懂得黑色的丝绸吗?卡姆贝的肌肤就是这种感觉,光滑而有质感。"艾瑞克在燕子面前没有羞涩感,说话十分任性。

在燕子看来,瑞克的画与人是两码事,画创意十足,意象诡谲,人却像个巨婴,天真、固执、随心所欲,艾瑞克和艾成子站在一起时,父亲有一种成熟的魅力,而儿子还没有长成一个男人。所以,艾瑞克向她讲述恋爱经过时她并不感到惊讶,对于一个大男孩来说,做些出格的事不足为奇。

燕子建议:"选择女友这样的事该听听父亲的意见,至少是一个姿态。"

"我的事我做主。"艾瑞克说,"当然我也和父亲提过,他不答应。恋爱,是儿子的自由,父亲没有反对儿子的权利,何况我已经过了被监护的年龄。父亲总想在改变儿子的过程中享受某种成就感,可他不知道,被改变者要经受多少痛苦。"

燕子道:"艾先生是个讲道理的人,而且绘画方面也卓有成就。"

艾瑞克浅笑一声:"道理都是相对的,我知道你说的成就是朱砂画,我认为决定一幅画的价值的不是颜料。"

"你的观点不无道理,"燕子说,"但朱砂画本身是一大特色,欣赏者还是有的,一家国企驻外机构委托我向艾先生约一幅丈二朱砂山水。"

艾瑞克说:"也好,能卖出几张朱砂画对他是个安慰。"

燕子走后,艾瑞克打电话让卡姆贝来一趟。他想,有人买画,父亲肯定喜出望外,这个时候卡姆贝来见面正合时宜。尽管艾瑞克不在乎父亲的态度,但也不想和父亲把关系弄得很僵。母亲出国后,身为美院教授的父亲续弦不难,但父亲没有这么做,说明父亲并不是更多只考虑自己。当然,他从来没有领过父亲这个情,甚至认为父亲这么做没有必要,靠压抑自己来抚慰儿子有违人性。

卡姆贝来了,一身白衣,背着白色双肩包,黝黑的皮肤亮可鉴人。艾瑞克领着卡姆贝直接来到二楼画室。

门开着,艾成子正在伏案作画,画纸上红彤彤一片。他叫了一声"爸",艾成子转过身,看到了又黑又亮的卡姆贝,两道眉毛挑了挑,转身放下画笔,对这位黑白分明的女孩子道:"请坐吧。"画室里只有两张藤椅,卡姆贝坐下后,艾瑞克只能站着。他不能坐父亲常坐的那把藤椅,那把藤椅上有块小形八卦图案的真丝方毯,是父亲的专用座椅。

刚坐下的卡姆贝忽然又站起身,径直走到画案前,仔细端详案上的朱砂画。这是一幅《钟馗捉妖图》,雏形已现,神态灵动。艾成子让瑞克泡茶,茶几上有新鲜的猴魁。艾瑞克不喝茶,泡茶动作便有些笨,艾成子只好亲自泡。卡姆贝毕竟是客人,又来自遥远的非洲,辰溪斋总该讲待客之道。

"请问先生,您画的是宣传画吧?"卡姆贝问。

"宣传画"一词让艾成子打了个激灵。他在那个特殊年代画过宣传画,那是一段机械的创作期。一次,有家拍卖行发广告说要拍卖艾成子的一幅宣传画《柿子红透梯田》,起拍价定得很高,有意举牌的买家担心是赝品,特来向他求证。他说这是当年他与别人合作的作品,主要是另一位作者的创意,结果此画流拍。这位来自非洲的女学生无意间戳中了他的膻中穴,他放稳水壶道:"这不是宣传画,正确的说法叫朱砂画。"他并不埋怨这位黑人姑娘,一个来自非洲的留学生怎么可能懂得朱砂的奥秘呢?

卡姆贝点点头,接着问:"那么,画这样一幅画需要多长时间?"

"可快可慢,对于生手来说也许需要几天,但对于我来说一两个小时就能画成。"艾成子显得很自信,他所言不虚,程式化的《钟馗捉妖图》可以流水作业,短时间内就能搞定多幅。

卡姆贝把头转向艾瑞克:"你呢,瑞克?你要是画这么大一张油画,需要多长时间?"

艾瑞克道:"最快也要两周。"

卡姆贝眼睛望着天棚,脑子在算计什么,忽然拍了拍脑门道:"我懂得瑞克的作品为什么售价高了。"

"为什么?"没待儿子说话,艾成子先开口发问。

"因为瑞克创作消耗的必要劳动时间比您多,而且多很多。您想想,您画一幅画几乎一挥而就,而瑞克画一幅画则要花去两周甚至更长时间,价值自然不同。"

"我要纠正你的说法。"艾成子显然有些生气,这种算法明显是外行所为。他在藤椅上坐下,端起茶杯平息了一下呼吸说:"如果说工业产品,你这样算也许有道理,但是,你面对的是艺术品,艺术品有艺术品的价值估算,两个不能简单类比。"

卡姆贝疑惑地问:"难道说,您的一个小时和瑞克的两周可以画等号?"

艾成子放下茶杯,吐出一截茶梗,心里纳闷,猴魁少有茶梗,今天这杯茶奇怪,竟然喝出了一截硬硬的茶梗。他示意卡姆贝坐下,像老师在课堂上讲课一样道:"中国有句老话:'台上一分钟,台下十年功。'你可以好好体悟这句话的含义。"

"您能举例解释一下吗?"卡姆贝很好学。

艾成子思忖片刻,道:"唐朝有个皇帝叫唐玄宗,对嘉陵江的风光印象极佳,但他居住在长安,那个时候没有高铁,不像现在说走就走,那时从长安去南方要走一两个月,怎么办呢?他就想到了绘画,便召来吴道子和李思训两位大画家,让他们分别画嘉陵江风光。吴道作画快,洋洋洒洒,一天画就;李思训则画了几个月,才完成画作。两幅画拿到唐玄宗面前,唐玄宗给的结论是:吴道子一日之迹,李思训数月之功,皆为佳品。"

卡姆贝似乎明白了一些,不再发问。艾成子做了个请喝茶的手势,卡姆贝端起茶杯看了看,好奇地问:"这是特大号的龙井吗?"

艾成子有些哭笑不得,纠正道:"这是太平猴魁。"

卡姆贝哦了一声,道:"中国人讲究喝茶,若是红茶可以理解,毕竟是发酵精制,可是我不理解,为什么要喝这种树叶泡水的饮料呢?工艺太简单了,随便采一把无毒树叶,揉搓一下晾干,用开水一泡就成了茶。"卡姆贝这句话让身边的艾瑞克脸色变得难看起来,他知道看重茶道的父亲一定会发火,父亲不会允许有人这样蔑视他奉为信仰的茶文化,但艾瑞克没有打圆场,他知道此刻如果自己说话，无异于火上浇油。

奇怪的是这一回艾成子没有发火，而是心平气和地给卡姆贝讲起茶的发现和演变，从神农讲到陆羽，从日本茶道讲到英国王室盛极一时的红茶，然后讲到茶的分类，讲了绿茶的杀青、揉捻、干燥工艺。卡姆贝听得入迷，星星一样的目光渐渐融化在手中那杯猴魁里。艾成子在讲过绿茶的种种益处之后抛出了自己的结论：少饮咖啡多喝茶。

"为什么？"卡姆贝说，"喜爱咖啡的人并不比喝茶的少，瑞克就喜爱喝咖啡。"

艾成子用凌厉的目光扫了瑞克一眼："咖啡可以提神，饮茶却能静心，心不静而神发必为乱神，乱神足以智昏，而饮茶却能克此短处，使人内心澄清，神明自得。"

这是一番富有哲理的高论，卡姆贝抬头看了看艾瑞克。艾瑞克嘀咕了一句："无非饮品而已，喜欢喝啥就喝啥呗。"

艾成子的眉头仿佛钤上了一方朱印，没有理会儿子的话。他不想与儿子争执，儿子再不肖也属于家丑，在外人面前总该给儿子留一点颜面。

艾成子起身在挂满钟馗画像的墙壁前来回走了两趟，最后取下一张六尺的《钟馗捉鬼》递给卡姆贝。卡姆贝第一次来辰溪斋，见面礼还是要有的。画中人物是钟馗，怒目圆睁，须发横生。卡姆贝连声叫好，一口白牙在黑唇的衬托下珍珠一般洁白，一再鞠躬致谢。艾瑞克拉了拉她的衣袖，说不要打扰父亲作画了，卡姆贝这才恋恋不舍地跟着艾瑞克离开了画室。

回到车库，艾瑞克告诉卡姆贝把这张《钟馗捉鬼》放档案袋里收藏，不要经常触碰。卡姆贝问为什么，艾瑞克说："画中这个红胡子人物厉害，小心跳出来伤了你。"卡姆贝笑了，知道艾瑞克在开玩笑,拥吻了艾瑞克后,带着那幅画高高兴兴回学校去了。送走卡姆贝,双手插兜站在车库门口溜达的艾瑞克,忽然听到楼上传来一声茶杯破碎的声音,声音很大,像手雷爆炸。

他知道,父亲生气了,而且是生大气!

四

艾成子觉得劝说瑞克还得请凌四平出山,凌四平不仅是院长,还是瑞克的老师,老师的话瑞克总该听吧。他在电话里说:"老同学你来辰溪斋一趟,我给你画了幅丈二山水。"凌四平是个聪明人,说:"艾兄一定有事找我,我去就是了,别拿丈二山水钓我。"

艾成子的朋友圈如同一个流浪女人头上枯萎的花环,没有任何蓬勃气象,常联系的人除了燕子就是凌四平。身为领导的凌四平对老同学很关照,艾成子的国画鉴赏选修课能在美院开下去,凌四平功不可没。凌四平有次问他,说:"你反感瑞克的油画,为什么却能包容我的书法?"艾成子回答说:"同类和异类,两者岂能相提并论?"

西装革履的凌四平如约来到辰溪斋。凌四平与艾成子的交往中,多数时候是艾成子去凌家,到凌家可以混一顿吃喝,凌四平很少来辰溪斋,他认为艾成子家缺少烟火气,素得有些过头。因为院长身份所系,凌四平十分注重仪表,长发背头纹丝不乱,永远不变的白衬衣、红领带,显得精神抖擞。艾瑞克留学归来在698D座举办个人画展时,作为瑞克老师的凌四平还去站台并致辞,可见凌四平与这对父子关系都不错。凌四平见艾成子一副愁容蜷缩在藤椅上,知道他又生瑞克的气了,便笑着问:"我的丈二山水呢?"艾成子指了指画案。凌四平走过去欣赏了一番,道:"好画!《千山红遍》名字也好,大气磅礴!"

艾成子叹了口气说:"天上有参商二星,此出彼没,不能共悬于苍穹;地上有艾氏父子,相互抵牾,无法共识于朱砂。对此我百思不得其解,我没做错什么呀,为什么会这样?"

凌四平是个幽默的人,听到艾成子的抱怨微笑着说:"我以为你为艾瑞克找了个黑姑娘而纠结,没想到还是父子关系这个老问题。"

艾成子道:"恋爱问题不是小事,你若能劝瑞克回心转意,我给你画十张丈二山水。"

"你想让我当恶人?"凌四平很警惕。

"我知道你也打怵,"艾成子说,"瑞克怎么会以黑为美呢?他扭曲的审美观该不是你这老师教的吧?我知道你对传统文化一直持肯定态度,你本身还是书法家。"

凌四平道:"审美观是积习而成,与教不教有关系但关系不大。不过我劝你还是面对现实,欣赏什么欣赏谁是个人嗜好,应该允许人家有不喜欢的权利。"

"你想过没有,将来他们的孩子可是混血儿呀。"

"混血儿怎么了?说不定基因更优秀呢。"凌四平不以为然。

"混血后代暂且不说,文化上的差异不能不考虑,文化决定婚姻走向,我担心他们的婚姻没有未来。"艾成子说出了实话。

凌四平道:"未来的事就交给未来吧,你不用杞人忧天。"

"那么,你劝劝瑞克,让他正确看待朱砂画。"

凌四平摇摇头:"你为什么非要改变瑞克呢?瑞克有瑞克的思想。"

"他是我的儿子,子不改父之志,这是古训呀!"艾成子提高了声调,很显然,他对凌四平的疑问不理解,瑞克要不是自己的儿子,自己何至于如此纠结?

"所有的叛逆都是从撕裂父子关系开始。"凌四平抬手理了理原本整齐的头发,颇有感慨地说,"我理解弗洛伊德说的话了,父子斗争是人类历史的一种恒长现象,这句名言在你和瑞克身上再次得到验证。"

艾成子说:"我就不明白,出国留学前瑞克还不是这样,三年归来就碾子不是碾子、缸也不是缸了。"

"这不奇怪,"凌四平说,"瑞克这代人不像我们满肚子豆汁油条,他们吃的是奶酪面包,对传统缺少认同。我家凌琳也是这样,读了中医药大学,却对中医不感兴趣。我问她为什么会这样,凌琳告诉我,他们大学的教授有七成是学西医的,中医药只是留在学校名字上而已,其实早就该更名医科大学。"凌琳是凌四平的独生女,在中医药大学读博,搞生物制药研究,她曾在个人微博上发布过对中医的看法,尖锐的观点使她成了拥有众多粉丝的网红。

凌四平说到凌琳,让艾成子松了一口气,看来遇到此类问题的不止自己一人。他说:"我总觉得和瑞克之间存在着一道看不见的海沟,一道马里亚纳海沟。"

"我理解你的感受。"凌四平说,"要我说原因在你身上,种下西葫芦却梦想着收获大豆,这才是症结所在。"

"你是说我不该送他出去留学?"

"送孩子出国留学是潮流,尤其搞油画的不出去怎么行?问题是你的期望定位存在问题。"

艾成子道:"对油画我不排斥,欧洲古典主义那些经典作品我超喜欢,但我实在看不上那些胡乱涂抹几下就是油画的所谓艺术,那不是正路。"

凌四平又摇了摇头,摇头似乎成了这位资深院长的经典动作。"艾兄你可不能这样说,艺术的正路与歧路谁有资格鉴定?美术流派各有所长,对于自己无法接受的东西,沉默是最佳选择。"凌四平说话办事从来都是保持一种中和态度,不轻易肯定什么,也不盲目批判什么,他认为艺术这种东西没有唯一评价标准,褒贬须谨慎。

艾成子喘着粗气道:"艺术堕落就堕落在你这样的人身上,揣着明白当糊涂,一概和稀泥,缺少最基本的批判精神。你可知道,你当院长的态度暧昧,就是对艺术异端的默许纵容!"

凌四平并不生气:"你看看,火气朝我身上喷了不是,我可是你请来的'消防队',你把我喷跑了谁给你灭火?"

艾成子拱拱手。凌四平的话没错,请人家来不是当出气筒的。他叹了口气道:"这些牢骚不和你发还能和谁发?谁让你是我的领导呢?"

凌四平仰面望着天花板想了想:"想让瑞克接受你的朱砂画,你需要过一道火焰山。"

"什么火焰山?"艾成子问。

"市场。"凌四平道,"朱砂画行情如果比瑞克的油画好,问题就迎刃而解了,很可惜现实不是这样。一个打不开市场的前辈给一个如日中天的年轻人讲大道理,就像一个炒股赔得一塌糊涂的人给别人讲股市谋略,这不是很滑稽吗?"

"你在侮辱我?"艾成子说。

"这是现实,美术标准的话语权被另一只手把持,他们说烂泥巴大雅,你的泥人张就是俗套,业内人谁都懂,但谁也不把皇帝的新装说破。要知道,当大家都为马戏团小丑喝彩时,主角已经贬值。"

艾成子搓着两只手道:"瑞克认准一个理儿,说朱砂有毒,还说红色的东西与血有关,看着发怵。他不明白,朱砂火煅之后才有少量毒性,作画没什么伤害。"艾成子在说到瑞克时流露出一种复杂的情感,一张棱角分明的脸阴晴交汇在一起,肌肉有些扭曲。他盯着自己的圆口布鞋道:"如果时光倒流五载,我绝不会送他出去,是我把他送上了一艘不该上的船。"

凌四平不同意他的看法:"你该面对现实,艾兄,在市场的风浪里博弈,年轻人比我们更有优势,他们更会炒作。"

炒作?艾成子心里一紧,他一向鄙视炒作,凌四平抬高炒作激起他内心一种根深蒂固的反感,他爆出一句粗话:"对于艺术来说,炒作就是荡妇的子宫!"

凌四平被艾成子的这个比喻逗笑了,指了指艾成子的脑门说:"发牢骚没用,识时务者为俊杰。"

"你知道,这不是我想要的。瑞克纵使赚一家银行回来又有什么意义?失了根本只能是一片漂筏。"艾成子几乎要落下泪来,瑞克寻找各种理由排斥他引以为豪的朱砂画,老同学凌四平对瑞克艺术态度上的迁就,让他感到一种挥之不去的孤独感。

"你和瑞克谁都没有错,你有你的合理性,瑞克有瑞克的合理性,但两个无法重合的合理性碰到一起就产生了冲突,除非一方做出妥协。"凌四平说话充满理性。

艾成子咀嚼着凌四平刚才的话,半天没吭声,应该说,凌四平的话不无道理。

见艾成子不说话,凌四平起身再次来到画案前,端详着那幅画好的《千山红遍》说:"这幅画气势非凡,色彩极具冲击力,你给苍茫群山赋予了灵魂,给江河注入了血液,这不是一幅山水,更像一个久违的梦境。"

艾成子心里很是激动,还是凌四平了解自己,这幅画在心里至少勾勒过三遍草图,胸有成竹之后才开笔。

凌四平看到落款有"成子写于辰溪"六字,好奇地问:"以往落款都带个'斋'字,这次为什么要省略?'辰溪'不带'斋'字易生歧义,还以为你作于湖南怀化。"

艾成子道:"辰溪囿于斋内,无法恣肆山野,去了这'斋'字,朱砂红就能在天地间自由流淌。"

凌四平转过身看着艾成子,眼露惊喜之色:"好呀,老古董开窍了。"

"你怎么也这样看我?我不是古董。"艾成子马上辩解,他对别人称自己是老古董特别抵触。

"古董未必就是贬义,"凌四平说,"这画我不能拿,你留在辰溪斋当镇宅之宝吧。"

"留在辰溪斋很可能会也属于学院。我想过,如果瑞克执迷不悟,百年之后储藏室的这些画我都捐给美院。"

"那是未来的事,现在去想还为时过早。"凌四平说,"不要勉强瑞克了,实在不行的话,就带个研究生来传授你的朱砂画,院里给你调剂指标就是。"

艾成子摇摇头:"你说的调剂有施舍的味道,没人报考就算了,强扭的瓜不甜。"

凌四平告辞,艾成子送他到楼下,迎头碰见了从车库出来的艾瑞克。穿着脏兮兮的背心短裤的艾瑞克笑嘻嘻地说:"凌老师好,我先向您预约,到时候请您做我和卡姆贝的证婚人。"

凌四平很绅士地点点头,上车离开了。

艾成子没有和儿子说话,回到辰溪斋坐在藤椅里假寐。他觉得眼前出现了一座大山,山上光秃秃的,没有草木,没有雪,像个硕大无朋的坟丘。他睁开眼,心里纳闷儿,自己并没有睡着,假寐中怎么会有这样一座秃山?秃山代表什么呢?他忽然就想起了王安石的那首《秃山》诗,诗中写两只猴子繁衍子孙,生生把一座草木繁

盛的海上小山糟蹋成了不见绿色的秃山,诗的最后是这样四句:

> 嗟此海山中,
> 四顾无所投。
> 生生未云已,
> 岁晚将安谋?

他觉得自己就像诗中那只老猴,在为不可预知的未来发愁。

五

燕子来辰溪斋催画。

一提到朱砂画,燕子就觉得母亲比自己更欣赏这门独特的画艺。

有一次去国外看望母亲,燕子说到朱砂画行情一直没上来,弄得老画家在儿子面前挺没面子。母亲要过她的手机,一张张浏览朱砂画图片。母亲看得很认真,每一张都放大来看。看过后母亲评论说,这些画多像泣血而画。当时燕子吓了一跳,母亲为什么会有这种感觉?难怪瑞克不接受这些画,一幅画让人联想到血,审美过于残酷。燕子知道母亲的美术学养,便请母亲预料一下朱砂画的前景。母亲沉思片刻说了四个字:"否极泰来。"母亲还问了作者的情况,对艾氏父子的紧张关系表示了深深的担忧。在仔细看过艾成子的照片后,母亲引用了几句古诗:"青青子佩,悠悠我思。纵我不往,子宁不来?"这几句诗让燕子莫名其妙。

燕子走进辰溪斋的时候,拉着窗帘的画室显得幽暗不明。因为门敞开着,站在门口的燕子看到了藤椅上的艾成子,艾成子正盯着地上的一盆绿植发呆,没有看见已经站在门口的燕子。燕子很好奇,地上的绿植是常见的一品红,有什么好端详的? 燕子不知道艾成子在想什么,又不便打扰,就站在门口静静地望着这位心事重重的画家。燕子忽然觉得艾成子很慈祥,思考的神态极有韵味,国字脸清癯端庄,头发梳理有致,亚麻材质的唐装熨烫得体,给人感觉家里一定有个精心侍弄他的好妻子,但实际上艾成子鳏居多年,家务全靠家政钟点工打理。

燕子的手机发出一声短信提示音,艾成子这才发现站在门口的燕子。他招招手:"对不起,刚才走神了,快请进。"

燕子进来坐到另一张藤椅上,看着那盆一品红问:"这盆绿植对您有什么特殊意义吗?"

"当然,"艾成子道,"这是卡姆贝送的,我在想她为什么要送盆一品红。"原来艾成子在思考送花者的用意。

燕子觉得艾成子过于敏感,就是一盆随处可见的绿植嘛,也许在卡姆贝的国家一品红代表着吉祥和敬意,便说:"卡姆贝也许没有多想。您也不必为此劳神。"

"画室很久没有添置新东西了,忽然多了一盆一品红,脑子就不自觉转起来,就像小猫会对家里陌生的东西嗅来嗅去一样,人也不能免俗。"艾成子自我解嘲道。

"对了,您认识一个叫左黎的女人吗?"燕子问。

艾成子愣了一下,道:"左黎是谁?"

"一个比您小几岁的女人。"

艾成子想了想后摇摇头:"不认识,记忆里没有过这个名字。"

燕子松了口气,艾成子不认识母亲。在国外当她说艾成子父子关系不融洽时,她看到母亲原本明亮的脸上突然布满忧虑的浮云,加之母亲引用的那首古诗,她觉得母亲似乎认识艾成子,现在来看是自己多虑。燕子换了话题问:"我求的朱砂山水画完了吗?"

艾成子拍了一下脑门："还没画呢,这几天老是走神。"

燕子扶了扶眼镜框："朱砂是安神妙品,一个用朱砂作画的人应该凝神聚气、心无旁骛才是。"

艾成子点点头："话是这么讲,可是一想到瑞克要娶个外国媳妇回家,我无法平静啊。"

燕子把挎着的大布包放在膝盖上,并拢双腿转向艾成子,很认真地说:"我想和您讨论一下这个问题,您对瑞克有意见是因为他找了个黑人女朋友吗?"

艾成子很诚实,他没有必要对燕子说假话,叹了口气道:"有这个因素,但不全是。"

"您大可不必这样,尊重瑞克的选择,放下某些执念,您会轻松一些。"燕子望着艾成子,她希望艾成子能听进自己的话,因为艾成子纠结的心情已经影响到创作。

艾成子盯着那盆一品红,好一会儿,声音低沉地说:"我是真心好意。"

"如果瑞克不需要,您的好意就会成为他的负担。"燕子柔声细语,说出的话像毛毛雨。

"我也反思自己,但我没发现自己哪里错了,子不教父之过,"艾成子道,"我专攻的朱砂画是国粹传承,又不是旁门左道。"

"没人说朱砂画是旁门左道,我来催画就证明朱砂画有生命力。"燕子安慰他。

艾成子瞭了一眼画案说:"你若是着急,就把那幅《千山红遍》拿走吧。"

艾成子告诉燕子,这幅画本来是为凌四平所作。凌四平是他的好朋友,关于朱砂画的评论写了六七篇,却从来没有张口求过画,这让他有些过意不去,便用心为凌四平画了这幅丈二山水,谁知画成后凌四平却不肯收,凌四平甚至这样说:"我是院长,收你的画岂不是接受雅贿吗?"就这样,这幅花三天三夜创作的丈二朱砂画,还原封不动地铺在画案上。

燕子起身到画案前一看,果然是一幅难得的好画,画面上红色的山峦气势雄伟,红色的云霓气象万千,红色的江水滔滔恣肆,红色的草木如火如荼,整个江山万里一片红。燕子道:"都说墨分五色,没想到朱砂红能分七色,不,简直是变化万千!"

"你是能真正读懂朱砂画的人!"艾成子颇为动情地说,"我专攻朱砂画几十载,能看出朱分七色的你是第一人,凭这一点,这幅《千山红遍》就该属于你!"

"真的?"燕子喜出望外。

"红粉赠佳人嘛!"艾成子把画折好,装进专用纸袋,提起毛笔在纸袋上写了"燕子方家惠存"六字,然后很有仪式感地双手递给燕子。

这一刻,燕子被感动了。接过画后,她向艾成子深深鞠了一躬,郑重地说:"我不会像守财奴一样把画锁在卷柜里,我会让这幅画焕发出应有的祥瑞之光!"

"既然它已经属于你,就由你决定它的未来吧。"艾成子泡了两杯猴魁,示意燕子坐下,"我知道你本科是我们美院毕业,你的专业好像不是绘画吧。"

"我是学工艺美术的,"燕子说,"与绘画算近亲。"

"我总觉得我教过你,看来是一种幻觉了,幻觉这个东西很神奇。"艾成子说的是实话,他有时会把燕子当成自己教过的学生,第一次见到燕子就有种似曾相识的感觉。

"这是我们能成为忘年交的重要因素啊。"燕子把那幅朱砂画抱在怀里,俏皮地说,"有一种说法,今生的好友是前世缘分的延续。"

艾成子笑了:"是啊,我要是有你这样一个学生多好,我会教你朱砂画,然后把储藏室密码传给你。"

他忽然想起了什么,问燕子:"瑞克很在意你,他的油画也都是你经纪,你可不可以劝他接受传统绘画的理念和技法?"

燕子摇摇头:"这个很难,我不想改变任何艺术家的追求,包括您和瑞克。虽然我有自己的评价标准,但我反对强加于人。"燕子实话实说。

"可是,瑞克的艺术追求是条歧路呀,谁都看得出,但谁也不去阻止。"

"相对于现成的路而言,最初走的路都是歧路,但是不去走怎么能走出路来呢?"燕子说:"您想想,瑞克来到这个世界是自己想来的吗?不是,是您和阿姨强加于他的。当监护责任尽到后,您应该像放飞雏鹰一样赋予他自由,包括审美自由,他喜欢吃什么就自己去觅食,不要再强行把捉来的虫子塞到他嘴里。尽管您觉得那虫子是美食,但美食一旦走向填鸭式就没有了滋味,甚至让人产生某种逆反心理。"燕子语出惊人。

艾成子喉结上下蠕动了几下,有话却没说出来,燕子的话像火焰,十分烫人,让他生出想用冷水洗一把脸的念头。是啊,瑞克无法选择自己的出生,也不能拒绝出国留学,主导这一切的都是自己,谁知主导来主导去,竟然主导出一个叛逆者。他又想到了秃山上那只老猴子,自己比那只猴子强不了多少。停顿了好一会儿,他才接着说:"瑞克说朱砂有毒,以此否定朱砂画,那只不过是借口。"

燕子点了点头:"这一点我同意,朱砂只是瑞克发表观点的一个借口,借口背后是你们父子之间存在代沟,缺乏沟通。"

辰溪斋的光线过于暗淡,燕子又戴着太阳镜,便问为什么白天窗户还要拉着窗帘,窗帘不拉开,室内只能借助灯光照明。艾成子过去拉开窗帘,但没有全开,只是拉开了一半。他说:"灯光是黑暗的修饰者,灯光下作画会隐去某些本质的欠缺。"一句话让燕子茅塞顿开,她明白了为什么许多会议都要拉严窗帘在灯光下开,原来灯光会美化人的形象,而自然光却会暴露人的缺点。

艾成子说:"我拉上窗帘还有个目的,是我不想看到瑞克的那些朋友,眼不见心不烦。"

"为什么不愿意见瑞克的朋友?据我所知,他们都是美术圈里的人呀。"燕子不解地问。

"也没有大不了的原因,就是看不惯,女孩子把头发染成蓝色,男孩子戴着耳环,有一个瘦高的小伙子还文了身。文身只适合体态稍胖的人,瘦子不要文身,这点常识都没有还搞什么艺术?我不是思想保守,我觉得靠扮酷来吸引眼球走不远。"

艾成子能说出"扮酷"一词说明接受能力很强,燕子想,这个年龄的教授看不惯年轻人的某些装扮也在情理之中。艾成子这个身怀绝技的大画家像一个行走的谜,给人一种独来独往的神秘感,她忽然生出一种钻进艾成子内心世界窥视一番的想法,任何刻意屏蔽自己的人内心一定有故事。

燕子说:"搞艺术的注重彰显形象符号不奇怪,有人说艺术家要么长头发,要么没头发,瑞克朋友圈里有这类人很正常。"

"标新立异是空虚的体现,绘画最终比的是功力而不是形象符号。"艾成子说。

"总之,您应该留意年轻人对您的评价,朱砂画最终要由年轻人来欣赏。"

燕子的话启发了艾成子,他两臂交叉抱在胸前问:"你怎么评价我?"

这又是一个难题,燕子脱口道:"我还在体会,将来再回答您。"

燕子点燃一支烟,很优雅地吸了几口,吐出一串蓝色的烟圈。艾成子不吸烟,但他觉得燕子的烟非但不呛人,甚至很好闻,有一种清凉的薄荷香。

六

艾瑞克告诉父亲要结婚,是在父亲发现了他和卡姆贝同居之后。

艾成子嘴上发誓不过问瑞克的恋爱问题,但心里还是放不下。尤其他在媒体上看到国外部分地区某种免疫疾病呈上升趋势,觉得有必要和瑞克谈谈。他并不想阻止这桩婚姻,因为他知道自己也阻止不了,他想提醒瑞克带卡姆贝去做个体检,这样做符合法律规定。

他是早餐前来车库的,儿子一日三餐叫外卖,不用他忙碌早餐。敲了敲门,没想到开门的是卡姆贝。卡姆贝穿着比基尼,身材如同巧克力塑成的一样。他愣住了,卡姆贝却没有丝毫羞怯,揉着眼睛问:"有事吗,爸爸?"

这声"爸爸"让艾成子如同遭到雷击,差点仰面躺回去。他注意到车库里不知何时摆了一张双人床,艾瑞克正头埋在枕下酣睡。艾瑞克从小睡觉喜欢把头埋起来,这是一个无法纠正的坏习惯,问他为什么要埋起来,瑞克说是保护自己。艾成子不想和穿着比基尼的卡姆贝多说话,他对卡姆贝称呼自己爸爸也很不适应,这个称呼似乎带着芒刺。"等瑞克睡醒了让他上楼找我,我有事找他。"他说。

卡姆贝说:"瑞克太缠人,昨夜又睡得晚,恐怕一时叫不醒。"

艾成子没有再说什么,他感到有座火焰山开始热浪滚滚,扭头快步回到楼上。

他没有吃早饭,烤红薯放进微波炉却忘记了加热。他走进画室,铺上宣纸,用笔饱蘸朱砂憋住气画了一个人物,是红须红脸红袍的钟馗。与满纸朱砂红不太协调的是,这一次,钟馗手中提着一个小妖,小妖用淡墨勾勒,一眼便可辨出是个女妖。

艾成子把那盆一品红搬到走廊,然后坐在藤椅上呼呼喘粗气。他忽然想,要是燕子在这里就好了,他很想抽一支烟,一支燕子的烟。

很久,尚未洗漱、饧毛饧刺的艾瑞克抻着懒腰走上楼来。

艾成子压着心头的火气质问:"你们同居了?"

艾瑞克揉着眼睛点点头。

"可是你们还没有登记呀!"艾成子提高了声音。

艾瑞克扑哧一声笑了:"您这是旧观念。"

艾成子眼睛一瞪:"新观念就可以胡搞吗?!"

"爸,同居不是胡搞。同居是当下许多年轻人选择的一种生活方式,口头契约,双方遵守,您诋毁它只能说明您已经远离这个时代。"

"胡说!"艾成子拍了一下画案,"你们要是想在一起住,就正大光明去登记做合法夫妻,这是文明社会的体现!"

"爸,我们已经在南非注册了,不过我认为这是我俩的私事,没有必要公之于众。"艾瑞克并不接受父亲的批评,他在暑期到南非旅游时,和卡姆贝在当地进行了婚姻注册。南非是个可以根据自己的意愿缔结不同婚姻形式的国家,注册婚姻就像到医院挂号那么简单,不像国内有很多相对烦琐的配套手续。

"在南非注册?"艾成子张大了嘴,一时无话可说。

这时,卡姆贝上楼了,站在门口看着那盆一品红道:"这是我送您的植物模特,您怎么放到这里了,爸爸?"

"植物模特?你想让我画一品红?"艾成子问。

"是啊,同样的叶子却有红有绿,很入您的画。"卡姆贝把那盆一品红又抱回了画室。

瑞克说:"既然爸爸不喜欢,你就别往室内搬了。"卡姆贝却说:"爸爸没有说不喜欢,这盆绿植一直是摆在画室中央的。"艾成子道:"搬进来吧,我喜欢它的红叶,有朱砂红的味道。"艾瑞克抓住机会马上跟进道:"一品红和朱砂有相似之处,这也是卡姆贝的一点心意。对了,叫我有事吗?"

"当然有事。"艾成子说。但艾成子没有马上切入正题,当着卡姆贝的面他不能信口开河,不管喜欢不喜欢,这个来自南非的姑娘都像一匹黑马横空闯入了他们的家庭生活,这是一个难堪的现实。他沉吟再三,觉得还是把话说开好:"我建议你们改变当前的生活方式,车库虽说改成工作室,但终归不能当洞房,你们现在这样生活,会给人一种十分随意的感觉,我、同事,还有邻居们都不会接受这种生活方式。"艾成子的话尽管很委婉,但主旨明确,就是不让两人在车库同居,但他没有当着卡姆贝的面说体检之事。

艾瑞克抱着肩膀说:"自己的生活方式为什么要别人接受?不过既然您提到了这个问题,我要正式向您禀告,我和卡姆贝准备下个月结婚。"

什么?艾成子几乎不相信自己的耳朵。瑞克做的每一件事都出其不意。下个月结婚,家里一点准备没有,礼仪公司、婚宴酒店、需要请的宾客,还有房间装修等等,这些都不是小事,他惊讶地说:"一点准备没有,太突然了吧。"

"我们已经准备好了。"瑞克若无其事地说,"我们准备在698D座举办一次画展,在画展开幕式上宣布我们结婚的消息,画展开幕式结束,请嘉宾到饭店参加自助冷餐会。第二天,画展委托给燕子姐,我俩启程飞巴黎度蜜月,巴黎的旅馆已在网上搞定。对了,我们的婚礼策划人是燕子。"

这真是别开生面的婚礼。艾成子觉得大脑里一片狼藉,当父亲的竟然成了儿子婚礼的局外人,这叫他情何以堪?

"去巴黎度蜜月我不反对,可是,婚礼必要的仪式不能少,办喜事要有喜事的规程,规程就是礼仪,是不可或缺的仪式感。"与艾瑞克语言的简练相比,艾成子显得有些啰唆。

卡姆贝插话说:"我们去巴黎还有一个目的,将参加那里的一场大型艺术品拍卖会,瑞克有一幅新作计划参与此次拍卖。"

艾成子并不关心哪一幅新作参拍,在他看来,瑞克穿着短裤在车库里创作的那些作品大都一个面孔,严格来说那种布面丙烯与传统意义上的油画是有区别的。他看过瑞克的一幅叫《葵花》的油画,画面上是一片成熟的、朝向不一的葵花,花盘上花已经脱落过半,露出黑黑的葵花子,整个画面给人一种蔫头耷脑的感觉。当时他对瑞克说,画葵花应该画出葵花的趋阳性,葵花朵朵向阳开嘛。瑞克不这么看,说葵花成熟后就不会跟着太阳转了,会低头感恩大地,只有那些渴望成熟的花盘才挺直了脖颈跟着太阳转。他觉得瑞克做的一切,包括这次画展婚礼,都像一个玩笑。

"那么,需要我这个做父亲的做点什么?"他问。如果瑞克提出需要一笔钱,他会加倍满足儿子的要求,他不是个吝啬之人,近些年他似乎明白了一个道理:改变一个人步伐的,往往是腰包。

"您出面邀请一下四平叔吧,请他当证婚人,这件事对于您来说应该不是难事。"瑞克说。瑞克知道父亲和凌四平的关系,其实自己已经邀请过了,既然父亲表达了这种意愿,他想给父亲一个顺水人情。

"这不是问题。"艾成子说,"还有其他吗?"艾成子几乎是在提示了。

"没有了,"瑞克说,"其他一切我们自己都能搞定。"

艾成子感到一种突然降临的失落,像从高处忽然坠下。这是年轻时在梦里常有的感觉,进入中年后就不再做这种坠落之梦了,不想今日会在大白天重现这一感觉。他觉得儿子像脱离藤蔓的瓜,和自己挂碍不再,儿子有了自己的世界,一个他感到陌生而又离奇的世界。

"作为父亲,我总该有所表示吧?"艾成子望着卡姆贝道,"你说,需要我做点什么?"

卡姆贝笑了笑,露出亮晶晶一排白牙。她看到了画案上那幅人物画,走过去端详了一会儿说:"我想要这幅画,可以吗?"

艾成子心里一阵狂跳,卡姆贝想要的这幅画是自己刚才赌气之作,其中有反感卡姆贝的意味,即或卡姆贝没看出来,瑞克也会心知肚明。果然,瑞克瞥了一眼画中的钟馗,对卡姆贝说:"这是一幅捉妖图,过去当门神贴的。你若是想要,可以让爸爸再画一幅,比如画一幅一品红。"

卡姆贝摇摇头:"适合,我喜欢这个人物,他的红胡须像帝王花一样美丽。"

帝王花是南非的国花,卡姆贝由钟馗的胡须联想到自己国家的国花,这种联想很有跨度。艾成子点点头,将画折叠好,装入辰溪斋专用大信封递给卡姆贝,同时用戏谑的目光瞄了瑞克一眼。

卡姆贝很高兴,举起信封吻了吻,道:"谢谢爸爸的礼物,它属于我,也属于每一个欣赏它的人。"

艾成子愣了一下,不知道卡姆贝为什么会这样说。

七

艾瑞克的婚礼像过山车一样呼啸而至。对于在车库同居已经没有劝说的必要,因为在南非注册同样意味着婚姻的合法,尽管艾成子知道南非的婚姻注册像银行存取款一样便捷,但那毕竟是法律规定。对于瑞克这场突如其来的爱情,艾成子如同面对一个陌生的电饭煲,不小心揭开盖子时一锅生米已经成了熟饭。瑞克全力忙碌布展,他把画展看得比婚礼重要。自从定下了婚期,艾瑞克和卡姆贝不再睡懒觉,一大早就会去698D座。艾成子办过画展,知道那是一件很辛苦的工作。

清晨,草草吃过早餐的艾成子在楼下院子里踱步,看到瑞克和卡姆贝驾车离开,便鬼使神差地走进车库察看。车库里那张简易木床过窄,他想为瑞克定制一张欧式铁艺席梦思大床,当作结婚的礼物。瑞克没有购买婚房,也没有装修楼上的卧室,买一张新床还是有必要的。车库里太乱,地上满是乱堆乱放的杂物,床上被子也没有叠,垃圾桶中揉成团的废纸已经成山,一管橘色的油彩掉在乳白色复合地板上,不小心被谁踩了一脚,如同一只被踩烂的橘子。在支起的画板上,艾成子看到了一幅没有完成的作品,画面上是一个穿白色唐装倒背着手的老人,头发花白稀疏,赭黄色的方形脸上还没有画五官,老者身后是一群穿同样衣服的人,一样的方脸,都没有画五官。艾成子摇摇头,不知道瑞克为什么会这么画,因为尚没画五官,看不出画的是谁。车库里除了杂乱无章之外,还充斥着一种陌生的不知名的香水味,这应该是卡姆贝用的香水。他轻叹一口气扭头离开了。铁艺席梦思床没有买的必要了,他觉得这两个年轻人不会喜欢。事情往往就是这样,习惯了肮脏,就会仇视清洁,视所有的卫生为洁癖。

回到辰溪斋,他挥笔又画了一张钟馗。与上次画钟馗不同,这次下笔总是犹豫,画出的线条怎么看都觉得不如意,便将画作揉成一团扔进纸篓,重新铺上一张生宣。艾成子画人物一般用熟宣,熟宣经过特殊处理,能保持线条和色彩的原形。之所以换成生宣,是因为生宣在浸透上有意料不到的效果,他把生宣作画的效果称为窑变。在生宣上画完第二张钟馗,他觉得胸口有一口气呼了出来,便放下笔,坐在藤椅上休息。想起瑞克说过,他们去巴黎度蜜月期间画展交由燕子打理,而且婚礼的策划人就是燕子,看来燕子不仅是瑞克婚礼的策划者,而且很可能是画展所有作品的买断者。他觉得燕子不应该守口如瓶,他视燕子为忘年交,燕子至少应该知会他一声。

他拨通了燕子的电话,请燕子来辰溪斋一趟。电话里燕子很高兴,说:"艾先生呀,和您交往这么久,您主动约我还是第一次,我好兴奋!"

很快,燕子开车来了,还抱着一个大花束,清一色的百合。艾成子一开门,燕子便把花束送到他怀里,微笑着说:"向您道喜了,百年好合!"燕子戴着太阳镜,艾成子看不到镜片后的目光,但从燕子的声音判断,镜片后一定是双楚楚动人的明眸。

艾成子知道鲜花是因瑞克大婚而献,便接过花,把燕子让到屋内:"你带花来,我好意外。"

燕子说:"总算找到一个送花的理由,今天早上我耳朵发热,第六感告诉我,您会给我打电话。"

艾成子道:"好聪明的丫头,知道我有解不开的难题问你。"

燕子走到窗前,一把拉开窗帘,望着窗外的街景,背对着艾成子道:"说吧,想问什么?"

"其实,问题也不难,我想不明白,为什么瑞克能将婚姻大事和你商议,却不肯告诉我?"

燕子没有转身,对着窗子道:"因为瑞克信任我,他的作品、他的婚礼策划交给我经纪,他和卡姆贝放心。"

"你和我也很熟,就不能透露一点消息给我?我是瑞克的父亲。"

"不能。"燕子态度很肯定,"我对瑞克承诺会保密,包括对您。"

艾成子躬坐在画案前,双手托着下巴,他忽然感到自己好可怜,在此之前,他曾因有燕子这样一位好朋友而感到心有慰藉,和瑞克产生隔阂后,至少有个可以敞开心扉说说话的人,现在来看,燕子和瑞克走得更近。宣纸上的钟馗怒焰燃烧,胡须几乎是炸开的。刚才他在作画时,几乎把所有的力气都用在了画胡须上,而且是浓墨枯笔,力道十足,他知道,想表现一个男人的雄性特征,非胡须莫属。

"不得不说,你策划的婚礼前无古人。"艾成子还是肯定了燕子,燕子的创意符合瑞克的性格和追求,也符合娶了一个黑人做媳妇的选择。试想,如果瑞克举办一个中规中矩的传统婚礼,一定会有那道东北名菜——乱炖的味道。

"说实话,这么策划也考虑了您的因素,对你们父子间那道无形的鸿沟我心里清楚,我想做一个架桥者,为您做点事情。你们父子这种关系需要一种双方都不感到尴尬的婚礼,在婚礼上您不必致辞,也不需要接受鞠躬礼。"

不得不说燕子想问题很周到,艾成子想,这种不落俗套的婚礼形式是为他们父子量身定制,如果真让自己在瑞克这种跨国婚礼上致辞,他不知道说什么,事实上自己现在还不知道卡姆贝的父母姓甚名谁,也不知道卡姆贝有几个兄弟姐妹。他觉得自己是个旁观者,瑞克的事似乎与自己无关。

"还有一个问题我想不明白,瑞克和卡姆贝为什么宁可喜欢挤在脏兮兮的车库里,也不愿意到楼上卧室里住?车库里的那张旧木床大概是从旧物市场淘来的,躺上去吱扭扭乱响。"艾成子问了第二个问题,他想,与瑞克是同代人的燕子或许能解释这个问题。

"为了一种境界。"燕子转过身望着艾成子说,"年轻人喜欢追求一种全新境界。"

"全新境界?"艾成子一头雾水。

"对了,就是刺激,如同年轻人喜欢吃麻辣烫,而你们不喜欢,这就是口味。想想看,一张吱吱乱响的木床,对你来说是噪音,可对于他们来说,就是男欢女爱的美妙伴奏。"燕子说话直白,艾成子的脸颊瞬间变成了朱砂色,燕子并不显得羞涩,她接着说,"很多条件优渥的人去丛林探险,去荒漠远足,为什么?就是追求一种体验。这是当下很流行的生活方式,有点像古代的竹林七贤,他们的做法看似古怪,却是一种人性的张扬与恣肆,目的是活得更加自我。"

艾成子看着案头的钟馗肖像,眉头越皱越紧,突然一把扯起来,揉成一团,用力摔进废纸篓,然后道:"不画人物了,人太复杂,还是画山水,唯有山水知我心!"

"知您者并非唯有山水,这个世界上没有谁注定孑然一身,量子理论已经证明了这一点。"燕子安慰他道,"就像您的朱砂画,虽然有人不喜欢,但我十分看好,在我眼里您是一位必须仰视的大师。"

艾成子苦笑了一下:"虽然你这是安慰我,但我还是很愿意听。赞美是否廉价,要看听者是谁,对于喜欢听的人来说廉价的赞美也是难得的金句。"

"我说的是真话,因为我没有恭维您的必要。"燕子说。

"能告诉我你为什么看好朱砂画吗?"艾成子问到了关键问题。

"没有为什么,"燕子说,"就是喜欢,因为爱不应该设置前提,也不能有任何搭售,它是一种纯洁如甘泉的情感。"燕子故意回避了母亲对朱砂画的预测。

艾成子想,要是瑞克也能像燕子这样该多好。当年一个叫曼莉的实习生,一个留学归来的女孩子,热情、开朗、浑身充满青春活力,也和燕子一样善解人意。那时他在画朱砂画的同时兼画粉画,在粉画圈小有名气。两人熟悉后,曼莉对朱砂画产生了浓厚兴趣,还主动为他做了一回人体模特。那是他第一次画女性人体,羞涩局促得像个大男孩儿,坐在画架前大汗淋漓。曼莉劝他放松,否则画出的曲线不会流畅。很可惜,曼莉后来离开了这座城市,像记忆中的一抹霞光,闪耀之后便不再浮现。他一直忘不了曼莉,那是他平生第一次画女性人体,那张粉画的复制品至今还挂在储藏室里,被他视为最宝贵的财富。这段经历他没有告诉任何人,是属于曼莉和他共同的秘密。

"我也有不喜欢的东西,比如湖蓝色,人的情感变化往往会因为某个契机。"燕子说。

"湖蓝色?"艾成子很惊奇。

"我小时候去一家水族馆参观水下长廊,隔着玻璃观看各种大大小小的鱼。我看到一只美丽的水母向我游过来,水母像挂满流苏的花伞,忽上忽下,很是好看。我兴奋极了,想隔着玻璃摸摸浮动的水母,结果冷不丁碰在拱形的玻璃上,将额头碰起一个大包。此后,再看到湖蓝色我就会产生一种脑震荡的感觉。"燕子停顿了一下,接着说,"我和瑞克谈过,他对朱砂的反感似乎没有确切理由,如果有的话是在巴黎看过一部电影,电影很血腥,是反映东欧某国政变的故事片,观看这部电影之后他不再吃番茄酱。"

瑞克从来没有说过这个原因。艾成子睁大了眼睛,在想那是一部什么影片,为什么会颠覆瑞克对朱砂的印象,瑞克小时候可不是这样。

"您提的两个问题我都回答了,也许您不满意,但我还想说,接纳瑞克,将瑞克像雏鹰一样放飞,任他去自由翱翔。"燕子从窗前回到藤椅处坐下,扶了扶太阳镜说,"再说了,干预只能徒生烦恼。"

"那我岂不是失败者?"艾成子像个解不开方程的小学生,显得心有不甘。

"开始新的生活呀,您独身一人生活了十几年,这本身就是一个错误,生命毕竟只有一次。"燕子劝人的话开诚布公。

"不能这样下结论,"艾成子说,"你刚才说了,凡事都有个契机。"

"和瑞克好好谈谈吧,那是您的儿子。"燕子说。

八

在瑞克举办婚礼之前,艾成子决定和儿子正式谈一次,这是凌四平和燕子都提出的建议。凌四平说父子之间还是要沟通,有障碍不怕,怕的是不能好好说话。燕子也说,放下老子身段,像朋友一样坐下聊聊天,低调并不理亏,观念这道墙虽然顽固,但也不是坚不可摧。这话打动了艾成子,他决定和瑞克正式谈一次话,为此他准备降低身段主动示弱。环境左右情绪,艾成子决定谈话地点不在辰溪斋,而是选在了一家高档商场内的咖啡店里。艾成子打电话给瑞克,说在某家品牌店为他定制了一套西装,希望来量一下尺码。瑞克说自己正要买套西装,定做会更合体。瑞克很少答应他什么,在定制西服方面能同意,这让艾成子心里很温暖。

艾成子提前赶到,在西装店做了安排后,来到约好的咖啡店坐下等候。他对咖啡不感兴趣,但这次却点了两杯咖啡。桌上有一本宣传册,是介绍美容整形的,他忽然就想到了瑞克的油画,那些画似乎可以和整形联系起来。他正在有谱没谱地瞎想,瑞克来了,走路轻飘飘的,他竟然毫无察觉。

瑞克说:"您怎么喝起咖啡了?"瑞克对父亲的印象已经像化石一样成形。父亲在喝茶上十分讲究,春夏喝绿茶,秋冬饮红茶,晚餐如果有肉,还要餐后喝一杯普洱。

"我当年也迷恋过蓝山咖啡。"艾成子回了一句,但马上就有些后悔,如果这么对呛,聊天会无法继续,便缓了语气道,"当年大学刚毕业,因为好奇就迷上了咖啡,但受条件所限,咖啡毕竟是奢侈品,后来就改喝茶了。"

艾瑞克问:"咖啡还是奢侈品?"

"当然。"艾成子道,"嗜好从来都受制于经济,当时工资不满百,没有讲究的条件。"

艾瑞克眼睛忽然一亮:用朱砂做颜料也是这个原因吧?油画和粉画颜料大都进口,价格不菲,而朱砂却像煤矿一样可以开采。艾瑞克主动提到了朱砂,他似乎从父亲刚才的话里找到了困扰的原因,父亲用朱砂做颜料,是当初条件制约的结果。

"朱砂可不便宜,比进口油画颜料还贵。"艾成子说,"之所以用朱砂,是为了画面不氧化。今天有些大师绘制唐卡还在用朱砂,画面几百年不变色。"

艾瑞克说:"朱砂不变色的优点和缺点比起来,比重显得很小。用朱砂作画至少有三个坏处:一是含汞有毒,二是画面伤眼,三是容易让人联想到暴力。这样的画被淘汰的命运不可逆转。"

艾成子一股火在心底里被点燃,让胸腔变成了一个炉灶,脑子里沸水翻滚,仿佛能把所有的脑细胞煮熟。他努力控制住情绪,以免谈话不欢而散。他用僵硬的笑容掩饰住阴沉的脸色,指指桌上的酒单道:"你看这上面有种朗姆酒,海明威的最爱。我呢,就像一个酿了一辈子朗姆酒的酿酒师,不可能再去改酿啤酒。朱砂这种古老的颜料,对于国人来说代表镇定、吉祥,而非暴力与血腥,我觉得你的感受被一种惯性所误导。"

艾瑞克摇摇头:"这是我自己的认识,没有任何人误导我。"

艾成子深吸一口气,想想来这之前打好的腹稿,平缓一下语气对艾瑞克说:"爸爸以往对你关心不够,比如不该禁止你进入二楼储藏室,这一点我做得不对。喜爱一种艺术往往因为习惯,不让你接触这些优秀的国画,怎么会养成习惯呢?"

艾瑞克的记忆跳回到中学时代,那时那间总是上锁的储藏室对他来说是个阿里巴巴山洞,里面一定藏着好看、好玩,甚至好吃的东西,当他向父亲提出想进去看看的时候,父亲那张国字脸瞬间变成了黑板,让他心悸不已。他当时就想,一个没有窗户的黑屋子能装什么呢?在他对母亲有限的记忆里,不会忘记母亲对他说过的一句话,这句话是针对储藏室说的:那是一间见不得人的屋子。母亲走后,他常常想起这句话,他不理解母亲为什么会这样说,他知道储藏室里装满了画,画有什么见不得人的呢?一个画家画了画,不就是为了给人看吗?现在父亲提起这件事,瑞克觉得已经没有了谈论的必要,就冷冷地道:"是的,我上中学时曾对那间屋子产生过好奇,后来很快就没兴趣了,因为我发现了更能吸引我的东西,这就是超现实主义油画。当然,我知道您对我的作品不能正视,那又能怎样?我是个不背行囊的旅行家,无拘无束,信马由缰。我的画作有一双'上帝之手'在牵引,这就足够了,所以我不会在意一个小小的、封闭的储藏室。"

"上帝之手?"艾成子问。

"是的,说得通俗一点就是市场。"艾瑞克毫不隐晦,他喜欢用超现实主义的语言来表达自己的独到见解,"艺术,失去了市场的牵引会成为弃子,只有与市场相拥抱才会成为时代的宠儿。"

艾成子不同意瑞克的观点,但他没有反驳,他知道自己为了求同存异而来,一旦争论起来,此次见面将会不欢而散,自己的所有准备也就付诸东流。燕子的提醒就在耳边,要忍住性子,放低身段,低调并不理亏。

"上帝之手在哪里我没有看到,"艾成子说,"但我从不排斥你所学习的西方艺术。很多人认为我守旧、排斥外来的东西,是个老古董,事实绝非如此。我年轻时画过粉画,粉画不是我们传统的画法,它与水墨写意、工笔不同,是纯粹的西方画技,我的粉画作品参加过国展,而且还获得过金奖。"艾成子努力寻找与瑞克的共振点,他希望这次谈话能成为父子关系的转折点,他接着说,"我对西方古典主义油画敬佩有加,冬宫里的油画让我流连忘返,从中我感悟到很多心得。"艾成子停顿了一下,话语出现转折,"我主攻的朱砂画并不是传统画中的木乃伊,当时它是一种创新,今天它仍需要创新,一个不断创新的画法是有生命的,不会死掉。作为朱砂画的领军人物,我不想让这门独特画法因后继无人而消亡,希望它能成为美术界万绿丛中一点红。"

艾成子讲得很动情,艾瑞克的眼神却像一只出来觅食的仓鼠不停地窜来窜去,忽然,这一对儿小仓鼠被粘在对面墙壁上,直勾勾地不再转动。艾成子顺着他的目光扭头一看,发现墙壁上挂着一幅小油画,画面上是一张女人夸张的红唇和一杯红酒。艾成子明白了,这是瑞克的作品。

"作品的生命力是上帝赋予的。"艾瑞克说,"爸,我真希望你的粉画也能挂在咖啡店的墙上。"

艾成子感到有一面墙倾倒过来,胸腔受到挤压。他索性闭目定神,担心一睁眼会有火舌从眼眶喷出来。艺术难道可以这样判断吗？一个受过高等教育的画家,竟然视市场为上帝,这是进步还是堕落？

"我的画即使挂在咖啡店里,也不会以此为荣。"艾成子还是回了一句。

"当然,"艾瑞克说,"您更看重作品被挂在美术馆里。可我不一样,我看重的是实际,空想解决不了蜜月的商务舱机票问题。"

看来,在艺术上瑞克的思路和自己很难找到交叉点,无论怎样扳道岔都徒劳无益,讨论这个问题已经没有意义。艾成子道:"关于你和卡姆贝的事,既然事已至此,我也无话可说,只能祝愿你们恪守婚礼上彼此许下的誓言,恩爱一生,白头偕老。"

让艾成子没有想到的是,这样一句祝福话语竟然没有赢来瑞克的共鸣。瑞克摇摇头道:"白头偕老是一句美好的祝福而已,谁也无法预料明天会发生什么,就像区区一个肯德基套餐就让卡姆贝走进了我的生活一样。偶然是生活的必然,变革是现实的常态,生活中越是信誓旦旦之人,越容易违背誓言,轻诺必然寡信,你的誓言超出了你的支付能力,誓言就成了一张无法兑现的空头支票。"

艾成子心里的火势在减弱,面前的瑞克既是火上浇油者,又好似釜底抽薪人,刚才这句话深深刺痛了他。是啊,自己和妻子在婚礼上也许下过诺言,要执子之手与子偕老,但一个意外就令妻子毅然移民去了温哥华,和一个不懂汉语的爱尔兰人共筑爱巢。誓言自古就是软约束,孔圣人并不看重誓言的约束力,认为"要盟也,神不听"。但艾成子不是一个能轻易被改变的人,尽管瑞克有些话不无道理。他想,瑞克观点的大前提是错误的,在错误前提下得出的结论哪怕有合理成分,在逻辑上也无法成立。他心生遗憾,一个本来可以互燃的话题却像落入泥水的引信,被生生浸灭了。

艾成子不再王顾左右,直接切入今天谈话的核心:"瑞克你说实话,为什么不能接受朱砂画?"

"既然您要我说实话,那我就实话实说:我觉得朱砂画没有未来。"

"请告诉我一个理由。"艾成子说。

艾瑞克道:"古代城乡曾经流行一种皮影戏,那是一种老少咸宜的戏曲,宫廷里唱,大户人家办堂会唱,黎民百姓红白喜事也会唱。但二十世纪下半叶,皮影戏开始式微,进入信息时代后皮影戏几乎没人看了,影班也消失殆尽,那些曾经粉墨登场的驴皮影只能作为非遗项目保留在博物馆里。朱砂画就像皮影戏,其未来属于博物馆,其价值就是供后人研究。"

艾成子叹了口气,看来,有一头头怪兽正在无情地吞噬一切,有的东西被吞噬掉,就像洪流卷走落叶,逝者如斯。他在浙江有个姓冷的好友,是个补甏匠,细瓷牛眼钧瓷盏,样样做得精湛。几年前两人通电话,冷师傅在电话里感慨,作为全县最后一个补甏匠,他将来只能去给阎王殿锔盆锔碗了。艾成子为此伤感了好几天,专门用朱砂画了一幅甏匠图快递给冷师傅。这门手艺的消失就像被一头怪兽吞噬一样,碎骨头都没能剩下。

"我对朱砂画不像你那么悲观,我身边的凌院长、燕子都看好朱砂画。其实,你若能仔细嗅嗅朱砂的气味,认真看看朱砂在生宣上浸染出的不同层次,用心感悟一下朱砂蕴含的意象信息,你也许会重新认识朱砂画。当然,我也知道市场对艺术的巨大影响力,艺术有时需要去适应,但适应不应该以损害自身本质为代价。"艾成子说出这番话的时候,知道瑞克会强烈反驳,但他还是要说。瑞克现在听不进去,也许将来会明白,艺术的魅力最终来自艺术家的创造,而不是那头虚拟存在的怪兽。

令艾成子感到意外的是,瑞克没有反驳这句话。瑞克说:"您能认识市场的作用我有点意外。凌老师说市场是火焰山,我觉得市场是上帝,我们都清楚,上帝在毁灭一些东西,也在催生一些东西,有灭就有生,这是自然规律。"

"那么,什么力量可以改变你?"

"上帝,"艾瑞克说,"能主宰我的只有上帝。"

艾成子对瑞克将市场比喻成上帝的表述很不舒服,但他已经没有反驳的兴致。他感到右肋下在隐隐作痛,那是软肋的部位。他突发奇想,如果在疼痛的皮肤上涂抹一些守宫砂会不会止痛?

瑞克起身道:"去量尺码吧。我没猜错的话,这是您送我的新婚大礼。"

艾成子点点头。

瑞克说:"我接受这件礼物,尽管我可能不习惯穿这种正式西装,但我还是谢谢您,爸。"

艾成子感到鼻子有点酸,起身和瑞克穿过一排琳琅满目的化妆品柜台,去了那间品牌西装店。西装店有个不伦不类的店名:蒙特卡丹。

九

还有三天就是瑞克的婚期。燕子开车来辰溪斋接艾成子,说瑞克和卡姆贝不在,正好利用这个空闲去检查一下布展情况。燕子说:"您来至少是个态度,不一定非要提建议,权当老干部视察。"

艾成子苦笑道:"老子视察还要躲着儿子,这叫什么事?"

燕子偷笑一声:"没见过老子嫉妒儿子的。"

"我哪里是嫉妒,"艾成子脸有些红,长叹一口气说,"我是恨铁不成钢。"

轿车马达声很轻,车内交谈不必放大声音,她用很小的声音说:"有时候,铁不一定非要成钢,各有各的用处。"

艾成子没有接话,他在想,铁哪种用途比钢有用呢?直到燕子将车开到698D座门前,他也没想出来。

698D座这个废弃翻砂车间空阔通透,是办展的好场所,在裸露的红砖墙上挂起高雅的油画,会产生一种巨大的反差,如同泥淖里盛开的白莲,更有利于观赏者聚焦。艾成子在燕子的引导下缓步观看着,在他眼里,墙上每一幅作品的主题都混淆杂糅,完全是油彩的任性涂抹。他在一幅标名《卡姆贝》的油画前停下脚步,油画虽然写着卡姆贝的名字,画面上却只有一个黑人女性夸张的臀部,在臀部上方有一缕马尾辫垂下,预示那里隐藏着一个脑袋。他心里很不屑,瑞克之所以喜欢卡姆贝,原来是欣赏这个部位,看来瑞克的审美的确出了问题,亟须校正,可是谁来校正呢?凌四平观点过于暧昧,自己的话瑞克又当耳旁风。燕子轻轻咳了一声,他忽然意识到自己的目光在这幅画上停留的时间有些过长,急忙移步下一幅。他想,可别让燕子产生误会,以为自己也像瑞克一样喜欢人体某个部位。他只是看,不加任何评论,总的来看瑞克的画作任性、魔幻、令人匪夷所思,有的连基本的透视都不讲,看上去要么无序,要么混沌。他问燕子:"这些画真的好卖?"

燕子点点头。

"给我一个欣赏的理由。"他说。

"欣赏是不需要理由的,就像女人欣赏男人,说白了就是顺眼而已,只要是顺眼,年龄、相貌、才华、财富等等都无关紧要。"

"请举例说明。"他觉得燕子的话有些夸大了顺眼的成分。

燕子想了想,突然望着他问:"真让我举例?"

"当然,"他说,"任何观点都需要论证,这是做学问的方法。"

"那好,"燕子说,"比方我喜欢您,其实没有理由,就是因为顺眼。后来我分析过自己为什么会喜欢您,怎么分析也没有找到根据,除了顺眼再无其他,我总觉自己在您的眸子里。"

艾成子石桩般戳在那里,双眼望着燕子,燕子的话让他有一种大脑断片的感觉。哪里想到这个时尚文雅的女孩子会坦言喜欢自己。燕子虽然喜欢开玩笑,但这番话没有丝毫调侃的成分。

"我们在谈瑞克的油画,怎么说到了我?"他搪塞了一句,目光又投向墙上的油画。

燕子道:"不介意我给您讲讲这些画吧?"

他笑了:"那当然好,说实话我对这些超现实主义作品了解不多。"

在每一幅画作前,燕子都侃侃而谈,把画面上虚无的图案描绘成大千世界。此时,艾成子的大脑不是在接纳,而是在警惕和辨析。虚无中体现大千世界,这倒符合老子"虚便是实"的思想,老子在《道德经》中说"惚兮恍兮,其中有象;恍兮惚兮,其中有物;窈兮冥兮,其中有精",如此看来,这些西画有什么理论上的建树呢?它们突破的仅仅是画的色差和线条而已。但他没有打断燕子的解说,平心而论,燕子的讲解十分专业,像美院那些受过专业训练的讲师,三句话之内便会引用一句西方学者的名言,这种讲解往往会让年轻人目瞪口呆,但对于他来说,套路已经不新鲜了。

在墙的拐角处,燕子面对一幅油画停止了讲解,道:"这是瑞克精心创作的一幅画,准备参加巴黎一个大型拍卖会,瑞克说在构思这幅画时连续两个夜晚失眠。"这正是艾成子在车库看到的那幅油画,当时画还没完成,现在来看依然没有完成,画面上这个人一张方方正正的国字脸上没有五官,只是平踏踏一个轮廓,发型、衣着和自己的习惯很相似。这人身后是一群国字脸型人,同样没画五官,油画下端用汉字写着"我的父辈"。艾成子顿时火冒三丈,很想一把将画扯下来。但他觉得又没有扯画的理由,自己为什么要对这张没有五官的脸对号入座呢?他不再往下看,也没有顾忌燕子,一甩手大步走出展厅。燕子第一次看到艾成子如此发火,紧跟着出来,拉着他来到对面一家咖啡屋小坐。燕子自己要了一杯咖啡,也没有征求意见便为他点了一杯绿茶,然后摘下太阳镜,双手托着下巴问:"干吗发火?"

艾成子虽然和燕子很熟,但近距离面对面看到燕子摘下太阳镜还是第一次,燕子明亮的双眸清澈灵动,让他的火气弱了下来。要是瑞克或者卡姆贝也有这样一双明眸该多好,他想,这双明眸会让一个暴躁的人在瞬间安静下来。燕子嘴角向上翘了翘。他忽然觉着这样凝视一个女性有些不礼貌,便把目光投向桌上的茶杯,叹了口气说:"你知道人的五官代表什么吗?"

燕子摇摇头,她确实知道得有限。

"五官不仅仅是脸上的器官,它还代表五行五神,五行五神则是灵魂和思想的体现,画一个人没有五官,说明这个人像僵尸一般没有灵魂和思想,很显然这是对人的高级黑。"艾成子眼睛变得暗红,如同涂抹了朱砂。

"现代派油画经常这样画,是一种抽象表达,有的还是变形和扭曲,不会是您想的那样吧?"燕子也不敢确定,也许瑞克真的想表达某种不满。

在肖像画中,人的思想感情都体现在五官上,抹掉五官,就说明被描绘的人物没有思想感情。他有些激动,隔着桌面一把握住燕子的手:"你说实话燕子,我像个没有五官的人吗?!"

"不是这个样子的,"燕子说,"您五官棱角分明,相信瑞克和卡姆贝也和我一样喜欢您,瑞克那幅画不是画您。"

艾成子收回手,无奈地摇摇头,道:"《我的父辈》隐喻哪一个?"

燕子劝他:"那只是一幅画,是瑞克精心画的一幅画,瑞克想探索一种新的表达。"

他双手捧着茶杯,却没有喝,目光有些散,喃喃地说:"人的感觉从来不会欺骗自己,我不傻。"

燕子觉得艾成子的样子好可怜,自和艾成子认识开始,艾成子在她的印象里是一个坚定的智者,无论相貌还是学识,燕子都觉得艾成子像座大山一样几乎完美,没想到,一座大山也会因为一条溪流而伤心,可见瑞克的叛逆已经成了艾成子的不治之症。燕子记得两人相识是在一次国学讲座上,当时艾成子在讲苏轼和瞿子冶,一位是宋代用朱砂画竹的大家,一位是清代用朱砂画竹的高手。艾成子把朱砂作画讲得出神入化,让她深深爱上了朱砂画。燕子曾对母亲说过,自己心头似乎被艾教授点上了一枚无法擦去的朱砂痣,没办法抹去。燕子一直经纪艾成子的朱砂画,尽管朱砂画行情不佳,但她不放弃,其中当然包含着一份对艾成子的崇敬。

"您太过于敏感。"燕子说,"您在欣赏瑞克作品的时候,不要以一个父亲的视角,要把瑞克当成一个画家,这样,您的感受会有所改变。"

"三天后就要举办婚礼了,来宾面对这幅画会怎么看?"艾成子揉了揉眼睛,"我成了一具空皮囊。雨果说过,人的内心世界反映在他的面孔上。我面孔一片酱色,内心世界也就成了柏杨说的酱缸,谁想到儿子会以这种方式来批判老子呢?"

"您不能这样揣摩瑞克,"燕子说,"你们之间虽然存在鸿沟,但水应该是清澈的。"

"清澈?"他说,"要看还沟里的水是怎么来的。"

十

瑞克与卡姆贝的婚礼如期举行。开幕式兼婚礼的主持人是燕子。

这是一个独特的婚礼仪式,每个参加仪式的嘉宾脸上都显露出怪异的神情,相互窃窃私语。瑞克没有穿艾成子为他定制的那套藏蓝色西装,而是穿了一套纯白色的紧紧巴巴的新郎装,让他看上去更像一棵缺少光合作用的豆芽菜。卡姆贝也穿了一件白色连衣裙,衣服的乳白与肤色的黧黑形成鲜明的对比。婚礼上,凌四平的致辞很精彩。凌四平在任何场合的讲话都能左右逢源、滴水不漏。这是一大本事,艾成子想,这种不伦不类的婚礼最难讲话,艾成子甚至担心这话该如何讲,要是换了自己上去,会有种无从开口的感觉。但凌四平讲得很好,讲到巴黎,讲到约翰内斯堡,再讲到北京,还讲到了辰溪斋,艾成子几乎挑不出任何瑕疵。领导就是领导,领导的水平更多体现在讲话上。但在祝福瑞克和卡姆贝时,他对凌四平引用的几句诗却不敢苟同,凌四平说:"两姓联姻,一堂缔约,良缘永结,匹配同称。"艾成子知道这是民国时期结婚证书上的几句话,按理说凌四平引用于此也说得通,可是瑞克和卡姆贝能称得上匹配同称吗?

燕子的主持很有文艺范儿,艾成子第一次发现燕子还有主持人的天赋。燕子在主持时讲了一个艾成子十分赞同的观点:"爱情的最高境界是成为一幅画,一幅名画。"

燕子对凌四平的致辞给了很高的评价,说凌四平能带出瑞克这样的学生是美院的骄傲。她还耗时三分钟介绍了艾成子,说艾成子对举办这次别开生面的画展十分关心,前天还专门来现场视察。艾成子知道三分钟对于电视新闻意味着什么,在许多摄像头前介绍自己三分钟,这是把自己当大人物看待。

依程序,瑞克自己要讲几句话。瑞克的讲话和他的油画一样,有点不伦不类,讲话中不时夹杂着英语和法语。艾成子不知道瑞克想表达什么,他只记住瑞克讲话时用了一句不知什么人的名言"我欠你的绘画真理,我将在画中告诉你",艾成子由此就想到了那幅没有五官的《我的父辈》,这就是瑞克想告诉自己的真理吗?因为纠结于这句所谓名言的含义,艾成子无法集中注意力,接下来燕子和瑞克的对话,都成了耳旁风。

仪式结束,来宾开始欣赏画作。艾成子走过去拉起凌四平先去酒店。路上,凌四平错愕地问:"这么早去酒店干吗?欣赏一下瑞克的作品多好。"艾成子道:"站了一上午够累的,再说看也看不出个门道。"

午餐是自助冷餐会,还没有开,两人便在大堂茶座休息。凌四平道:"瑞克大婚,按理你该讲几句,听燕子说你拒绝讲话,为什么?"

"我不知道该讲些什么。"

"婚礼嘛,无非是讲讲吉祥的好话,你不讲,瑞克没面子。"

艾成子冷笑一声:"瑞克还在乎面子?"

凌四平摇摇头:"父子俩犯得上这么死磕吗?怎么说瑞克也是新锐画家,未来的路很长,你可不能当绊脚石啊。我当院长多年,在教育年轻人方面最大的体会就是接受他们、鼓励他们、引导他们。"

艾成子说:"我看到了你的接受和鼓励,没看到你说的引导。"

凌四平点点头:"你说得对,不得不承认很多时候不是我们在引导年轻人,而是年轻人在引导我们,所以我也就顺其自然。"

艾成子没有想到凌四平会接受自己的批评,顿时觉得这位当领导的老同学内心也有些许不甘,改变不了现实只好随波逐流。他知道凌四平其实是有美术天赋的,上大学时天天捧着一本《芥子园画谱》苦读,发誓要成为开一代新风的大画家。但令艾成子奇怪的是,凌四平当了领导后开始迷恋书法,而且越写越往歪了写,在众人的一片叫好声里他的字越写越扭曲,几乎没有一个字是正的。艾成子问他为什么如此追求变异,汉字毕竟以规范为美。凌四平狡黠地笑笑说:"我也不想往歪了写,可是不这么写业内不接受,我有啥办法?"

临近中午,嘉宾们乘车来到酒店。瑞克挽着卡姆贝的手臂走过来说,他们已经买了机票,明天就去巴黎度假。艾成子说出国度假是大事,当父亲的不能没有表示,便从衣兜里掏出一张早已准备好的信用卡递给瑞克,说密码是瑞克的生日。瑞克没有接,说自己有钱,燕子将画展的画全部预售了,收入足够三次旅行结婚。凌四平笑了,道:"瑞克呀,你这么炫耀让你家老爷子情何以堪?"

"爸爸的钱来之不易,我不能花,再说我的收入完全可以支持我们俩的新婚旅行。"瑞克挺直了胸脯,收臀并腿,让艾成子忽然感到一棵豆芽菜被抻直的感觉。

这时,燕子过来叫大家过去用餐,艾成子收起信用卡,对凌四平说:"走吧,去喝杯啤酒。"

吃饭时,有个年轻人端着酒杯过来敬酒,夸瑞克的油画多么前卫,给人一种石破天惊的震撼。这个穿旧牛仔装戴近视镜的年轻人是个话痨,端着半杯红酒站在餐桌旁足足说了十多分钟。他尤其说到了《我的父辈》,说在他们这一代人眼里,五六十年代出生的父辈们都是扁平化的国字脸,说他的父亲是个退休干部,即使在家里也喜欢把衬衣风纪扣系上,什么事都搞得一本正经,说瑞克观察力相当敏锐,一张面庞反映了一个时代,给人一种一叶知秋、一石知山的睿智。艾成子有些听不下去,在这样的场合又不好发作,便打断他的话问:"您很专业,是美院老师?"年轻人摇摇头,说自己是晚报专门跑文化口的记者,对油画并不是很内行,还说准备给这次画展出个专版,想请凌院长写个短评。凌四平指指艾成子说:"找他呀,他是瑞克的父亲,还是朱砂画大师,父为子彰,再合适不过了。"

记者望着艾成子问:"可以吗,艾老师?"

艾成子道:"我也是一张国字脸,恐怕写出来也是扁平的。"

记者一脸尴尬地站在那里。

十一

瑞克和卡姆贝周日一早去了机场。两人除了行囊外,特意带上了那幅要参与拍卖的《我的父辈》,卡姆贝带上了那幅裱成画轴的《钟馗捉妖图》。

一连几天,艾成子都处于一种心绪杂乱的状态。他足不出户,长时间呆坐在画室阅读线装本的《芥子园画谱》。这本画谱是凌四平的,凌四平专攻书法后,这本民国版的线装画谱就送给了他。他很喜欢这本书,这本初级教材般的画谱似乎对注意力有一种黏合力,往往翻上几页,心绪便会理顺。但这几天他却有点心烦意乱翻不下去,瑞克的这桩婚姻总给他不靠谱的感觉,他甚至担心从巴黎归来小两口就会各奔东西。

他忍不住就给凌四平打电话,说:"中午我去你家小酌几杯吧。"

凌四平喜欢小酌,每每买到好酒就会给艾成子打电话约到家里对酌。凌家保姆是个很会做菜的湖南阿婆,擅长烹饪鱼头,艾成子到凌家赴宴,会顺路买一只新鲜花鲢鱼头。今天他没心思买鱼头。而是从酒柜里找出一瓶轩尼诗带上,为什么要带一瓶洋酒他也说不清,他想在今天向老同学诉说一件久储于心的旧事。

本来,他不想向任何人提起这件旧事,但在看到了儿子画的那张《我的父辈》后,内心无法平静。他知道,这五官只能靠自己画上去,而且要画得真实、不扭曲。

凌四平正在家中品茗恭候。艾成子一进门就说:"咱俩今天开洋荤。"凌四平指指餐桌道:"艾兄有福气,凌琳送来一盒大闸蟹,正可佐酒。"艾成子讪讪道:"凌琳还有大闸蟹孝敬你,瑞克连个蟹腿都没买过,这就是差别。"凌四平说:"人家瑞克这次出国没要你的信用卡,省下的钱能买多少大闸蟹?你还不知足。"两人坐定,凌四平看看酒标,打开酒往两个高脚杯中各倒了半杯,好奇地问:"怎么想起喝洋酒?这酒你服?"

"喝一回试试,不服下次还喝老白汾就是。"艾成子端起杯,在鼻子下嗅了嗅,轩尼诗有些艳香,没有老白汾那种清淳。

"儿子儿媳一走,是不是觉得孤单啦?"凌四平抱着肩膀,像赏画一样看着艾成子。

"孤单这种东西是无聊的表现,我会无聊吗?我有朱砂可作画。"艾成子放下酒杯,忽然变得神秘起来,小声道,"这次来你家不光是为了喝酒,是有一件重要的旧事想告诉你。"

凌四平差点被他逗笑,一件旧事,还重要,便装作认真的样子道:"说吧,我洗耳恭听。"

"不行!"艾成子端起杯,"咱俩先喝酒。"

凌四平也不催他,老同学加上老同事,交往几十载,彼此肠子有几道弯都清楚。他知道艾成子这个痴迷于国画的人制造不出什么秘密来,如果有,也一定与朱砂有关,因为每次喝酒,艾成子都会大讲特讲朱砂的故事,这些故事亦真亦幻,搞得他看到朱砂总觉着脑门冒仙气。

轩尼诗入口要比老白汾柔一些,不知不觉,一瓶750毫升的洋酒已经下去大半。艾成子的舌头有点打卷,目光开始迷离,他问凌四平:"我知道你认可朱砂画是为了安慰我,其实心里并不喜欢,对吗?"凌四平摇摇头:"我是真喜欢,不骗你。"艾成子说:"真喜欢的话,我给你画的《千山红遍》为啥不要?"凌四平笑了笑:"君子不掠人之美,那幅《千山红遍》你是下了功夫的,是朱砂画中的极品,我怎么能说拿就拿?"

艾成子舒了口气说:"给你你不要,现在想要也没有啦,此画我已送人。"

凌四平也有了醉意:"画送谁是你的权利。对了,你不是有件重要的旧事要告诉我吗?"

艾成子喝了一大口酒,扭头看看厨房,厨房里阿婆正在包抄手,对外面的谈话毫不在意。艾成子转过脸,压低了声音说:"你们觉得我就是块顽固不化的朱砂石,我说起多年前的一件事会吓死你!"

凌四平睁大了双眼:"啥意思?"

"我当年做的事。你无法想象。"

"你能做什么事?一根筋都在画上。"凌四平觉得艾成子有点故弄玄虚。

艾成子的目光弥漫开来,是一种无法聚焦的散光:"你知道我五音不全,但有一年同学聚会我唱了一首歌,那是一首流行歌曲,你还记得吗?"

凌四平摇摇头,他哪里会记得艾成子唱过歌?艾成子五音不全他有印象,因为四年大学生活没听艾成子唱过歌,他给艾成子下的结论是:这是一个从少年直接进入成年的人,根本不知青春为何物。

"那首歌叫《曼莉》,我虽然唱得不好,但同学们还是给我掌声了,因为我唱歌时流泪了。谁也没有权利讥笑一个自我感动的人,因为那是情感的真诚投入。"

凌四平还是没有想起来,歉意地摇摇头。他知道,生活就是如此无情,在有些人心中视为圭臬的东西,在无关之人那里很可能分文不值。

"知道我为什么唱《曼莉》吗？因为这首歌使我想起了自己作画的第一个模特。这个借调的模特也叫曼莉,当时,曼莉愿意给我免费做人体模特,让我画出一幅参加国展并获金奖的粉画,这对于我来说意义非同一般。这个容貌、体态都无可挑剔的曼莉后来出国了,她离开美院那天来找我,说她不留恋美院,只是舍不得离开我,因为她爱上了我。她说知道我已经结婚成家,为了不影响我的家庭,只能选择离开。"

"我们系没有借调过模特呀。"凌四平觉得艾成子肯定搞错了,美院模特都是聘,不存在借调问题。

"曼莉不是职业模特,是助教,她喜欢听我讲朱砂画,对朱砂画很入迷,劝我舍弃粉画,专攻朱砂画。我们相熟后,她对我开玩笑,说如果我能专攻朱砂画,她愿意为我的最后一张粉画做人体模特。"

"天下有这样劝人的？这是舍己劝人。"凌四平将信将疑。

"我敢对朱砂发誓,所言绝对不虚。"艾成子信誓旦旦。

凌四平怎么也想不起美院有过这么一个助教,他不相信艾成子这个看上去油盐不进的士大夫竟有如此艳遇,一个漂亮女同事主动给他当人体模特。

"那是我第一次近距离画女性人体,第一次,而且还是一个有血有肉、白璧无瑕的姑娘,能忘吗?"艾成子声音有点高,厨房里包抄手的阿婆轻轻咳了一声,像是在提示。是啊,两个大学教授在饭桌上大谈女人人体,哪怕说者无心,听者也会难为情。

"我实在想不起有这么一个助教。"凌四平无论如何打捞记忆,结果还是一无所获。

"想不起很正常。"艾成子说,"曼莉在美院只待了三个月,更确切地说她只是来美院实习,但我在心里从不把她当实习生对待,一个老师如果和实习生关系亲密,就逾越了道德底线,所以我说她是助教。曼莉是朱砂画的铁粉,我俩很谈得来。"

"她怎么会喜欢你的朱砂画?"凌四平感到好奇。

"曼莉没有说,可能与她的家庭有关。尽管她对自己的家庭从不多说,但一次聊天时她无意中说想回红安看看,说父亲是红安出来的,她还没有回去过。我说去红安又不是登月球,分分秒秒的事啊。她说回去找谁呢?家族的人当年都遇害了。说到这里她不再多说。由此我分析曼莉的父亲应该是从红安走出来的老干部,曼莉是化名,很多领导人的孩子都喜欢用化名。"

"她果真做了你的模特?"

"是的。"艾成子脸色泛红,像涂了薄薄一层砂粉,"我创作的以她为模特的粉画参加国展并获了金奖。你知道这幅画,后来被美术馆收藏了。"凌四平的大脑在快速回放,想起艾成子有一幅水粉肖像画获奖,依稀记得画面上是一个裸体少女。忽然,他看到艾成子的眼睛在一点点变红,像两片一品红的叶子,泪水从发红的眼眶溢出,缓缓滑落下来。他知道艾成子动了真情,泪水证明这个故事绝非虚构。艾成子是个很轴的人,他的情感就像吝啬鬼的钱袋子,一向深藏不露,当年和夫人分手时都显得彬彬有礼,甚至亲自去机场送离异的夫人出国。如此看来,这个叫曼莉的姑娘肯定与其有一段刻骨铭心的往事,如果没有猜错的话,应该是一段婚外情。

"看来艾兄对这个曼莉感情很深,是她的美打动了你?"凌四平问。

"确切地说是她的眼睛,我从没有见过那么摄人魂魄的眼睛,那双眼睛发出的目光能突破任何防线,哪怕你是一个牧师或僧侣。我当时感觉自己是被这种目光融化了,好像我成了她的模特,在她的目光里我几乎一丝不挂。"凌四平听呆了,他一直以为艾成子是个对女人缺乏兴致的人,原来这家伙的内心有个无法比拟的榜样。他想象不出能把人融化掉的目光是什么样子的,他也从来没有遇见过。

"你和她发展到了什么程度,能说吗?"凌四平觉得这个问题不该问,但又抑制不住,结果还是问了。

"应该发生的都发生了。"艾成子说完便陷入了回忆,抬起脸望着天花板上的水晶吊灯,往事像幻灯片一样在脑海里一张张放映着,"那是一个周末,我们约好在我的画室创作,画室窗帘是三层遮光布,门也很严实,没有吊灯,有两盏落地灯。曼莉的胴体侧坐在折叠椅上,那是一个能烙进心坎的镜头,我很紧张,有一种做坏事的感觉,曼莉安慰了我几句,我才平静下来专心作画。画作完成的时候已经是凌晨,曼莉说这个时候她不能走了,因为一楼值班的老大爷可能起疑心。但画室里只有一张单人床,我们没有别的办法,只好挤在小床上睡上几个小时。当然你想象得到,我们根本无法入睡,你可能会鄙视我,但你无法理解,在某种环境下面对自己心仪的女人,我做不成柳下惠。"

"难以置信。"凌四平摇摇头说,"我承认艾兄形象不错,可是仅仅凭喜欢朱砂画,一个女孩子就献身于你,于理不通,于理不通呀。"

"这里有个插曲,是我让曼莉找到了自尊。"艾成子的表情有一丝自豪。

"什么插曲?"凌四平的好奇心被调动起来,脖颈向前伸过来。

"是这样,曼莉在大四假期里跟一位女画家学画,这位女画家是个特开放的女性,私生活一团糟。当时法律还有流氓罪,男女关系混乱是犯法行为,又碰上'严打',这个女画家就出事了。老师出事,跟着学画的曼莉便来了麻烦,各种流言蜚语纠缠着她,她又无法自证清白,便格外苦恼。我们成为朋友后,她向我诉苦,我说:'这有何难?我有守宫砂,可证明你的清白,为你正名呀。'她说怎么正名,我说:'我给你胳臂上点个守宫痣试试,守宫痣是处女的试金石。'她便伸出嫩藕一样的胳臂让我点。我点了之后,守宫痣没有变化,我说:'你是清白的,那些不实之词可以休矣,因为至今你还守身如玉。'她当时就流泪了,说她视贞洁如明月,可惜明月遭众污,既然已经没有人相信她守身如月,还不如把这明月馈赠给赏月之人。"

"所谓守宫痣是骗人的把戏,没有科学依据。"凌四平将信将疑。

"我也不信,那盒守宫砂是一个搞金石的老先生赠我的印泥,我想通过这个古方让曼莉卸下包袱。当我俩有了一夜缱绻后我用生命证明,那晚的确是曼莉的初夜。"

凌四平身体前倾,右手托着下颌问:"为什么要告诉我这些?这是属于你们俩的秘密。"

"我想告诉你,我尽管长着一张国字脸,但我也有血有肉,不是个保守的人,我甚至婚后出过轨,你们应该改变对我的看法。我艾成子也有过青春,也活过激情四溢的日子!我的五官一直长在脸上,是立体的存在!"艾成子声音变得大起来,话语中带着亢奋。

"我理解,你不是个封建卫道士。"凌四平停顿了一下接着问,"那么,后来你们还有联系吗?她现在怎么样?"

"分手了,就不要藕断丝连,我们一别两宽,各自开始新的生活。"

"她对你不会没有交代吧?"凌四平想,感情如此之深,不可能一句交代的话不说就分手,这不符合常理。

"她说了,说如果我心中有她,就把以她为模特的粉画作为收官之作,专攻朱砂画,她希望我成为朱砂画一代宗师。"艾成子的眼圈再次泛红,喃喃地说,"可惜我辜负了她,我的朱砂画备受冷落。"

凌四平被感动了,把瓶中余酒倒出两个满杯,举杯对艾成子说:"我好羡慕你,艾兄!"

十二

瑞克走后的辰溪斋像古刹一样寂寥。

午前的阳光正足,窗外几只灰喜鹊在法桐树上叽叽喳喳叫着。早晨艾成子洗漱时,发现洗脸池里有一只蟋蟀,因为池壁光滑,蟋蟀爬不上来,在洗脸池里转圈蹦跳。艾成子盯着洗脸池看了好一会,他想,如果再有一只蟋蟀就好了,他可以在盥洗室里观看蟋蟀角斗。最后,他把那只已经跳不动的蟋蟀捧出洗脸池,将它放生在画室里。他经常夜里听到画室里有蟋蟀叫,应该来自这个黑得发蓝的雄性蟋蟀。

上午,他想作画,却发现朱砂没有了,几天前他托燕子去买朱砂,一直没有回音,便拿起手机给燕子发了一条微信:朱砂没了。

他等燕子回信,没想到不大一会儿,楼下有汽车声,他拉开窗帘一看,是燕子。燕子一袭藕色波西米亚长裙,手里拎着一个鼓囊囊的大白布袋子,一上楼就问:"闷了吧?"

"是朱砂没了,"他说,"当然,画不成画会有些闷。"

燕子将白布袋放到画案上,画案上铺着毛毡,没有宣纸。燕子转身道:"瑞克在家的时候看着不顺眼,心里烦;瑞克一走又觉得家里空,心里想,这不是自相矛盾吗?"

"我怎会想他?"艾成子嘟囔了一句,声音却很小,像个出嘴即破的烟圈儿。

"不要言不由衷。"燕子说,"我买了些卤菜,陪您喝点酒解解闷儿。"

燕子把盛着卤鹅掌、鹅翼和鹅头的餐盒打开,才发现忘了买酒,想下楼去买,被艾成子拦住了。艾成子起身走到储藏室前,快速按下密码打开门,片刻,拎出一瓶红酒,微微笑了笑:"二〇〇八年木桐正牌。"

"您还藏酒?"燕子如同发现了新大陆。

"我只藏木桐酒庄的葡萄酒,主要是为了酒标,这些酒标都是大艺术家设计的。"艾成子将红酒递给燕子。

燕子接过酒瓶,上面的酒标果然很有艺术美感,酒标如同一轮挂满葡萄的明月,从中间一分为二,亮出一只肥硕的绵羊。燕子感到奇怪,问:"这种现代派的画面设计,按理说不是您的菜。"

艾成子拿过酒瓶,一边起酒一边说:"你们怎么都这样看我?我不是一个守旧的人,我年轻时也开放过。"话一出口,就意识到自己说多了,马上改口道,"是解放不是开放,用词不当。"

燕子没有在意,像艾成子这样的画家有资格炫耀一下过去,毕竟是自创一派的朱砂画大师。她记得母亲说过,宗师不能以收入来衡量,为此母亲还举了阿炳的例子,无锡的阿炳是公认的二胡演奏大师,可是离世前连买药的钱都成问题。艾成子斟上酒,凝视着杯中的酒,目光虔诚而柔和,一副思考重大问题的样子。艾成子的神态引起了燕子的注意,一杯红酒有什么可观察的?虽然是名庄,不过也是一杯酒而已。燕子心里好笑,却感觉亲切,艾成子面庞有点像希腊人的轮廓,尽管年近六旬,面部有了皱纹,但这些皱纹在别人脸上是沧桑,在艾成子脸上却是艺术,就像雕刻家用刻刀精心雕刻出的一样,每一道皱纹都呈现出娴熟的铁线刀技。

艾成子发现了燕子在审视他,好奇地问:"为什么这样看我?"

燕子莞尔一笑:"我发现人在思考的时候最可爱。"

"有什么可爱的?"他轻轻摇了摇头,"连亲生儿子都讨厌我,可爱在哪里?"

燕子说:"我是来陪您解闷儿的,我们说点开心话,来,我敬您一杯!"

两人边喝边聊,聊到朱砂画的历史,聊到书画市场的无序,也聊到燕子为什么对婚姻不急不躁。在这些话题上,两人你唱我和,没有什么分歧。不过半个钟头,两人竟然喝光了一瓶木桐。燕子忽然道:"坏了,我不能开车了。"

"那就酒醒后再走嘛。"艾成子脸色潮红,目光明亮。木桐不愧是名庄佳酿,能怡情提神。

"楼上有一间卧室,本来是给瑞克准备的新房,但瑞克不愿意住,你可以在那里休息,"艾成子说,"被褥都是新的。"

"我可不想住别人的新房。"燕子开玩笑说,"对于一个待字闺中的女性来说,新房是个值得期待的梦,须好好呵护才是。"

艾成子点点头,这话他爱听。

燕子的目光在红酒的驱动下沿着画室白墙缓缓地游弋,最后定格在储藏室的那扇防盗门上。

"那间密室里都藏着什么秘密呢?"燕子问。

他愣了一下,道:"那里面确实有秘密,我不希望别人知晓,秘密公开示人或许会带来伤害。"

"为什么这么说?有些秘密可以和亲近的人共享。"燕子的目光一直在储藏室的防盗门上。

"对此,我是有教训的。"他说,"你知道我前妻为什么要去国外吗?那时瑞克还小,需要母亲照顾,但她还是选择了离开,就因为她无意间走进了这间储藏室。当时储藏室的钥匙我放在抽屉里,她要找一样东西,无意间打开了储藏室的门,结果导致她离开了我。后来,我就换了一个密码锁。"

燕子双手支着下颌问:"到底是怎么回事?"

"那里面有一幅粉画,那是我给一位姑娘画的人体画,是那幅获奖人体画的复制品,我前妻看到了这幅画后很平静地跟我说,我们分手吧。我问为什么,她说从画中姑娘的眼神里看出了画中人和作者存在暧昧关系。对此我无话可说,只能接受她的选择。当然,我们很体面地分手,她去了温哥华,后来嫁给了一个爱尔兰人,而我则选择了带着瑞克独自生活。"

燕子更加疑惑不解:"仅仅从画中人物的眼神就能得出这样的结论,让人怎么相信呢?"

"女人的感觉有一种神奇的力量,我承认她的感觉是对的,我无法辩解,因为我和这个姑娘的确有过肌肤之亲。直到现在我每次进入储藏室,都会感觉她就站在我面前,我会情不自禁地屏紧呼吸,感到心跳加速,血压上升。"

"您现在还爱着她?"燕子被他的述说感染了,这是一个带有凄婉色彩的故事。

"是忘不了,"他说,"储藏室密码锁的密码就是她的生日。当然,她现在何处我也不知道,相信她一定有了自己美满的生活,我无论如何不会去打扰她。我专攻朱砂画,就是对她最好的交代。"

燕子的眼里盈上了泪水,艾成子真是太苦了,内心充满了煎熬。她说:"我可不可以欣赏一下这幅画?想见识一下它怎么会有如此神奇的力量,一道目光就能解构一个家庭。"

"这个嘛,还是别看了。"他说,"如果说瑞克是我的一根软肋,这幅画就是我的一块心病,心病,只能等待自愈。"

"我是您的经纪人。"燕子很执拗。

"那也不行,原则不能破。再说,我已经失去了妻子,不能再失去你这个经纪人。"艾成子的态度就像一块铁板。

这时,燕子的手机响了。燕子拿起手机一看,自言自语说:"境外打来的。"

接通电话刚说了几句,燕子腾地站起来,大声让对方再说一遍,她拿电话的手开始抖动,手腕上一串战国红手链发出簌簌声响。艾成子看到燕子紧张的样子知道有大事发生,屏紧呼吸看着燕子,电话里在讲什么他听不清,但燕子的神态像一根橡皮筋把他的心系紧了。

电话打完,燕子一扬手将手机扔到画案上,脸红得像秋天的柿子,快步转到艾成子一侧,张开双臂冷不防一把抱住了他,将头扎进艾成子怀里。燕子的举动把艾成子吓傻了,一时两手不知放到何处,他感受到了燕子在轻轻抽泣。

"出什么大事了?别怕,有我呢。"他忽然间生出一种男人的责任感,女人的软弱是激发男人刚强的良药,没有哪一个真正的男人会对女人的哭泣无动于衷。

燕子松开手昂起头:"我是为您高兴呀,您要火了,不,已经火了。"

艾成子疑惑地问:"我火了?"

"是啊。您还记得送我的《千山红遍》吗？我让瑞克带到巴黎参加拍卖，您想不到，这幅画拍出了本场拍卖最高价！"

"真的?"艾成子不敢相信,"不是愚人节的玩笑?"

"千真万确！刚才电话是瑞克打来的，卡姆贝带的那幅《钟馗捉妖图》也拍出去了，没想到瑞克那幅得意之作《我的父辈》却流拍了。瑞克心情很矛盾，在电话里说，他需要重新认识您，重新认识朱砂画。"

"我想知道买家是谁。"艾成子对于《千山红遍》能天价成交太感意外，怀疑这是微信时代流行的假消息。

"国际上许多大宗买家身份都是保密的，这是隐私，不会高调宣示，对此您要理解。不管是谁买了去，都说明这幅画的价值，因为这样一个价格不会是起拍价，肯定是现场参与拍卖者举牌抬高的。"

好一个神秘的买家！艾成子在回想那幅《千山红遍》，这张画原本要送给凌四平，凌四平是朱砂画忠实的拥趸，知音不能辜负，因此在创作这幅画时他暗藏玄机，将一座山峰画成了一个女性侧身剪影，这个剪影正是他记忆深处的曼莉，不过，他相信没人能发现这个伏笔。

"拍卖这一行，成交才是硬道理。"燕子说。

艾成子点点头，心里像闯进一只蜜獾，怂恿着他起身打转转儿。燕子问："您找什么?"

"酒，"艾成子说，"我们总该庆祝一下吧。"

燕子笑着说："酒应该在您的储藏室里吧。"艾成子拍了一下脑门儿，快步走向储藏室的防盗门。他没想到，燕子竟然跟了过来。他回过头，发现燕子恳切的目光正望着自己，他知道燕子想进去看看，他有些犹豫。燕子的目光有一种似曾相识的融化感，让他不得不缴械投降,他狠狠心说:"在这个特殊的日子里,我索性破一回例吧。"

燕子笑了,笑成一朵葵花。

门打开了,一股檀香飘出来,像幽暗中藏着美人。艾成子打开日光灯,侧一下身子道:"请参观吧。"

储藏室铺着浅色真丝地毯,踩上去十分柔软。室内无窗,三面墙壁用酸枝木打成精美的储物架,架子上摆放着一轴轴装裱好的画作,不用问,都是艾成子心爱的朱砂画。唯一一面没有打储物架的墙壁上,悬挂着一幅镶在玻璃框里的人体粉画,画的下面摆放着酸枝木半月台,上面是个波斯风格的黄铜花瓶,花瓶中插着一大束干花,清一色脱水的红玫瑰。燕子在环视了室内的摆设之后,站在半月台前欣赏那张人体粉画,藕色的衣裙碰落了几片干玫瑰花瓣。忽然,她"啊"了一声:"天哪!"猛地捂住了嘴,肩膀像触电一般抖动不止。

"怎么了?"艾成子吓了一跳,急切地问。

燕子捂着嘴跑出储藏室,接着又推门跑出画室,噔噔噔一直跑到楼下室外一株粗壮的法桐前,扶着树干抽泣不止。

艾成子匆匆跟出来,站在燕子身后问她到底怎么了。燕子转过身,眼中汩汩流着泪水,哽咽着说:"如果我没看错的话,您就是我的父亲!"

艾成子呆住了,好一会儿才问:"你妈妈叫曼莉?"

"妈妈叫左黎,曼莉是学生时代用过的化名。"

十三

半个月后,瑞克和卡姆贝回来了。

瑞克想给父亲一个惊喜,事先并没有打电话。在巴黎,瑞克给父亲买了一件米色风衣,对父亲衣服的尺码他心里有数。

风尘仆仆的瑞克和卡姆贝回到家中,父亲不在,打开辰溪斋房门,画案上有张用小楷写的信札:

瑞克、卡姆贝:

祝贺爸爸吧,爸爸去国外旅行,和你们一样,爸爸这一趟也是度蜜月。

爸爸
即日

瑞克拿着信,一句话也说不出来。

卡姆贝的目光却停留在画案前那盆一品红上,一品红的叶子几乎全部红透,看出来是有人精心侍弄。

原载于2020年第8期《长江文艺》,2020年第9期《小说选刊》转载